서정시학 신서 24

# 한시의 서정과 시인의 마음

심경호

서정시학

# 심경호

1955년에 충북 음성에서 출생하고, 1975년에 서울대학교 인문대학 국어국문학과에 입학하여 학사과정을 마치고 동 대학원 석사과정을 마쳤다. 이후 일본 교토(京都)대학 문학연구과 박사과정(중국문학)을 수료하고, 1989년 1월에『조선시대 한문학과 시경론』으로 교토대학에서 문학박사 학위를 취득했다.

한국정신문화연구원(현 한국학중앙연구원) 조교수, 강원대학교 인문대학 국어국문학과 조교수를 거쳐, 고려대학교 문과대학 한문학과 부교수를 지내고, 현재 동 학과의 교수로 재직 중이다. 2010년에는 일본 메이지(明治)대학 문학부 객원교수를 겸임하였다.

2002년에 성산학술상을 수상하고, 2006년에 일본 시라카와 시즈카(白川靜) 선생 기념 제1회 동양문자문화상을 수상했으며, 한국학술진흥재단 선정 제1회 인문사회과학 분야 우수학자로 선발되었다. 2010년에 제3회 우호 인문학술상을 수상했다.

고려대학교 한자한문연구소 출판위원, 진단학회 평의원, 한국한문학회 편집위원, 인천학연구 편집위원장, 한국어문교육연구회 상임이사 겸 편집위원, 유네스코한국위원회 Korea Journal 편집위원 등으로 활동하고 있다.

저서로『강화학파의 문학과 사상』(1-4, 공저 및 단독저서),『한국한시의 이해』(태학사),『한문산문의 내면풍경』(소명출판),『김시습평전』(돌베개),『한시의 세계』(문학동네),『간찰』(한얼미디어),『산문기행 : 조선의 선비 산길을 가다』(이가서),『한학입문』(황소자리),『내면기행』,『나는 어떤 사람인가 : 선인들의 자서전』 등을 저술했다.

역서로는『주역철학사』(예문서원),『당시읽기』(창작과비평사),『일본한문학사』(소명출판),『금오신화』(홍익출판사),『역주 원중랑집』10책(공역, 소명출판),『한자, 백가지 이야기』(황소자리),『증보역주 지천선생집』(공역, 도서출판 선비),『서포만필』2책(문학동네) 등이 있다.

서정시학 신서 24
## 한시의 서정과 시인의 마음

2011년 2월 25일 초판 1쇄 발행

지은이 • 심경호
펴낸이 • 김구슬
펴낸곳 • 서정시학
편집•교정 • 최진자
인  쇄 • 서정인쇄

주소 • 서울시 성북구 동선동 1가 48 백옥빌딩 6층
전화 • 02-928-7016
팩스 • 02-922-7017
이메일 • poemq@dreamwiz.com
출판등록 • 209-07-99337

ISBN 978-89-94824-02-4 03810

값 21,000원

잘못된 책은 바꾸어 드립니다.

서정시학 신서 24

# 한시의 서정과
# 시인의 마음

심경호 지음

서정시학

# 책을 엮으며

　시는 슬프고, 또한 즐겁다.

　내밀한 감정을 드러낼 언어를 고르지만 결코 이룰 수 없음을 깨닫고 느끼는 아쉬움은 정말로 '고추잠자리를 잡으려고 날개에 손을 대려는 순간 고추잠자리가 날아가 버려 멋쩍어 하는 아이'와도 같다. 그 각고의 고투가 슬프다.

　한자, 한어를 사용하여 자신의 내밀한 세계를 드러내야 했던 동아시아 지식인들은 늘 그러한 거리, 괴리, 아쉬움을 경험했다. 한자, 한어를 일상에서 사용한 중국인의 경우도 구어와 문어의 간극이 이미 상당히 벌어져 있어서, 한자, 한어를 일상에서 사용하지 않은 지역의 지식인들과 마찬가지였다. 더구나 기왕의 위대한 고전이나 위대한 작가의 시문에 사용된 표현을 사용해야 한다는 규범이 오랫동안 지배하여, 자신의 내면을 완전히 새로운 언어로 드러내기 어려웠을 뿐 아니라, 오히려 기존의 언어 표현을 밟아나갈 것이 요청되어 창작의 순간부터 이미 구속을 당했다.

　하지만 고전의 어구와 시적 발상을 이용하면서 자신의 언어를 만들어내고자 했던 동아시아의 지식인들은 무어라 형언할 수 없는 지적, 미적인 긴장을 체험했다. 그 긴장을 깨닫는 순간 묘하게 즐겁다.

　한자 문화권의 지식인들은 늘 그러한 긴장, 응결, 즐거움을 경험했다. 중국인이라 하더라도 보편적인 고전들과 앞시대 대가들의 시문을 익혀야 했다. 기왕의 작가들이 사용한 표현을 다시 사용해야 한다는 규범을 장르의 약속으로 받아들였기에, 새로운 시적 발상을 담아내기 위해 갑절 힘이 들었으며, 기왕의 표현에 자기만의 시적 발상을 실을 수 있게 되면 무한한 기쁨을 느꼈을 것이다.

시란 저녁노을을 바라보다가 문득 그렁그렁 맺히는 눈물과도 같다고 생각한다. 수많은 사람들이 저녁노을을 바라보았고 그 허망한 아름다움을 표현한 언어들을 수없이 남겨 그 언어들이 나의 뇌리에 오가지만, 문득 내 눈에 그렁그렁 맺히는 눈물은 나만의 눈물인 것이다. 한시의 경우도 마찬가지다. 나만의 눈물을 흘릴 수 있는 시인만이 두고 두고 음송되는 시를 남길 수 있었다.

한시에 관해 주제를 정해 연재의 글을 쓴다는 것은 무척 힘든 일이다. 착상이 떠올라 글을 쓰기까지 정돈되지 않은 생각들이 머릿속에서 시도 때도 없이 떠오르다가 매번 기일에 쫓기기 일쑤이다. 그렇거늘 계간지인 『서정시학』의 '한시산책' 난에 연재를 하기로 마음을 먹고, 2006년 12월부터 2010년 6월까지 15회에 걸쳐 글을 썼다. 매듭을 지을 때가 되어 그간의 글들을 모아 이렇게 정리했다. 또한 『문학사상』에 게재했던 한시 관련 글을 부록으로 붙이기로 했다.

연재 당시의 글들을 되읽으면서, 일부 수정이나 보완이 불가피하다는 것을 깨달았다. 당초 글을 쓸 때 인명과 지명, 고전 어휘의 풀이가 부족했던 어구, 문체와 호흡을 제대로 고려하지 못했던 문장, 시의 인용과 해설이 부족했던 단락, 글 쓰는 환경 때문에 좋은 시를 소개하지 못한 장절 등은 보완할 필요가 있다.

그러나 전체 글의 흐름은 그대로 두었다. 본성에 따라 행동하여 자유자재할 것을 표방하여 생각과 감정의 변덕스러움을 최대한 살리고자 한 것이 원래의 의도였으므로, 생각과 감정이 변한 지금에 와서 먼저의 글을 고친다는 것은 스스로의 의도를 죽이는 일이 되고 말 것이기 때문이다.

원고를 정리하면서, 매번 글을 쓸 때마다의 추억이 떠오른다. 벌써 4년이 지나다니! 그간 갖가지 일들이 있었다. 이런 기회가 없었더라면 한시와 문학에 대한 사랑을 지속하지 못했을 수도 있다. 귀중한 지면을 제공하여 주신 『서정시학』 관계자 여러분, 특히 최동호 선생님께 감사의 말씀을 올린다.

2010년 8월 8일

간다(神田) 진보쵸(神保町) 고서점가의 어느 찻집에서

# ◈ 목 차 ◈

책을 엮으며 /

한시의 서정과 시인의 마음

# 시인의 슬픔

**1.**

한시에 대한 글을 연재하게 되었다. 가볍게 승낙하고는, 전체 테마를 무엇으로 하고, 첫회는 어떤 주제로 시작할 것인가, 고민했다. 한시의 주요 주제나 양식 및 기법에 관해서는 다른 시 전문지에 연재하여 그 내용을 『한시의 세계』(문학동네, 2006)로 엮은 적이 있다. 이번에는 그때 다루지 않은 문제로 독자들과 만나고 싶다. '창작과 향유의 공간'이란 제목으로 써 둔 글들을 다듬어 여러분들의 관심을 끌어 볼까도 생각했다.

그런데 설악산 울산바위를 바라보면서 마음을 바꿨다. 비 갠 아침에는 크고 선명한 무지개가 허리를 휘감고 맑은 날에는 한낮의 하현달이 내려다보는 저 바위산은 '변덕스러움'의 멋이 무엇인지 말해주는 듯했다. 그렇다, 무조건 글을 써 보는 거다.

한문으로 표현하면 임정자재(任情自在)라고 할까. 내키는 대로 행동하여 자유자재하겠노라.

문학은 참여다. 문학은 좌절이다. 문학은 울음이다. 문학은 데카당스다. 문학은 깨달음이다. 한시도 참여다, 좌절이다, 울음이다, 데카당스다, 깨달음이다. 그렇게 다양한 표정을 마주하여 내 스스로 느낀 것을 그때그때 글로 적기로 했다.

언젠가 어느 출판사 편집장이 말한 적이 있다. 다른 분들은 미리 계획을 세워 한편 한편 글을 써서 그것들을 나중에 책으로 엮습디다. 그 눈빛은, 당신은 왜 멋대로 글을 쓰느냐고 도발하고 있었다. 잠시 반성했지만 불쑥 반감이 들었다. 글을 꼭 계획에 따라 써나가야 할 것인가. 악과 선이 서로 물어뜯는 현실 속에서, 그래서 두려움과 동시에 호기심을 갖게 하는 수많은 것들이 가득한 이 세계 속에서, 나의 생각과 감정은 수시로 번전(飜轉)한다. 그렇게 번전하는 생각과 감정을 그대로 담아낼 수 있다면 그것도 좋은 일이 아닐까.


2.


차가운 기운을 이고 있는 울산바위를 바라보다가 알 수 없는 슬픔이 밀려 왔다. 초겨울 아침 하늘이 너무도 푸르고, 햇빛에 반사된 바위가 너무도 희었기 때문이리라. 달리 무슨 이유가 있겠나.

문득 일본의 바쇼(芭蕉)가 46세 되던 1689년에 동북 지방을 여행하면서 노래한 하이쿠들을 모은 『오쿠노호소미치(おくのほそ道)』에서

石山の石より白し秋の風

석영 산의

바위보다 더 흰

가을의 바람

이라고 노래한 구절이 떠올랐다. 이시카와현(石川縣) 고마츠시(小松市) 나타데라(那谷寺)의 경내에 흰빛을 발산하는 석산에 가을바람이 쓸쓸하게 부는 광경을 묘사한 하이쿠이다. 흰 색은 알 수 없는 공허함, 바닥 모를 슬픔을 나타내는 색상이면서, 동아시아의 음양오행설에서는 가을의 색상이기도 하다. 나타데라의 경내에는 흰 석영이 가득하여, 기암괴석과 동굴을 이루고 있다.

'흰빛'에서부터 다시, 두보(杜甫, 712-770)의 절구(絶句)가 생각났다. 이 계절에 늦봄 풍광을 읊은 시가 떠오른 것은 기이한 일이다. 하지만 강물의 푸른빛과 물새의 흰빛이 대조적으로 포착되어 있는 이 시의 첫 구는 맑은 슬픔을 자아낸다. 사실 봄날의 푸른빛은 충만한 힘의 상징일 뿐 아니라 슬픔의 상징이기도 하지 않은가.

두보의 시 가운데 제목 없이 「절구」라는 이름으로 전하는 두 수 가운데 한 수는 이렇다.

江碧鳥逾白(강벽조유백)

山靑花欲然(산청화욕연)

今春看又過(금춘간우과)

何日是歸年(하일시귀년)


강물 파라서 새 더욱 희고

산 푸르러서 꽃은 타는 듯하다

이 봄도 목전에 또 지나가는데
어느 날이 돌아갈 해인가

    마흔여덟, 처자식을 이끌고 방랑길에 나선 뒤 어느 늦봄에 지은 시다. 절구라는 것은 짧은 노래라는 뜻이다. 당나라의 모던풍 시인의 근체시 가운데 규칙이 가장 엄격한 율시의 반 토막을 끊어냈다는 뜻에서 그런 이름이 붙었다고 한다. 문학사에서 보면 율시에서 절구가 나온 것이 아니라, 절구를 중첩함으로써 율시가 나왔다고도 한다. 절구에서도 이 시처럼 한 구절이 다섯 글자씩인 것을 오언시라 한다. 일곱 글자씩인 것은 칠언시다. 오언시이면서 절구이므로, 이 시는 오언절구 형식이다.

    두보는 타향에서 또 하나의 봄이 지나가는 것을 보면서 현실 참여의 의지를 실현하기 위해서는 장안으로 돌아가야 하리라 생각한다. 하지만 그것을 실현할 수 있는 해가 어느 때나 돌아올까. 내년 봄도, 그 다음 봄도, 추이(推移)하는 자연의 풍광을 올해처럼 나그네의 시선으로 바라보고 있을지 모른다. 불안감이 불쑥 일었고 그 끝에 슬픔을 느꼈다.

    두보는 당나라 현종의 평화로운 시기에 초라한 서생으로 살았고, 안녹산의 전란이 일어나자 처자를 이끌고 중국 서남의 사천, 호북, 호남성 일대를 떠돌아다녔다. 그리고 이 시에서 우려했듯이 두보는 결코 장안으로 돌아가지 못했다. 59년의 인생을 호남성의 배 안에서 마감했다.

    그런데 두보의 슬픔은 단순히 개인의 슬픔으로 그친 것은 아니다. 그의 슬픔은 언제나 동시대의 많은 사람들이 느낀 슬픔을 전형적으로 드러냈다.

    두보는 세상의 불합리와 불공평을 향한 성실한 노여움 끝에 슬픔을 느꼈다. 그의 성실함은 사회와 자연에 대한 응시에서도 잘 나타난다. 대상을 꿰뚫어보는 응시와 성실한 슬픔을 지니기에 두보의 시는 침울

하다. 흔히 쾌락의 시인 이백과 비교된다. 물론 이백에게 전혀 어두움이 없었다고 보는 것은 옳지 않다. 이백도 역시 현실의 어두움을 꿰뚫어보았으되, 표현을 명랑하게 했을 따름이다. 그런데 두보는 표현 방법마저도 명랑하지 않았다. 두보는 같은 시대의 어느 누구보다도 현실세계의 결함상(缺陷狀)을 직시하고 그것을 있는 그대로 드러냈으며, 그 끝에 슬퍼했다. 그것이 두보의 시가 지닌 성실함이다.

두보의 시적 성실성은 한정된 수의 글자 속에 남들이 시도하지 못했던 내용들을 짜 넣는 방식으로도 나타났다. 그렇기에 시가 매우 정치(精緻)하다. 정치한 스타일로 그는 슬픔을 담아내어, 찬란한 슬픔의 미학을 이룩했다.

두보는 늦봄의 풍경을 바라보다가 돌연 슬픈 감정을 일으켰다. 풍경을 바라보면서 시상을 일으키는 방법을 기흥(起興)이라고 한다. 『시경』의 국풍 이래 한시의 주요 창작과정 가운데 하나다. 절구의 첫째 구를 기구(起句)라고 한다. 시상을 일으키는 구라는 뜻이다. 「절구」는 시야에 들어온 풍경에서 시상을 일으켰는데, 그 풍경은 스케일이 무척 크다. 그렇다고 묘사가 거친 것은 결코 아니다. 스케일이 큰 풍경을 정치하게 그려내는 것, 그것이 두보 시의 큰 특징이다.

"강물 파라서 새 더욱 희다"에서 강은 양쯔강의 본류나 지류를 가리킨다. 벽(碧)이란 글자는 벽옥(碧玉)이란 말이 있듯이 심록의 색상을 가리킨다. 단, 실제로 강물이 심록색이었다고는 할 수 없다. 청(靑)의 글자를 쓸 수 없어서 이 글자를 택했을 수도 있다. 절구는 전체 짜임에서 한자의 운율(韻律)을 규율에 맞게 배치해야 한다. 특히 각 구마다 두 번째 글자와 네 번째 글자는 음의 높낮이가 서로 달라야 한다. 또 홀수 번째 구의 두 번째 글자는 짝수 번째 구의 두 번째 글자와 음의 높낮이가 달라야 한다. 따라서 두 번째 구에 청(靑)을 놓으려면 첫 번째 구에서는 그 글자를 피하지 않을 수 없다.

'유(逾)'는 '더욱, 한층 더'라는 뜻이다. 소리 값이 낮고 평평한 평성 (平聲)의 글자다. 기울어지거나 촉급한 측성(仄聲)의 글자인 '미(彌)'와 같은 뜻을 지니되, 운율의 요구에 따라 구별해서 사용한다. 왕유(王維) 의 시 「천자께서 옥진공주 댁에 행차하시어 지은 시에 삼가 화운한다 (奉和聖製幸玉眞公主)」에 보면, "谷靜泉逾響(곡정천유향)"이라고 했다. "골짜기 고요하니 샘물 소리 더욱 울려난다"는 뜻이다. 한시는 이러한 대비를 즐겨 사용한다.

시인의 시선은 심록의 수면 위를 날아가는 순백색의 새를 따라 움 직인다. 푸른 산이 정적(靜的)인 물상인 데 비하여 날아가는 새는 동적 (動的)인 물상이다. 또한 심록의 색깔과 순백의 색깔은 색상 면에서 아 주 대조적이다. 순백의 색도 또한 슬픔을 자아내는 색이다. 그 심록색 과 순백색이 대조되어 슬픔의 강도는 증폭된다. 그래서 강물 파라서 새 '더욱' 희다고 말했다. 이렇게 한 구절 안에서 두 개의 물상이나 색 깔, 혹은 시상이 짝을 이루는 것을 구중대(句中對)라고 한다.

둘째 구는 첫째 구의 시상을 이어받아 발전시키는 승구(承句)다. "산 푸르러서 꽃은 타는 듯하다"고 할 때의 '청(靑)'은 싱싱한 푸른빛 을 말한다. 발음상으로 보면 벽(碧)은 짧고 폐쇄적인 소리, 청(靑)은 튀어 오르는 어감을 지니는 소리다. 하지만 앞서 말했듯이 글자의 위 치 때문에 벽(碧)과 청(靑)을 골랐다고 해도 좋다. 절구는 원칙적으로 시 속에서 같은 글자를 반복하지 않는다. 따라서 같은 색조를 나타내 는 범주의 글자들 가운데서 한 글자를 골랐다고 할 수 있다. 굳이 말 하자면 '벽(碧)'이 가라앉은 푸른빛인 데 비하여 '청(靑)'은 발산적이고 기세 좋은 푸른빛이라고 생각해도 좋다.

둘째 구에서 '화욕연(花欲然)'의 '욕(欲)'은 자연의 변화를 뜻하는 말 로, '〜되려고 한다' '〜할 듯하다'라는 말이다. 인간 주체의 의지를 가 리키는 말이 아니다. 이백의 시 「유씨 집 열아홉째 분에게 문안드린다

(問劉十九)」에 "晩來欲天雪(만래욕천설), 能飮一杯無(능음일배무)"라는 구절이 있다. "저녁 되자 하늘에서 눈이 내리려 하는군, 한잔 술을 마실 수 있을지 없을지"라는 말이다.

'연(然)'은 본래 '타다'라는 뜻의 말이다. 그것이 '그렇게 하다'의 뜻으로 더 많이 사용되자, 불 화(火)를 하나 더 붙인 '燃'이란 글자가 나왔다. '타다'라는 뜻의 글자인 '然'과 '燃'은 옛 글자와 신식 글자의 관계다. 그것을 고금자(古今字)의 관계라고 한다. 한시와 한문에서는 신식 글자가 분화되어 나왔는데도 옛 글자를 사용하거나 둘 다 섞어 쓰는 예가 많다. 잠삼(岑參)의 「고관곡 어구에서 정호에게 주다(高官谷口贈鄭鄠)」 시에도, "澗花然暮雨(간화연모우), 潭樹暖春雲(담수난춘운)"이라고 하여 '然'자를 사용했다. "시내의 꽃은 저녁 비에 타오르고, 연못 나무에는 봄 구름 따뜻하다"라는 뜻이다.

푸른빛이 짙은 산에 타는 듯 붉은 꽃이 피어났다. 그 붉은 꽃은 산에 피어난 철쭉의 종류라고 보아야 할 듯하다. 곧, "꽃은 타는 듯하다"는 것은 산이 푸르다는 말과 겉으로는 짝을 이루지 않는 것 같으면서 의미상으로는 짝을 이룬다. 이것도 같은 구 안에서 앞의 시어와 뒤의 시어가 짝을 이룬 구중대(句中對)다. 그런데 첫째 구와 둘째 구의 대(對)의 형식이 다르다. 첫째 구에서는 '강은 푸르다(심록빛이다)'와 '새가 희다'가, 자연물과 자연물, 색채와 색채의 관계로 짝을 이뤘다. 이것을 직대(直對)라고 한다. 둘째 구에서는 '산은 푸르다'와 '꽃이 불타다'이므로 색채와 색채가 짝을 이룬 것이 아니다. 그러나 '불타다'는 동사는 붉은 빛을 연상시켜서 '푸르다'와 의미상 짝을 이룬다. 이것을 의대(意對)라고 한다. 두보는 첫 구와 둘째 구를 비슷한 형식으로 표현하면서도 실은 직대와 의대를 교차시켜 변화를 준 것이다.

세 번째 구는 앞의 두 구와는 다른 시상으로 전환한다. 그래서 전구(轉句)라고 한다. 곧, 첫째 구와 둘째 구가 자연의 경관을 노래한 데

19

비하여 셋째 구와 다음의 넷째 구는 시인 자신의 심경을 토로했다. 곧 '첫째-둘째' 구는 경(景)을, '셋째-넷째' 구는 정(情)을 담았다. 정(情) 은 감정만 말하는 것이 아니다. 시인의 주관적 판단, 심리적 상태를 모두 가리킨다.

한시에서는 경과 정을 어떻게 짜느냐 하는 문제가 매우 중요하다. 흔히 한시는 외적 경물과 내적 심상이 융합되어 있는 상태인 정경교융 (情景交融)의 상태를 지향한다고 하지만, 실제 시에서는 정과 경을 일 부러 분리하여 배치하고 전체적으로 그러한 상태를 조화시켜내는 예가 적지 않다.

그런데 셋째 구에서 말하는 정(情)은 어떤 의식과 어떤 심리 상태 인가? 자연의 계절적 변화를 보면서 만물은 추이(推移)하기 마련임을 자각한 끝에 느끼게 되는 비애(悲哀)의 심리다. 자연의 역동적 힘을 한 껏 드러내는 봄철도 이윽고 다음 계절로 옮아가고 말리라는 자각을, 두보는 "이 봄도 목전에 또 지나려 한다"라고 표현했다.

'간우과(看又過)'의 '간(看)'이란 글자는 물끄러미 쳐다보는 상태를 말한다. 어떤 사물을 객관적으로 포착하려고 '본다'는 뜻이 아니다. '물 끄러미 보고 있는 눈앞을 스쳐 지나간다'는 뜻이다. '어느덧'이라고 풀 이하여도 좋다. '우(又)'라는 글자도 교묘하다. 지지난해와 지난해처럼 금년 봄도 '또 속절없이' 지나간다는 뜻을 담았다. 시인은 자연의 추이 를 잘 알지만, 그렇게 추이하는 자연의 풍광은 나의 의지와 관계없이, 물끄러미 쳐다보는 시선 앞으로 스쳐 지나갈 따름이다. 그래서 두보는 넷째 구에서 자신의 슬픔을 토로하게 된다. "어느 날이 돌아갈 해인 가" 시상을 매듭짓는 결구(結句)다.

여기에 하나 더 주목할 사실이 있다. 두보는 늦봄의 역동적인 힘을 충실하게 드러내기 위해 운율상 교묘한 배치를 했다. 곧, 첫째 구와 둘째 구의 모두 10개 글자 가운데, 우리 발음으로 [-ㄱ]으로 끝나는 글자를 셋이나 이용했다. '벽(碧)' '백(白)' '욕(欲)'의 세 글자다. 현대 중국어의 보통화나 북경어에서는 이 글자들의 끝 발음이 없어졌지만 우리 발음은 한자의 옛 소리 값을 지니고 있다. 이렇게 [-ㄱ] 발음을 가진 한자들이나, 혹은 [-ㅂ]이나 [-ㄹ]의 발음을 가진 한자들은 본래 폐쇄음을 지녔던 것이다. 그 글자들을 입성(入聲)이라고 한다. 그런 발음의 글자들은 역동적이거나 의지적인 뉘앙스를 나타내기도 하고, 거꾸로 맺히고 답답한 분위기를 드러낸다.

두보가 이 시의 첫째 구와 둘째 구에서 늦봄의 자연 풍광을 거대 스케일로 포착하면서 [-ㄱ] 발음의 글자들을 많이 사용한 것은 자연이 지닌 역동성을 드러내기 위해서였다. 하도 교묘해서 천연으로 이루어졌지, 결코 기법으로 그렇게 한 것 같지가 않다. 이른바 천의무봉(天衣無縫)의 솜씨다.

내친 김에 한자의 음에 대해 더 언급해야 하겠다. 한시를 지을 때는 모든 한자들을 모음과 끝 발음의 유사성에 따라 106개의 운(韻)으로 분류한 글자표의 체계에 근거해서, 같은 운에 속하는 글자들을 적절한 위치에 두어야 한다. 대개는 짝수 번째 구의 마지막에 두는데, 그것을 압운(押韻)이라고 한다. 또 그렇게 압운한 글자를 운자(韻字)라고 한다. 이 시에서는 '然'과 '年'의 두 글자가 운자들이다. 둘 다 평평하고 긴 발음인 평성(平聲) 가운데 선(先)자로 대표되는 운목(韻目)에 속한다. 곧 평성 선운(先韻)의 글자들이다.

그런데 두보는 이 시의 첫째 구에서 똑같은 운목에 속하는 글자를 두 번 사용했다. 전체 시의 운자는 아니다. 첫째 구는 '강벽(江碧)'과 '조유백(鳥逾白)'의 두 리듬 단위로 끊어지는데, 각각의 마지막에 [-ㅕ ㄱ]과 [-ㅐ ㄱ]의 소리 값을 지닌 글자를 각각 놓았다. 약간 차이가 있기는 하지만, 모음과 끝 발음이 같은 글자를 반복한 셈이다. 이렇게 한 구 안에서 압운하는 방식은 매우 이례적이다. 그것을 특별히 구중운(句中韻)이라고 한다. 더구나 그 '벽(碧)'과 '백(白)'은 똑같이 [ㅂ-] 음을 머리에 지닌 글자들이다. 두보는 발음상 거의 같은 글자를 일부러 반복했다고 할 수 있다. 이것은 근체시로서는 파격이다. 얼른 보면 이 「절구」 시는 쉬운 시어들로 이루어져 있는 듯하지만, 가만히 생각해 보면 이 시는 시어의 선택이 대단히 정치하다. 그저 놀라울 따름이다.

이 시를 Herbert Allen Giles(1845-1935)는 다음과 같이 영역했다.

White gleam the gulls across the darkling tides,

On the green hills the red flowers seem to burn;

Alas! I see another spring has died······

When will it come—the day of my return!

*Gems of Chinese literature*, p.153.

## 3.

한편, 한시의 시인들은 자신과 현실 사이의 괴리를 절감하고 슬픔을 느끼기 일쑤였다. 이미 중국 전국시대 초나라의 굴원(屈原)은 「어부가(漁父歌)」에서, 세상 사람들과 함께 취하여 세상 흘러가는 대로 잠겼다 떴다 하지 못하고 홀로 깨어 있다는 독성(獨醒)의 사실에서 슬픔을 느꼈다.

굴원이 간신들의 무고로 추방되어 상수 부근에서 배회하며 물가를 거닐며 시를 읊고 있었다. 안색은 초췌하고 외모는 몹시 야위어 있었다.

어부가 그를 보고 물었다. "그대는 삼려대부가 아니시오? 무슨 까닭으로 여기에 오셨소[이 지경에 이르셨소]?" "세상이 모두 혼탁한데 나 홀로 깨끗하고, 사람들이 전부 취해 있는데 나 홀로 깨어 있으니, 이런 이유로 추방되었소."

어부가 말했다. "성인은 사물(속세의 것)에 얽매이지 않아 능히 세상과 더불어 따라서 옮아가오. 세상 사람이 모두 탁하면 당신도 왜 그 흙탕물을 튀겨서 물결을 일으켜 보고, 사람들이 모두 취해 있거든 당신도 술지게미를 배불리 먹고 밀술까지 들이마시지 아니 한단 말이오? 어찌 깊이 사색하고 고고하게 처신하여 스스로 추방을 자초했단 말이오?"

굴원이 말했다. "나는 이런 말을 들었소. 머리를 막 감은 자는 반드시 관을 털어 쓰고, 목욕을 막 끝낸 자는 반드시 옷을 털어 입는다고 하오. 어찌 이 깨끗한 몸을 가지고 더러운 세상의 것을 받아들일 수 있겠소? 차라리 상수에 몸을 던져 물고기의 뱃속에 장사를 지낼지언정 어찌 희디흰 결백한 몸뚱이로 세상 먼지를 뒤집어쓸 수 있겠소?"

어부는 빙그레 웃고는 노를 저어 떠나가며 노래를 불렀다. "창랑의 물이 맑으면 내 갓끈을 씻을 만하고 창랑의 물이 흐리면 내 발을 씻을 만하도다." 다시 말이 없이 그렇게 떠나가고 말았다.


세상은 타락했고 자신만이 올바르다는 지독한 자존심으로부터 대부분의 시인들은 자유롭지 못했다. 굴원은 자신의 빛을 감추고 세속과 더불어 살라는 도가적인 화광동진(和光同塵)의 삶을 거부했다. 남이 나를 소라고 부르면 그래 나는 소다라고 응하지 못하고, 남이 나를 말이라고 부르면 그래 나는 말이라고 답하지 못했다. 그렇듯이, 세상 일반이 혼탁하여 올바른 도리가 실현될 수 없을 때 세태와는 동떨어져 있다는 소외감은 종종 시인들을 눈물짓게 만들었다.

당나라 시인 맹교(孟郊, 751-814)에게 「유순을 전송하면서(送柳淳)」

라는 오언고시가 있다. 각 구마다 다섯 글자이고 그런 구절이 넷으로 이루어져 있되, 위에서 말한 근체시의 엄격한 운율을 지키지 않았다. 압운의 글자도 평성 글자가 아니라 평온하지 못한 측성의 글자 '도(道)'와 '노(老)'다. 따라서 오언절구가 아니라 오언고시다. 여기에서의 고시는 절구나 율시같이 엄격한 형식이 나온 뒤에 일부러 예스러운 느낌을 살리고 분방한 생각을 담기 위해 형식을 조금 어긴 것을 말한다. 시 제목에 나오는 유순이란 사람은 어떤 인물이었는지 자세하지 않다. 이 시는 아주 쉬운 20개의 글자로 이루어져 있으나, 스산한 바람 속에 홀로 서 있는 시인의 고독하고도 차가운 얼굴을 너무도 잘 드러냈다.

青山臨黃河(청산임황하)
下有長安道(하유장안도)
世上名利人(세상명리인)
相逢不知老(상봉부지로)

청산은 황하에 임하고
그 아래 장안 길이 뻗어 있다
명리를 추구하는 세상 사람들
서로 만나 즐기느라 늙는 줄도 모르다니

청산이 황하에 임한 자연 풍광은 온전한 조화의 세계다. 그러나 그 조화는 인간이 오고가는 장안 길로 인하여 쉽사리 깨지고 만다. 거꾸로 자연의 완전성은 인간 세상의 불완전성을 더욱 부각시킨다. 그나마 그 길 위를 외로운 여행자나 진지한 구도자가 걸어간다면 그 길은 전혀 다른 의미를 지니리라. 그러나 장안 길은 명성과 이익을 쫓는 사람들이 끊임없이 오가는 큰 길이다. 그 길에서 사람들은 서로 만나 속내

를 숨기고 즐거운 체한다. 얼굴만 웃고 있을 뿐이고 속내를 숨기고 있
는 면교(面交), 저자에서 이익을 쫓으려는 목적에서 본심을 드러내지
않고 사귀는 시교(市交)가 그 길에서 벌어진다. 면교나 시교를 하는 그
들은 늙음과 죽음이 이미 발밑에 이르러 와 있다는 사실을 모르고 있
다. 선종에서 말하는, 자신의 발밑을 비춰보는 조고각근(照顧脚跟)을
하려고 들지 않는다.

　그러한 세태를 물끄러미 바라보면서 시인은 슬퍼했다. 이렇게 자기
스스로를 소외시켜서 슬픈 감정을 시로 담아낸 시인이 곧 맹교다. 그는
장적(張籍)이나 가도(賈島) 등과 함께 한유(韓愈)의 일파로 꼽히되, 시의
경향은 사뭇 다르다. 맹교는 한유보다 연장자였으나, 마흔 살을 넘긴
796년에야 비로소 진사가 되었고 삶도 순탄치 못했다. 그러한 경력은 세
상 세태에 대해 냉소하게 만들었다. 그는 남과는 다른 자신만의 시적 세
계를 구축하기 위해, 오언고시의 형식에 기발한 착상을 담고자 노력했
다. 「종남산에 노닐다(遊終南山)」 시의 “南山塞天地(남산색천지), 日月生
石上(일월생석상)”이라는 구절은 그 대표적인 예다. 장안의 남산 종남산
을 두고, “산은 천지를 막고, 해와 달은 바위 위에 생겨난다”고 묘사한
것이다. 종남산의 웅장함을 다소 과장스럽게 그려보이되, ‘막다’라는 표
현을 썼기 때문에 전체적 심성이 울적하다. 앞길을 차단당한 느낌이다.

　송나라 때 소동파 곧 소식(蘇軾)은 맹교의 시풍을 가도의 그것과 아
울러서 ‘교한도수(郊寒島瘦)’라고 평했다. 맹교는 싸늘하고 가도는 야위
었다는 뜻이다. 두 사람의 시가 지닌 쓸쓰레한 맛을 지적해서 한 말이
다. 또 현대의 문학평론가 문일다(聞一多)는 「당시잡론(唐詩雜論)」이란
글에서, “늙은 맹교는 목이 멘 듯, 가시가 돋은 것 같은 오언고시를 읊
어서 세간의 인심을 근심했다”고 했다. 맹교가 현실에 대하여 지닌 불
만의 감정을 간결한 단형의 시로 표출했던 사실을 가리켜서 한 말이다.

조선 중기의 김상헌(金尙憲, 1570-1652)은 1614년(광해군 6), 인왕산에 올라 서울의 지세와 성곽의 풍수를 돌아보고 맹교의 이 시를 문득 환기했다. 「서산 유람기(遊西山記)」라는 글에서다.

홍인문의 아스라한 건물은 동쪽으로 바라보니 높다랗게 서 있다. 종로 큰 길이 한 가닥으로 통해 있다. 좌우에 늘어선 저자는 마치 별들이 궤도를 따라 도는 듯 가로세로 질서정연했다. 그 사이에 수레를 몰고 말을 타기도 하며 급히 치달리고 여럿이 모여 있기도 하는데, 이 모든 것이 이익을 도모하는 자들이다. 당시(唐詩)에서 이른바 "서로 만나느라 늙는 줄 모른다(相逢不知老)"고 한 것이 정말 묘한 찬양이다.

임진왜란이 끝난 뒤 23년. 태어나는 아이들이 나날이 늘어가고 집들이 많아져서 서울에는 여염집 일만 채가 마치 고기비늘처럼 빼곡했다. 종로 큰 길의 좌우에 늘어선 저자는 마치 별들이 궤도를 따라 도는 듯 가로세로 질서정연하다. 일만 호 가운데 남자는 대략 헤아려도 십만 아래는 아닐 것이다. 하지만 군주를 보좌하여 요순(堯舜) 시절을 가져올 이가 없다는 것이 문제였다. 저잣거리에서 수레를 몰고 말을 타기도 하며 급히 치달리고 여럿이 모여 있기도 하는 모든 사람들이 단순히 '이익을 도모하는' 자들뿐이었기 때문이다. 상업을 부정한 말이 아니라, 모든 사람들이 이익 추구에 골몰하는 세태를 걱정한 것이다. 그렇기에 김상헌은 맹교 시의 "서로 만나 즐기느라 늙는 줄도 모르다니(相逢不知老)"라고 한 말을 환기하고, 그 시구가 정말로 '묘한 찬양'이라고 했다.

김상헌이 세태를 걱정한 것은 광해조의 정치현실을 우려했기 때문이기도 하다. 경복궁의 빈 정원에 성곽이 무너지고 목책이 듬성듬성하며, 용과 봉을 새긴 전각들이 모두 무성한 잡초에 묻히고 그저 경회루 앞의 못에 연꽃잎이 바람에 흔들리며 석양에 어른어른 하는 것을 보고, 그는 목이 메였다. 어진 이를 막아서 나라를 그르쳐 외적이 이르게 하고 궁을 가시덤불로 뒤덮이게 하고, 부추기는 상소를 올려 총애를 구하고, 사악한 말을 행하고, 궁궐을 폐하게 한 간신의 죄는 단지 사형에 처하는 것만으로 다 할 수가 없다고 했다. 권력을 농단하는 자들에 대한 분노의 감정을 드러낸 것이다.


4.


明月幾時有(명월기시유)
把酒問靑天(파주문청천)
不知天上宮闕(부지천상궁궐)
今夕是何年(금석시하년)
我欲乘風歸去(아욕승풍귀거)
又恐瓊樓玉宇(우공경루옥우)
高處不勝寒(고처불승한)
起舞弄淸影(기무농청영)
何似在人間(하사재인간)


轉朱閣(전주각)
低綺戶(저기호)
照無眠(조무면)
不應有恨(불응유한)

何事長向別時圓(하사장향별시원)

人有悲歡離合(인유비환이합)

月有陰晴圓缺(월유음청원결)

此事古難全(차사고난전)

但願人長久(단원인장구)

千里共嬋娟(천리공선연)


밝은 저 달은 언제부터 있었나

술잔 들고 푸른 하늘에 물어본다

모르겠군, 천상 궁궐에선

오늘밤이 어느 해인지

바람 타고 돌아가고 싶다만

역시 두렵군, 경루의 옥우는

높아서 추위를 이기지 못하리라

일어나 춤을 추며 맑은 그림자를 희롱하나니

인간 세상에 있은 것과 어찌 같으랴


달이 붉은 누각을 돌아서

나지막이 비단 창을 엿보아

잠 못 이루는 사람을 비추네

원한을 품을 일도 없을 텐데

어째서 언제나 이별의 때에 둥글단 말인가

사람에겐 슬픔과 기쁨, 이별과 만남이 있고

달에겐 맑음과 흐림, 둥글어짐과 이지러짐이 있으니

이 일은 예부터 온전하기 어려워라

다만 바라는 건 사람이 언제까지고

천리 떨어져 있어도 아름다운 달을 동시에 감상하는 일

이 시는 송나라 때 발달한 사(詞)라는 장르이다. 일종의 악보인 사패(詞牌)에 맞추어 한 글자 한 글자, 평측과 압운을 맞추어 짓는다. 이 시는 수조가두(水調歌頭)라는 사패를 이용했다. 수조가두의 사패는 전단과 후단의 두 부분으로 이루어져, 중간에 약간의 휴지가 있다.

이 수조가두조 사는 북송의 문호 동파(東坡) 즉 소식(蘇軾)이 지은 것으로, '중추사(仲秋詞)'라는 일명으로 널리 알려져 있다. 실제 제목은 「병진년 중추, 즐겁게 마셔서 아침까지 이르러, 대취하여 이 시편을 짓고, 아울러 아우 자유를 생각한다(丙辰中秋歡飮達旦大醉作此篇兼懷子由)」이다. 곧 1076년 중추에 41세의 소동파가 산동성(山東省) 밀주(密州)[지금의 산동성 제성(諸城)]의 지사로 있으면서 관사의 뜰에 있는 초연대(超然臺)에 올라 아우 소철(蘇轍)을 생각하면서 지은 것이다.

소동파는 당시 즐거워서 술을 마셨고, 아침에 이르러서는 대취했다고 했다. 과연 처음 두 구는 이백(李白)의 「잔 잡아 달에게 묻는다(把酒問月)」에서

青天有月來幾時(청천유월래기시)
我今停杯一問之(아금정배일문지)

푸른 하늘에 있는 저 달 언제부터 있었나
나는 술잔 멈추고 한번 물어 보노라

라고 한 구절을 따 와, 밝고 넉넉한 심경으로 시작한다. 그리고 영혼은 더욱 신화 세계의 환상 공간으로 유영한다. 하지만 당시 그는 정치권력에서 소외되어 괴로운 생활을 하고 있었다. 신화적인 환상 공간으로의

진입은 차단당하고 만다. 그는 "바람 타고 돌아가고 싶다만" "역시 두렵군, 경루의 옥우는, 높아서 추위를 이기지 못하리라"라고 스스로 진입을 포기하는 듯이 말하는 것이다. 더구나 달빛이 아름다우면 아름다울수록, 그는 아우 자유(소철)와 이별하여 있다는 사실에 슬픔을 느끼게 된다.

물론 동파의 슬픔은 까닭 없이 일어나는 센티멘털의 정서는 아니다. 그는 적극적이고 낙관적인 세계관을 지니고 있다. 이별의 정한을 격조 있게 묘사한다. 더구나 "이 일은 예부터 온전하기 어려워라"에서 그의 슬픔은 보편성을 띠게 된다. 이 일이란, 인간의 기쁜 일과 달의 가득참이 겹치는 것을 가리킨다. 사랑하는 사람과 함께 모여 밝은 만월을 바라보는 일은 예로부터 온전히 그 즐거움을 누리기 어렵다는 것을 깨닫고 이별의 운명을 받아들이고 있다.

그런데 바로 그 점에 인간이 극복할 수 없는 근원적인 슬픔이 존재하는 것이 아니겠는가. 어째서 인간은 사랑하는 사람과 함께 하는 즐거움을 항구하게 누리지 못하는 것일까. 설사 사랑하는 사람과 함께 하더라도, 자연의 아름다움의 절정을 함께 즐기지는 못하는 것일까. 이것은 인간세계의 근원적인 결함상(缺陷狀)을 상징하는 것이 아닌가.

시인은 인간이 슬픈 존재임을 잘 아는 사람들이다. 한시의 작가도 그렇다. 제왕의 육신으로 면류관을 쓰고 있더라도 그가 시인이라면 그는 슬픈 존재다. 삶의 진리를 깨달은 고승대덕(高僧大德)이라 하여도 그가 시인이라면 그는 슬픈 존재다.

불교에서는 인간을 '슬픔의 그릇'이라고 했다. 생로병사의 고통을 짊어지고 있기에 그렇게 말하는 것이리라. 하지만 시인에게는 슬픔이 하나 더 있다. 인간이 슬픔의 그릇이란 사실을 또렷이 자각하는 데서 오는 지독한 슬픔이다. 그런 자각 때문에 시인은 눈물이 그렁그렁하다. 다만 시인이 지닌 슬픔의 그릇은 사람에 따라 크기가 다르다. 눈물의 농도도 다르다.

# [참 고]

中村俊定 校注, 『芭蕉紀行文集』, 岩波書店, 1991.

두보(杜甫), 「절구(絶句)」, 구조오(仇兆鰲) 주, 『두시상주(杜詩詳註)』 권10, 北京: 中華書局, 1979.

굴원(屈原), 「어부가(漁父歌)」, 왕일(王逸) 장구(章句); 홍흥조(洪興祖) 보주 (補注), 『초사보주(楚辭補注)』, 台北: 商務印書館, 1981.

맹교(孟郊), 「유순을 전송하면서(送柳淳)」, 『맹동야시집(孟東野詩集)』 권8, 사 부총간(四部叢刊)·정편 35, 台北: 商務印書館, 영인, 1981.

Herbert Allen Giles, *Gems of Chinese literature*, 2nd ed., Shanghai: Kelly&Walsh, 1923.

김상헌(金尙憲), 「서산 유람기(遊西山記)」, 『청음선생집(淸陰先生集)』 권38 기(記), 한국문집총간 77, 1988.

소식(蘇軾), 「병진년 중추, 즐겁게 마셔서 아침까지 이르러, 대취하여 이 시편을 짓고, 아울러 아우 자유를 생각한다(丙辰中秋歡飮達旦大醉作 此篇兼懷子由)」, 『동파사(東坡詞)』 수조가두조(水調歌頭調).

이백(李白), 「잔 잡아 달에게 묻는다(把酒問月)」, 『분류보주이태백시(分類補 註李太白詩)』 권20, 사부총간(四部叢刊)·정편 32, 台北: 商務印書館, 영인, 1981.

# 빗속의 눈물처럼 TEARS IN THE RAIN

1.

　"그 모든 순간들이 빗속의 눈물처럼 곧 사라지겠지." 영화 『블레이드 러너(Blade Runner)』에서 넥서스 6 타입의 안드로이드인 로이 베티(룻거 하우어 분)가 죽어가면서 한 말이다. 2019년 산성비 내리는 로스앤젤레스의 빌딩 위에서 로이는 자신을 '퇴역(retirement)'시키려는 릭 데커드(해리슨 포드 분)와 맞서 싸우다가 그를 구해주고 죽어간다. 릭 데커드는 그 자신도 인조인간(Replicant)이면서 스스로의 정체성을 모른 채 인조인간의 실질적인 처형을 임무로 삼은 비밀경찰 블레이드 러너의 일원이다.

　필립 K. 딕(Philip Kindred Dick, 1928-1982)의 소설 『안드로이드는 전기 양의 꿈을 꾸는가?(Do Androids dream of Electric Sheep?)』(1968년)를 모태로 했다는 『블레이드 러너』는 '사랑'이야 말로 인간의 마지막 구원이요 생명이라는 메시지를 담았다고 흔히 이해된다. 1982

년의 오리지널 극장판은 1992년의 감독 버전보다 더 낙관적이다. 초원을 달리는 차안에서 데커드는 자신이 사랑하여 탈출시키고 있는 인조인간 레이첼의 수명이 4년이 아니라 인간과 같다고 혼잣말을 한다.

하지만 이 영화는 미래의 전망을 어둡게 그려내어, 음울하기 짝이 없다. 그렇다고 단순히 환상적인 영화는 아니다. 영화는 우리에게 인간 존재란 과연 무엇인가, 하는 물음을 던진다. 그리고 마치 '과거의 기억'이야말로 인간의 정체성을 구성하는 본질이라고 말하는 듯도 하다. 그 대답은 로이가 죽어가면서 하는 그 말 속에 숨어 있다. "나는 너희 인간들이 믿지 못할 것들을 보아왔다. 오리온 성운 옆에서 불타던 전함들을, 탄호이저 게이트 근처의 암흑 속에서 C빔이 번쩍이는 것을. 그 모든 그 순간들이 빗속의 눈물처럼 곧 사라지겠지. 죽을 시간이다."

영화 속에서 4년 수명의 인조인간은 창조자가 그에게 어릴 적 기억까지도 주입시켜 두었으므로 스스로를 인간이라고 생각하고 살아간다. 성능이 뛰어날수록 인조인간은 자신이 인조인간이라는 것을 모르고 살아가는 것이다. 하지만 자신의 기억이 모두 조작된 것이라는 사실을 깨닫는 순간 인조인간은 절망한다. 그러나 인조인간도 자신의 '삶' 속에서 추억을 만들어간다. 그가 삶 속에서 겪는 경험만큼은 그 자신만의 기억을 이루고 그 자신의 정체성을 형성한다. "나는 너희 인간들이 믿지 못할 것들을 보아왔다"는 그 자신이 만든 과거의 기억이 있는 한, 그는 정체성을 지닌 하나의 개체인 것이다.

기억이 없다면 과연 우리는 한 인간으로서 정체성을 유지할 수 있을까. 자기 정체성이라는 것은 결국 기억에 의존하지 않을 수 없으리라. 죽음에 의해 그 기억들은 결국은 빗속의 눈물처럼 사라지겠지만, 살아 있다는 것은 아련한 기억, 애틋한 추억, 상기하고 싶지 않은 과거에 의해 구성되는 것이 아니겠는가. 나의 존재를 이루는 그 기억은 웅대한 기억이 아니어도 좋으리라. 매일매일 자기의 삶을 살아가지 못하는 이들에게서야 추억은 애써 무시되지만 말이다.



## 2.


한시의 경우에도 대가들은 기억의 사실을 즐겨 다루었다. 그 가운데서도 가장 탁월한 시를 남긴 시인이 북송의 소식(蘇軾)이다. 동파(東坡)라는 호로 잘 알려진 이 시인은, 선불교의 활달함을 받아들이고, 정치권력이나 예교에 속박되지 않는 자유의 정신을 추구하여, 매우 높은 격조의 시들을 남겼다. 슬픔의 그릇인 인간이 무시로 느끼는 비애를 극복한 평정함과 너글너글함이 그의 시에는 담겨 있다.

그런데 소동파에게 가장 특징적인 것은 세 살 아래의 아우 소철(蘇轍)과 주고받은 시가 많다는 점이다. 상대방의 같은 운자(韻字)를 이용하고 시상(詩想)도 공유하면서 똑같은 형식으로 시를 짓는 일을 화운(和韻) 혹은 차운(次韻)이라고 한다. 그들은 하도 우애가 좋아서, 잠자리를 나란히 하고 한밤에 떨어지는 빗소리를 함께 듣는다는 뜻의 야우대상(夜雨對床)이라고 하면 그들의 우애를 연상한다. 젊은 시절에 그들은 함께 여행하면서 형의 시에 아우가, 아우의 시에 형이 화운했고, 관리 생활을 한 이후로는 시로 안부를 묻고 역시 서로 화운했다. 다른 시인들에게서 그리 흔하게 볼 수 있는 일이 아니다.

소동파는 「아우 자유의 <민지에서의 일을 추억하여> 시에 화운한 시(和子由澠池懷舊)」에서,

    人生到處知何似(인생도처지하사)

應似飛鴻踏雪泥(응사비홍답설니)

泥上偶然留指爪(니상우연류지조)

鴻飛那復計東西(홍비나부계동서)

세상을 산다는 건 대체 무어라 할까

기러기가 눈 섞인 진창을 밟는 일 같으리

진흙 위에 우연히도 발톱자국 남기지만

기러기 날아오르면 향방을 어찌 따지랴

라고 했다. 기러기가 진흙에 발자국만 남기고 어디론가 떠나버리고 말
듯이 우리의 삶은 덧없기만 한 것이라는 말이다. 이 시에서 설니홍조
(雪泥鴻爪)라는 성어가 나왔다. 인생이란 앞길을 알 수가 없으며, 모든
것은 우연일 따름이라는 뜻으로 쓰인다. 삶을 환영(幻影)이나 포말(泡
沫)에 비유하는 관념과 통한다. 또한 선불교에서 여궐(驢橛)이니 마장
(馬樁)이니 하는 것과 통한다. 곧, 나귀 말뚝과 말 말뚝은 나귀와 말이
없어지고 그 흔적만 남은 것으로, 결국 실체가 없는 허상을 가리킨다.

그런데 이 시를 읽다가 고인들이 삶을 환영이나 포말, 심지어 기러
기 발톱자국에 비유한 것은 허무를 극복하고자 하는 일종의 수사적 행
위가 아니었을까 의문을 가진 적이 있다. 그때는 왜 그런 의문을 갖게
되었는지, 스스로 설명할 길이 없었다. 그런데 이제는 이유를 어렴풋
이 알게 되었다. 인생의 덧없음을 이야기하는 행간에, 그 덧없음을 극
복할 방도, 아니 어쩌면 그 덧없음을 이미 극복한 심적 상태가 숨어
있기 때문이다. 그 점은 이 시인이 과거의 일을 추억하고 있고, 그것
도 혼자만 그런 것이 아니라 아우와 함께 그 추억을 공유하고 있다는
사실에서 어렴풋하게 느낄 수가 있다.

시 전체를 다시 읽어보자. 한 구가 일곱 글자씩이고 전체가 4개의

연(聯)으로 이루어진 칠언율시다.

人生到處知何似(인생도처지하사)
應似飛鴻踏雪泥(응사비홍답설니)
泥上偶然留指爪(니상우연류지조)
鴻飛那復計東西(홍비나부계동서)
老僧已死成新塔(노승이사성신탑)
壞壁無由見舊題(괴벽무유견구제)
往日崎嶇還記否(왕일기구환기부)
路長人困蹇驢嘶(노장인곤건려시)

세상을 산다는 건 대체 무어라 할까
기러기가 눈 섞인 진창을 밟는 일 같으리
진흙 위에 우연히도 발톱자국 남기지만
기러기 날아오르면 향방을 어찌 따지랴
노승은 이미 죽어 새 탑(부도)을 이루고
벽은 무너져 옛날 쓴 시를 볼 길 없으리
지난날 힘들었던 산길을 기억하느냐
길은 끝없고 사람 지치고 노새 울어대던

시는 근체시의 규칙에 따라 짝수 번째 구의 마지막마다 운자를 놓았는데, 그 글자들은 모두 평성 제(齊)의 운에 속한다. 칠언율시는 첫구의 마지막에도 운자를 놓을 수 있는데, 이 시는 그렇게 하지 않았다.
또 율시는 두련(수련), 함련, 경련, 미련으로 이루어지고, 4개 연 가운데 함련과 경련은 반드시 대우(對偶)의 기법을 사용하여 형식상 응축성이 있다. 하지만 이 시는 그 기법이 조금 독특하다. 우선 앞의 2개

연(두련과 함련)만으로 시 한편을 이룰 수 있어서, 함련과 경련 사이에 오히려 휴지(休止)가 있다. 매우 분방한 형식이라고 할 만하다.

그리고 대우란 어법 구조가 같고 심상이 서로 긴밀한 두 개의 구를 나란히 두는 것을 말한다. 그것을 우리나라에서는 대구(對句)라고 했는데, 중국에서는 대우나 대장(對仗)이라고 부른다. 대구라고 하면 대우(대장)의 짝수 번째 구(바깥짝)만을 가리켜 말하는 것이 될 수가 있기 때문이다. 이 시의 경련은 그나마 정격에 가까운 대우를 이루었다.

곧,

老僧已死成新塔(노승이사성신탑)
　　　　　노승은 이미 죽어 새 탑(부도)을 이루고
壞壁無由見舊題(괴벽무유견구제)
　　　　　벽은 무너져 옛날 쓴 시를 볼 길 없으리

의 연을 보면,

노승(老僧)-괴벽(壞壁)
이사(已死)-무유(無由)
성신탑(成新塔)-견구제(見舊題)

가 각각 어법상 짝을 이루고 있는 데다가, 이미지도 서로 비슷하거나 서로 상반되어 짝을 이룬다. 하지만 그 앞의 함련은 매우 특이하다.

泥上偶然留指爪(니상우연유지조)
　　　　　진흙 위에 우연히도 발톱자국 남기지만
鴻飛那復計東西(홍비나부계동서)

우연(偶然)-나부(那復)는 그래도 문장의 주요성분이 아닌 허사(虛詞)의 짝이다. 하지만 니상(泥上)-홍비(鴻飛)는 어법상 짝을 이루지 않는다. 그런데 여기 기묘한 수법이 감추어져 있다. 진흙 니(泥)와 기러기 홍(鴻)은 무생물과 생물로서 대를 이룬다. 상(上)은 여기서는 방위사로서 '위'란 뜻이지만, 본래 그 글자는 '올라간다'라는 동사로도 쓰일 수 있고, 그렇다면 날 비(飛)와 짝을 이룰 수 있다. 어법상으로는 그렇지 않으나, 에둘러서 짝을 이루므로 느슨한 짝이라고 할 수 있는 것이다. 그것을 관대(寬對)라고 한다. 그렇지만 유지조(留指爪)-계동서(計東西)는 어떤 식으로 짝을 이루는 것인지 잘 알 수가 없다. 파격인 셈이다. 독자 여러분들께서 한번 생각해 보시기 바란다.

한시는 보통 외부의 경관을 묘사하는 부분과 내면의 심리를 표출하는 부분을 별도로 두고 그것들을 잘 직조하여 한 편의 유기적 전체를 구성한다. 전자를 경(景)이라 하고 후자를 정(情)이라 한다. 곧 한시는 정경교융(情景交融)을 중시하되, 그 정과 경을 외부 구성에서는 분리시켜 두고 내적으로 융합하는 방식을 즐겨 사용한다. 하지만 소동파의 이 시는 전혀 그렇지가 않다. 경의 부분이 없다. 시의 시작도 '세상을 산다는 것은 대체 무어라 할까'라고 하여 매우 돌연하다. 이것을 돌기(突起)의 구성이라고 한다. 소동파는 돌기의 구성을 취하면서 인생을 운위했다. 실은 그는 시에서 인생의 문제를 직접 논하기를 좋아했다. 그 때문에 지나치게 이치를 논하는 취향이 있다고 싫어하는 사람들도 있다. 그리고 이 시의 후반에서도 현재의 경을 묘사하거나 현재의 감정을 드러내지 않았다. 기억 속의 옛 일을 환기했다. 곧, 시인 소동파는 지난날 고단하기는 했지만 아우와 나란히 길을 가던 광경을 떠올리고 있을 따름인데, 정서는 행간에 감추어 두었다.

이 시는 소동파가 26세 되던 1061년 11월에 처음으로 관리가 되어 섬서성 봉상부(鳳翔府)로 향하던 때에 지은 것이다. 소동파는 시의 끝에 "지난 날 말은 이릉(二陵)이란 곳에서 노새를 타고 민지(澠池)에 이르렀다"고 주석을 붙여 두었다. 이릉은 중국의 서안(옛 장안) 근처 효(崤)·함(函) 지역에 있는 두 언덕으로, 남쪽은 하나라 걸(桀)왕의 조상인 하후고(夏侯皐)의 무덤이고, 북쪽은 주나라 문왕이 비바람을 피하던 곳이라고 한다. 곧 효산(崤山)을 말한다. 그는 아우와 함께 과거 시험(진사시)을 보기 위해 고향인 사천성 미산(眉山)을 떠나 저 유명한 잔도(棧道)를 거쳐 당시의 서울 개봉(開封)으로 향하던 일을 회상한 것이다. 당시 그들은 민지에서 승려 봉한(奉閑)의 도움을 받았는데, 그 승려는 이제 죽어 다비식을 거쳐 사리를 안장한 부도만 남았다. 민지는 하남성 낙양에서 서쪽으로 60km 지점에 있는 고을이다.

3.

1057년 정월, 22세의 소동파와 19세의 아우 소철은 나란히 과거시험(진사시)에 급제했으나, 어머니 상을 당하여 부친 소순(蘇洵)과 함께 고향 미산으로 돌아가 삼년상을 치렀다. 아우 소철은 19세 무렵에 이미 민지현(澠池縣)의 주부(主簿)라는 벼슬에 임명됐으나, 과거를 보러 가기 위해서 취임하지 않았다. 1059년에 이르러 세 부자는 다시 개봉으로 향하려고 미산을 출발하여 장강(양쯔강)을 따라 남하하다가 예전에는 급류로 유명했던 삼협(三峽)을 지나 협주(峽州) 곧 현재의 호북성 의창

(宜昌)에 한 달 간 노닐었다. 그리고 1060년 정월 5일 다시 개봉으로 향해서 2월에 도착했다. 소동파는 봄에 하남성 복창현(福昌縣)의 주부 벼슬에 임명됐으나 취임하지 않고 상급 시험을 공부했다. 이듬해 1061년에 소동파 형제는 특별시험인 제시(制試)에 응시해서, 소동파는 3등, 아우는 4등으로 급제했다. 이때 소동파는 섬서성 봉상부의 첨판(簽判)에 임명되었다. 아우는 소동파를 정주(鄭州) 땅에서 전송하고 일단 개봉으로 돌아갔다가 섬서성 상주군(商州軍)의 사추관(事推官)으로 부임하게 된다. 첨판은 주부보다 윗자리의 사무관, 사추관은 고을의 속관이다.

1061년의 11월, 소동파는 아내 왕불(王弗), 세 살의 장남 매(邁)를 데리고 봉상부로 향했다. 아우 소철을 정주 땅에서 이별하면서, 그는 몹시 서글퍼했다. 그는 그 무렵, 부임하는 기쁨을 노래하기보다는 아우와의 이별을 슬퍼하는 시를 여럿 남겼다. 일생 우애가 남다른 형제였지만, 특히 젊은 시절 함께 청운의 뜻을 품고 긴 여행을 해야 했던 추억이 있기에 그 정이 더욱 깊었을 것이다.

소동파는 시의 마지막 연에서 지난 일을 상기시키면서, 인생철학을 토로했다.

往日崎嶇還記否(왕일기구환기부)
　　　　지난날 힘들었던 산길을 기억하느냐
路長人困蹇驢嘶(노장인곤건려시)
　　　　길은 끝없고 사람 지치고 노새 울어대던

기구(崎嶇)란 본래 산이 험함을 말한다. 흔히 '삶이 기구하다'라는 식으로 전용한다. 소동파는 말한다. 우리 인생은 그때 여행길과 마찬가지로 험난하기 짝이 없을 것이다. 그러나 그 험난한 길을 간 끝에 우리는 과거에 급제하지 않았더냐. 임지로 떠나는 나도, 또 나를 전송하는 너도, 앞으로 어떤 고된 일을 겪을지 모른다. 하지만 이겨 나갈 수 있을 것이다. 소동파는 이렇게 회상의 언어 속에 현존재의 불안감과 동시에 진취적 정신을 담았다.

소동파가 화운(和韻)한 아우 소철의 시는 「민지에서의 일을 추억하여 자첨 형에게 부치다(懷澠池寄子瞻兄)」라는 제목이다. 자첨은 소동파의 자(字)이다. 성인식을 올리고 나서 갖게 되는 별도의 이름이 자다. 앞서 나왔듯이, 아우 소철은 자가 자유(子由)였다.

相攜話別鄭原上(상휴화별정원상)
共道長途怡雪泥(공도장도파설니)
歸騎還尋大梁陌(귀기환심대량맥)
行人已道古崤西(행인이도고효서)
曾爲縣吏民知否(증위현리민지부)
舊宿僧房壁共題(구숙승방벽공제)
遙想獨遊佳味少(요상독유가미소)
無言騅馬但鳴嘶(무언추마단명시)


손 마주잡고 정주 언덕에서 이별을 말하여
길 멀고 눈 녹아 진창이라 걱정하네
돌아가는 내 말이 대량의 큰 길을 다시 찾을 때면
떠나시는 형은 이미 효산 서쪽 길로 접어들었으리
일찍이 내가 민지 고을 관리였던 것을 거기 백성들은 알까
지난날 승방에 묵으면서 우리는 벽에 함께 시를 썼지요
상상되오, 외론 여행길에 재미 적으리란 것을
말 없는 오추마는 그저 히힝 울어대고

이 시의 경련에서


曾爲縣吏民知否(증위현리민지부)

　　　　일찍이 내가 민지 고을 관리였던 것을 거기 백성들은 알까
舊宿僧房壁共題(구숙승방벽공제)

　　　　지난날 승방에 묵으면서 우리는 벽에 함께 시를 썼지요


라고 말한 것은 소철 자신이 민지현의 관리로 임명되었던 일과 과거를
보러 형과 함께 상경하다가 민지의 승방에 들렀던 일을 동시에 추억한
것이라고 생각된다. 하나의 지명이 시기적으로 상이한 여러 일들을 동
시에 상기시킨 것이리라. 마르셀 프루스트가 『잃어버린 시간을 찾아서』
에서 사물의 향이나 광경의 미세한 사실에서 과거의 수많은 기억들을
자동으로 연상한 것처럼. 바로 이 구절에서 발단하여 소동파는 차운시
를 지었던 것이다.
　소철의 이 시는 형의 시보다는 얌전하지만 역시 파격의 부분이 있
다. 지금 위에서 본 경련이 대우의 기법을 무시한 것이 그것이다.


　　　증위(曾爲)-구숙(舊宿)
　　　현리(縣吏)-승방(僧房)
　　　민지부(民知否)-벽공제(壁共題)


와 같은 식으로 하나하나 맞추어 보면, 처음 두 글자와 끝의 세 글자
는 각각 짝이 맞지 않는다. 그나마 함련은, 하나는 자신의 일을 말하
고 하나는 형의 일을 말하면서 어법상으로 짝이 되는 구조를 이루었다
고 하겠다. 하지만 그것도 찬찬히 들여다보면 짝이 어그러져 있다.

대량맥(大梁陌)-고효서(古崤西)

는 결코 정격의 대우가 아니다. 형이나 아우나 이 형제는 파격을 즐기는 호방한 성격이었나 보다.

　본래 민지(澠池)는 전국시대에 조왕(趙王)과 진왕(秦王)이 주연(酒宴)을 베풀었던 일이 있고, 그 주연에서 조왕을 따라갔던 인상여(藺相如)가 자기 군주의 위엄을 지켜 준 고사가 전한다. 곧, 조왕과 진왕이 회동할 때 진왕의 강요로 조왕이 비파[瑟]를 타자, 인상여는 자기의 군주가 무시당한 것에 격분하여 진왕에게도 질장구 치기를 청했다. 진왕이 거절하자 인상여는, "왕께서 질장구를 치지 않으시면 신(臣)이 목을 찔러 다섯 걸음 안에 계신 왕에게 제 피를 뿌리겠습니다" 했다. 진왕은 어쩔 수 없이 질장구를 쳐야 했다. 조왕은 민지에서 돌아와서 인상여에게 높은 벼슬을 주었다. 장군 염파(廉頗)는 미천한 출신의 인상여가 자기보다 높은 벼슬을 받게 된 것에 불만을 지녔으나, 나중에는 인상여의 도량에 감복하여 서로를 위해 목숨을 아끼지 않는 사이인 문경지교(刎頸之交)를 맺었다. 한(漢)나라 사마상여(司馬相如)는 처음에 이름이 견자(犬子)였는데, 뒤에 인상여를 사모하여 이름을 상여라고 고쳤다고 전한다.

4.

　인상여가 자기 군주의 위엄을 지켜낸 고사는 사마천의 『사기』에 실

43

려 있으므로, 과거의 지식인들에게 초보적인 지식에 속했다. 고려 말의 이제현(李齊賢)은 1316년 원나라 수도인 연경에 머물던 충선왕을 대신해서 서촉의 명산 아미산(峨眉山)에 제사 지내러 가다가 민지에 들러서 「민지(澠池)」라는 시를 지어 바로 이 인상여의 고사를 환기했다.

强秦若翼虎(강진약익호)　懦趙眞首鼠(나조진수서)
特會非同盟(특회비동맹)　安危在此擧(안위재차거)
藺卿膽如斗(인경담여두)　杖劍立左右(장검립좌우)
叱咤生風雷(질타생풍뢰)　萬乘自擊缶(만승자격부)
桓桓百萬兵(환환백만병)　一言有重輕(일언유중경)
廉頗伏高義(염파복고의)　犬子慕遺名(견자모유명)
駕言池上遊(가언지상유)　去我今幾秋(거아금기추)
餘威起毛髮(여위기모발)　萬木寒颼颼(만목한수수)


강한 진나라는 날개 달린 범 같고
약한 조나라는 멈칫거리는 쥐 같아
동맹도 아니면서 특별히 모였기에
나라의 안위가 그 거사에 달렸나니
인 정승은 한 말 크기의 담으로
칼 잡고 주군의 곁에 모셨다가
한 번 꾸짖음에 바람과 우뢰 일어
만승 임금 진왕이 스스로 장구를 두드렸네
용맹스러운 백만 군사들보다
말 한마디가 더욱 무거웠기에
염파도 그 높은 의리에 굴복하고

견자(사마상여)의 이름을 후세에도 사모하네

내가 이 못에 와서 노니나니

그때 일이 얼마나 오래 전 일인가만

남은 위엄이 머리카락을 일어서게 하고

온갖 나무도 으스스 떠누나


오언고시이면서 약간 길이가 긴 이 시에서 이제현은 과거의 역사적 사실을 노래했다. 마치 자기 감정은 모두 숨기고 역사만을 높은 목소리로 전할 기세다. 따라서 시 양식면에서 영사시(詠史詩)에 속한다. 실은 이제현은 인상여의 일을 노래함으로써 자기 자신도 자신의 군주를 위해 기개를 떨치리라는 뜻을 간접적으로 토로했다. 영사시는 대개 그런 방식을 취한다. 결코 역사를 기념비적 역사로서 부각시키는 데 그치는 것이 아니다.

어쨌든 이제현의 이 시는 똑같이 「민지」를 배경으로 했으면서도 소동파나 그 아우 소철의 시와는 취향이 전혀 다르다. 이제현은 다섯 글자의 짧은 구를 숨 가쁘게 중첩하면서, 처음부터 끝까지 같은 운(韻)만을 사용하여 기세를 몰아 나갔다. 자신의 의지를 표출하는 데 매우 적절한 시 형식을 선택한 것이다.

민지라고 하면 누구나 인상여 고사를 곧바로 연상할 것이겠지만, 소동파나 그 아우 소철은 일체 그 일을 언급하지 않았다. 그들은 자신들만의 추억을 곱씹었다. 그 추억은 지극히 일상적이고 지극히 애상적이다. 그리고 그들은 그들만이 공유하는 추억 속에서 형제간의 우의를 다지고, 또 스스로의 삶과 존재를 재확인했다. 송나라 때의 시인들은 당나라 때 시인들과는 달리 생활주변의 사실을 자잘하게 노래했는데, 그 특징은 소동파와 그 아우가 민지의 일을 회상하면서 지은 시에서 매우 잘 나타나 있다. 오늘날 보기에 생활의 사실을 자잘하게 노래했다 해서 그들의 시를 폄하할 이유가 전혀 없다.


## 5.


영화 『블레이드 러너』는 유학시절이던 1983년에 보았다. 교이치 회관(京一會館)은 저항운동을 하던 학생들이 모이던 곳이라고 했다. 광주 혁명(당시는 사태라고 했다) 직후 어두우면서도 불명료한 상황을 뒤로 하고, 여섯 남매의 맏아들로서 떠맡아야 할 책무를 멋대로 유예한 채, 큰 선생님의 권유로 교토 생활을 시작했다. 그런 내게 교이치 회관은 구원의 장소요 탈출구였다. 채플린이 우스꽝스런 몸짓으로 자본주의를 비판하는 영화들, 이탈리아의 네오 리얼리즘 영화들, 헝가리 등 구 공산권의 영화들, 학생운동 실패 후 의리의 세계를 꿈꾸었던 일본 감독들이 만든 야쿠자 영화들, 문예성이 높은 영화들과 포르노에 가까운 세 편 동시상영의 영화들……, 그런 영화들을 거기에서 보았다. 미처 뿜어내지 못했던 저항의식을 딱딱한 의자에 앉아 안으로 삭였으며, 형제들을 버려둔 채 떠나왔다는 미안한 감정을 잠시나마 떨어낼 수 있었다. 2003년에 다시 갔을 때는 벌써 오래 전에 문을 닫아서, 슈퍼마켓이 자리 잡고 있었다. 하지만 발그레한 두 볼을 지녔던 나의 그 시절 그 일들은 앞으로도 불쑥불쑥 기억 속에서 되살아나, 나로 하여금, 밀려드는 어지럼과 아득함을 디디고 일어서게 하리라. 빗속의 눈물처럼 소멸되는 그날까지는.

# [참 고]

소식(蘇軾), 「아우 자유의 <민지에서의 일을 추억하여>시에 화운한 시(和 子由澠池懷舊)」, 왕문고(王文誥) 집주, 『소식시집(蘇軾詩集)』 권3, 北京: 中華書局, 1982.

소철(蘇轍), 「민지에서의 일을 추억하여 자첨 형에게 부치다(懷澠池寄子瞻 兄)」, 『소철집(蘇轍集)』, 北京: 中華書局, 1999.

이제현(李齊賢), 「민지(澠池)」, 『익재난고(益齋亂稿)』 권1 시(詩), 한국문집 총간 2, 1988.

# 시인의 그날 그 시각

1.

    우크라이나 도니에플(도니플로) 강 위에 띄운 유람선에서 시인들이 자작시를 낭송하는 것을 들으면서, 문득 시를 짓지 않은 사람이 시를 해석한다는 일이 정말로 가능한 일일까 하는 자괴감이 들었다. 우크라이나 시인들의 시는 언어 자체를 알아들을 수 없었으므로 번역문을 보아야 했는데, 도무지 앞뒤가 맞지 않는 언어들이 늘어서 있을 따름이었다. 그런데 우리나라 시인들의 시도 온전히 이해하기가 어려웠다. 자신의 시를 낭송하는 그분들의 어조와 몸짓에서 아련함, 애절함, 그리고 뜨거움을 가슴으로는 조금 느낄 수 있으면서도 말이다. 아마도 그 시들이 어려워서 그랬다기보다는 그 시를 지은 그날 그 시각의 시인의 정서와 사상을 제대로 알지 못하기 때문이었을 것이다. 그날 나는 시인들을 남몰래 질투하면서 '고추 넣은 보드카'를 들이키고 있었다.

사실 그러한 질투심은 한시를 해설할 때마다 느끼고는 한다. 현대 시의 평론을 하는 분들은 용케도 시를 해석해내지만, 한시의 경우에는 해석의 한계를 절감하는 일이 한두 번이 아니다.


　　2.


　2004년도에 초빙교수로 교토대학에 가 있을 때 명나라 말기 원굉도(袁宏道)의 문집 『원중랑집』의 역주 작업을 마치느라 고생을 했다. 초고는 세 사람이 3년 동안 공역한 것이었지만, 마무리는 혼자 해야 했다. 아이들과 집사람은 함께 가지 않았으므로 세 끼 식사는 혼자 해결해야 했다. 아침은 빵 한 조각으로 때우고, 점심은 구내식당, 저녁은 학생들이 이용하는 간이식당을 이용하는 날이 대부분이었다. 어떤 날은 아예 숙소 밖을 나가지도 못하고 인스턴트 식품으로 식사를 서둘러야 했다.
　그때 일단 끝마친 역주 원고를 2005년 겨울에 다듬어서 출판하기 위해 또 6개월 간 고생했다. 출판사에서 세팅하여 빌려준 노트북에 직접 교정을 하느라 밤늦게까지 작업을 해야 했는데, 한때는 일시적으로 눈이 보이지 않은 적도 있었다. 그렇게 해서 모두 신국판 크기의 10책으로 역주본을 냈다. 스스로 생각해도 지옥 같은 나날을 2년 간 보낸 것이다.
　하지만 고통은 역주의 분량이나 생활의 불편함 때문만은 아니었다. 도무지 해석이 안 되는 시들이 많았기 때문에 더욱 고통스러웠다. 현재 연구자들이 자주 활용하는 『사고전서』나 『사부총간』의 전산자료도 없었고 인터넷이 통하지 않아 최소한의 검색도 하지 못했으므로, 전고(典故)의 뜻을 알려고 사전들을 뒤적이면서 이리저리 궁리해야 했다. 그렇게 해서도 해결이 되지 않는 것이 있을 때는, 몹시 지친 탓에 잠을 이룰 수가 없었다.

이를테면 원굉도에게 「이굉보 선생의 서신을 받고(得李宏甫先生書)」라는 시가 있다. 1590년(만력 18년경인), 공안에 있을 때 지은 시로, 이굉보(李宏甫)는 곧 이지(李贄, 1527-1602)를 말한다. 이지의 호는 탁오(卓吾)인데, 또 다른 호가 굉보였다. 이지는 54세에 관직을 버리고 강학과 저술에 전념했다. 도학을 배격하고 동심설(童心說)을 제창했으며, 세속과 적이 되는 것을 꺼리지 않았다. 마침내 이단자요 요망한 인물로 지목되어 감옥에 갇히자, 분개하여 자살하게 된다.

似此瑤華色(사차요화색)
何殊空谷音(하수공곡음)
悲哉擊筑淚(비재격축루)
已矣唾壺心(이의타호심)
跡豈焚書白(적기분서백)
病因老苦侵(병인노고침)
有文焉用隱(유문언용은)
無水若爲沉(무수약위침)

첫째 구의 요화색(瑤華色)은 옥처럼 아름다운 광택인데, 남의 문장이나 다른 사람의 편지를 가리키는 말로 사용된다. 둘째 구의 공곡음(空谷音)은 사람 없는 깊은 계곡에 들려오는 반가운 발자국 소리를 말한다. 이 둘은 전고가 있기는 하지만 상투어라고 보아도 좋다.

셋째 구의 격축루(擊筑淚)는 전국시대 연나라 고점리(高漸離)와 연나라로 망명해 온 자객 형가(荊軻)의 고사에서 나왔다. 둘은 축을 타고 노래하며 즐겁게 놀다가, 그 끝에 눈물을 흘렸다고 한다. 형가가 태자 단(丹)의 부탁을 받아들여 진(秦)나라 시황제를 암살하러 떠날 때는 역수(易水)에서 형가가 비장한 노래를 부르고 고점리가 축을 연주했다. 형가가 실패하고 죽은 뒤, 망명하여 변장해서 남에게 고용되어 있었다. 어느 날 그 집의 손님이 축을 연주하는 것을 듣고 비평한 것이 귀에 들어가 주인의 명으로 축을 연주했는데, 만좌의 사람들이 모두 감동하여 눈물을 흘렸다고 한다. 고점리는 진시황을 곁에 모시고 있게 되었을 때 축에 납을 넣어 시황제를 내리치려고 했으나 실패하고 결국 살해되었다. 『사기』「자객열전」에 나온다. 이 구절은 이지(탁오)라는 인물을 진정으로 이해하는 지음(知音)이 세상에 없음을 탄식한 것이다.

다섯째 구에서 『분서』는 이지가 1590년(만력 18년)에 마성에서 출간한 저술을 가리킨다. 이 구절의 뜻은, 선생의 자취는 『분서』에서만 분명히 드러나는 것이 아니라는 것이다. 아마도 이지가 서신에서 자신의 저술 『분서』에 대하여 어떤 감개의 뜻을 표명한 데 대하여 원굉도가 그의 마음을 위로한 듯하다.

여섯째 구의 노고(老苦)는 쌍관(雙關)의 뜻이 있다. 쌍관이란 시어가 글자의 표면적인 뜻과 함께 또 다른 의미를 품는 경우를 말한다. 이 시어에 쌍관의 뜻이 있다는 것은 현대의 중국 학자가 간단히 해설을 붙인 것을 참고로 하여 그 사실을 알 수가 있었다. 곧, 이지는 노년에 친구가 없어서 스스로 '노고(老苦)'라고 호했다. 또 『분서』「외」편의 이름이 '노고'이기도 하다. 『분서』를 간행한 1590년에 이지는 나이 64세였는데, 그 무렵에는 자주 늙어감의 애수를 토로했다.

일곱째 구의 유문(有文)은 『춘추좌씨전』희공(僖公) 24년에서 나왔다. 진(晉)나라 제후 문공(곧 重耳)이 자신의 망명 시절에 따라다녔던

신하들을 상 주려고 할 때 개치추(介之推)는 자기 공을 말하지 않았다. 그는 윗사람이 간악한 자들에게 상을 내리고 아랫사람은 죄악을 충의라고 속여 말하는 현실을 개탄하여 벼슬길에서 떠나려고 했다. 그 어머니가 개지추더러, 군주에게 네 공적을 알리는 것이 어떠냐고 하자, 개지추는

　　言(언), 身之文也(신지문야). 身將隱(신장은), 焉用文之(언용문지)? 是求顯也(시구현야).

　　말이란 것은(즉 이의를 제기하는 것은) 몸(일신)을 장식하기 위한 것입니다. 몸이 숨으려고 하거늘 어찌 장식을 하겠습니까. 말을 한다면 도리어 세상에 나가려고 하는 것이 됩니다.

라고 했다. 원굉도는 그 말의 뜻을 거꾸로 이용했다.

　　여덟째 구의 '무수약위침(無水若爲沈)'은 이지가 편지에서 "나의 주장은 세상에 용납되지 않고, 게다가 이러한 노고의 몸으로는 더 이상 새로운 저술을 세상에 내놓을 기력이 없으므로, 이대로 육침(陸沈)하여 생애를 마치련다"라고 했으므로 원굉도가 다소 해학적으로 말한 듯하다. 육침은 물밑에 잠기듯 은자가 세상을 버리고 사는 것을 말한다.

　　이렇게 하나하나 전고를 찾아나갔으나, 넷째 구의 전고를 알지 못해 시 전체를 온전하게 풀이할 수가 없었다. 나중에야 타호심(唾壺心)이란 표현이 진(晉)나라 왕돈(王敦)의 고사에서 나온 것임을 알았다. 왕돈은 정권을 손아귀에 넣으려는 야심을 품고 있어서, 술을 마시면 언제나 위(魏)나라 무제의

　　老驥伏櫪(노기복력) 志在千里(지재천리)

烈士暮年(열사모년) 壯心不已(장심불이)

늙은 천리마는 마구간에 누워 있어도
뜻이 천리에 있고
열사는 늘그막에 이르러도
장대한 마음이 그치지 않는다

라고 하는 시를, 타호(唾壺, 침 뱉는 타구)를 여의장(如意杖)으로 두들기면서 박자를 맞추어 노래했다고 한다. 『진서』 「왕돈전」에 나오고, 위진 시대 명사들의 일화를 모은 『세설신어(世說新語)』 「호상(豪爽)」편에도 나온다. 후세의 사람들은 남의 시문을 칭탄하는 것을 '타호를 친다(擊唾壺)'라고 했다. 이 구절은 이지가 호방한 마음을 지니고 있지만 세상 사람들이 알아주지 못하여 칭탄하지 않는 사실을 한탄한 것이다.

　시어에 사용된 전고를 하나하나 조사하고 난 뒤에야, 나는 다음과 같은 현대어 역을 얻을 수가 있었다. 번역본에서는 넷째 구를 조금 달리 풀었으나, 역시 이와 같아야 할 듯하다.

이렇게 빛나는 서신이
빈 골짝의 반가운 발소리와 무어 다르랴
슬프구나, 축을 연주하며 흘리던 눈물이여
이제 그만이로다, 타호(唾壺)의 마음은
선생의 자취가 어찌 『분서』에서만 분명하랴
병은 '노고' 때문에 깊어지셨네
아름다운 무늬 지녔거늘 어찌 숨으시려 하오
강물도 없는데 마치 빠지려는 듯이

흔히 원중랑은 성령(性靈)을 표출하는 것을 시의 본령으로 삼았지만, 그 시는 어느 한 구절도 전고를 사용하지 않은 것이 없을 정도로 난해하다. 개성을 중시한 시가 이런 정도이니, 황정견(黃庭堅)의 시처럼 아예 전고를 줄이어 놓은 시의 경우에는 시의 뜻을 해석하기가 정말 어렵다.


3.


그런데 한시의 해석이 어려운 것은 전고 때문만이 아니다. 한시의 자구를 잘 알아서 문맥을 파악했다고 하더라도 그 한시가 창작된 배경을 알지 못하여 그 참뜻을 온전히 파악할 수 없는 경우가 허다하다. 『맹자』「만장 · 상」편에서는

故說詩者(고설시자), 不以文害辭(불이문해사), 不以辭害志(불이사해지). 以意逆志(이의역지), 是爲得之(시위득지).

그러므로 시를 설명하는 자는 글자(文)로 말(辭)을 해치지 않고, 말(辭)로 본래의 뜻(志)을 해치지 않고서, (보는 자의) 뜻으로써 (작자의) 뜻에 맞추어야만 시를 알 수 있는 것이다

라고 주의를 주었다. 여기서 '이의역지(以意逆志)'라는 시 해독의 원칙론이 제기되었다. 글자나 어구에만 집착하지 말고 작가의 본래의 뜻을

제대로 이해해야 한다는 말이다.

진작부터 『시경』의 시편에 대해서도 옛사람들은 그 문제를 지적했다. 시편을 이해하기 위해서는 해석자의 마음으로 시인의 뜻을 소급하여 파악해야 한다고 해서 '이의역지'의 방법을 강조했다. 하지만 시편이 나온 역사적 콘텍스트를 알지 못한다면 시인의 뜻을 소급해서 파악하기란 지극히 어려운 법이다.

그 사실은 정풍이나 위풍이니 하는 국풍에서 남녀가 서로 만나 사랑하는 감정을 토로하는 시에 대해 오래된 주석과 보다 새로운 주석 사이에 해석의 대립이 있는 사실에서도 알 수가 있다. 오래된 주석은 남녀 관계를 군신 관계의 비유로 보고, 그 시편이 창작된 배경을 설명했다. 하지만 남송의 대학자 주희(주자)는 시편의 맥락에서 옛 주석이 말하는 역사적 사실을 발견할 수 없다고 하여 그러한 시편을 그대로 남녀상열지사(男女相悅之詞)라고 보았다. 정풍(鄭風) 「장중자(將仲子)」 편은 그 한 가지 예이다.

將仲子兮(장중자혜), 無踰我里(무유아리).
無折我樹杞(무절아수기), 豈敢愛之(기감애지)? 畏我父母(외아부모).
仲可懷也(중가회야), 父母之言(부모지언), 亦可畏也(역가외야)!

將仲子兮(장중자혜), 無踰我牆(무유아장).
無折我樹桑(무절아수상), 豈敢愛之(기감애지)? 畏我諸兄(외아제형).
仲可懷也(중가회야), 諸兄之言(제형지언), 亦可畏也(역가외야).

將仲子兮(장중자혜), 無踰我園(무유아원).
無折我樹檀(무절아수단), 豈敢愛之(기감애지)? 畏人之多言(외인지다언).
仲可懷也(중가회야), 人之多言(인지다언), 亦可畏也(역가외야)!

둘째 도련님
우리 마을을 넘나들어
우리 집 버들을 꺾지 마세요
그것이 아까워서겠어요
우리 부모님이 두려워요
도련님도 그립지만
부모님의 말씀이 또 두려운 걸요.

둘째 도련님
우리 집 담장을 넘나들어
우리 집 뽕나무를 꺾지 마세요
그것이 아까워서겠어요
오라버니들이 두려워요
도련님도 그립지만
오라버니들 말씀이 또 두려운 걸요.

둘째 도련님
우리 집 뜰을 넘나들어
우리 집 박달나무를 꺾지 마세요
그것이 아까워서겠어요
다른 사람들 말 많음이 두려워요
도련님도 그립지만
사람들의 말 많음이 또 두려운 걸요.

오래된 주석인 「모시서(毛詩序)」는 이 시가 정나라 장공(莊公)을 풍자한 작품이라고 보았다. 장공이 자신의 어머니 무강(武姜)의 요청을 이기지 못해 결국 자신의 친동생 공숙단을 해친 사실을 풍자한 것이라고 본 것이다. 장중자는 동생 공숙단이 멋대로 하는데도 형 장공은 잡아주지 못했고 재상 제중(祭仲)이 몇 차례 간언했는데도 듣지 않았다. 결국 작은 일을 차마 하지 못하다가 큰 난리가 생기고 말았다는 것이다.

　『좌전』 은공(隱公) 원년의 기록에 따르면 정나라 장공은 태어날 때 다리부터 나와 하마터면 어머니 무강을 죽일 뻔했다. 그래서 무강은 친아들인 장공을 증오해서, 그 대신 순산한 공숙단을 편애하여 왕으로 세우려 했다. 무강의 희망은 물론 수포로 돌아갔지만 공숙단의 봉지를 수도로 하게끔 만들었다. 교만해진 공숙단은 반란을 일으키게 되고 정권 다툼에 실패하여 도망치고 만다. 이런 사태를 미리 짐작한 재상 제중이 거듭 간언하지만 장공은 듣지 않았다고 한다.

　「모시서」는 「장중자」 편에 나오는 장중자를 제중으로 보고는 『좌전』의 기록을 끌어와서 시를 풀이했다. 하지만 장중자를 제중으로 단정할 만한 증거는 없다. 오히려 둘째 도련님 정도의 뜻으로 보는 것이 옳다고 한다. 또 「장중자」 편의 어느 구절도 정나라 장공의 일을 가리키지 않았다. 따라서 주희는 그 해설을 견강부회라고 보고, 이 시는 여성이 남성의 구애를 조심스레 받아들이는 내용으로 풀이했다. 현대의 해석자들도 주희의 설을 대개 따르고 있다.

　이렇게 현대의 『시경』 해석은 주희의 편을 들어주지만, 과연 옛 주석이 틀렸다고 단정할 수 있을까 의문이 든다. 혹 옛 주석은 무언가 전승이 있어서 그렇게 말한 것인지 모르기 때문이다. 주희는 남녀 관계를 다룬 시편에 대해서는 과감하게 남녀상열지사라고 해석했지만, 그 밖의 시편에 대해서는 대부분 옛 주석을 따르는 일이 많아서, 그 시편에는 무언가 역사적 배경이 있으리라고 보고는 했다.

4.


　『시경』의 시편은 성립된 지 하도 오래되어서 그 역사적 맥락을 알
수 없기 때문에 이런 해석의 차이가 있다고 할 수 있다. 하지만 그리
오래되지 않은 한시에도 이러한 해석의 차이가 얼마든지 있을 수 있다.
　인조반정의 공신이자 병자호란 때 청나라와의 강화를 주장하여 사직
을 보호했던 최명길(崔鳴吉, 1586-1647)이 「회선사(懷仙詞)」라는 칠언율
시를 지은 것이 있다. 정유춘(鄭有春) 곧 정태화(鄭太和, 1602-1673)에게
부친 것으로 되어 있다.


　　　雲海微茫落照間(운해미망낙조간)　眼穿何處覓蓬山(안천하처멱봉산)
　　　張騫槎路仍多阻(장건사로잉다조)　徐市樓船久未還(서불누선구미환)
　　　易被秋風欺白鬢(이피추풍기백빈)　難從仙竈借紅顏(난종선조차홍안)
　　　年來無限傷心事(연래무한상심사)　窮巷蒼苔獨掩關(궁항창태독엄관)


　　　구름바다 아득아득 석양 빛 아래 펼쳐져 있다만
　　　뚫어져라 보아도 어디서 봉래산을 찾으리오
　　　장건이 갔던 뗏목 길엔 험한 곳 많았었고
　　　서불 타고 간 누선은 영영 돌아오지 않았네
　　　가을바람에 쏘이면 귀밑머리 세기 쉽고
　　　신선 부엌의 단약으론 홍안을 빌려오기 어렵네
　　　근래에 맘 상하는 일들 한없이 많기에
　　　외진 거리 이끼 덮인 곳에 문 닫고 홀로 있다오

장건은 한나라 무제 때 사람이다. 무제가 장건으로 하여금 대하(大夏)에 사신으로 가서 황하의 근원을 찾게 했는데, 장건이 뗏목을 타고 온갖 고생하면서 곤륜산에 이르러 견우와 직녀를 만났다고 한다. 서불은 서복(徐福)이라고도 한다. 진나라 시황이 서불에게 동해 삼신산으로 가서 불로초를 캐 오라고 하면서 동남동녀 3천 명을 데리고 가게 했는데, 서복이 누선을 타고 떠나간 뒤에 돌아오지 않았다고 한다. 신선 부엌은 신선들이 불사약인 단약을 달이는 부엌이다.

「회선사(懷仙詞)」라는 제목과 시의 표면적인 뜻만 보면 이 시는 유선사(游仙詞)의 하나였을 것이다. 「유선사」는 악부의 한 제목인데, 곽박(郭璞)이 「유선사」 1백 편을 지은 이후로 연작으로 짓는 것이 보통이다.

시를 한번 읽어보면, 최명길이 현실의 질곡을 벗어나 신선의 경지를 꿈꾸지만 신선이 오지 않아 답답해하는 마음을 읊은 것으로 여겨진다. 하지만 이긍익의 『연려실기술』을 보면 이 시는 보통의 유선사가 아님을 알 수 있다.

정축년 호란이 진정되자 최명길은 '종묘사직을 위하여 뜻을 굽혀 청국과 강화하여 보존하기를 도모한 것'을 알리는 외교문서를 작성해서, 당시 장산도(長山島)에 주둔하고 있던 명나라 도독 진홍범(陳洪範)에게 보내 명나라 황제에게 전달되기를 기대했다. 그러나 바닷길이 멀고 아득하므로 신뢰할 만한 사람을 얻어 다시 우리나라의 사정을 밝히고자 하는데, 무인년(1638) 가을에 강가에서 경비하던 군사가 승려 한 사람을 데려왔다. 그 승려의 이름은 독보(獨步)로, 본래 우리나라 사람인데 병자년에 볼 일이 있어서 가도(椵島)에 갔다가 난리 때문에 돌아오지 못하고 중국으로 들어가서 홍승주(洪承疇)의 막부에 머물며 우리나라 사정을 정탐하기 위하여 나온 자였다. 그 사실을 평안병사 임경업이 즉시 최명길에게 보고하자, 최명길은 그 승려를 서울로 보내도록 했다. 그 사람됨이 강개하고 말을 잘하여 일을 맡길 만했으므로, 최명길은 기밀을 맡은 재신들과 의논하여 명나라 황제에게 부치는 글을 갖추어 독보에게 맡겨 물길을 통해 중국에 들여보내면서, 따로 한 장의 외교문서를 홍승주 앞으로 보냈다.

그런데 중국으로 들어간 독보는 오래도록 돌아오지 않았다. 최명길은 정승을 그만두고 집에 있었는데 이에 율시 한 수를 지어 평안감사 정태화에게 부치고 소식을 탐문하면서, '신선을 그리워하는 노래'라고 칭탁하는 제목을 붙여 위의 시를 지었다는 것이다.

독보 파견에 얽힌 역사적 배경은 시의 원문에 드러나 있지 않을 뿐만 아니라, 각주나 제목에도 언급되어 있지 않다. 그러니 이 시를 읽고서 최명길이 독보가 돌아오길 기다리던 답답한 심정이었음을 알아차리기는 어렵다. 이긍익이 이 시를 독보 파견의 사실과 연결시킨 것은 아마도 전승이 있었기 때문일 것이다. 그러한 전승을 모른다면 해설자는 이 시의 참뜻을 제대로 파악하기 어려울 수밖에 없다.

물론 좋은 시는 역사적 배경을 몰라도 문맥에서 시적 정서와 사유가 감지되는 것이어야 하리라고 본다. 이백이나 두보의 시 등 당시가 좋다는 것은 시 자체의 문맥만으로도 시적 정서와 사유를 잘 이해할 수 있기 때문이다. 당시(唐詩)를 뉴 크리티시즘의 방법론으로 분석한 영어 전문서가 나와 있는 것은 그 때문이다.

백거이(白居易)의 경우는 시를 다 지은 뒤 노파에게 들려주어 이해하지 못하는 면이 있으면 고쳤다고 전한다. 그래서 속되다는 비평도 있어서 백거이의 시를 두고 '백속(白俗)'이라고 부르는 평어마저 있다. 하지만 백거이는 인생을 달관하려는 태도를 지녀서인지, 시에서 무리하게 궁리하여 난삽한 어구를 만들어낸 예가 별로 없다. 그는 항주자사의 임지로 향하는 도중, 전에 강주사마로 유배될 때 묵었던 청원사에 묵게 되자 「청원사에 묵다(宿淸源寺)」라는 제목으로 시를 지어, 삶에 대해 감회를 이렇게 말했다.

往謫尋陽去(왕적심양거)  夜憩輞溪曲(야게망계곡)

今爲錢塘行(금위전당행)  重經妓寺宿(중경자사숙)

爾來幾何歲(이래기하세)  溪草八九綠(계초팔구록)

不見舊房僧(불견구방승)  蒼然新樹木(창연신수목)

虛空走日月(허공주일월)  世界遷陵谷(세계천능곡)

我生寄其間(아생기기간)  孰能逃倚伏(숙능도의복)

隨緣又南去(수연우남거)  好住東廊竹(호주동랑죽)


지난 날 심양으로 유배되어 가다가

밤중에 망계 구비에서 쉬었지

오늘은 전당으로 가다가

거듭 이 절을 지나게 되어 묵었네.

그때 이후 몇 해던가

시내의 풀은 여덟, 아홉 번 푸르렀군.

옛날 승방의 승려는 보이지 않고

울창해라 새로 자란 나무들

허공에는 해와 달이 가고

이 세계는 능곡이 바다로 바뀐다

나의 인생은 그 사이에 부쳐 사나니

누군들 의복(길흉)의 운수에서 벗어나랴

인연 따라 다시 남쪽으로 가나니

잘 있으시게 동쪽 행랑의 대나무여

누군들 의복(倚伏)의 운수에서 벗어나랴!

의복(倚伏)이란 화와 복을 가리킨다. 『노자』의 "화의 속에 복이 기대어 있고, 복의 속에 화가 엎드려 있다(禍兮福之所倚, 福兮禍之所伏)"라는 말에서 나왔다.

인간이란 존재는 번전하는 길흉화복의 운명으로부터 벗어날 수가 없다. 그러니 운명에 몸을 내맡기자 라고 시인은 스스로를 위로했다. "인연 따라 다시 남쪽으로 가나니, 잘 있으시게 동쪽 행랑의 대나무여"라는 시구를 보라. 시구만 읽어도 삶의 질곡에 갇혀 구물구물거리지 않으려는 호방함이 드러나지 않는가.

하지만 이에 대해서도 반박은 있을 수 있다. 우선 쉬운 시가 모두 좋은 시라고는 할 수가 없다. 또 이백 시와 두보 시가 아무리 쉽게 이해된다고 하여도, 역사적 배경을 모르면 이해하기 어려운 것도 많다. 그렇기에 남송과 원나라 시기에 이미 상세한 주석본이 나왔다. 조선 초에 중국 책을 저본으로 목판 인쇄한 『분류보주이태백시』와 『두공부초당시전』이 간행되고, 세종 때 『찬주분류두시』가 집현전 학사의 손으로 편찬된 것도 같은 이유에서다. 한시에 밝은 옛사람이라 하여도 실은 그러한 주석본을 참조로 하여 시인의 뜻을 탐색하는 '역지(逆志)'를 행하지 않을 수 없었던 것이다.

5.

시인이 시를 지었던 그날 그 시각의 일을, 해설자는 또렷하게 알 수가 없다. 그날 그 시각의 일이란 두 번 다시 반복하지 않는 일회성을 지니기 때문이다. 하지만 해설자 가운데는 시인 스스로가 깨닫지 못한 그날 그 시각의 일을, 시인이 남긴 그 시를 통해서 거꾸로 시인에게 풀어 보여줄 수 있는 감각과 재능을 갖춘 사람도 많을 것이다. 그러한 감각과 재능도 없이 한시를 번역하고 있는 나의 처지는 정말로 '머리 나쁜 자들이 한시를 공부한다'고 일갈하시던 어느 스승의 지적을 달게 받아들여야 할 형편이다. 그렇기에 나는, 자신의 정서와 사상을 오묘한 시어로 표출해내는 진정한 시인들을 질투하며, 저열한 해설의 문장을 써야 하는 나 자신에 대해 연민하지 않을 수 없다.

[참 고]

원굉도(袁宏道), 「이굉보 선생의 서신을 받고(得李宏甫先生書)」, 전백성(錢
伯城) 전교(箋校), 『원굉도집전교(袁宏道集箋校)』 권1, 上海 : 上海
古籍出版社, 1981.
「장중자(將仲子)」, 『시경』 정풍(鄭風), 『십삼경주소(十三經注疏)』, 台北: 藝
文印書館, 1973.
백거이(白居易), 「청원사에 묵다(宿淸源寺)」, 『백씨장경집(白氏長慶集)』 권8,
사부총간(四部叢刊) · 정편 36, 台北: 商務印書館, 영인, 1981.

# 어머니

**1.**

    으슬으슬하다고 말하면 얼른 따끈한 물에 설탕 타 주시던 분, 등록금 낼 때면 여기저기 두셨던 푼돈들을 모아 손에 쥐어 주시던 분, 망막변성으로 한쪽 시력을 잃었을 때 당신 눈을 줄 터이니 걱정 말라고 하시던 분, 집 떠나 공부하다 허기질까봐 미숫가루를 비닐봉지에 담아 보내주시던 분, 가정 꾸리고 탈 없이 잘 살길 바라시며 새벽 미사에 가시는 분, 홀로 되신 뒤 부러 밝은 목소리로 안부 전화에 답하시는 분, 이 분이 우리의 어머니이다.

    신달자 시인이 「사모곡」에서 노래했던가,

> 길에서 미열이 나면
> 하나님 하고 부르지만
> 자다가 신열이 끓으면

어머니, 어머니를 불러요

라고.

2007년 여름 한국학중앙연구원에 갔다가 능소화를 보고는 문득 박
인로(朴仁老, 1561-1642)의 시조가 생각났다.

반중(盤中) 조홍(早紅) 감이 고아도 보이나다
유자(柚子) 아니라도 품엄즉 하다마난
품어가 반기리 업슬새 글로 셜워 하나이다.

1601년 9월, 박인로가 이덕형(李德馨) 집에서 홍시를 대접 받고는
작고한 어버이를 그리워하여 지은 노래라고 전한다. 회귤(懷橘)의 귤
대신에 조홍시를 대체한 것이 한국적이다. 삼국시대 오나라의 육적(陸
績)은 여섯 살 나이에 원술(袁術)을 만났을 때 귤을 품고 나오다가 떨
어뜨렸다. 귤을 품속에 넣은 이유를 묻자, "어머니에게 드리려고 합니
다"라고 육적은 대답했다고 한다.

『고려사절요』에 보면 공민왕 때 첨의찬성사로 퇴직한 윤택(尹澤)의
사망 기사가 있는데, 그의 효 일화가 거기에 실려 있다. 윤택은 항상
주머니를 하나 차고 다니면서 맛좋은 음식을 얻으면 주머니에 넣었다
가 편모에게 드렸다고 한다. 귤을 품어 가고 홍시를 가져가고 싶어 하
는 마음과 통한다.

그날 내가 본 것은 귤도 아니고 조홍시도 아니다. 그런데도 박인로
의 시조를 떠올린 것은 어머니가 평소 능소화를 좋아하셨기 때문일 것
이다. 훌쩍 큰 키에 소담스런 붉은 꽃들을 매달고 있는 그 멋진 나무
를 보여드리지 못하는 것이 나는 못내 한스러웠다. 일에 쫓겨 자주 찾
아뵙지 못하는 탓에 평소 자괴감이 깊었던 참이다. 그날 동료 교수도

두 번째 구부터는 함께 읊었다. 그분은 돌아가신 자당을 그리워해서였던 것 같다.

사람들은 나이가 들수록 어머니의 희생과 사랑을 추억하게 된다고 한다. 현대시에 어머니를 소재로 한 작품이 많은 것은 어쩌면 당연한 일인지 모른다.

그런데 놀랍게도, 당시에는 어머니를 노래한 작품이 많지 않다. 얼른 생각나는 한시로는 당나라 맹교(孟郊, 751-814)의 「유자음(遊子吟)」 정도가 고작이다. 유자(遊子)란 길 떠난 사람이란 뜻인데, 육조시대 이래로 노랫말 시 악부에서는 집 떠난 남편의 모티브로 사용되었다. 곧, '유자음'은 남편을 그리워하는 아내의 마음을 담는 것이 일반적이었다. 그런데 맹교는 착상을 뒤집어, 자식을 생각하는 어머니의 정을 노래했다.

慈母手中線(자모수중선)
遊子身上衣(유자신상의)
臨行密密縫(임행밀밀봉)
意恐遲遲歸(의공지지귀)
誰言寸草心(수언촌초심)
報得三春暉(보득삼춘휘)


어머니는 손에 실을 들고
집 떠나는 아들 위해 옷을 만드셨다
떠날 때 입히려고 촘촘히 꿰매시며
돌아올 날 늦어질까 걱정하셨다
누가 말하나, 풀잎 같이 잗단 이 마음으로
봄 햇살 어머니 마음에 보답할 수 있다고

맹교는 한유보다 연장자이며, 마흔 살 때인 796년에야 비로소 진사가 되고, 마흔다섯 살에야 하남 수륙전운판관이라는 미관에 임명되었다. 자는 동야(東野)로, 오언고시에 뛰어났다. 쉰 살에 율양(溧陽) 고을의 현위(縣尉)로 부임한 맹교는 어머니를 율수 가에서 기다리면서 이 시를 지었다고 한다.

맹교는 현위 봉급의 반을 술로 탕진했다. 너무 가난하게 살아왔던 탓에 호기를 부리고 싶어져서 절제를 잊었는지 모른다. 하지만 이 「유자음」을 보면 그가 뼛속까지 물신(物神)에 휘둘린 것 같지는 않다. '봄 햇살 같은 어머니 마음'을 노래하는 시인이었으니 말이다.

조선 초기의 문인 변중량(卞仲良)도 「유자음(遊子吟)」을 남겼다. 맹교의 시에서 시상을 빌려오되, 고향의 어머니를 모시지 못하는 것을 안타까워하는 마음을 노래했다.

遊子久未返(유자구미반) 弊盡慈母衣(폐진자모의)
故山苦遼邈(고산고료막) 何時賦言歸(하시부언귀)
人生不滿百(인생불만백) 惜此西日暉(석차서일휘)


집 떠나 여태 돌아가지 못하고
어머니 주신 옷이 다 해지다니.
아득히 먼 고향 산
겨레에게 돌아가련다 노래할 날이 어느 때일지.
백 년도 못 사는 인생살이
석양빛이 못내 애처롭다.


원문의 '언귀(言歸)'는 『시경』 소아 「황조(黃鳥)」의 "언선언귀(言旋言歸), 복아방족(復我邦族)"에서 빌려온 말이니, "곧바로 돌아가서 우리 겨레에게 돌아가련다"는 뜻을 나타낸다.

고향 떠나 너무 먼 곳까지 와 버린 몸, 어머니 주신 옷이 해어져 헐벗은 몸, 그 몸뚱이 속에 들어 있는 것은 아무도 돌아보지 않는 외로운 영혼이다. 어머니를 외쳐 부를 수밖에 없을 만큼 신열이 끓어대는 병든 영혼이다. 변중량은 그의 누이동생이 가노와 간통하다가 탄로가 나자 지아비를 모반죄로 무고하여 그 지아비가 매를 맞다 죽고 누이동생은 지아비를 무고한 죄로 참형을 당했다. 집안에 풍파가 일어나, 마음이 더욱 괴로웠을 것이다.


2.


프랑스 영화『나의 사랑하는 사람들(588 Rue Paradis / QUELLA STRADA CHIAMATA PARADISO)』(1992년 제작)은 아르메니아 사람 아자드(리처드 베리 분)가 프랑스식으로 이름을 바꾸고 차별을 디디고 프랑스에서 극작가로 성공하지만, 어머니에게 돌아감으로써 자신의 정체성을 재확인한다는 내용이다. 앙리 베르누이(Regia Henri Verneuil)가 만든「나의 어머니(Mayrig)」(1991)의 속편이다. 두 영화는 1915년부터 1923년 사이에 있었던 터키의 아르메니아인 대학살 때 프랑스 마르세이유로 강제 이주된 한 가족의 수난사와 성공담을 축으로 한다. 나는 그 영상미학에 감동했지만, 이 영화가 아자드의 부인 카롤을 아자드의 정체성을 부정하는 인물로서 대립시키고 아자드가 그녀를 버리고 어머니(클라우디아 카르디날레 분)를 선택하도록 만든 것에 대해서는 끝내 공감할 수 없었다.

아자드는 자신의 유년시절을 담은 연극을 보여주려고 아버지 하콥 (오마 샤리프)을 초청하지만, 그의 아내 카롤은 하콥을 호텔 방에 묵게 했다. 그런데 아자드 부모의 허름한 모습이 잡지에 사진으로 실리자, 카롤은 자기 체면이 깎였다고 화를 내고, 아자드는 전화로 아버지에게 서운한 말을 내뱉었다. 집으로 떠나던 아버지가 가로수 가지를 부여잡고 횡사한 후, 아자드는 카롤과 거리를 두더니, 마르세이유로 어머니를 찾아가고, 결국 카롤과 별거하게 되었다. 그리고 그는 어린 시절 어머니와 함께 상상했던, 장미가 만발한 저택을 구입하여 어머니를 모셨다.

나의 어머니라면 아들이 당신만을 위해 삶을 살아나가길 기대하지는 않으리라. 우리의 어머니라면 아자드식 선택을 묵시적으로라도 요구하지 않으리라.

시어머니와 며느리의 갈등은 오래된 난제이다. 『장자』 「외물」편에 "방 안에 빈 곳이 없으면 며느리와 시어머니가 다투게 되고, 마음이 자연의 경지에 노닐지 못하면 온갖 욕정이 갈등을 빚게 된다"는 말이 있다. 욕정이 일어나 본심을 해치는 일을 이렇게 비유할 정도이니, 고부간의 갈등은 인간 삶에서 풀기 어려운 과제임에 틀림없다.

하지만 어머니에 대한 효 때문에 아내를 버린다면 인간의 정리에 부합하지 않는다. 고려 의종 때인 1158년에 문하시랑평장사 양원준(梁元俊)이 죽은 기사가 『고려사절요』에 있는데, 거기에 이런 내용이 있다. "양원준이 광주(光州) 수령이 되었을 때, 아내가 시어머니 섬기기를 정성껏 하지 않는다 하여 내쫓았다. 처자가 울며 애걸하여도 끝내 허락지 않고 그 아내를 홀로 친정으로 돌아가게 하니, 어떤 사람들은 그의 인자하지 못함을 기롱했다." 양원준은 서리 출신인데, 간관으로서 직분을 다했으며 청렴·검소하고 순진하다고 인정받던 사람이다.

하지만 사람들은 그가 아내를 감싸주지 못한 일을 들어, 그를 결코 높이 평가하지 않았다.

사실, 전근대시기에 '효'라는 말은 기묘한 의미를 지녔고, 어떤 자질보다도 높은 가치로 인정되었다.

우리나라의 명장으로는 김종서와 이순신을 꼽는데, 이순신은 효자로 널리 알려져 있다. 정약용은 『경세유표』에서, 『난중일기』를 읽어보고 이순신이 어머니를 그리워해서 밤낮으로 애쓰고 지성으로 슬퍼했던 것을 잘 알았다고 했다. 그리고는 효를 문과 무의 실질적 재능에 대비될 만한 인간 본성의 능력이라고 규정했다.

하지만 '효'는 인간의 정리에 배치되는 야단스러운 것이 아니었다.

옛 고사에, 곽거(郭巨)란 자가 어머니 잡숫는 것을 빼앗아 먹은 자기 자식을 산 채로 묻으려 하다가 황금을 얻고는 그만두었다고 한다. 이덕무는 『청장관전서』의 「이목구심서(耳目口心書)」에서, "이것은 외곬수의 효도이지 순전한 효도가 아니다"라고 비판했다. 곽거의 어머니가 보통 사람의 인정만 지니고 있었다고 하여도 아들이 그런 일을 하는데 나무라서 그만두게 하지 않았을 리가 없다. 곽거는 잔인한 사람이다.

정약용도 「효자론」에서, 어머니를 구완하려고 넓적다리 살을 베어 구워 드리는 따위의 일은 상식에서 벗어난 일이라고 했다. 부모를 간호할 적에 약을 맛보고 음식상을 살펴보고 만일에 대비해서 의관을 벗지 않고 있는 일은 효자로서 당연히 해야 할 일이다. 효자라면 혹 애통하고 절박한 마음에서 손가락을 자르고 살을 베어 부모에게 드려 요행을 기대할지 모른다. 그러나 옛 성인 가운데 이런 일을 행한 사람이 없다. 그렇거늘 역사서에 그런 일화가 계속 실리고 조정에 그런 사례가 보고되는 것은, 백성들이 부모를 이용하여 명예를 낚아 부역을 피하려고 하는 결과일 따름이라고, 정약용은 잘라 말했다.

맹자의 제자 악정자춘(樂正子春)은 어머니가 돌아가시자 닷새 동안 음식을 입에 대지 않다가, "어머니의 입장에서 본다면 내가 이러는 것을 잘하는 일이라고 하지 않을 것이다. 내가 어떻게 어머니 마음을 무시하고 내 마음 내키는 대로 할 수 있겠는가!" 하면서 뉘우쳤다고 한다. 자식이 부모를 생각하는 마음은 인정의 범위를 벗어나서는 안 된다고 옛 사람들은 경계했다.

　　그러나 인정의 범위를 벗어나지 않고 어떻게 어머니 사랑에 보답할 수가 있을까? 아니, 도대체 어머니의 사랑을 제대로 묘사해낼 수나 있을까?

　　『구운몽』의 작가 김만중(金萬重, 1637-1692)은 유복자로서 편모 윤부인의 슬하에서 성장했으므로 효성이 남다르기로 유명하다. 1689년(숙종 15) 윤3월, 53세의 김만중은 국문을 받고는 외딴 섬 가시나무 울타리 친 집에 유폐시키라는 왕명을 받아 남해로 떠나야 했다. 그때 김만중이 어머니와 이별하는 정경을, 『서포연보』는 이렇게 기록해 두었다.

　　　윤부인이 남성(南城) 밖 막차(幕次)에서 부군(김만중)을 전송하게 되었는데 금오랑이 부군에게 자기네들만 먼저 출발하겠다고 청해 물었다. "들으니 대부인께서 나오셨다 하니 오늘은 잠시 머무르시고 내일 아침에 따라오셔도 무방합니다." 부군은 그렇게 하는 것이 옳지 않다 생각하시고 함께 출발하자고 했다. 윤부인이 말하기를, "차마 네가 길 떠나는 것을 보지 못하겠으니 먼저 돌아가야 하겠다." 하고 가마에 올랐다. 부군은 가마 앞에서 절하여 하직하고 손수 가마의 주렴을 매어드리고 문 곁에서 서서 바라보다가 길이 굽어져서 가마가 보이지 아니 하자 눈물이 흘러 문득 얼굴에 가득해져서 비로소 자리에 들어가 앉았다. 부인도 또한 거리가 약간 멀어진 뒤에야 가마 안에서 소리 나지 않게 울어 울음소리가 부군에게 들리지 않도록 했다.

가마의 주렴을 매어드리고 가마가 보이지 않을 때까지 눈물을 참고 선 김만중, 거리가 약간 멀어진 뒤에야 가마 안에서 소리 나지 않게 울음을 우는 대부인의 모습에서 그 두 사람의 내면의 슬픔과 고통을 이 글에서 어느 정도 느낄 수 있다. 하지만 효성 깊은 김만중이라 하여도 어머니의 사랑을 어머니의 슬픔을 글로 제대로 토로하지는 못했다. 고작 아들이 작성한 이 『연보』에서 모자간의 정을 추상할 수 있을 따름이다.

더구나 한시는 어머니의 사랑과 어머니의 슬픔을 절절하게 드러내주지 못한다.

김만중은 「남해 유배처에 고목과 죽림이 있어서 마음에 느끼는 바가 있기에 시를 짓는다(南海謫舍有古木竹林 有感于心 作詩)」는 제목의 두 시 가운데 첫째 수에서, 형님 김만기(金萬基, 1633-1687)도 돌아갔거늘 팔십 노모를 모시지 못하는 안타까움을 고작 다음과 같이 토로했다.

龍門山上同根樹(용문산상동근수) 枝柯摧頹半死生(지가최퇴반사생)
生者風霜不相貸(생자풍상불상대) 死猶斧斤日丁丁(사유부근일정정)
憶我弟兄無故日(억아제형무고일) 綵服塡籬慈顔悅(채복훈지자안열)
母年八十無人將(모년팔십무인장) 幽明飮恨何時歇(유명음한하시헐)


한 뿌리에서 태어난 용문산 나무
하나는 가지 꺾이고 하나는 죽어간다.
산 자는 풍상이 용서하지 않고
죽은 자는 날마다 도끼가 떵떵 찍네.
그리워라 우리 형제 아무 일 없던 날
때때옷 재롱에 환하게 웃으시던 어머니 얼굴.
여든 어머니를 돌봐드릴 이 없기에

이승이든 저승이든 어느 때나 피눈물을 그치랴.

절대 사랑 앞에서 한시는 무력하기만 하다.


3.


한시뿐만 아니라, 전근대시기의 시가는 모두 어머니의 사랑을 제대로 노래하지 못했다. 박인로의 「조홍시가」도 어머니만 노래한 것은 아니다. 그런 면에서 고려가요 「사모곡」은 특이하다. "호미도 날이지마는 낫같이 잘 들 리도 없습니다" 라는 비유의 언어도 특이하지만, 아버지의 사랑과 어머니의 사랑을 비교하여 어머니의 사랑을 강조한 발상 자체가 예사롭지 않다.

　　호미도 놀히언마르는
　　낟フ티 들 리도 업스니이다.
　　아바님도 어이어신마르는
　　위 덩더둥셩
　　어마님フ티 괴시리 업세라.
　　아소 님하.
　　어마님フ티 괴시리 업세라.

그러나 한시는 어머니의 사랑을 열렬하게 노래한 예가 거의 없다.

어머니를 그리워하는 한시가 있기는 하지만, 대개는 반포오(反哺烏)의 관념을 벗어나지 못한다. 까마귀는 새끼일 때는 어미에게서 먹을 것을 받아먹지만, 자라서는 어미에게 먹이를 물어다 먹인다고 한다. 그런데 한시는 사모의 정을 토로하더라도, 대개 효도를 충분히 하지 못하는 자신의 처지를 까마귀에 견주어 비통해 하는 것이 중심 모티브를 이룬다.

이를테면 『조야기문』에 이런 일화가 전한다.

인조 때 박장원(朴長遠, 1612-1671)이 사간원 정언으로 있을 때, 중춘과 중추에 젊은 문신들이 시를 지어 올리던 월과(月課)에서 '반포오'라는 글제의 절구를 지었다.

士有親在堂(사유친재당)
貧無甘旨具(빈무감지구)
微禽亦動人(미금역동인)
淚落林鳥哺(누락임조포)

한 선비가 모친이 살아계시건만
가난하여 맛난 음식을 올리지 못하다니
작은 새라도 사람 마음을 움직이기에
숲속 새의 반포를 보며 눈물을 떨군다오

인조가 이 절구에 효성이 드러나 있어 감동적이었으므로 승정원에 알아보게 하니, 박장원에는 편모가 있다고 했다. 인조는 "효양을 하려고 해도 부모가 죽어 효도를 다하지 못하는 슬픔은 옛날 사람들이 마음 아파한 바이다"라 하고, 쌀 10석과 베 10필을 하사했다.

이렇게 한시에서는 사모의 정을 반포오의 모티브와 연결시키는 일이 많았다. 다만, 절절한 사모의 정을 상당히 짙게 토로한 시가 전혀 없는 것은 아니다.

김시습(金時習, 1435-1493)은 1485년 무렵 동해 가에서 「동봉 여섯 노래(東峰六歌)」를 지어 자신의 삶을 회고하면서 그 네 번째 노래에서 어머니를 회상했다. 이 연작시는 형식면에서는 당나라 두보의 「칠가(七歌)」 시와 송나라 문천상(文天祥)의 「육가(六歌)」를 이었다.

두보의 「칠가」는 원래 제목이 「건원 연간에 동곡에 부쳐 살면서 지은 일곱 수(乾元中寓居同谷縣作七首)」이다. 나그네(두보 자신), 노동에 쓰던 긴 삽, 아우, 누이, 골짜기(자신의 처지), 고목(시국), 어린 아들을 차례로 부르면서, 자신의 처지를 탄식했다. 문천상의 「육가」는 원래 제목이 「난리가(亂離歌) 여섯 수」이다. 문천상은 처, 누이, 첩, 딸, 아들, 자기 자신을 하나하나 부르면서 노래했다. 두보나 문천상은 자신과 가까운 사람들을 하나하나 부르면서 운명의 기구함과 정한의 절절함을 노래했다. 그렇지만 두 사람은 모두 어머니를 부르지는 않았다.

이에 비해 두 사람의 시 형식을 빌려온 김시습의 「동봉 여섯 노래」는 어머니를 외쳐 부른 그 두 번째 노래 때문에 매우 특이한 울림을 지닌다.

有孃有孃孟氏孃(유양유양맹씨양)　　哀哀鞠育三遷坊(애애국육삼천방)
使我早學文宣王(사아조학문선왕)　　冀將經術回虞唐(기장경술회우당)
焉知儒名反相誤(언지유명반상오)　　十年奔走關山路(십년분주관산로)
嗚呼四歌兮歌鬱悒(오호사가혜가울읍)　　慈烏返哺啼山谷(자오반포제산곡)


어머니, 맹자 어머니 같은 어머니
세 번 이사하며 날 기르시느라 고생하시며
일찍이 공자를 배우게 하셔서

경학으로 요순시대를 이루라 기대하셨건만
어찌 알았으랴, 유학이란 이름이 날 그르쳐
십 년을 관산 길에 나다니게 될 줄을
아아 네 번째 노래여! 답답하여 부르나니
골짝의 까마귀는 제 어미를 먹이건만

어머니 장씨는 성균관 근처의 친정에서 김시습을 키우면서 유학을 공부시켰다. 하지만 김시습은 소년시절에 어머니를 잃었고, 아버지는 새 부인을 얻었다. 아버지의 구체적 품성을 사랑할 수 없었기에 김시습의 추억에는 아버지가 나타나지 않는다.

김시습은 "고독을 못내 괴로워하면서, 다른 사람들과 기호를 같이 하지 못하다니(我生何爲苦幽獨, 不與衆人同所好)"라고, 고독의 심연을 들여다보았으며, 어지럼증 끝에 신열이 끓어서 어머니를 외쳐 불렀다. 시의 마지막에서 반포오의 전고를 차용하기는 했지만, 그것이 시적 심상을 압도하지는 않는다.

조선 중기의 이항복(李恒福, 1556-1618)도 명나라 사신 양방형(楊邦亨)의 접반사로서 경주 월성에 머물던 1597년에 두보의 「칠가」에 차운하여 시를 남겼다. 그도 두보와는 달리 두 번째 노래에서 어머니를 외쳐 불렀다. 「한식에 선묘(先墓)를 생각하면서 두자미(두보)의 칠가(七歌)에 차운하다(寒食思先墓 次子美七歌)」라는 제목인데, 병서(幷序)가 있다. 이항복은 아홉 살에 아버지를, 열다섯 살에 어머니를 잃었다. 그 후 여러 누님과 형들이 차례로 죽고, 1592년 임진왜란 때 또 한사람의 형이 왜적을 만나 물에 빠져 죽었다. 1592년 12월에는 딸이 역병에 걸려 강화도에서 죽었다. 가족과의 사별은 그를 오열하게 했는데, 어려서 부모를 잃고 의지할 곳이 없었다는 고독감은 특히 그를 고통스럽게 만들었다. 이항복은 "바람결에 따라 목을 길게 빼고 서쪽을 바라보며 오래도록 호곡하면서 발로 땅을 구르며 노래를 불러 슬픔을 발설했다. 노래는 음악을 이루지 못하지만 어디까지든 뻗어나가 이 세상 끝까지 가서야 그칠 것이다"라고 했다.

이항복은 그 처음 노래에서 "아버지, 아버지! 행적이 훌륭하셨도다(有父有父先趾美)"라고 아버지를 노래하고, 두 번째 노래의 서문에서 "소시에 홀로되신 모친만을 의지하여 살았는데, 모친은 백발의 나이로 근심과 상심 속에 곤궁하기 이를 데 없었다"고 회상했다. 그리고 어머니를 외쳐 불러 이렇게 노래했다.

有母有母親刀柄(유모유모친도병)  半世孤燈賦薄命(반세고등부박명)
有子不肖不得力(유자불초부득력)  布裙懸鶉露兩脛(포군현순로양경)
流光荏苒不相待(유광임염불상대)  身後宗姻式貞靜(신후종인식정정)
嗚呼二歌兮哭聲放(오호이가혜곡성방)  行路爲之唱然悵(행로위지위연창)


어머니, 어머니! 옷 짓는 칼을 쥐시고
반평생 외론 등잔 아래 기박한 운명
불초한 자식은 아무짝에 쓸모없어
무명치마 해져서 두 정강이 드러나셨더니
세월이 무정하여 기다려 주지 않으시고
돌아가신 후로도 종족과 인척이 정숙함을 본받았네.
아, 두 번째 노래여 목 놓아 우나니
길 가는 이도 탄식하누나


경기도 안성 출신 홍우원(洪宇遠, 1605-1687)은 병자호란이 일어나자 어머니를 모시고 경상도 봉화로 피난 가서 7년 동안 살았다. 노모를 봉양하려고 바가지를 들고 동냥까지 다녀야 했는데, 「봉성에 더부살이하면서 지은 일곱 노래. 두공부 시체를 본받아 짓다(寓居鳳城七歌, 效杜工部體)」를 남겼다. "사나이 서른에 인정도 받지 못하고, 타향에서 굶주림에 시달리다니(丈夫生世三十未見奇, 踽踽他鄉寒且飢)"라는 자기 비하의 감정이 북받친 그는, 일곱 노래 가운데 세 번째 노래에서 어머니를 외쳐 불렀다.

有母今年六十九(유모금년육십구)　　蕭蕭鶴髮蒼顏瘦(소소학발창안수)
盤中甘旨苦不足(반중감지고부족)　　身上輕煖亦何有(신상경난역하유)
自傷爲子不能養(자상위자불능양)　　鞠育深恩恐虛負(국육심은공허부)
嗚呼三歌兮歌最悲(오호삼가혜가최비)　　西山日色照我衣(서산일색조아의)


어머니 나이 예순아홉
물기 없는 흰 머리칼에 바싹 마른 얼굴
소반에 맛난 반찬 올리지도 못하거늘
몸에 따스한 옷을 어이 걸쳐 드리랴.
자식 된 자로서 봉양 못함이 절로 슬프나니
낳아 길러주신 은혜를 저버릴까 두려워라.
아아 세 번째 노래여, 노래하자니 너무도 슬퍼라
서산에 지는 해가 내 옷을 비추누나.


　인경왕후의 부친 김만기(金萬基)의 장손이자 김만중의 족손인 김춘택(金春澤, 1670-1717)은 제주에 유배되었을 때 「산지칠가(山池七歌)」를 지었다. 그 셋째 수에서 돌아가신 어머니를 그리는 정을 토로했다.

有母有母闕溫情(유모유모궐온정)　　大母八十更衰病(대모팔십갱쇠병)
非無聖王先無告(비무성왕선무고)　　不容惡子相爲命(불용악자상위명)

憂多反恐消息來(우다반공소식래)　　回耐津頭北風勁(파내진두북풍경)

嗚呼三歌兮歌欲絶(오호삼가혜가욕절)　草木盡帶啼烏血(초목진대제조혈)


어머니 어머니 따스한 그 정이 이제는 없고

여든의 할머니는 더욱 노쇠하시다니

성군께서 사고무친 처지를 우선 돌보시되

나쁜 자식을 목숨으로 삼도록 허용치 않으시네

근심 많아 소식 오면 도리어 두려우니

나루에 부는 드센 바람을 어이 견디랴

아아 세 번째 노래여, 노래하다 숨이 막히려 하니

풀잎과 나무도 반포오의 피눈물을 띠고 있네

비

유희(柳僖, 1773~1837)는 스물일곱의 나이 때 자신의 삶을 돌아보며
「비옹칠가(否翁七歌)」를 지었다. 곤궁하고 빈한했지만 세간의 부조리를
광정하겠다는 의지를 잃지 않았던 양심적인 선비였던 그는, 그 첫째
수인 서시(序詩)에서 성취 없이 세월만 흐르는 것을 한탄했다. 그리고
그 뒤로 자신에게 영향을 준 사람들과 어머니 사주당(師朱堂)과 넷째
누이의 기대를 저버리고 있는 자신을 한심해 했으며, 마지막 수에서는
자신이 거처하는 용인의 관청(觀靑)을 이름 부르면서 자연 속에 안분
지족하겠다는 뜻을 표명했다. 어머니 사주당은 『태교신기』를 저술한
여류학자이다. 「비옹칠가」를 지을 때 아버지는 이미 일찍 돌아가신 뒤
였고, 사주당이 일가의 생계를 꾸려가고 있었다.


有母有母師朱堂(유모유모사주당)　　育我敎我勞心腸(육아교아노심장)

往日天崩其創鉅(왕일천붕기창거)　　宗黨散落不相將(종당산락불상장)

子母挈手走空山(자모설수주공산)　　家業已隨秋草荒(가업이수추초황)

瓶罄未暇爲罍恥(병경미가위뢰치)　　崦嵫曖曖薄流光(엄자애애박유광)

嗚呼三歌兮歌淒切(오호삼가혜가처절)　幽谷泉聲細咽咽(유곡천성세열열)


어머니 어머니 사주당이시여

나를 기르시고 나를 가르치시느라 심장이 쓰리셨다

지난날 아버지께서 돌아가신 것은 그 상처가 너무도 커서

일족이 흩어져 서로 보살필 수 없었기에

아들과 어머니가 손을 이끌고 빈산으로 들어가니

가업은 가을 풀과 더불어 황폐해졌으니

「육아(蓼莪)」 시가 말하듯 작은 술병이 비어 항아리에게 부끄러울 겨를

마저 없고

엄자산에 저녁 해가 어둑어둑하여 빛을 흘리는 것이 엷어라

아아 세 번째 노래여 노래하길 처절하게 하나니

깊은 골짝의 샘물 소리도 가늘게 흐느껴 지즐대네


　유희는 사주당의 둘째아들이다. 돌 무렵에 천연두를 앓아 모습은
초췌해지고 건강도 크게 해쳤고, 열한 살 때 아버지를 일찍 여의었으
나, 사주당의 훈도로 글을 읽기 시작하였다. 소년시절에는 과거에도
응시했으나 사주당의 가르침에 따라 과거 응시를 그만두고 천진의 본
성을 지키며 살았다.

　사주당은 전주 이씨 왕족의 후손으로 청주에서 태어났다. 그 부모
가 부녀자의 집안일을 가르치려 하자, 사주당은 "사람이 사람인 것이
어찌 여기에 있겠습니까?"라 하고, 유학의 가르침을 체득하는 공부를
하기 시작했다. 여성과 남성의 차별에 반대하고 스스로 여성군자로서
의 삶을 살기로 결심한 것이다. 결혼한 후에는 남편과 학문을 토론하
고 시문을 주고받았으며, 남편이 염치를 지닌 선비로 살아갈 수 있도

록 조언했다. 팔십의 나이에 들어선 이후로도 고질병의 고통을 참고 서적에 마음을 붙였다. 1801년경에는 아이의 생육에 관한 옛 글들을 모아 『태교신기』를 엮었다. 이때 유희는 그 책을 장구에 따라 나누고 한글로 번역했다. 사주당은 유희가 49세 때인 1821년 9월에 작고하면 서 『태교신기』만 남기고 다른 글들은 모두 불사르라고 유언했다. 1822 년에 유희는 어머니의 행장을 적어, 여성 지식인의 삶을 간절하게 그 려보였다. 특히 유희는

아버지가 벼슬을 얻자, 어머니는 작은 봉급을 초개같이 여기고 사방 일 백 리 고을을 다스리는 원님의 직을 헌 신발처럼 여기도록 격려했다. 아버 지더러 청한(淸寒)을 본분으로 여기고, 베옷을 걸치더라도 꺼리지 말고 거 친 밥을 먹더라도 싫어하지 말아서, 마음을 평온하게 지니도록 했다.

고 적었다. 그것은 곧 어머니 사주당이 자기 자신을 가르친 말이기도 했다. 유희는 사주당을 '조선의 어머니'로 형상화했다. 과연 사주당의 모습은 나의 어머니 모습이다.

4.

주자는 두보의 「동곡칠가」에 대해 호탕하고 기굴하여 다른 사람이 도저히 미칠 수 없다고 평가하면서도, 그 마지막 장에서 "부귀는 모름 지기 일치감치 이루어야 한다(富貴應須致身早)"라고 두보가 탄식한 것

에 대해서는 비루하다고 깎아내렸다. 금나라와 대치하는 남송에 살면서 윤리와 절조를 강조했기에 애상의 정조에 동의할 수 없었던 것이다. 하지만 그도 「칠가」 가운데 첫째 수부터 여섯 수까지에서 두보가 상실감을 노래하고 시국을 한탄한 것에 대해서는 비판하지 않았다. 그만큼 서정의 중요성을 알았던 것이다. 하지만 「동곡칠가」 속에는 어머니를 외쳐 부른 노래가 없다. 실은 그것이 이 계열의 시에서는 주류를 이루었다.

조선중기의 노수신(盧守愼, 1515-1590)은 진도에 유배되어 있을 때 「하루는 책을 읽다가 죽음은 임박하고 어버이는 늙은 데 생각이 미치자 마음이 안정되지 않아 드디어 두보의 '동곡칠가'를 모방해 여덟 수를 지었다(一日讀書 忽念死迫親老 爲之憮然 情發不中 遂倣工部同谷歌作八首)」라는 시를 남겼다. 노수신은 을사사화로 파직되어 충주로 귀양갔다가, 2년 뒤 1547년에 양재역 벽서사건에 연루되어 순천을 거쳐 진도로 유배되었다. 그는 19년 동안 진도를 벗어나지 못했는데, 이 시는 진도에 들어간 지 6개월밖에 되지 않은 1548년 2월에 지었다. 첫째 노래에서는 자신의 삶을 되돌아보고, 둘째부터 일곱째까지 부모, 외조모, 스승이자 장인이었던 이연경(李延慶), 아우 노극신(盧克愼), 여동생(李夫人), 아내 등 여섯 사람에 대한 그리움을 토로했으며, 여덟째 노래에서는 앞으로의 삶을 다짐했다. 둘째 노래에서 부모를 불렀으나, 부모의 구로(劬勞)에 보답하지 못하는 처지를 서글퍼했지, 어머니의 사랑을 노래한 것은 아니다.

조선전기의 성현(成俔, 1439-1504)은 1475년 중국 사행길에 「칠가(七歌)」를 지어 서울 집, 궁궐, 형제, 아들, 서책, 거문고, 요동의 체험을 노래했으나, 어머니를 노래하지는 않았다. 이수광의 아들인 이민구(李敏求, 1589-1670)는 병자호란 때 강화도 방어를 못한 죄로 영흥(永興)에 유배되어 있으면서 「철성칠가(鐵城七歌)」를 지었지만, 형, 딸, 손자를 외쳐 부르기는 했어도 어머니를 추억하지는 않았다. 중인 신분의 홍세태(洪世泰, 1653-1725)도 69세 때 울산 감목관을 그만두고 북한산 아래에 살면서 「염곡칠가(鹽谷七歌)」를 지었으나, 어머니를 노래하지는 않았다. 신분제약으로 갖은 수모를 겪었지만 이미 늙은 뒤라 체념의 마음 상태였으므로 어머니를 부를 만큼 신열을 앓지는 않았던 것 같다.

그렇다면 두보의 「동곡칠가」 형식을 빌려왔으면서도 어머니를 외쳐 부른 김시습, 이항복, 홍우원, 김춘택, 유희의 시는 한시의 역사에서 매우 특이한 위상을 차지한다고 할 수 있다.

하지만 대체로 보면 한시는 어머니를 노래하는 일이 드물었다. 어머니를 노래하더라도 그 사랑의 윤곽조차 그리지 못했다. 한시는 어머니의 무한한 사랑을 묘사하거나 비유할 언어를 갖지 못했다. 어쩌면 어머니의 사랑을 떠올리는 것만으로도 한시 작가는 가슴이 벅차올라 할 말을 잊었을지 모른다. 어디 한시 작가만 그러했겠는가.

영화 「나의 사랑하는 사람들」의 마지막 장면에서, 아자드는 집을 떠나가면서 멀리 어머니를 쓸쓸히 바라본다. 그 쓸쓸함은 장미가 만발한 저택만으로는 어머니의 무한한 사랑을 보상할 수 없다는 사실을 느꼈기 때문이 아니겠는가?

# [참 고]

신달자, 「사모곡」, 『아! 어머니』, 자유문학사, 1995.

박인로(朴仁老), 시조

맹교(孟郊), 「유자음(遊子吟)」, 『맹동야시집(孟東野詩集)』 권1, 사부총간(四部
        叢刊)・정편 35, 台北: 商務印書館, 1981 영인.

변중량(卞仲良), 「유자음(遊子吟)」, 『동문선』 권5 오언고시, 한국고전번역원
        영인, 1999.

김만중(金萬重), 「남해 유배처에 고목과 죽림이 있어서 마음에 느끼는 바
        가 있기에 시를 짓는다(南海謫舍有古木竹林 有感于心 作詩)」

고려가요, 「사모곡」

박장원(朴長遠), 「반포오(反哺鳥)」, 『조야기문(朝野記聞)』, 국학진흥연구사
        업추진위원회 영인, 2000.

김시습(金時習), 「동봉 여섯 노래(東峰六歌)」, 『매월당집(梅月堂集)』 권14
        시 ○명주일록(溟州日錄), 한국문집총간 13, 1988.

이항복(李恒福), 「한식에 선묘를 생각하면서 두자미(두보)의 칠가에 차운하
        다(寒食思先墓 次子美七歌)」, 『백사선생집(白沙先生集)』 권1 시
        (詩), 한국문집총간 62, 1988.

홍우원(洪宇遠), 「봉성에 더부살이하면서 지은 일곱 노래. 두공부 시체를
        본받아 짓다(寓居鳳城七歌, 效杜工部體)」, 『남파선생문집(南坡先
        生文集)』 권3 시 ○칠언고시, 한국문집총간 106, 1988.

김춘택(金春澤), 「산지칠가(山池七歌)」, 『북헌거사집(北軒居士集)』 권2 수해
        록(囚海錄) 시, 한국문집총간 740, 1993.

유희(柳僖), 「비옹칠가(否翁七歌)」, 장서각 고문서연구실 편, 『진주유씨 서
        파 유희 전서』 I-II, 한국학중앙연구원, 2007-2008.

# 하고 싶은 말

**1.**

시는 하고 싶은 말을 모두 담아내는가? 아니, 담아낼 수 있을까? 한시들을 읽고 번역하고, 또 간간이 짓다가 보면, 한자와 한문 어법, 한시 형식이 참으로 질곡처럼 여겨지기도 한다. 물론 그런 일과는 별도로, 언어와 의미의 관계에 대해 회의를 느낄 때도 많다. 후자의 경우, 나 자신의 의식이 명료하지 못하여 언어라고도 할 수 없는 말들을 내뱉은 뒤에 그런 느낌을 갖는 일이 대부분이기는 하지만.

위나라 때 죽림칠현의 한 사람인 혜강(嵇康)은 「주역언부진의론(周易言不盡意論)」을 썼다고 한다. 그 글은 전하지 않지만, 혜강이 언어가 의미를 재현하지 못한다는 사실을 꿰뚫어보고 있었던 것 같다. 혜강보다 다음 세대의 서진 때 순찬(荀粲)이란 사람도 언어가 의미를 다 드러낼 수 없다는 설을 제출하여, 성인의 말은 성인의 뜻을 다할 수 없고 『주역』의 심오한 의리는 말로 다할 수 없다고 주장했다. 그러자 구양건(歐陽建)은 거꾸로 「언진의론(言盡意論)」을 제기하여, 이렇게 말했다.

> 이치를 마음에 얻었을 때, 언어가 아니면 통창할 수 없다. 사물을 저것에 다 정했을 때, 이름이 아니면 변별할 수 없다.

명칭과 언어는 사상을 표현하고 전달하기 위해 사람이 정한 것이다. 이름과 사물, 말과 이치의 관계가 긴밀하므로 그 둘이 분리될 수 없다고 그는 생각했다.

> 이름은 사물을 따라 변하고 말은 이치에 따라 변한다. 이것은 소리를 외치면 메아리가 응하고 형체가 있으면 그림자가 붙어 각각 서로 둘일 수가 없는 예와 같다. 정말로 이름과 사물, 말과 이치가 서로 동떨어진 둘이 아니라고 한다면, 말은 뜻을 다하지 않을 수 없다. 그러므로 나는 말이 뜻을 다한다고 하는 것이다.

프랑스 철학자 자크 라캉(Jacques Lacan, 1901-1981)의 고민도 실상 이런 범위를 벗어나지 않으리라. 시인들이 시어를 선택하면서 겪는 고민도 이 범위 안을 맴돌고 있을 것이다. 생각한 것을 정확하게 언표할 수 없으리라는 불안은 체념을 낳는다.

그러나 오늘 내가 문제 삼는 것은 언어와 의미의 관계에 관한 본질적인 회의와는 약간 거리가 있다. 나의 의문은 이렇다. 시가 시인의 정서와 사상을 드러내주는 장치라고 하지만, 정말로 시인은 자신의 정서와 사상을 시를 통해 '드러내려고' 하는가? 시인은 자기검열을 극복할 수 있을까?

2.


한시의 모드 가운데 방언(放言)이란 것이 있다. 『논어』 「미자」편에
보면

우중(虞仲)과 이일(夷逸)은 은거하여 방언(放言)했지만, 몸가짐이 청도
(淸道)에 맞고 세상을 버리는 것이 권도에 맞는다.

라고 했다. 우중과 이일은 옛날의 일민(逸民)이었다. 일민이라 자신의
의지로 세간의 명리장에서 떠난 사람을 말한다. 방언을 두고 옛날 주
석은 세간사를 말하지 않음이라고 풀이했다. 그러나 방언은 세속과 거
리를 두려는 사람이 내뱉는 자기방어의 욕설이요 자기연민의 언어이
다. 또한 세상에 용납되지 못하는 사람들이 쏟아내는 분노의 언어요
위험한 생각을 담아내는 위언(危言)이다.
　　세속과 거리를 두고자 자기방어의 욕설과 자기연민의 언어를 내뱉
은 인물로는 중당 시기의 걸출한 시인 원진(元稹)과 백거이(白居易)를
들 수 있다.
　　원진은 백거이와 동년(806)에 급제하여, 악주 자사로 있으면서 무창
절도사를 겸했다. 그 무렵 정권을 쥐고 있던 궁중의 환관들과 결탁했
다고 해서 비난받았다. 하지만 연애시를 짓고 또 자신의 경험을 토대
로 「앵앵전(鶯鶯傳)」이라는 애정소설을 지은 특이한 인물이다. 원진
의 「방언(放言)」은 모두 다섯 수이다. 그 가운데 두 수만 보면 다음
과 같다.

## 첫째 수

近來逢酒便高歌(근래봉주변고가)　醉舞詩狂漸欲魔(취무시광점욕마)

五斗解酲猶恨少(오두해정유한소)　十分飛盞未嫌多(십분비잔미혐다)

眼前讐敵都休問(안전수적도휴문)　身外功名一任他(신외공명일임타)

死是老閒生也得(사시노한생야득)　擬將何事奈吾何(의장하사내오하)


최근에는 술 대하면 문득 높은 노래 불러

취하면 춤추고 시에 미쳐선 차츰 마성을 드러낸다

다섯 말 술로 해장하면서도 적다고 한탄하고

술잔 날리듯 잔뜩 마시고도 많다고 혐의 않네

눈앞의 원수들아 적들아 묻지를 마라

일신 바깥의 공명이야 나는야 모르는 일

죽으면 늙어 한가함이요 살면 득일 따름

그게 무슨 일이든 나와 무슨 관계냐

## 셋째 수

霆轟電烻數聲頻(정굉전연삭성빈)　不奈狂夫不藉身(불내광부불자신)

縱使被雷燒作燼(종사피뢰소작신)　寧殊埋骨颺爲塵(영수매골양위진)

得成蝴蝶尋花樹(득성호접심화수)　儻化江魚棹錦鱗(당화강어도금린)

必若乖龍在諸處(필약괴룡재제처)　何須驚動自來人(하수경동자래인)


우르릉 번쩍번쩍 소리 자주 울리니

미친 사내가 이 몸뚱이 빌려 사는 것이 아니랴

비록 번개에 맞아 죄다 타 버린다고 해도
뼈가 묻혀 티끌로 날아감과 어찌 다르리
나비 되어 꽃나무를 찾아갈 수 있다면 좋겠고
물고기로 화하여 비단 비늘을 노삼을 수 있다면
필시 어느 곳에나 숨어드는 괴룡처럼 굴어서
어찌 꼭 자유자재한 사람을 놀라게 하랴

괴룡(乖龍)은 죄를 범한 용이다. 비 내리는 일을 하다가 고달파서 사람의 몸속이나 고목, 기둥 따위에 숨는 괴물이다. 백거이는 번개에 맞아 타서 귀신이 된다고 하여도 괴룡은 되지 않겠다고 했다. 범나비 되고 물고기 되어 나풀나풀 너울너울, 자유자재한 사람의 모습을 닮겠다고 한 것이다.

원진은 세상을 비판하는 뜻을 노골적으로 드러내지 않았지만, 세간의 인간을 괴룡이 깃든 부자유한 존재로 보았다는 점에서 세태를 간접적으로 드러낸 셈이다. 괴룡이 깃든 존재란 결국 오늘날 오컬트 영화에 나오는 좀비가 아니겠는가.

한편 백거이는 기(嗜)·탐(耽)·음(淫) 등 과도한 애착을 뜻하는 시어를 사용하면서도 건강한 현실감각을 지녔던 인물이다. 그러한 그가 원진의 작품을 보고 자신도 「방언(放言)」 다섯 수를 지었다. 그 첫수를 보면 이렇다.

朝眞暮僞何人辯(조진모위하인변) 古往今來底事無(고왕금래저사무)
但愛莊生能詐聖(단애장생능사성) 可知甯子解佯愚(가지영자해양우)
草螢有耀終非火(초형유요종비화) 荷露雖團豈是珠(하로수단기시주)
不取燔柴兼照乘(불취번시겸조승) 可憐光彩亦何殊(가련광채역하수)

아침엔 참, 저녁엔 거짓을 그 누가 변별하랴
고왕금래에 해괴한 일 없었던 적 있었던가
장자가 능히 성인을 사칭한 것을 사랑할 뿐이니
영척(甯戚)이 거짓 바보짓 했던 걸 어이 알랴
풀의 반딧불이 아무리 빛나도 횃불은 아니요
연잎의 이슬이 둥글어도 어찌 옥구슬이랴
반딧불이로는 번시도 못하고 이슬로는 수레를 비추지도 못하는 걸
가련하다 그 광채를 어이 기이하다 하랴

참과 거짓이 뒤섞여 거짓이 참의 행세를 하는 세태를 풍자한 시이다. 구체적으로 어떤 사실을 비판하는지는 밝히지 않았지만, 세상을 경계하는 뜻이 노골적이다.

백거이의 호는 낙천(樂天)이다. 43세 때 강주(江州)의 사마(司馬)로 좌천되었던 일을 제외하면 아무 탈 없는 일생을 보냈다. 그는 번화한 곳인 소주와 항주의 자사로도 있었다. 마지막으로는 황태자의 보육 고문인 명예직의 태자소부와 법무대신인 형부상서의 지위를 사절하고 안락한 만년을 보냈다.

본래 백거이는 물질적 조건이든 외적 환경이든 모든 것이 만족스럽다고 여기면서 한적한 마음을 유지한 것으로 알려져 있다. 정계로부터 은퇴해 있었던 838년, 67세 때는 자서전이라고 할 「취음선생전(醉吟先生傳)」을 저술했다. 그는 낙양 이도리의 낙원 속에서 얻은 도시적 쾌락과 문인다운 향락을 다음과 같이 묘사했다.

낙양 거리의 안팎 6, 70리 안에 있는 도관, 사원이나 별장 중에 물·바위·꽃·대나무를 갖춘 정원이 있으면 발걸음을 옮기지 않는 곳이 없었다. 저택에 술과 거문고가 있으면 방문하지 않는 집이 없었다. 서적과 가기(歌妓)가

있으면 가보지 않은 곳이 없었다. 낙양의 지사로부터 서민의 집에 이르기까지 연회에 초대되면 또 늘 그곳으로 향했다. 아름다운 시절과 멋진 풍경을 만날 때마다, 혹은 눈이 내린 아침이나 달이 뜬 밤일 때, 마음에 드는 친구들이 오면 반드시 그들을 위해 우선 술동이의 먼지를 털고 다음에 시 상자를 열었다. 종종 흥에 겨워 이웃집까지 신발을 끌고 가든가, 지팡이를 손에 잡고 시골로 가든가, 말 타고 거리에 나가 보든가, 상자를 메고 교외에 나가거나 했다. 편여에는 거문고 하나, 베개 하나, 도연명과 사령운의 시집 서너 권을 넣어 두었다. 상자의 가룻대 좌우에는 술병을 매달고는, 물가를 찾거나 산을 조망한다든가, 기분이 내키는 대로 갔다. 거문고를 끌어안고 술잔을 잡아당겨, 흥이 다하면 돌아왔다.

처자, 형제, 조카들이 그의 쾌락과 향락을 과도하지 않느냐고 비난했을 때, 취음선생 곧 백거이는 이렇게 대답했다.

인간의 본성이란 적당한 때 그치지를 못하고 아무래도 푹 빠져드는 법이야. 나도 중용을 지켜 멈출 수가 없소. 하지만 만일 불행히도 내가 금전을 좋아해서 이식을 하여, 재산을 늘리고 집을 윤택하게 하려다가, 화를 초래하고 몸을 위태롭게 했더라면 어찌했을까? 혹은 만일 불행히도 도박을 좋아하여 수만 금의 돈을 걸어 재산을 기울게 하고 처자를 거리 맡에 헤매게 했더라면 어찌했을까? 혹은 만일 불행히도 단약을 좋아하여 의식의 비용을 덜어서 연단을 만들거나 수은을 태운다거나 해서 아무 것도 성취하지 못하고 몸을 망쳤더라면 어찌했을까? 지금 다행히도 나는 그러한 것을 좋아하지 않고, 술과 시로 유유자적하고 있소. 방종이라고 한다면 방종이겠지만, 아무 것도 손상 입히는 것이 없어. 저 세 가지를 좋아하는 것보다는 훨씬 낫지 않은가! 그렇기에 유령은 아내의 충고를 받아들이지 않았고, 왕적은 취향에서 노닐며 돌아오지 않은 게야.

백거이는 인간 행복의 조건을 다섯 가지로 열거했다. 돈에 곤란을 겪지 않을 것, 충분한 수명을 누릴 것, 먹는 것에 곤란을 겪지 않을 것, 인생을 즐겁게 받아들일 것, 몸이 건강할 것 등이다. 그는 그러한 조건들을 모두 갖추었다고 여겼고 그렇기에 자족하고는 했다. 취음선생 곧 백거이의 영회시(詠懷詩)인 「낙양에 어리석은 늙은이 있네(洛陽有愚叟)」의 일부를 보라.

抱琴榮啓樂(포금영계락)　縱酒劉伶達(종주유령달)
放眼看靑山(방안간청산)　任頭白髮生(임두백발생)
不知天地內(부지천지내)　更得幾年活(갱득기년활)
從此到終身(종차도종신)　盡爲閑日月(진위한일월)


거문고 끌어안으니 영계기의 즐거움
술을 마음껏 마심은 유령의 달통함
시선 닿는 대로 청산을 바라보고
머리에 백발 생기든 말든 괘념 않는다
모르겠네, 천지 사이에
다시 몇 년이나 더 살 것인가
이제부터 몸이 끝날 때까지는
모두 다 한가한 세월로 삼으리


백거이의 쾌락에는 짧은 인생을 서글퍼하는 애상이 숨어 있다. 다만 그는 그것에 매몰되지는 않았다. 술에 의지하여 신세를 꿈같이 여기고 부귀를 구름처럼 간주하며, 세계를 방안 한구석쯤으로 생각하고 인생 백년을 한순간이라고 생각하여, 멍멍하고 우두커니, 늙음이 육박하여 오는 것을 알지 못하는 상태이고자 했다. 『장자』「달생」편에 나오듯이 "완전한 경지를 얻었다(全於天)." 이러한 초탈의 정신도 세태를 비판하는 「방언」의 시에는 일관되어 있지 못하다. 그렇다면 「방언」은 초탈의 정신 태도를 노래한 시들보다도 더욱 그의 속내를 그대로 담아냈다고 보아야 할 것인가?

## 3.

북송 때 황정견(黃庭堅, 1045-1105)은 「방언」이란 제목으로 10편의 연작을 남겼다. 서시(序詩)에 해당하는 첫 수는 이렇다.

> 廢興宜有命(폐흥의유명) 得失但自知(득실단자지)
> 踽踽衆所忌(우우중소기) 悠悠誰與歸(유유수여귀)
> 吾義苟不存(오의구부존) 豈更月攘雞(기경월양계)
> 風淸聞鶴唳(풍청문학려) 想見南山棲(상견남산서)

> 도가 폐기될지 흥할지는 천명에 달린 것
> 성공할지 실패할지도 다만 스스로 알 뿐
> 외롭게 홀로 감을 뭇사람들은 싫어하나니
> 유유하게 누구와 함께 가랴
> 나의 의리가 진실로 존재하지 않는다면
> 닭 훔치는 죄악을 어찌 다음 달에 고치기라도 하랴

맑은 바람 속에 학 울음 듣고는

남산에 은둔하던 사람을 상상하리라

고사를 이용한 것이 많아서 내용이 대단히 어렵다. 황정견의 시풍은 본래 이렇다. 그러나 뜻은 명쾌하다. 도가 제대로 행하지 않는 시운을 맞아, 나는 홀로 올바른 정의를 지켜 살아갈 뿐이니, 나라가 혼란하게 된 다음에야 나를 그리워할 것이라는 것이다. 세상을 비판하고 자기 자신의 정의를 자부하는 뜻이 대단히 강하다.

시의 뜻을 조금 부연해서 설명하면 이렇다.

첫 구의 "도가 폐기될지 흥할지는 천명에 달린 것"이란 말은 『논어』 「헌문」편에서

道之將行也與(도지장행야여)도 命也(명야)며 道之將廢也與(도지장폐야여)도 命也(명야)니 公伯寮其如命何(공백료기여명하)리오

도가 장차 행해지는 것도 명이며 도가 장차 폐해지는 것도 명이니, 공백료가 그 명을 어찌 하겠는가.

노나라 정공(定公) 12년에 대사구로 있던 공자는 맹손씨, 숙손씨, 계손씨의 세 도읍을 무너뜨리고 그들의 군사를 해산시키려고 했다. 제자 자로는 계손씨의 재(宰)로 있으면서 공자를 도왔으나 맹손씨가 저항했으므로 공자는 그 도읍을 군사들을 동원해 에워쌌다. 이때 공백료(公伯寮)는 자로에게 해를 입혀 공자를 저지하려고 계획해서, 자로를 계손씨에게 거짓말로 중상했다. 그러자 노나라 대부 자복경백(子服景伯)이 공백료를 자기 손으로 처단하겠다는 뜻을 밝혔다. 그 말을 듣고 공자는 위와 같이 말했다. 공자는 공백료의 참소가 도리의 흥폐에 관

계된다고 여기되, 도리가 흥기하느냐 폐기되느냐 하는 것은 공백료에게 달려 있지 않고 궁극적으로 천명에 달려 있다고 보고 안심하였다. 천명은 무엇인가. 한 개인을 불평등의 처지에 놓이도록 만드는 비선택적 운을 말하는 것이 아니라 인간의 역사를 관통하고 있는 순리를 말한다.

셋째 구의 "외롭게 홀로 감을 뭇사람들은 싫어하나니"는 『맹자』「진심·하」편에서, 덕을 해치는 존재인 향원(鄕原)은 뜻 높은 광견(狂獧)의 사람들을 두고

行何爲踽踽涼涼(행하위우우량량)이리오 生斯世也(생사세야)라 爲斯世也하여 善斯可矣라

행하는 것이 어이 그리 쓸쓸하고 고독하단 말인가. 이 세상에 태어난 바에는 이 세상 사람들과 살면서 사람 좋다고 인정받으면 되는 것이 아닌가.

라고 비방한다고 한 구절에서 나왔다. 쓸쓸하고 고독한 것은 정의를 지키며 세속과는 다른 길을 외롭게 가기 때문에 그런 것이다.

여섯째 구의 "닭 훔치는 죄악을 어찌 다음 달에 고치기라도 하랴"는 말은 『맹자』「등문공·상」의 우화를 이용하되 뜻을 조금 바꾸어 썼다. 『맹자』에서는 이웃집 닭을 하루 한 마리씩 훔치다가 다시 한 달에 한 마리씩 훔치고는 1년 뒤에 그만둔다는 말이 있는데, 이것은 허물을 알고도 즉시 고치지 않음을 비유한 말이었다. 그런데 황정견은 내게 의리가 존재하지 않는다면 닭 훔치는 죄악을 당장에 고치지 않음은 물론이고, 다음 달이 되어도 고치기라도 하겠느냐고 말한 것이다.

일곱째 구와 여덟째 구의 "맑은 바람 속에 학 울음 듣는다"는 말은 『진서(晉書)』「사현전(謝玄傳)」에서 나왔다. 중국 전진(前秦)의 부견은 백만 군사를 동원하여 동진을 침략했다가 사현이 이끄는 8천의 군사에

패하였는데, 그 잔병들은 허겁지겁 도망하면서 바람소리와 학 울음만 들어도 동진의 군사가 추격하나보다 하고 두려워했다고 한다. 여기서는 내란이나 외환 같은 혼란이 발생함을 말한 것이다.

남산은 은둔처를 말하는데, 남산표(南山豹)라 하면 특히 은자를 말한다. 옛날에 답자(答子)라는 사람이 도(陶)라는 고을을 다스렸는데, 명예는 없으면서 재산이 불어났다. 그러자 그의 아내가 간하기를, "남산에 사는 검은 표범이 7일 동안 비가 오는데도 먹을 것을 찾지 않는 것은 털을 윤택하게 하여 문채를 이루기 위한 것입니다. 그러므로 숨어 있으면서 해를 멀리하는 것입니다" 하였다. 『열녀전』 「도답자처(陶答子妻)」에 나온다.

황정견은 소동파와 함께 나란히 이름이 거론될 정도로 북송을 대표하는 시인이다. 특히 학식으로 시를 짓는 강서시파를 열었다고 일컬어진다. 남송 말의 엄우(嚴羽)는 『창랑시화』에서, 황정견 이후의 시풍에 대해 "문자(형식언어)로 시를 짓고, 재주와 학식으로 시를 지으며, 정치적인 의론으로 시를 짓는다"고 비판하였는데, 그러한 비판은 어느 정도 타당한 듯도 하다. 하지만 황정견이 「방언」에서 복잡하게 고사를 끌어다 쓴 것은 그만큼 함부로 하는 말이 위태로운 말이었기 때문일 것이다.

게다가 황정견은 과도한 자부심을 지녔던 것이 결코 아니다. 오히려 그 자신은 현실에 대해 어찌 할 수 없다는 무기력감을 느꼈기에 이렇게 소리치고 싶었던 것인지 모른다. 「방언」의 일곱 번째를 보면, 공무에 지쳤건만 더욱 먼 길을 가야 하는 고통을 토로했다.

蟬聲已紓遲(선성이서지) 秋日行晼晚(추일행원만)
長年困道路(장년곤도로) 驅馬方更遠(구마방갱원)
從事常厭煩(종사상염번) 歸心自如卷(귀심자여권)

旨甘良未豐(지감량미풍) 安得懷息偃(안득회식언)

매미 소리도 이미 더뎌지고
가을 해도 차츰 기울어가는데
오랜 세월 길에서 고통을 겪었건만
말 몰아 바야흐로 더욱 먼 길을 가다니
근무하면서 늘 번잡함을 싫어하였기에
돌아가는 마음은 마치 자리를 말 듯 시원하리라
단 음식이 정말로 풍부하지 않으니
어찌 침상에 편히 누울 걸 기대하랴




4.




세상에 대한 분노의 언어와 위험한 생각을 담아내는 위언(危言)을
'방언'으로 보았던 시인들도 있다. 스스로 세상에 용납되지 못할 줄 알
고 완세(玩世)했던 인물들이다. 완세란 세상을 조롱하는 것을 말한다.

조선중기의 문인 이별(李鼈)은 오언고시 「방언」을 남겼다. 이별은
박팽년의 외손으로, 벼슬길이 막히자 장륙당(藏六堂)이라 자호하고 세
상을 조롱했다. 장륙이란 거북의 별명이다. 거북이 머리와 꼬리, 두 손
과 두 발을 껍질 속에 감추고 있기 때문에 그렇게 말한다. 그 형상은
불교에서 안근·이근·비근·설근·신근·의근의 육근을 감추고 있는

것에 비유된다. 『잡아함경』에 보면, 거북이 야간(野干)이라는 짐승에게 잡혔으나 여섯 부위를 속에 감추어서 야간이 그냥 갔다는 이야기가 있다. 부처는 이 이야기를 비구에게 말하면서, 육근을 감추고 있어야 마(魔)가 작란하지 않는다고 했다. 이런 뜻을 지닌 장륙이란 말을 호로 사용한 것을 보면 이별이란 사람은 아주 별난 사람이다. 저 「육가(六歌)」를 지은 것이 세상을 조롱하는 뜻이 있다고 하여, 뒷날 퇴계 이황의 비판을 받았다.

이별은 황해도 평산에 살면서 소 잔등에 올라타고 술동이 싣고 다니면서 촌로들과 낚시도 하고 사냥도 했다. 마실 때마다 취하고취하면 노래 부르거나 흐느껴 울었다. 병이 위독해지자 명당을 찾지 말라고 했으므로 집 사람들이 앞산 기슭에 장사지냈다. 그의 「방언」은 이렇다.

我欲殺鳴鷄(아욕살명계) 恐有舜之聖(공유순지성)
雖欲不殺之(수욕불살지) 亦有跖之橫(역유척지횡)
風雨鳴不已(풍우명불이) 舜跖同一聽(순척동일청)
善惡各孜孜(선악각자자) 不鳴非鷄性(불명비계성)


내가 우는 닭을 죽이려 한다만
순 임금의 거룩함이 있을까 두렵고
안 죽이려 한다만
도척의 횡포가 역시 있네
비바람 속에 그치지 않고 울어
순 임금과 도척이 함께 들어서
선과 악을 각기 부지런히 행했으니
울지 않으면 닭의 천성 아니지

비바람이 치는 날, 닭이 울어댄다. 개벽을 알리지 않는 울음이기에 도무지 시끄럽기만 하다. 저 닭을 죽여 버리고 싶다! 시인은 문득 살의를 느꼈다. 순간 『맹자』의 말을 떠올렸다.

닭이 울자 일어나서 부지런히 선을 행하는 이는 순(舜)의 무리요, 닭이 울자 일어나서 부지런히 이익만 구하는 이는 도척의 무리다.

하하, 세상이란 어차피 선과 악이 각기 부지런히 자신의 존재를 드러내는 활동장이다. 닭은 개벽을 알리는 것도 아니요, 그 선과 악이 뒤집는 활동의 개시를 알리는 팡파르일 따름이다. 그렇다면 두어라, 내가 세상에 대해 무얼 말하랴!

이별보다 앞선 시대의 인물인 김시습은 「방언」이란 제목으로 아예 14수의 연작을 남겼다. 첫 수를 보면 이러하다.

眇將一粟身(묘장일속신) 復何心懵憧(부하심몽동)
百年只一息(백년지일식) 萬事猶倥傯(만사유공총)
旣得還恐失(기득환공실) 奚暇尊周孔(해가존주공)
有人早歸休(유인조귀휴) 視彼同螟蠓(시피동멸몽)
溪聲激潺湲(계성격잔원) 山色聳巃嵸(산색용롱종)
雖云縱性遊(수운종성유) 非禮卽勿動(비례즉물동)

좁쌀 몸을 가지고
무어 마음을 어지럽히나
인생 백 년도 한순간이거늘
만사가 그저 바쁘기만 하네
얻고선 잃을까 두려워하거늘

어느 짬에 주공·공자를 찾으랴

여기 일찌감치 돌아와 쉬는 사람 있어

저것 보기를 하루살이처럼 여기네

시내 소리 졸졸 울리고

산 빛은 우람하게 솟은 곳

누가 말했나, 천성대로 노닐어도

예(禮) 아니면 움직이지 말라고

"누가 말했나, 천성대로 노닐어도. 예 아니면 움직이지 말라고"라는 구절은 참 미묘하다. 자연 속에서 천성대로 노닐어도 유가의 예법을 잃지 말아야 한다는 말인 듯도 하다. 아니, 그런 자기 검열의 말이 무슨 필요가 있느냐고, 굴레를 아예 벗어난 곳에서 자득한다는 참 자유의 선언 같기도 하다.

이 「방언」에서 김시습은 세속을 미워하는 마음을 드러내지 않았다. 참 자유를 구가하는 뜻을 내키는 대로 함부로 떠들었다. 그러나 김시습은 「방언」이란 제목이 아니어도 방언을 한 것이 많다. 그리고 그 방언의 비수는 세상을 향하여, 곧잘 위언의 날을 번득였다.

김시습은 용렬한 자들이 높은 벼슬을 꿰차게 되었다는 소식을 들으면 분노를 참지 못했다. 50대에 강릉에 거처하면서 김시습은, 어느 날 가죽나무 숯으로 불을 때다가 불꽃이 일어나지 않자 짜증을 냈다. 저 용렬한 자들은 이 가죽나무 숯과도 같군! 그래서 「가죽나무 숯 노래(椵炭行)」를 내키는 대로 불렀다.

椵炭性疎脆(가탄성소취) 得火少炎熾(득화소염치)

才起旋復滅(재기선부멸) 烹膳淡無味(팽선담무미)

恰如庸懦人(흡여용나인) 素無丈夫志(소무장부지)

諾諾無一實(낙락무일실) 營營無一得(영영무일득)
居家處事闇(거가처사암) 在位常碌碌(재위상록록)
不獨自虛困(부독자허곤) 多爲衆欺謔(다위중기학)
敢望柞櫟炭(감망작역탄) 炎炎火星爆(염염화성폭)
恰如回也質(흡여회야질) 聞一以知十(문일이지십)
又如孫吳兵(우여손오병) 破虜如破竹(파로여파죽)
椵汝須殿後(가여수전후) 櫟爾盟寒約(역이맹한약)


가죽나무 숯은 성질이 성기고 약해

불을 피워도 불꽃이 잘 오르지 않아서

겨우 일어났다가는 다시 사그러들어

음식을 익혀도 담박하여 맛없게 되지

흡사 용렬하고 게으른 사람과도 같아

본시 사내대장부의 뜻이 없는 자가

굽신굽신 예 예 하면서 실상이 없고

이익에 골몰하되 얻는 것 하나 없음과 같군

그런 자들은 집일도 처리하지 못하고

벼슬자리에 있으면서 변변치 못하지

그런 자들은 자기 자신만 곤욕을 치르는 것이 아니라

많은 사람들로부터도 속임을 당하거나 놀림을 당하지

어찌 상수리나 참나무 숯과 같을 수 있나

상수리나 참나무는 이글이글 불똥이 튀는 걸

공자의 제자 안회(顔回)가

하나를 들으면 열을 알던 재질과 같고

손빈(孫臏)·오기(吳起)가

대쪽 쪼개듯 적을 격파하는 병법을 씀과도 같지

가죽나무 너는 뒤로 물러나거라

참나무야 너는 굳은 약속 변치 말자꾸나

참나무가 일으키는 불길은 곧 나의 의지, 나의 생명력을 상징한다. 미국의 작가 코맥 매카시(CORMAC MCCARTHY)도 『로드(The Road)』라는 소설에서 자기 존엄성을 지키는 인간의 생명력을 가슴속의 뜨거운 불로 상징했다.

하고 싶은 말을 함부로 내뱉어 보다가 김시습은, 「재갈물림을 그만두지 말라는 노래(莫休鉗歌)」를 지어 스스로를 반성했다. 가을날 풀숲에서 노래하는 귀뚜라미, 그늘에서 나와 몸을 굴신하는 날벌레와 내가 무어 다르랴. 그러다가 문득 하하하 웃으면서 이제 더 이상 혀를 끌끌끌 차지는 않으리라고 다짐했다.

은호(殷浩)란 인물은 진(晉)나라 사람으로 『노자』와 『주역』을 좋아해서 청담(淸談)의 인사들 사이에서 존경을 받았다. 건무장군, 중군장군이 다섯 주의 군사를 거느렸다. 하지만 한 지역에서 일어난 반란을 진압하지 못해서 폐위되어 서인으로 되었다. 서인이 되어서는 원한의 말을 하지 않고 종일토록 허공에 '돌돌괴사(咄咄怪事)' 네 글자만 쓰고 있었다고 한다. 돌돌이란 혀를 쯧쯧 혹은 끌끌 차는 소리를 말한다.

김시습이 혀를 차지 않겠다고 한 것은 원한의 말을 더 이상 내뱉지 않겠다고 스스로에게 약속한 것이다.

시인의 시란 이런 것이 아니겠는가! 원한의 말을 있는 대로 다 내뱉지 못하고 그저 '쯧쯧 괴이한 일이로다'라고 허공에 적는 일이지 않은가! 그러다가 그 쯧쯧 거리는 소리도 내지 않겠다고 다짐하는 언어가 아니겠는가!

5.


조선 인조 때 사상가이자 문학가였던 장유(張維)는 아예 산문으로 4편의 「방언」을 남겼다. 그 「방언」은 인간존재의 미스터리에 대해 신열을 앓는 소리였다. 첫 편과 둘째 편을 보라.

**하나**

하나에서 만으로 파생됨으로써 만물은 각각 나를 나라고 인식하게 된다. 내가 나를 나라고 하는 것은 남이 자기를 나라고 하는 것과 같다. 아프고 가려움이 남에게 있으면 나는 그것을 알지 못하고, 아프고 가려움이 내게 있으면 남은 그것을 알지 못한다. 형해(形骸)의 간격이 어찌 이러한 지경에 이르렀단 말인가! 태어날 때는 각자 하나여서, 나는 나이고 저자는 저자다. 하지만 죽으면 모두 하나로 돌아가, 나와 저자의 구별이 없다. 옛날의 지인(至人)은 죽음을 참으로 여기고 삶을 가짜로 여겼으니, 역시 이 점에 견식이 있었던 것이 아니랴.

**둘째**

굶주려 먹을 것을 기다릴 때는 잠깐의 시각도 서너 시간, 서너 달처럼 여겨지다가도 배가 부르면 먹는 것을 잊어버린다. 지쳐서 휴식을 기다릴 때는 지척의 거리도 천 리 길처럼 여겨지다가도 편안해지면 휴식을 잊어버린다. 이로써 보건대 마음으로 자족하고 있는 사람은 외물에 의지하지 않음을 알 수가 있다. 따라서 영예나 치욕이 외물임을 알면, 저자에서 목에 칼이 채워

지거나 길거리에서 구걸을 하더라도 나의 치욕이 될 수 없고, 옥을 차고 수레를 타더라도 나의 영화가 될 수 없다. 마찬가지로 삶과 죽음이 밤낮의 교체와 같음을 알면, 팽조(彭祖)나 노담(老聃)에 대해 그의 수명을 부러워할 필요가 없고 어려서 죽은 이에 대해 그의 단명을 슬퍼할 필요가 없다.

여기에 이르면 '방언'은 세계와의 불협화를 통감하고 삶과 죽음의 불가지성에 대해 자기 나름의 해석을 내림으로써 마음의 평온을 얻는 장치로 된다. 이것은 모순에 찬 세계를 향한 외침이 아니다.

『논어』 「헌문」 편에는 "나라에 도가 행해질 때에는 말과 행동을 모두 준엄하게 해야 하지만 나라에 도가 행해지지 않을 때는 행동은 준엄하게 하되 말은 낮춰 해야 한다"고 했다. 준엄한 말인 위언을 나라에 도가 행해질 때 해야 한다니, 만일 도가 행해지지 않는 훼손된 시대라면 시인은 결국 말을 낮춰서 해야 한단 말인가?

앞서 든 『논어』 「미자」 편에 나오는 "우중과 이일은 은거하여 방언했다" 라는 구절에 대해, 옛 주석은 "방언이란 방치하여 두고 세간사를 말하지 않는다는 뜻이다" 라고 했다. 아, 함부로 말한다는 뜻이 입에 담지 않고 버려둔다는 뜻과 통한다는 것은 참으로 기괴한 일이다. 그러나 나의 경험은 그 두 뜻이 모순되는 것만은 아니라는 사실을 가르쳐준다.

내가 발견한 공식 하나.

세간사를 함부로 말하기 = 세간사를 입에 담지 않고 내버려두기

이 공식을 대입하여 풀어나갈 수식.

급 여울 오르는 조각배가 저어도저어도 앞으로 나아가지 못하는 삶, 사방이 심연(深淵)인 아스라한 바위 위에 서서 측족(側足)하며 떠는 삶, 서 있는 곳도 모르고 향하는 것도 몰라서 그저 슬픔의 그릇인 줄만 아는 삶, 그 삶을 살아나가는 방법.

# [참 고]

원진(元稹), 「방언(放言)」, 『원씨장경집(元氏長慶集)』 권18, 사부총간(四部叢刊)·정편 36, 台北: 商務印書館, 영인, 1981.

백거이(白居易), 「방언(放言)」, 『백씨장경집(白氏長慶集)』 권15, 사부총간(四部叢刊)·정편 36, 台北: 商務印書館, 영인, 1981.

백거이, 「취음선생전(醉吟先生傳)」, 『백씨장경집(白氏長慶集)』 권70, 사부총간(四部叢刊)·정편 36, 台北: 商務印書館, 영인, 1981.

백거이, 「낙양에 어리석은 늙은이 있네(洛陽有愚叟)」, 『백씨장경집(白氏長慶集)』 권15, 사부총간(四部叢刊)·정편 36, 台北 商務印書館, 영인, 1981.

황정견(黃庭堅), 「방언(放言)」, 『산곡집(山谷集)』 외집 권14, 台北 藝文印書館, 1965.

이별(李鼈), 「방언(放言)」, 권별(權鼈), 『해동잡록(海東雜錄)』 5 본조(本朝), 태학사, 영인, 1986.

김시습, 「방언」, 『매월당집(梅月堂集)』 권1 시 ○술회(述懷), 한국문집총간 13, 1988.

김시습, 「가죽나무 숯 노래(椵炭行)」, 『매월당집(梅月堂集)』 권14 시 ○명주일록(溟州日錄), 한국문집총간 13, 1988.

장유(張維), 「방언」 4편, 『계곡집(谿谷集)』 권3 잡저(雜著), 한국문집총간 92, 1988.

# 뿌리 없는 장승

1.

압구정역이다. 전철 의자에 앉은 일곱 사람의 표정이 제각각이다. 안경을 끼고 옅은 붉은색 립스틱을 바른 여성은 검은 색 가방을 움켜쥐고 있다. 분홍색 재킷을 입고 표정도 밝다. 커피색 캐주얼 양복 차림의 남성이 껌을 잘근거리면서 이야기를 주고받는다. 눈은 마주치지 않는다. 사무실 동료일 것이다. 옆자리의 여드름 많은 여성은 크림색 털스웨터 차림이다. 조금 전까지 휴대전화로 가족 중 누군가가 병원에서 투석을 받고 있는 사실을 이야기했는데, 지금은 무덤덤하다. 그 곁에 체크 와이셔츠고 검은 색 가디건을 걸친 남자는 옆자리의 애인과 간간이 이야기를 주고받으면서도 반쯤 숙인 고개를 좀처럼 들지 않는다. 분홍색 옷에 분홍색 노트를 든 남자의 애인이 옥수역에서 내리는데도, 남자는 눈으로만 전송할 뿐이다. 그 곁에 체크무늬 목도리의 여성은 책을 펼쳐 들고 있지만, 귀에 꽂은 MP3의 이어폰 바깥으로 빠른 곡이 새어나온다. 그 옆에서 안경 쓴 여자가 졸고 있다. 맨 끝에는 검은색 옷의 여성이 샐쭉한 표정으로 전화를 걸고 있다. 회색 비닐가방이 살금살금 흘러내린다. 분홍 재킷의 여성 뒤 커다란 광고판에서는 '그녀의 길 위에 ○○여자대학교'라는 카피가 내 시선을 훔친다.

우리는 그저 잠시 같은 공간에 있을 뿐, 나의 길은 저 사람의 길과 다르지 않은가. 실은 나와 너는 서로의 길 위에서 서로 다른 무엇일 따름이다.

이미 도연명(陶淵明)은 「잡시(雜詩)」에서 인간 존재가 뿌리도 없고 꼭지도 없다는 사실을 서글프게 읊조린 적이 있다.

人生無根蔕(인생무근체)
飄如陌上塵(표여맥상진)
分散逐風轉(분산축풍전)
此已非常身(차이비상신)

인생은 뿌리도 꼭지도 없이
들길에 휘날리는 먼지
나뉘어 흩어져 바람 따라 구르니
이것은 본래 모습이 아니로다

라고.

'근체(根蔕)'라는 것은 나무의 뿌리와 식물의 꼭지를 말한다. 근체가 없다는 말은 대개 미래가 어떻게 될지 알 수 없다는 뜻으로 풀이된다. 하지만 생각해보면, 근체가 없다는 것은 인간이 시시각각 안정을 찾지 못하고 현실세계 속을 떠돌아야 한다는 사실을 가리킨다고 말할 수 있다. '비상신(非常身)'이란 항상성이 없는 존재이니, 현실세계에서 시간과 공간의 축에 따라 모습을 바꾸고 나 아닌 외부의 것에 의해 조종을 당하는 존재이다. 불교에서 말하는 비본래성을 가리킨다.

인간이 뿌리 없이 떠도는 존재로서, 늘 본래의 모습을 찾지 못하고 있다는 사실에 생각이 미치자, 나는 문득, 인간 존재를 뿌리 없는 장승에 비유한 조선후기 이학규(李學逵, 1770-1835)의 「후인탄(堠人歎)」이라는 시를 떠올렸다. '후인'이란 장승이다.


## 2.


1979년 가을에 이학규의 문집 『낙하생고』를 일본 천리대학에서 어렵사리 구하여 읽다가, 이학규가 1824년에 쓴 이 시를 읽고서 인간 존재의 쓸쓸함을 새삼 깨달은 적이 있다. 그 강렬함이 아직도 남아 있어서, 집에 돌아와 오랜 만에 그 시를 다시 읽어보았다. 각 구마다 다섯 글자씩, 전체 48구로 이루어진 장편 오언고시이다.

十里堠在阡(십리후재천)　五里堠在渡(오리후재도)
嶠南一千里(교남일천리)　日每屢十遇(일매루십우)
聞昔短長亭(문석단장정)　行旅視爲度(행려시위도)
於今失其制(어금실기제)　削木以代故(삭목이대고)
軀幹翁仲倫(구간옹중륜)　眉目方相遻(미목방상오)
金剛達寺門(금강위사문)　華表闕隧墓(화표궐수묘)
烏帽自天爵(오모자천작)　赭面不由酳(자면불유후)

坊名及道里(방명급도리)　當膺字劃具(당응자획구)
瞋視頻川原(진시조천원)　長立閱蚤暮(장립열조모)
挺然自不撓(정연자불요)　受命在當路(수명재당로)
山鵲糞其顱(산작분기로)　陵螺延其胯(능라연기과)
張目受風埃(장목수풍애)　噤齒忍霜露(금치인상로)
培植本無根(배식본무근)　年歲不自固(연세불자고)
或仰如大咶(혹앙여대해)　或俯如羞惡(혹부여수오)
方當霖潦餘(방당림료여)　狼狽至僵仆(낭패지강부)
沈淹塗淖間(침엄니뇨간)　陵踏不復顧(능답불부고)
曾經主屹關(증경주흘관)　攢天皆巨樹(찬천개거수)
斤鉅必棟梁(근거필동량)　刻畫等埏塑(각화등연소)
方爭岑樓高(방쟁잠루고)　敢使埃墢汙(감사애애오)
靈芝傍獻媚(영지방헌미)　雜花竝依附(잡화병의부)
榮枯本有數(영고본유수)　成毀永無忤(성훼영무오)
常存木偶戒(상존목우계)　敢恨作俑誤(감한작용오)
人生在得地(인생재득지)　有體卽紈綺(유체즉환고)
君看堠人歎(군간후인탄)　一言有可悟(일언유가오)


십 리마다 장승이 밭두렁에 있고
오 리마다 장승이 나루에 있어
영남 천리 길에
날마다 열 번은 만나는군
듣자니 지난날에는 장정과 단정을 두어
길가는 이들이 이정표로 삼았다더니
지금은 그 제도가 없어지고
나무를 깎아서 대신하는구나

몸뚱이는 옹중(문인석) 비슷하고
미간은 방상씨마냥 험상궂네
금강역사상이 절 문을 떠나온 듯
화표가 묘도에서 빠져나온 듯
오사모는 하늘의 작위를 표시하고
붉은 얼굴은 취하지 않고도 그렇구나
동네 이름과 길 리 수는
가슴에 적어 자획이 또렷하고
부릅뜬 눈으로 강과 들을 노려보면서
언제까지고 서서 아침저녁을 보내어
우뚝하여서는 결코 흔들리지 않으며
길목 지킴을 본분으로 했기에
산 까치가 이마에 똥을 싸고
달팽이가 사타구니에 침을 흘리더라도
눈을 뜬 채로 바람 먼지를 받고
이 악물고 서리 이슬을 참아낸다만
심어 둔 것이 본래 뿌리가 없어
세월 갈수록 본디 굳건하지 못하여
어떤 것은 껄껄 웃듯이 고개 쳐들고
어떤 것은 부끄러운 듯이 고개 숙여
장맛비 콸콸 흐를 때
낭패해서 털썩 엎어져서는
진창 속에 잠기자
이놈 저놈 밟고 가며 돌아보지 않네
언젠가 새재의 주흘관을 지날 때 보니
하늘에 솟은 나무들이 모두 아름드리

도끼와 톱을 대어선 동량재로 삼고

새기고 그림 그리길 연도(신도)의 신상마냥 하여

바야흐로 높은 다락과 높이를 다툴 터이니

어찌 먼지와 티끌이 더럽히게 하랴

영지는 곁에서 아양을 떨고

온갖 꽃은 나란히 들러붙어 있었네

피어남과 시듦은 본디 운수가 있어

영화와 훼멸은 영원히 어길 수 없으리

나무 허수아비의 경계를 마음에 품고 있거늘

나무 허수아비로 잘못 태어남을 어이 한탄하랴

사람이 태어나 제자리를 얻으면

몸뚱이에 비단 바지를 걸치게 되는 법

그대는 보게 장승의 탄식을

이 한마디에 깨달음이 있으리라


　장승은 사람들에게 이정을 알려주는 것을 직분으로 부여받은 존재
이다. 그렇기에 장승은 동네 이름과 길 리 수를 가슴에 또렷이 적어
지닌 채, 눈을 부릅떠서 강과 들을 노려보며 언제까지고 흔들리지 않
을 자세를 취한다. 하지만 본래 뿌리가 없이 심어져 있기에, 장승은
장마가 나서 물이 콸콸 흐르면 뽑혀져서 진창에 고꾸라져서는 길을 다
니는 사람이나 우마에게 짓밟히고 만다.

　장승은 곧 목우(木偶), 나무 허수아비의 일종이다. 한시에는 인간의
존재를 나무 허수아비에 비유한 예가 간혹 있다. 또한 『전국책』의 제
책(齊策)에는 나무 장승과 흙 장승의 고사가 있다. 이학규가 이 시에서
'늘 목우의 경계를 명심했다'라고 했을 때의 목우(나무 장승)는 곧 그
고사를 의식해서 한 말이다.

전국시대 때 소대(蘇代)가 맹상군(孟嘗君)에게 이런 우화를 말했다. "제가 치수(淄水) 가를 지나다가 들으니, 목우인(木偶人)이 토우인(土偶人)에게 이르기를, '너는 서쪽 기슭의 흙으로 만들어졌으므로, 팔월이 되어 비가 내려 치수가 밀어닥치면 너는 잔멸되고 말 것이다'라고 했습니다. 그러자 토우가 목우에게 말하기를, '나는 본래 흙으로 된 것이라 풀어져야 고향인 흙으로 돌아가지만, 너는 동쪽 나라의 복숭아나무로 만들어졌으니, 비가 내려서 큰물이 나면 너는 물에 떠서 어디로 갈지 모르게 될 것이다'라고 했습니다."

나무 장승은 흙 장승보다 자신이 더 안전하다고 말하지만, 흙 장승은 나무 장승보다 자신은 근원으로 돌아가므로 근본 없는 나무 장승보다 낫다고 말한다. 존재의 불안이라는 시각에서 보면 나무 장승은 흙 장승보다 더욱 위태롭기만 하다.

또한 나무 허수아비는 옛날 순장의 도구였다. 그래서 『맹자』 「양혜왕상」에 보면, 공자는 사람의 형상을 만들어서 순장에 사용하는 것은 어질지 못한 관습이라고 보아, "처음으로 용(俑)을 만든 자는 그 후손이 없을 것이다"라고 비판했다는 말이 있다. 이 글이 있은 뒤로, '나무 허수를 만들다'는 뜻의 '작용(作俑)'이라는 말은 '좋지 못한 일을 처음으로 만들어내어 그것이 전례가 되게 함'을 가리키게 되었다.

「후인탄」 시를 지은 이학규는 영조 연간의 재야 문단을 이끈 이용휴(李用休)의 외손이다. 유복자로 외가에서 태어나 외할아버지와 외삼촌 이가환 등의 가르침을 받고 남인 인사들의 촉망을 받았다. 26세에 발탁되어 『규장전운』이라는 운서의 편찬에 참여하는 등, 정조의 각별한 대우를 받았다. 하지만 1801년의 신유옥사 때 천주교도로 몰려 24년 동안 유배생활을 했다. 1824년에 아들의 청으로 풀려났으나 영남을 두루 다니다가 충주 근처에서 불우한 생애를 마쳤다.

「후인탄」 시는 유배에서 풀려났지만 영남을 떠돌던 때에 지은 것이다. 이학규는 이 시에서 자신의 처지를 장승의 처지에 빗대어, 사람이 란 태어나 제자리를 얻어야 한다는 교훈을 떠올렸다.

이사(李斯)라는 인물은 진시황 때 문자와 도량형과 수레의 바퀴 사이 길이를 통일하여 통일제국의 기틀을 마련했던 이데올로그이다. 그는 가난한 어린 시절에 시골의 창고지기로 있었는데, 변소의 쥐들은 사람을 두려워하지만 창고의 쥐들은 뒤룩뒤룩 살 진 것을 보고 '인간 이란 어디에 처하느냐 하는 것이 중요하다'라는 사실을 깨달았다. 그 길로 그는 귀곡선생에게 가서 독심술을 배우고, 진시황의 모사가가 되어 출세를 하게 된다. 하지만 그에게는 의리와 정의의 관념이 없었다. 그렇기에 분서갱유를 하여 지식인을 탄압하고, 진시황이 갑자기 죽은 뒤에는 환관 조고의 위세에 눌려 호해를 2세 황제로 추대했으며, 결국 조고의 농간 때문에 반역죄로 몰려 처형되고 말았다.

이사의 이야기를 『사기』에서 읽어보면, 이학규의 탄식은 그저 처세를 그르쳤다는 심경에서 나온 것만은 아닌 듯하다.

이학규는 "사람이 태어나 제자리를 얻으면, 몸뚱이에 비단 바지를 걸치게 되는 법"이라고 했다. 하지만 그것은 처신을 잘 하지 못함을 탄식한 말은 아니다. 정의와 의리의 관념을 버리고 그저 처신만 잘 했더라면 좋았을 것인가, 반문하는 의미를 담고 있다. 이것은 매우 미묘한 문제이다.

이학규는 장승이 길목에 우뚝 서서 사람들에게 동네 이름과 길 리수를 가르쳐주는 것을 직분으로 삼는다는 것, 그렇기에 하늘이 내려준 작위의 상징으로 오사모를 쓰고 있다는 것을 환기시켰다. '눈을 부릅뜨고 강과 들을 노려보면서 언제까지고 흔들리지 않을 자세'가 우리에게는 요구되는 것이 아니겠는가, 그는 이렇게 말하고자 했던 것이다.

**3.**

　저 『시경』의 소아(小雅)에 들어 있는 「무장대거(無將大車)」라는 시도, 옛날 한나라 때의 주석이나 남송 때의 주석에 얽매이지 않는다면, 인간 존재의 부조리를 노래한 시로서 되읽을 수가 있다. '무장대거'란 '큰 수레를 끌지 마라'라는 뜻이다.

　　無將大車(무장대거) 祇自塵兮(지자진혜)
　　無思百憂(무사백우) 祇自疧兮(지자저혜)

　　無將大車(무장대거) 維塵冥冥(유진명명)
　　無思百憂(무사백우) 不出於熲(불출어경)

　　無將大車(무장대거) 維塵雝兮(유진옹혜)
　　無思百憂(무사백우) 祇自重兮(지자중혜)

　　큰 수레를 끌지 마라
　　스스로 먼지만 뒤집어쓰니.
　　온갖 걱정을 생각하지 마라
　　스스로 병만 들게 되니.

　　큰 수레를 끌지 마라
　　먼지만 자욱하니.
　　온갖 걱정을 생각하지 마라

불안한 마음에서 벗어나지 못하리니.

큰 수레를 끌지 마라
먼지만 가득 일어나니.
온갖 걱정을 생각하지 마라
스스로 거북함만 만드니.

한나라 때 이루어졌다는 「모시서」에서는 이 시를 두고, "대부가 소인들을 이끈 것을 후회하는 것이다" 라고 했다. 그 뒤에 정현의 「전(箋)」은 "주나라 대부가 소인들을 이끈 것을 후회하는 것이다. 유왕(幽王)의 시대에 소인의 무리가 많아져서, 어진 이가 그들과 더불어 일을 수행함에 도리어 소인의 비방을 당하였으므로, 소인과 함께 일한 것을 스스로 후회한 것이다" 라고 했다.

한편 남송 때의 철학자 주희는 『시집전』에서, "이것도 역시 부역에 나가 힘들고 괴로워서 근심하고 생각 많은 자가 지은 것이다" 라고 했다. 옛 주석은 시의 화자를 주나라 대부라고 보았지만, 주희는 시의 화자를 부역에 나간 민중으로 본 것이다. 하지만 한나라 때의 주석이든 주희의 주석이든, 이 시가 나온 역사적 배경을 시의 문맥에서 읽어내지 못한 것은 물론, 달리 시 창작의 배경을 설명해주는 역사문헌을 제시하지 못했기에, 각각 근거가 확실하다고 할 수는 없다.

그런데 시의 문맥을 위주로 시의 의미를 찬찬히 뜯어본다면, 이 시에 나오는 '수레'는 인생의 고뇌, 혹은 인생 자체를 비유한 말로도 볼수 있다. 그렇다면 이 시는 현대의 관점에서 전혀 달리 해석할 수가 있는 것이다. '수레를 끈다'는 것은 곧 인간 실존의 부조리를 노래한 것으로도 해석할 수 있지 않겠는가.

물론 근대 이전에는 「무장대거」 시를 그런 식으로 해석한 예가 없다. 그렇기에 이 시가 곧 인간 존재의 비본래성을 노래하는 시의 계보를 열었다고는 말할 수 없다.

하지만 도연명의 「잡시」는 확실히 이후의 시에 깊은 영향을 끼쳤다. 그 이후로 많은 시인들이 그 시를 환기하면서, 인간 존재의 비본래성에 대해 한탄하는 시를 적어 나갔기 때문이다. 이를테면 고려 때 대문호 이규보(李奎報)가 자신을 나무 허수아비에 비유한 시를 남긴 것도 그 계보에 속한다. 다만, 이규보는 익살맞은 너스레를 통해서 비본래성의 고독감을 극복하려고 했다. 「병중(病中)에 지어서 벗에게 보인다(病中作, 示友人)」라는 제목이다.

洞想形骸同木偶(통상형해동목우) 孰敎矉額苦啾啾(숙교빈액고추추)
杯蛇妄意如能釋(배사망의여능석) 床蟻虛聲亦少收(상의허성역소수)
造化小兒謀欲困(조화소아모욕곤) 死生一夢我何憂(사생일몽아하우)
此非常痛眞堪賀(차비상통진감하) 天惜勞生擬遣休(천석노생의견휴)


육체는 나무 허수아비 같음을 훤히 알거늘
어째서 이맛살 찌푸리며 신음하는가
잔 속 뱀 그림자에 놀란 마음도 풀 수 있고
침상 위 개미의 그릇된 소리도 그칠 수 있고말고
조화의 두 아이가 고단하게 하려는 것일 뿐
삶과 죽음이란 한낱 꿈이거늘 무엇을 근심하랴
이것은 늘 있는 고통 아니기에 축하할 만하다
하늘이 괴로운 삶을 애처롭게 여겨 쉬게 함이기에


이규보는 인생이란 나무 허수아비와 같은 존재이고 삶과 죽음이란 꿈일 따름이라고 말했다. 그리고 나무 허수아비인 육신이 병들어 눕게 된 것은 오히려 괴로운 삶을 잠시나마 쉴 수 있는 시간일 수 있기 때문에 축하할 만하므로 근심할 것도 없다고 했다.

잔 속 뱀 그림자에 놀란다는 것은 쓸데없이 걱정하며 괴로워하는 일을 말한다. 진(晉)나라 악광(樂廣)이 친구와 술을 마실 때 그 친구가 잔 속에 비친 뱀의 그림자를 보고 마음이 섬뜩하여 그로 인해 병들었다가, 나중에 그 뱀의 그림자가 벽에 걸린 활의 그림자임을 안 후 병이 절로 나았다고 한다. 그러므로 이 시에서 "잔 속 뱀 그림자에 놀란 마음도 풀 수가 있다"는 말은 쓸데없이 걱정하며 괴로워하는 일로부터 벗어날 수 있다는 말이다.

'침상 개미의 그릇된 소리'란 말은 진(晉)나라 은중감(殷仲堪)의 아버지가 귀를 앓을 적에 침상 밑에서 개미 움직이는 소리가 소 싸우는 소리처럼 크게 들렸다는 고사를 끌어왔다. 침상 개미의 그릇된 소리도 그칠 수 있다는 것도, 앞서의 구절과 마찬가지로, 쓸데없이 걱정하며 괴로워하는 일로부터 벗어날 수 있다는 말이다.

잔 속의 뱀 그림자에 마음이 놀라고 침상 개미 소리를 소 싸움하는 소리처럼 여기는 것이란 곧 우리가 일상생활에서 겪는 까닭 없는 불안을 말한다. 까닭 없는 불안 속에서 비본래적 삶을 살아가는 일이야말로 노생(勞生) 곧 '괴로운 삶'이 아니고 무엇인가. 그리고 까닭 없는 불안이야말로 우리가 일상에서 겪는 '상통(常痛)'을 유발하는 것이 아니고 무엇인가.

이규보는 자신의 육체적인 병은 실상 아무리 고칠 수 없는 중한 병이라 하여도 그것은 그저 조화옹(造化翁)의 두 아이가 몸에 들어와 나를 고달프게 만드는 것에 불과하다고 말했다. 춘추시대 진(晉)나라 경공은 병들었을 때, 두 아이가 고(膏)와 황(肓)의 사이로 들어가는 꿈을 꾸었다. 그 후 의원을 데려왔으나 의원은 병이 고황에 들어 고칠 수 없다고 했다. 고황이란 곧 심장과 격막의 사이를 말한다.

그리고 이규보는, 어쩌다 육체적인 병에 걸린 것은 조화옹이 나더러 오히려 괴로운 삶의 짐을 내려놓고 쉴 수 있도록 여가를 내어준 것이 아니겠는가라고 반문하여, 스스로를 위로했다. 심지어 육체적인 병이 든 것은 축하할 만한 일이라고까지 했다.

현대의 우리도, 몸에 병이 났을 때 오히려 잠시 쉴 수 있게 되어 축하할 만하다고 말하여 자신을 위로하거나 남을 격려하고는 한다. 그러나 이규보처럼 육신의 병과 정신의 상통(常痛)을 대비시키는 일은 별로 없다. 이규보는 육신의 병보다도 상통에 사로잡히는 인간 존재를 서글퍼했다는 점에서 발상이 남다르다.


4.


도연명의 이후로 많은 시인들이 인간 존재의 비본래성에 대해 한탄했다. 위에서 본 고려 때 이규보의 시도 그 계보에 속한다. 이학규의 시 또한 그 계보에 속한다. 다만 이학규는 인간 존재의 비본래성을 한탄하는 것으로 그치지 않고, 인간 존재의 고유한 직분에 대해 언급했다. 그 점에서 그는 계보에서 벗어나 있다.

이학규는 인간이 본래는 남에게 좌표를 제시할 직분을 지니고 있다는 사실을 믿었으며, 인간의 불행은 그러한 직분을 제대로 수행하지 못하고 진창에 짓밟히고 만다는 사실에 있다고 말했다. 그렇기에 그의 시는 인간 존재의 비본래성을 읊은 다른 시들과는 조금 취향이 다르다. 그의 시는 현대를 살아가는 나에게 이중의 물음을 던지고 있는 것이다. 너는 본래적인 삶을 살고 있느냐, 너는 너 자신의 직분을 자각한 적이 있느냐.

이학규는 직분을 자각한 존재를 장승으로 형상화했다. 하지만 그 장승에게 '뿌리가 없다'는 사실을 확인시킴으로써, 인간 존재의 비본래성에 대한 화두를 던졌다. 곧, 인간은 자신의 직분을 지나치게 자신하지만, 사실은 자신의 있을 곳을 잃어버리고 불안하게 떠도는 존재일 따름이라는 사실을 환기시킨 것이다.

사실 일상의 나는 나 자신의 직분을 자각하지 못한 채로 겉돌고 있다는 느낌에서부터 벗어나기 어렵다. 내 스스로가 처해 있는 지금의 이 상황이 내 스스로가 바라는 상황이라고 여기는 적이 별로 없다. 그렇기에 매순간 나는 소외의 느낌을 겪는다.

그렇기에 나는 전철 안의 같은 자리에 앉아 있던 일곱 사람의 모습을 가만히 살피다가 그 차이의 아름다움에 감탄하기보다도, 그들의 고단한 모습에 나는 안쓰러워하고, 이제 그 사람들이 제각기 흩어지고 만다는 사실에 나는 안타까워했다. 그들의 모습은 곧 나의 모습이라고 여겨졌기 때문이다. 그러다가 이학규의 시에서 뿌리가 없기에 진창에 뒹굴고 마는 장승의 모습이 나의 지금 삶을 형상화해낸 것이라고 생각하게 된 것이다.

근대 이전의 시인이 나의 마음을 미리 읽어내다니! 한시는 정색을 하고 자구를 일일이 해석하여 읽으려는 사람을 때때로 깜짝 놀라게 만든다. 난해한 한자와 배경이 복잡한 성어를 사용하지만, 그 말하고자 하는 내용은 실은 나의 목소리와 그리 다르지 않기 때문이다.

그것은 그렇다고 해도, 불안은 과연 인간 존재의 숙명적 조건인가, 아니면 소시민의 한계일 따름인가. 그것을 그토록 오랫동안 생각하여 왔지만 아직도 답을 찾지 못했다. 한때는 현실에의 공동 참여를 통해서 소외감을 극복할 수 있으리라고 믿었던 적이 있다. 하지만 현재의 나에게 남은 것은 불안의 끝에 겪는 상통(常痛)뿐이다.

## [참 고]

도연명(陶淵明), 「잡시(雜詩)」, 『전주도연명집(箋注陶淵明集)』 권4, 사부총간
　　(四部叢刊)・정편 30, 台北: 商務印書館, 영인, 1981.
이학규(李學逵), 「후인탄(堠人歎)」, 『낙하생집(洛下生集)』 책19 ○낙하생고
　　(洛下生藁) 각시재집(卻是齋集), 한국문집총간 290, 2002.
「무장대거(無將大車)」, 『시경』 소아(小雅), 『십삼경주소(十三經注疏)』, 台北：
　　藝文印書館, 1973.
이규보(李奎報), 「병중(病中)에 지어서 벗에게 보인다(病中作, 示友人)」, 『동
　　국이상국전집(東國李相國全集)』 권16 고율시, 한국문집총간 2, 1988.

# 꽃말

## 1.

모든 게 우쭐댐 때문이다. 봄빛이 돌기 시작한 마당을 서성이다가, 아내가 공들여 가꾼 중향국(衆香國)의 주인이라도 된 기분에 사로잡힌 것이 바로 내가 꽃말에 대한 숙제를 하게 된 발단이다. 이 나라에서 영원한 이방인인 나는 - 그렇지 그때까지만 해도 그렇게 잘못을 저지르지는 않았다 - 그저 호기심에서 봄 소식을 맨 먼저 알려주는 꽃이 무엇이냐고 물었고, 아내는 그것이 바위에 붙어 흰 꽃을 피우는 돌단풍이 아니라 수선화를 닮은 상사초 싹이라고 일러주었다. 그런데 그 다음이 문제였다. - 이것을 두고 범상한 사람이 저지르는 오만함이라고 굳이 말하여 나의 잘못을 변명하고 싶지는 않다. 어차피 내가 숙제를 하게 된 동기이므로 - 나는 나의 『시경』 공부에서 가장 어려운 과제였던 '시명다식(詩名多識)'의 공부를 끝낸 사람처럼 매우 교만한 태도를 지으며, 딸아이에게 이 마당의 꽃들이 얼마나 많은지 아느냐고 물었다. 딸아이는 곰곰 생각하더니, 돌단풍, 명자꽃, 철쭉, 앵두, 장미, 해당화, 채송화, 넝쿨장미, 자주달개비, 수선화, 매발톱, 딸기, 황매화, 산매화, 붓꽃, 금낭화, 바위취, 라일락, 무스카리, 둥글레, 복분자, 구기자, 오미자 등의 이름들을 입에 올렸다. 헤, 그렇게 많은 꽃들이 요 마당에 핀단 말이지? 그래, 그렇다면 저 상사화는 왜 상사화라 그러는 줄 아냐? ─ 이것은 명백히 잘못된 질문이었다는 것을 이제는 안다 ─ 잎이 있을 때는 꽃이 미처 피지 않고 꽃이 필 때는 잎이 없어, 그래서 꽃과 잎이 서로 그리워한다는 뜻에서 상사화라고도 하고 이별초라고도 하는 거야. 허, 너 많이 아는구나. 나는 감탄하고는 마침 소재를 찾지 못해 고민했던 연재물의 제목을 「꽃을 바라보는 마음」이라 정하고 숙제를 하기 시작했다. 어깨 너머로 쌕쌕 숨소리가 들리더니, 아빠, 꽃에 눈길 한번 안 주더니, 너무 한 거 아냐? 아빠는 우리 집 꽃들의 꽃말을 얼마나 알아? 꽃말? 꽃말이란 건 대개 서양의 신화나 전설에서 기원하거나 꽃의 특성, 색의 상징성에 기초해서 만들어졌지. 본래 아라비아에서 발달했는데, 지금은 영국과 프랑스에서 성했지. 아, 1년 365일의 탄생화와 꽃말을 정리한 책도 나와 있을 정도야. 그래? 그럼 아빠는 우리 마당의 꽃들에 대해 꽃말을 얼마나 알아? ─ 묵묵부답 ─ 아빠, 다음 주까지 우리 마당에 피는 꽃들의 이름을 다 외워야 해. 지금까지 눈길 한번 안 준 벌이야. 그렇지, 꽃말도 같이 알아봐. 숙제야, 숙제.

　　그래서 나는 딸아이가 낸 숙제를 하기 시작했다. 이하, 내가 숙제를 하면서 알게 된 사실들 가운데 아주 아주 일부만 이야기하기로 한다.

**2.**

샤프란은 후회 없는 청춘, 흰 제비꽃은 순진무구한 사랑, 붉은 아네 모네는 그대를 사랑해, 은방울꽃은 섬세함, 매발톱 꽃은 승리의 맹세, 데이지는 순수한 마음, 진달래는 사랑의 기쁨, 프리지아는 순결, 로즈 메리는 나를 생각해요, 초롱꽃은 성실. 서구에서 정해 놓은 꽃말은 대 개 이런 식이다.

하지만 계절과 날짜에 따라 튤립은 실연이기도 하고 아름다운 눈동 자이기도 하다. 물망초도 날 잊지 마세요이기도 하고 진실한 사랑이기 도 하다. 패랭이꽃도 사모이기도 하고 언제나 사랑해이기도 하다. 그 러니 열렬히 사랑하는 사람이 있는 젊은이라면 어느 날 무슨 꽃을 상 대에게 바쳐야 할지 무척 고민스럽겠다.

그런데 꽃말 가운데는 우리의 감각과 어긋나는 것이 적지 않다. 게 다가 우리에게 친근한 꽃은 그 꽃말을 알 수 없는 것이 많다.

그러고 보니 한시의 세계에서도 몇몇 꽃은 꽃말을 지니며, 그것이 상징으로 기능하는 경우가 있다. 그 꽃말들은 대개 꽃의 특성이나 색, 모양 등에서 유추가 가능하다. 매・란・국・죽의 사군자가 모두 정인 군자(貞人君子)와 덕목을 가리키는 꽃말을 지닌 것은 그 두드러진 예 이다. 중국이나 고려에서 모란을 숭상한 것도 역시 모란꽃의 색과 모 양 등에서 부귀라는 꽃말을 쉽게 유추할 수 있었기 때문이다.

사실 이러한 예는 멀리 『시경』으로 소급한다. 이를테면 「도요(桃夭)」 편은 복숭아꽃을 노래하여, 싱그러운 젊음을 상징했다.

桃之夭夭(도지요요) 灼灼其華(작작기화)

之子于歸(지자우귀) 宜其室家(의기실가)

桃之夭夭(도지요요) 有蕡其實(유분기실)
之子于歸(지자우귀) 宜其家室(의기가실)

싱싱한 복숭아나무
꽃이 활짝 피어났네
이 아이가 시집간다니
그 집이 잘되겠네

싱싱한 복숭아나무
열매가 주렁주렁
이 아이가 시집간다니
그 집이 잘되겠네

복숭아처럼 소녀가 자라서 이제 결혼을 하게 되었다. 언제나 명랑하고 발랄하므로 시집을 가면 시집간 그 집에 좋은 복이 많아지지 않겠는가. 이즈음은 과수원에서 키우기 위해 봉지로 싸고 때로는 약도 치고 하여 사람의 손길이 많이 가지만, 복숭아나무는 원래 야생이었다. 그 야생의 싱싱한 복숭아나무에 꽃이 활짝 피어나고, 싱싱한 복숭아나무에 열매가 주렁주렁 열린 것을 상상해보라. 마음이 푸근해진다. 그렇듯, 꾸밈없고 활달한 소녀를 보면 저절로 마음이 푸근해지지 않을 수 없다.

하지만 꽃말 가운데는 간혹 언어상의 동음에 기초하여 만들어진 것도 있고, 애절한 전설이 결부되어 있는 것도 있다.

동음에 기초한 꽃말을 지닌 것으로는 단연코 연(蓮)을 손꼽을 수 있다. 널리 알려져 있듯이, 북송 때 주돈이라는 철학자가 「애련설(愛蓮說)」이라는 글을 발표한 이후로 연(蓮)은 고결한 정신 태도를 상징하게 되었다. 주돈이는 연꽃이 열매와 동시에 맺고 진흙에서 나도 자기 몸을 더럽히지 않는다는 특성에 주목하여 연을 군자와 같다고 규정했던 것이다.

하지만 그보다 앞서 한나라와 당나라 시에서 연(蓮)은 어여삐 여길 련(憐)과 발음이 같기 때문에 사랑이나 애인을 뜻한다. 이백의 「채련곡(採蓮曲)」은 연밥 따는 사람의 노래이지만, 채련은 곧 채련(採憐)으로, 애인을 찾는다는 뜻을 함축한다. 이백은 강가에서 스쳐 지나가는 남녀 사이에 발생하는 작고도 상큼한 애정을 다음과 같이 노래했다.

> 若耶溪傍採蓮女(약야계방채련녀) 笑隔荷花共人語(소격하화공인어)
> 日照新粧水底明(일조신장수저명) 風飄香袖空中擧(풍표향수공중거)
> 岸上誰家遊冶郞(안상수가유야랑) 三三五五映垂楊(삼삼오오영수양)
> 紫騮嘶入落花去(자류시입낙화거) 見此踟躕空斷腸(견차지주공단장)


> 약야계에서 연밥 따는 여인들
> 웃으며 연꽃 건너 사람과 두런거리니
> 해는 얼굴화장을 비추어 물 밑을 물들이고
> 바람은 향기로운 소매를 공중으로 부풀린다
> 기슭에는 어느 집 도령인가
> 삼삼오오 수양버들 새로 어른대다간
> 히힝 준마 타고 낙화 속으로 사라진 뒤
> 두근두근 애간장 끊는 여인이여

약야계는 절강성 소흥(紹興)의 남쪽에 있는 명승지로, 서시(西施)가 아직 민간의 여자였을 무렵 거기서 연밥을 따고 비단을 빨았다고 하는 곳이다. 연밥 따는 여성들은 연꽃 저편에 있어서 모습은 보이지 않지만 작은 배들을 나누어 타고 까르르 웃으며 이야기를 주고받고 있다. 이때 어느 집 도련님들인지 자줏빛 준마를 타고 수양버들을 스치며 달려간다. 연밥 따던 처녀들은 그 뒷모습을 바라보면서 괜스레 애간장을 끊는다.


### 3.


어떤 꽃은 조선에는 본래 없다가 뒤에 수입되어 재배의 붐이 일어난 예도 있다.

19세기 조선에서는 수선화와 파초를 재배하는 붐이 일어났다. 본래 수선화는 중국의 강남에서 자라는 것이었다. 그런데 순조 12년인 1812년, 시인 자하 신위가 연경에 사신 갔다가 겨울에 돌아오면서 가지고 왔으며, 이것이 우리나라에 수선화가 들어온 시초라고 한다. 이후 중국산 수선화의 구근을 서로 나누는 일이 문인들의 운치 있는 일로 간주되기에 이르렀다. 그 뒤 김정희는 제주에서 나는 수선화를 처음으로 발견했다고 일컬어진다. 그는 「수선화」 시를 남겼다. 이러한 풍조는 구한말까지 이어졌다. 그래서 김택영도 수선화 시를 지었다.

서양에서 수선화의 꽃말은 '자만'이라고 한다. 하지만 동양에서의 꽃말은 능파선자(凌波仙子)이니, 물 위를 걷는 선녀라는 뜻이다. 원래는 조식(曹植)이 「낙신부(洛神賦)」에서 낙신을 묘사하여 쓴 말인데, 북송의 황정견은 그 말로 수선화를 비유했다. 낙신은 낙수의 신인데, 곧 복비(宓妃)를 말한다. 조조의 아들 조식은 낙수를 건너면서 자신이 사모했으나 형 조비에게 빼앗겼던 미인 견씨(甄氏)를 그리워하여 복비를 그녀에 빗대어 「낙신부」를 지었다. 그리고 그 시 속에서 낙신의 자태를 "물결 위로 사뿐사뿐 걸어가니 비단 버선에서 먼지가 난다"라고 했는데, 그것은 실은 견씨의 자태를 빗댄 것이었다고 한다.

황정견은 수선화에 능파선자라는 꽃말을 붙이고, "산번화는 수선화의 아우요, 매화는 수선화의 형이다(山礬是弟梅是兄)"라고 규정했다. 우리 문인들이 수선화를 존중하게 된 것은 황정견의 영향이 크다.

조선 선조 때 문인 차천로는 황정견의 이 「수선화」 시를 보고도 무슨 꽃인지 몰랐다가, 일본에 가서 수선화의 실물을 처음으로 보았다고 회상했다. 그는 "풀은 10월에 처음 나고 잎은 가란(假蘭) 같은데, 키가 두어 자나 되었다. 11월에 꽃이 활짝 피는데 흰 빛이다. 12월에 꽃이 떨어지고, 1월에 줄기가 마르고, 2월에는 말라 죽는다. 중에게 이 풀의 이름을 물었더니'수선화'라 했다" 라고 『오산설림초고(五山說林草藁)』에 적어 두었다.

그 뒤 조선 문인들은 명나라 말 원굉도의 『병사(瓶史)』에서

수선은 품격이 매우 청초하다. 직녀성의 다리인 옥청(玉淸)이다. 한 포기에 잎이 많은 것을 진수선(眞水仙)이라 하고, 외쪽 잎이 나는 것을 수선이라 하고, 꽃잎이 많은 것을 옥영롱(玉玲瓏)이라 한다.

라는 설명을 읽고 깊은 관심을 보였다. '병사'란 병에 꽂은 꽃들에 대한 기록이란 뜻이다.

조선 문인들의 호기심을 그토록 유발했던 황정견의 「수선화」 시는 다음과 같다.

### 첫째

凌波仙子生塵襪(능파선자생진말)

水上盈盈步微月(수상영영보미월)

是誰招此斷腸魂(시수초차단장혼)

種作寒花寄愁絶(종작한화기수절)


능파선자 버선 위에 티끌을 일으키며

물 위를 사뿐사뿐 희미한 달빛 아래 걷누나

누가 이처럼 애끓게 하는 혼을 불러내어

찬 꽃으로 피워내어 시름겹게 만드나

### 둘째

含香體素欲傾城(함향체소욕경성)

山樊是弟梅是兄(산번시제매시형)

坐對眞成被花惱(좌대진성피화뇌)

出門一笑大江橫(출문일소대강횡)


향기 머금은 흰 몸이 눈부시게 아름다우니

산번화는 동생이요 매화는 언니

앉아서 대하려니 꽃 때문에 번뇌하여

문을 나와 웃노라니 강물이 비껴 흐르누나


참으로 절창이다. 수선화의 아리따운 자태를 이보다 더 잘 묘사할 수 있겠으며, 그 아리따운 자태가 유발하는 뇌쇄적 풍모를 이보다 더 잘 표현할 수 있겠는가.

# 4.

그런데 같은 꽃이라고 하여도 꽃말은 시점에 따라 얼마든지 달라질 수 있다.

우리의 나라꽃인 무궁화의 경우가 그렇다. "피고 지고 또 피어" 무궁화(無窮花)라고 한자로 적는다. 종래에는 근화(槿花)라고 적었고, 보통 목근화로 불렀다. 『고금주』라는 옛날 책에 "군자의 나라는 지방이 1천 리인데 목근화가 많다"고 한 것을 보면 우리나라에는 본래 무궁화가 많았던 듯하다. 그래서 근세의 지식인들은 우리나라를 근역(槿域)이라고 불렀다.

『시경』에서 무궁화는 순(舜)이란 글자로 나온다. 이 무궁화 순(舜)은 오래된 글자이고 새로운 글자는 순(蕣)이다. 순(舜)이란 글자는 충만하다는 뜻을 지니므로, 무궁화는 싱싱한 젊음을 상징했다. 「유녀동거(有女同車)」편에 보면 "여자와 함께 수레 탔는데, 그 얼굴 무궁화[舜英] 같네"라고 한 것이 바로 그런 이유에서이다.

조선 중기의 문인 유몽인(柳夢寅, 1559-1623)은 광해군과 인조의 정권교체기에 「청상과부(孀婦)」라는 시를 지으면서 『시경』의 꽃말을 이어 무궁화를 싱싱한 젊음으로 상징했다. 이 시는 강원도 보개산 절의 벽에 쓴 것이어서, 제목이 「보개산 절의 벽에 적다(題寶盖山寺壁)」로 전하기도 한다. 늙은 과부가 개가하라는 권유를 물리치는 어투를 빌려다가, 반정 정권에 참여하지 않겠다는 뜻을 밝혔다.


七十老孀婦(칠십노상부) 單居守空壺(단거수공곤)
慣讀女史詩(관독여사시) 頗知姙姒訓(파지임사훈)
傍人勸之嫁(방인권지가) 善男顔如槿(선남안여근)
白首作春容(백수작춘용) 寧不愧脂粉(영불괴지분)


일흔 살 늙은 과부
홀로 살며 빈 방을 지키죠
옛 여사(女史)의 시를 익히 읽었기에
문왕의 모친과 부인이 끼친 가르침을 잘 알고 있죠
주위 사람들이 재혼하라 권하는데
무궁화같이 활짝 핀 남자라는군요
흰머리 쪼그랑에 모양낸댔자
어찌 연지분이 부끄럽지 않겠습니까


　여사(女史)는 주나라 때 왕후의 예절을 담당했던 여성 벼슬이고, 임
(姙)은 주나라 문왕의 어머니, 사(姒)는 문왕의 부인이었다. 여사의 시
란 『시경』의 「관저」나 「갈담」같이 문왕 부인을 찬미한 시편들을 말한
다. 늙은 과부는 그러한 시들을 잘 알아 부인으로서의 덕을 몸에 지니
고 있다고 했다. 벼슬하는 사람이 지녀야 할 충성의 도리를 몸에 지니
고 있음을 에둘러 표현한 것이다. 반정 정권은 그의 영향력을 두려워
하여 유몽인에게 역모의 죄를 걸었다.
　그런데 무궁화는 아침에 피었다가 저물녘에 떨어져버리므로 일급
(日及)이라는 별명을 지니고 있다. 신흠(申欽, 1566-1628)은 「후십구수
(後十九首)」의 제14수에서 '부귀란 일급과 같다'고 하여, 일급의 이미

지를 부정적으로 취했다.

百年亦豈多(백년역기다) 況又未滿百(황우미만백)
往者吾未見(왕자오미견) 來者吾未逆(래자오미역)
紛紛傾奪間(분분경탈간) 擾擾頭已白(요요두이백)
富貴等日及(부귀등일급) 滄桑在朝夕(창상재조석)
且聽雍門歌(차청옹문가) 田文淚曾滴(전문루증적)


인생 백년도 많은 것 아니건마는
더구나 백년도 다 살지 못함에랴
지난 일은 내가 보지 못했고
오는 일은 내가 예측도 못하리
시끄러이 서로 다투는 사이에
어지러이 머리털만 희어지다니
부귀란 일급과 같은 것
상전벽해도 조석 사이에 있으리
옹문의 노래 듣고
전문은 눈물을 흘렸다네


전문(田文)은 제나라의 공자로서 식객을 많이 두고 실권을 행사했
던 맹상군(孟嘗君)을 말한다. 당시 제나라 옹문에 자주(子周)라는 사람
이 살았는데, 거문고에 뛰어나서 거문고 곡으로 사람을 울리기도 하고
웃기기도 했다. 그가 맹상군 앞에서 인생의 덧없음을 소재로 한 거문
고 곡을 타자, 맹상군이 눈물을 흘렸다고 한다. 『설원(說苑)』의 「선설
(善說)」편에 나온다.
무궁화를 일급이라 부르는 것은 고작 하루에 미친다는 뜻이다. 그렇

133

기에 일본에서도 무궁화라고 하면 '하루아침의 꿈'이란 꽃말을 지닌다.

서거정(徐居正, 1420-1488)도 「사계화(四季花)」에서 사계화는 사철 오롯하게 피므로 어여쁘지만 무궁화는 단 하루만 화려할 뿐이라고 비난했다.

浪蘂浮英瞥眼催(낭예부영별안최)　怜渠占得四時開(연거점득사시개)
牧丹謾有三春約(모란만유삼춘약)　木槿空爲一日媒(목근공위일일매)
節序悠悠花幾度(절서유유화기도)　風流袞袞賞千回(풍류곤곤상천회)
文章班馬薰香手(문장반마훈향수)　相對吟詩欲奪胎(상대음시욕탈태)


천박하고 부화한 꽃은 별안간 피고진다만
너는 사계절을 오롯이 피어 어여뻐라
모란꽃은 봄 한철의 약속만 있을 뿐
무궁화는 단 하루의 중매만 있을 뿐
절서가 유유한데 꽃은 몇 번이나 피는가
풍류가 도도하여 백번 천번 감상하다니
반고나 사마천같이 향기 쏘인 문장으로
너를 두고 시로 읊어 환골탈태하고 싶구나


사계화는 세 가지가 있는데 붉은 꽃이 봄, 여름, 가을, 겨울에 각각 한 번씩 네 번 핀다. 꽃 빛깔이 분홍이며 잎사귀가 둥글고 큰 것을 월계화(月季花)라 하고, 푸른 줄기가 덩굴로 뻗어가며 봄·가을에 한 번씩 꽃이 피는 것을 청간사계(靑竿四季)라 한다. 청간사계는 아름답지 않다고 한다.

인조 때 학자 조익(趙翼, 1579-1655)도 「참판 이소한(李昭漢) 만사」에서, "허망한 세상 참으로 목근의 영화와 같구나(浮世眞如木槿榮)"라고 했다. 그 무렵 선인들은 무궁화의 꽃말을 허망함으로 알고 있었던 것이다.

정약용(丁若鏞, 1762-1836)도 무궁화를 노래한 시를 남겼다. 유배에서 풀려나 마재(마현)의 여유당으로 돌아와서 지내던 시절, 67세 때인 1828년의 6월에 지었다. 전체적으로 보면 무궁화를 폄하했지만, 정약용은 무궁화의 물성을 그 자체로서 인정하고 애써 어여쁘게 여기고자 했다. 마치 소동파가 유배지의 정혜원에서 그 지역민들에게 천시당하고 있는 해당화의 존재 가치를 확인하고 그를 사랑했듯이, 그도 소외되어 있던 여유당에서 무궁화의 존재 가치를 확인하고 자신의 심경을 그에게 투사한 것이다. 시의 제목은 「6월에는 꽃이 없는데 무궁화 꽃만 독무대를 이루어 사람으로 하여금 생각을 느끼게 하므로 갑자기 시를 지어, 소동파의 <정혜원 해당> 시에 차운하여 송옹[윤영희(尹永僖)]에게 올린다(六月無花 唯木槿擅場 使人感念 率爾有作 遂次東坡定惠院海棠韻 奉示淞翁)」이다.

百花六月皆凡木(백화륙월개범목)  木槿自言唯我獨(목근자언유아독)
爲是孤芳能繼乏(위시고방능계핍)  非關絶艶尤超俗(비관절염우초속)
令與桃李鬪妍華(영여도리투연화)  薄質消沈委空谷(박질소침위공곡)
蓮後梅先嗟盛際(연후매선차성제)  玉房珠館今華屋(옥방주관금화옥)
豪筵綺羅不稱衒(호연기라불칭현)  飢戶藜莧可當肉(기호제니가당육)
朝開暮落復何傷(조개모락부하상)  東悴西榮本自足(동췌서영본자족)
粗粧抽心態誰愜(거여추심태수용)  臙脂抹㦸姿更淑(연지말시자갱숙)
豈無黃糝塗蜂股(기무황삼도봉고)  尙有淸露充蟬腹(상유청로충선복)
藉草有時忘褥茵(자초유시망욕인)  吹葉猶能代絲竹(취엽유능대사죽)
不必長嘯憶繁華(불필장소억번화)  且當屈首低眼目(차당굴수저안목)
衰響自可無譏檜(쇠향자가무기회)  殊色何能復望蜀(수색하능부망촉)

135

脣比戎葵眞畵蛇(순비융규진화사) 跋如山茶猶刻鵠(발여산다유각곡)

造物安排各臻妙(조물안배각진묘) 不須煩惱紆腸曲(불수번뇌우장곡)

吾詩宛轉不輕貶(오시완전불경폄) 或恐芳心有相觸(혹공방심유상촉)


유월의 온갖 꽃은 죄다 범상한 나무

무궁화 스스로 유아독존이라 말하누나

외로운 향기가 꽃 없는 때를 잇기 때문이지

아주 곱다거나 초탈해서가 아니네

도리와 아름답고 화려함을 겨뤄야 한다면

천박한 자질이 소침하여 골짝에 버려지리

연꽃보다 뒤 매화보다 먼저라 아아 융성한 시기요

옥 방과 구슬 집은 이제 화려한 가옥 같구나

호화로운 자리에선 비단옷도 곱다 않는다만

가난한 집은 냉잇국도 고기만큼 맛난 법

아침에 피었다 저녁에 진다고 무어 아파하랴

동쪽엔 지고 서쪽에 피어 절로 만족스럽네

유밀과 심을 뽑은 듯, 그 모양 누가 저리 어리석은 부인 같나

연지를 뺨에 바른 듯, 자태 더욱 아름답다

어찌 벌 다리에 묻힐 노란 꽃가루가 없으리

오히려 매미 배 채울 맑은 이슬도 있단다

풀을 깔면 때로 이부자리 구실을 하고

잎을 불면 관현악도 대신할 만하네

길이 휘파람 불며 번화한 때 생각할 것 없고

잠시 머리 굽히고 시선을 깔아야 하리라

쇠한 음향은 국풍의 회풍을 나무랄 수 없겠고

특이한 색태가 어찌 등롱망촉할 수 있겠나

입술은 촉규화에 비하면 뱀 그리고 발 그린 격

밑둥은 동백나무에 비하면 따오기 그리려다 집오리 그린 격

조물주의 안배가 저마다 신묘한 지경이니

고민하여 마음을 맺히게 할 필요 없단다

내 시가 부드러워 가벼이 폄한 것 아니건만

행여 꽃 마음에 저촉될까 염려가 되는구나


정약용은 무궁화를 '천박한 자질'로 규정하고, 스스로를 무궁화에 비유했다. 무궁화의 입술은 촉규화에 비한다면 뱀을 그린 뒤 쓸데없이 발까지 그린 격이요, 밑둥은 동백나무에 비해 따오기 그리려다가 집오리를 그린 격이라고 했다. 그러면서 조물주가 무궁화에게 그런 모습으로 나게 만든 것은 그 나름대로 신묘함을 다한 것이므로, 속상해 해서 마음이 아프게 할 필요는 없다고 위로했다. 물론 자기 자신에 대한 위로의 말이다.

이렇게 무궁화는 『시경』과 그것의 시상을 빌려온 시에서 싱싱한 젊음을 상징하기는 했으나, 대개는 '덧없음'의 상징으로 파악되어 왔다.

그런데 구한말부터 무궁화는 '여름 가을 지나도록 무궁무진 꽃이 핀다'는 점 때문에 주목을 받게 되었다. 그 뒤 남궁억은 "접 붙여도 살 수 있고 꺾꽂이도 성하도다" 라는 장점을 덧붙였다. 남궁억은 특히 무궁화 묘목을 보급하는 운동을 벌였다. 그는 본래 1883년 재동에 설립된 동문학(同文學)이라는 외국어 교육기관을 1884년에 최우등으로 졸업한 뒤 고종의 어전 통역관으로 활약했으며, 황성신문사 초대사장을 역임한 인물이다. 1918년 고향인 홍천군 서면 모곡리 일명 '보리울'로 낙향해서 모곡교회와 학교를 세워 구국 운동을 시작하면서, 무궁화 묘포장을 만들어 전국으로 묘목을 보급하기 시작했던 것이다. 1928년 발행 『별건곤』 3권 2호에 게재된 「조선산 화초와 동물」 편에는 "조선

민족을 대표하는 무궁화는 꽃으로 개화기가 무궁하다 안이할 수 없을 만치 참으로 장구하며 그 꽃의 형상이 엄연하고 미려하고 정조 있고 결백함은 실로 민족성을 그려 냈다" 라고 실려 있다고 한다.

이렇게 무궁화의 꽃말을 '무궁무진 꽃이 핀다'로 바꾼 것은 한문고전의 세계와는 다른 시각에서 이루어진 것이라고 할 수 있다. 근세기에 시적 전통의 단절이 일어났음을 이 변화에서 읽어낼 수 있다.

5.

모든 게 우쭐댐 때문이다. 얄팍한 지식으로 우쭐대지 않았더라면, 나는 상사화 싹이 자라나 수선화 잎을 닮아가는 변화를 매일 아침마다 확인하고 진정으로 즐거워했을 것이다. 그러나 나는 딸아이가 내 준 숙제를 미처 끝내지 못했기에, 한동안은 딸아이가 마당에 나오지 않을 때를 틈타서, 이제 싹을 내기 시작하거나 잎을 펼치기 시작하는 화훼들에게 그윽한 눈길을 보냈어야 했다. 그러면서 실은 딸아이가 나의 그런 모습을 발견하고, 이제는 나를 이 중향국의 귀한 손님으로 손꼽아주길, 은근히 기대했던 것이다. 숙제는 다 끝내지 못했지만.

# [참고]

「도요(桃夭)」, 『시경』 주남(周南), 『십삼경주소(十三經注疏)』, 台北 : 藝文印書館, 1973.

이백(李白), 「채련곡(採蓮曲)」, 『분류보주이태백시(分類補註李太白詩)』 권4, 사부총간(四部叢刊)·정편 32, 台北 商務印書館, 영인, 1981.

원굉도(袁宏道), 『병사(瓶史)』, 전백성(錢伯城) 전교(箋校), 『원굉도집전교(袁宏道集箋校)』 부록1 집일(輯佚), 上海 : 上海古籍出版社, 1981.

황정견(黃庭堅), 「수선화(水仙花)」, 『산곡집(山谷集)』 권7, 台北 藝文印書館, 1965.

유몽인(柳夢寅), 「보개산 절의 벽에 적다(題寶盖山寺壁)」, 『어우집(於于集)』 권2 시 ○금강록(金剛錄), 한국문집총간 63, 1988.

신흠(申欽), 「후십구수(後十九首)」, 『상촌고(象村稿)』 권6 오언고시, 한국문집총간 72, 1988.

서거정(徐居正), 「사계화(四季花)」, 『사가집(四佳集)』 권4 ○제4 시류(詩類) 영물(詠物), 한국문집총간 10-11, 1988.

정약용(丁若鏞), 「6월에는 꽃이 없는데 무궁화 꽃만 독무대를 이루어 사람으로 하여금 생각을 느끼게 하므로 갑자기 시를 지어, 소동파의 <정혜원 해당> 시에 차운하여 송옹[윤영희(尹永僖)]에게 올린다(六月無花 唯木槿擅場 使人感念 率爾有作 遂次東坡定惠院海棠韻 奉示淞翁)」, 『여유당전서(與猶堂全書)』 제1집 시문집(詩文集) 권6 ○시집(詩集) 송파수초(松坡酬酢), 한국문집총간 281-286, 2002.

# 단풍나무 잎의 소리

**1.**

작은 마당 북쪽 담가에 오래된 단풍나무가 있다. 먼저 주인이 심은 것이라고 하는데 30년은 넘었을 것 같다. 이즈음에는 오래된 잎과 새로 난 잎이 함께 달려 있어서 바람이 불 때마다 검붉은 색과 푸른색이 교대로 일어난다. 단풍나무는 잎이 일 년 내내 조금씩 떨어지고 그 사이에 또 새 잎이 나므로 헐벗은 모습을 드러내는 적이 없다. 밝은 빛이 아니어서 처음에는 그리 눈을 주지 않았는데, 얼마 전부터 그 무성함과 부드러움을 무척 사랑하게 되었다. 물끄러미 바라보고 있는데, 딸아이가 불쑥 "바람 불 때 잎들이 사각거리는 소리가 좋아"라고 했다. "그래?" 나는 그 소리를 들은 적이 없다. 눈으로 보는 일에 집중하다보니 소리를 놓쳤던 것이다.

사실 시각과 청각은 서로 배반하기 일쑤다. 한쪽에 집중하면 한쪽을 놓친다. 박지원이 「일야구도하기(一夜九渡河記)」에서 논한 것도 그러한 체험의 문제였다. 그런데 내가 단풍나무의 외관에 집중하고 그 소리를 듣지 못했던 것은 왜일까? 자동차 소리며 행인들 소리며, 주변에 잡다한 소리가 끊어대므로 소리 자체에 대해 애써 무관심하려고 했었기 때문이 아니었을까. 단풍나무 잎의 소리는 침묵 속에서만 들을 수 있는 소리일 것이다. 그 소리는 나 자신을 버려야만 감지할 수 있으리라.


2.


『장자』「제물론」에는 천뢰(天籟), 지뢰(地籟), 인뢰(人籟)의 문제를 논하는 대목이 나온다. 곧, 남곽자기가 팔걸이에 기대어 하늘을 우러러보면서 탄식하다가, 멍하니 마치 자기 신체의 짝인 마음을 잃어버린 듯했다. 그리고는 자신의 망아(忘我)의 경지를 언(偃, 子游)에게 말하여,

> 지금 나는 나를 잊어버렸구나! 너는 알겠느냐. 너는 인뢰는 듣고 지뢰를 듣지 못했으며, 지뢰는 들었어도 천뢰는 듣지 못했겠지.

라고 했다. 인뢰는 사람들이 만들어내는 음성, 곧 언론을 말한다. 지뢰는 대지가 만들어내는 소리, 곧 바람의 소리이다. 천뢰는 무성, 무형, 무작위의 도가 행하는 작용을 말한다. 후쿠나가 미츠지의 설에 따르면, 천뢰는 인뢰를 인뢰로서 듣고 지뢰를 지뢰로서 듣는 것이다. 그런데『장자』에서 지뢰를 묘사한 부분은 바람을 주제로 한 문장 가운데 가장 생

동적인 글로 꼽힌다. 가만히 생각해보면 모든 사물들은 저마다 소리를
낸다. 사물은, 한유(韓愈)가 말했던 것과는 달리, 꼭 불평(不平)의 상태
에서만 소리를 내는 것은 아니다. 자연이 만들어내는 소리는 더 오묘
하다. 그 소리에 귀를 기울이지 못하는 나는 결코 온전한 감성의 소유
자라고 할 수가 없다.

　　문득 소동파 즉 소식이 남긴 「설시(雪詩)」가 생각났다. 모두 여덟
수인데, 각각 눈의 음(音), 색(色), 기(氣), 미(味), 부(富), 귀(貴), 세
(勢), 력(力)을 읊어, 섬세한 감각을 유감없이 발휘했다. 24세 때 지은
것이라고 추측된다. 눈의 음(音)을 소재로 한 첫 수는 이러하다.

　　　　石泉凍合竹無風(석천동합죽무풍)
　　　　氣色沈沈萬境空(기색침침만경공)
　　　　試向靜中閒側耳(시향정중한측이)
　　　　隔窓撩亂撲春蟲(격창요란박춘충)

　　　　돌샘 얼고 대나무에 바람도 불지 않는 겨울
　　　　기색은 침침하고 만상은 비었다만
　　　　정적 속에서 가만히 귀를 기울이면
　　　　창 너머 야단스레 봄 벌레 부딪히는 소리

　　눈이 와서 대지에 떨어지는 소리를 봄 벌레가 창에 부딪히는 소리
로 표현했다. 시에서 첫 두 구는 정적인 상태를 묘사하기 위해 풍광을
좀 거시적으로 포착했다. 겨울이 을씨년스러운 풍광을 돌샘이 얼어붙
고 대나무에 바람도 불지 않는다는 것으로 표현함으로써 생명의 온기
를 느낄 수 없는 겨울을 그려냈다. 대개 겨울은 북풍이 요란하고 그렇
기에 음울한 울음을 울지 않는 숲이 없을 것이다. 그런데도 대나무에

바람도 불지 않는다고 표현하여 대숲에 바람 소리조차 들리지 않는 절대 정적의 공간을 그려 보인 것이다. 실경이라고 보기에는 다분히 시인의 머릿속에서 재구성된 영상이라고 보아야 할 듯하다.

그러고는 소동파는 둘째, 셋째 구에서 지극히 미세한 소리를 역시 상상 속에서 그려냄으로써 우주의 정적을 일순간에 깨어버렸다. 떨어지는 눈 소리를 봄 벌레 소리로 묘사한 것은 대단한 역설이다. 눈은 겨울의 온기 없는 적막한 풍경을 이루어내는 구성체이다. 그것을 생명 있는 봄 벌레의 소리에 비유했다. 실상 겨울이라고는 하여도 그것이 조화옹의 신비한 운동 감각과 동떨어진 것은 아니다. 사람들은 봄, 여름, 가을만이 우주의 생생(生生)의 원리에 의해 추이해가는 줄 알지만, 모든 것을 적막 속에 감싸는 겨울도 실은 그 생생의 원리에 의해 추이해오고 추이해가는 것이다. 시원의 고요함은 운동의 잠재력을 지니며 위대한 침묵은 위대한 혀를 지니고 있다.

소동파는 만상이 빈 것만 같은 정적의 세계 속에서 마치 봄 벌레 소리와도 같이 사각사각 내리는 눈을 통해 우주생명의 운동성을 환기했다. 첫 두 구를 단순히 무대장치로만 간주한다면 이 시를 기교적으로만 이해하는 잘못을 범하게 된다.

우리나라 시인 김광균은 「설야(雪夜)」에서 눈 내리는 소리를 "머언 곳에 여인의 옷 벗는 소리"라고 묘사했다고 해서 꽤 널리 알려져 있다.

어느 머언 곳의 소식이기에
이 한밤 소리 없이 흩날리느뇨
처마 끝에 호롱불 야위어 가며
서글픈 옛 자취인양 흰 눈이 나려
하이얀 입김 절로 가슴이 메어

마음 허공에 등불을 켜고
내 홀로 밤 깊어 뜰에 내리면
머언 곳에 여인의 옷 벗는 소리
희미한 눈 발
이는 어느 잃어진 추억의 조각이기에
싸늘한 추회(追悔) 이리 가쁘게 설레이느뇨
한줄기 빛도 향기도 없이
호올로 차단한 의상을 하고
흰 눈은 나려 나려서 쌓여
내 슬픔 그 위에 고이 서리다

소동파나 마찬가지로 김광균은 눈 오는 소리를 절묘하게 포착했다. 역시 감각적이다. 다만 소동파의 시가 드라이하다면 김광균의 시는 끈적끈적하다. 소동파가 우주생명의 운동을 포착한 데 비하여 김광균은 추억과 애증의 상념 속으로 파고들었기 때문이다. 우열을 말하자는 것이 아니다. 그렇다는 말이다.

조선 중기의 시인 정철(鄭澈, 1536~1593)은 국문시가의 작가로서 유명하지만, 실은 감각적인 한시를 남긴 작가이기도 하다. 전라도 담양군 남면에 있는 별뫼 식영정(息影亭) 부근을 소재로 하여 지은 시들은 자연의 아름다움을 정말로 맛깔스럽게 표현했다. 그 가운데, 자연의 원시적인 생명력을 간결하면서 도발적인 시어로 표현한 단형의 시가 있다.

細熨長長練(세위장장련)
平鋪漾漾銀(평포양양은)
遇風時叫峽(우풍시후협)

得雨夜驚人(득우야경인)

곱게 다린 긴 비단 폭
평평하게 깔려 은빛이 아른대더니
바람을 만나 골짝 사이에 울부짖고
밤비 오자 사람을 놀라게 하네

대낮에 강물을 잔잔한 흰 물결을 일으켜, 은빛으로 아른거린다. 그러나 바람이 불어보면 강물은 울부짖는다. 나아가 한밤 고요한 때에는 콸콸대는 소리를 내어, 빗소리인가 놀라게 만든다고 했다.

절구의 시라서 굳이 대장(對仗)의 수법을 쓰지 않아도 되지만, 앞에 두 구와 뒤에 두 구가 서로서로 대를 이루도록 했다. 특히 앞에 두 구는 세위(細熨)-연(練), 평포(平鋪)-은(銀)과 같은 화려하고 세련된 시어들과 장장(長長)·양양(漾漾) 같은 첩어(疊語)를 사용하여 인공적인 아름다움을 연상시켰다. 뒤에 두 구도 대를 이루지만, 우풍(遇風)-시(時)-후협(吼峽)이나 득우(得雨)-야(夜)-경인(驚人)은 거칠다. 또한 앞에 두 구에는 입성의 촉급한 글자를 하나도 사용하지 않았거늘, 뒤에 두 구에서는 협(峽)과 득(得)의 두 입성자를 연쇄법처럼 이어서 사용했다.

이처럼 이 시는 기교를 부리지 않은 듯 자연스러우면서도 절묘하기 이를 데 없다. 시의 함축도 여러 가지로 생각할 점이 있다. 강물이 소리를 내는 것은 바람을 만나고 밤 비를 얻어서 그러하다고 했다. 우(遇)와 득(得)의 글자가 그런 사상을 잘 드러낸다. 만물이 소리를 내는 것은 불평의 상태에서라는 한유(韓愈)의 논리를 계승한 것이되, 내면에 깃든 불안과 공포와 울분의 정서를 긴축시켜 제시했다.

한유의 논리란, 그가 「맹동야를 전송하는 글(送孟東野序)」에서 시 창작을 불평스러운 내면의 표현으로 본 것을 말한다. 실은 동양 시학의 중요한 개념이기도 하다.

　대개 사물이 평형을 얻지 못할 때에는 음을 낸다. 소리가 없는 초목도 바람이 흔들면 음을 내고, 소리가 없는 물도 바람이 물결을 일으키면 음을 낸다. 거품을 일으키는 것은 부딪쳐서 그렇고, 쏴 흘러 떨어지는 것은 담쌓아 막기 때문이며, 들끓어 일어나는 것은 불로 데우기 때문에 그렇다. 소리가 없는 금속이나 돌도 때리면 음을 낸다. 인간의 말의 경우도 그렇다. 어쩔 수 없는 것이 있기에 비로소 말이 나온다. 노래하는 것은 생각이 있어서고, 우는 것은 슬픔이 있어서다. 입에서 나오는 모든 음이란 모두 평형을 얻지 못함이 있기 때문이로다!

3.

　특정한 소리가 시적 감흥을 일으킨 예는 『시경』의 시편에서부터 발견된다. 특히 비(比)나 흥(興)이라는 수법은 실경을 묘사하면서 새의 울음을 담은 예가 있다. 「학명(鶴鳴)」편이 생각난다. 이 시는 비(比)의 수법을 이용했다. 소아(小雅)에 들어 있고, 타산지석(他山之石)이라는 성어 때문에 유명하다. 『시경』을 풀이한 주자 곧 주희의 『시집전』에 의하면 이 「학명」 시편은 2장으로 나뉘어 있고, 각 장은 9개의 구로 되어 있다. 현토를 붙여서 읽어보면 이러하다.

鶴鳴于九皐(학명우구고)어든 聲聞于野(성문우야)니라.
魚潛在淵(어잠재연)하나 或在于渚(혹재우저)니라.
樂彼之園(낙피지원)에 爰有樹檀(원유수단)하니 其下維蘀(기하유탁)이니라.
他山之石(타산지석)이 可以爲錯(가이위착)이니라.

鶴鳴于九皐(학명우구고)어든 聲聞于天(성문우천)이로다.
魚在于渚(어재우저)하나 或潛在淵(혹잠재연)이니라.
樂彼之園(낙피지원)에 爰有樹檀(원유수단)하니 其下維穀(기하유곡)이니라.
他山之石(타산지석)이 可以攻玉(가이공옥)이니라.


'구고(九皐)'는 깊고 먼 늪지대를 말한다. '단(檀)'은 박달나무로, 좋은 수종을 말한다. 이에 비해 '탁(蘀)'은 낙엽, '곡(穀)'은 닥나무로 나쁜 것을 말한다고 주자는 풀었다. 그러한 해석에 기대어 위의 시를 현대어로 풀이하면 이러하다.

학이 깊은 늪에서 우니
소리가 들판 가득 들리네
물고기는 연못 깊이 숨어 있기도 하고
혹은 물가 가까이 있기도 하지
즐거워라 저 동산에 한 그루 박달나무 서 있나니
아래에는 낙엽이 수북하군.
다른 산의 돌이라도
숫돌로 삼을 수 있으련만

학이 깊은 늪에서 우니
소리가 하늘 가득 들리네

물고기는 물가 가까이 있기도 하고

연못 깊이 숨어 있기도 하지

즐거워라 저 동산에 한 그루 박달나무 서 있나니

아래에는 닥나무뿐이로군

다른 산의 돌이라도

옥구슬을 갈 수 있으련만.


　주자는 정이(程頤)의 설을 끌어와서, 옥은 천하의 아름다운 보배이고 돌은 거친 것이지만 그 둘을 서로 갈지 않으면 옥기를 만들 수 없듯이, 군자도 소인과 거처하여 고난을 겪은 뒤에야 자신을 반성하고 고난을 참으면서 더욱 환난을 피하고 예방할 수 있다는 뜻을 말했다고 보았다. 여기서 타산지석은 소인에게 물들지 말라고 경계한다는 말이었다. 그런데 다른 주에 의하면 다른 나라 사람이라도 좋은 점이 있으면 우리나라의 정치를 맡길 수 있다는 뜻이라고 풀이했다. 미묘하게 차이가 있다.

　주자는 위의 첫 두 구와 그 다음 시구들과의 관계에 대해, 학이 하늘에서 내는 소리를 엄폐할 수 없듯이 우주만물의 운행 원리이자 인간 삶의 올바른 원리인 성(誠)은 엄폐할 수 없음을 말했다고 풀이하고, 그렇기에 비(比)라는 수사법을 구사했다고 보았다. 그러나 이 해설은 좀 견강부회한 것 같다. 그렇게 원관념과 보조관념의 일 대 일 연결을 따지드는 것은 천착이라고 하지 않을 것인가? 실경의 묘사가 뒤의 시어들이나 시상과 직접 연결점을 설명하기 어려운 흥(興)의 수법과 가깝지 않은가?

　현대시의 관점에서 보면 흥은 비유의 불완전함에서 나왔다고 말할 수 있을지 모른다. 하지만 실경의 자연을 노래하는 것만으로도 가슴이 벅차오르는 시적 울렁임이 없이는 흥이라는 수법은 존재할 수가 없다. 수법이라고도 말할 수 없는 감흥, 그것이 흥인 것이니, 시편의 시인이 그렇게 흥을 일으킬 수 있었던 것은 나와 우주자연의 일체감을 늘 느낄 수 있는 마음 자세가 있었기 때문이다.

이 시가 비(比)의 수법인지 흥(興)의 수법인지는 더 따져보아야 하겠으나, 첫 두 구에서 학의 울음소리를 묘사한 것은 참으로 신선하다. 너른 들판, 광활한 하늘에 울려 퍼지는 학의 울음소리는 생각만 하여도 시원하다. 마음의 질곡을 털어내어 줄 것만 같다.

하긴, 자연의 소리는 평온한 것만은 아니다. 당나라 시 가운데 장계(張繼)의 「풍교에서의 일박(楓橋夜泊)」이란 시를 보면, 까마귀 울음소리와 한산사의 한밤 종소리가 객수를 일으키고 있다.

> 月落烏啼霜滿天(월락오제상만천)
> 江楓漁火對愁眠(강풍어화대수면)
> 姑蘇城外寒山寺(고소성외한산사)
> 夜半鐘聲到客船(야반종성도객선)

> 달 지고 까마귀 울고 서리는 하늘에 가득한 때
> 강가 단풍 빛과 고깃배 불에 잠을 못 이루는데
> 고소성 밖 한산사
> 한밤의 종소리는 나그네 뱃전에 떨어지네

장계가 과거에 낙방한 뒤 장안을 떠나 낙향하다가 강소성 소주성 풍교 부근에서 하룻밤 묵으면서 지은 시라고 한다. 고단한 심경이 어두운 밤 까마귀 울음소리에 촉발되는데, 무심한 한산사 종소리는 갑절 마음을 아프게 한다. 마치 슈베르트의 <겨울 연가>에 나오는 「까마귀(Die Krahe)」를 듣는 것 같다. 단, 슈베르트처럼 감정의 과잉으로 빠지지 않았다.

149

슈베르트의 「까마귀」 가사는 정말 음산하다.

나를 노리는 까마귀 한 마리
긴 여로를 자꾸만 따라온다
까마귀, 불길한 새여 나를 버리지 않다니 시체가 탐나느냐
지팡이에 의지하는 여행길도 앞으로 길지 않으리
까마귀야 보여라 성의를 무덤까지
까마귀야 보여라 성의를 무덤까지

이렇게까지는 아니다. 그래도 어두운 밤 까마귀 소리는 고독감을 부추길 만큼 을씨년스럽다. 까마귀는 한시에서는 까치와 마찬가지로 길조로 파악된 예도 있으나, 이 시에서는 그 울음소리가 역시 어두움의 이미지로 파악되어 있다.

자연의 소리가 평온한 것만은 아니라는 사실은 피나게 우는 자규 소리를 묘사한 시들이 한시에 많은 것을 보아도 알 수 있다. 자규는 두견새라고도 하며, 소쩍새와는 같다고도 하고 다르다고도 한다. 종래 수많은 논증이 있었으나, 그것들 사이의 관계를 명료하게 밝히지는 못 했다. 본래 자규는 촉조(蜀鳥)·두견(杜鵑)·두우(杜宇)·망제(望帝)라 고도 부른다. 두우는 본래 촉나라 왕으로, 그 지역을 개척한 공이 있 어서 스스로 제왕의 자리에 올라 망제라고 칭했다. 하지만 대신이 그 나라를 탈취했으므로 망제는 그만 자규가 되었다. 그래서 피를 토하듯 이 '돌아가고 싶다'고 운다고 한다. 그리고 그 피울음이 떨어져 두견화 가 되었다는 것이다. 두견화는 영산홍을 말한다.

자규를 소재로 한 수많은 시들 가운데서도 단연 이백의 「선성에서 두견화를 보고(宣城見杜鵑花)」가 널리 회자된다. 이백은 촉나라 곧 지 금의 사천성 출신인데, 현종의 궁정에서 쫓겨난 45세 이후, 안휘성 선

성현의 지역에 떠돌 때 이 시를 쓴 듯하다. 그런데 이 시는 자규의 울음소리를 듣고 지은 것이 아니다. 자규의 울음소리를 회상했다. 그것이 무척 기이하다.

蜀國曾聞子規鳥(촉국증문자규조)
宣城還見杜鵑花(선성환견두견화)
一叫一回腸一斷(일규일회장일단)
三春三月憶三巴(삼춘삼월억삼파)

촉국에서 자규 소릴 들었더니
선성에서 또 보네 두견화를
한 번 울면 한 번 돌아보며 애간장 끊어졌지
늦봄 삼월의 그리운 삼파

선성은 저 유명한 「독좌경정산(獨坐敬亭山)」 시를 남긴 곳이기도 하다. 한편, 삼파는 사천성 동부의 파군·파동·파서 세 지역을 말하는데, 여기서는 촉국과 같은 뜻으로 사용했다.

이백은 객지 선성에서 두견화를 보고는 문득 고향에서 두견(자규)의 울음소리를 들었던 일을 환기하고 망향의 마음을 걷잡을 수 없어서이 시를 지은 듯하다. 앞에 두 구도 뒤에 두 구도 대장(對仗)의 형식을 사용했다. 앞에 두 구는 촉국과 선성이라는 지명을 짝으로 배치하고또 자규조와 두견화라는 자연물을 짝으로 배치했다. 뒤에 두 구는 일과 삼이라는 숫자를 거리낌 없이 짝으로 처리했다. 이런 거침없는 구성에서도 시인의 자유분방한 풍모를 엿볼 수가 있다.

그런데 이백은 자규의 소리를 직접 들은 것이 아니라 과거에 들었던 피나는 울음소리를 회상했다. 사실 예술가들은 과거를 회상할 때 남들과는 독특한 감각기관을 사용하는 것 같다. 『잃어버린 시간을 찾아서』의 프루스트가 홍차와 마들렌의 향을 통해서 의식의 흐름 속으로 빠져든 것은 유명한 이야기이다. 하지만 대개 과거를 회상토록 촉발하는 감각은 대개 전체 감각기관에서 가장 발달한 시각이나 순간적이고도 강렬한 자극을 남기는 후각인 듯하며, 문학에서는 주로 그러한 시각과 후각의 이미지가 더 많이 거론되는 것 같다.

나의 기억으로는 과거에 들었던 낯익은 소리를 기억해낸다는 발상은 한시에 그리 많지 않다. 다만 발해 3대 왕인 문왕 때 부사의 자격으로 일본에 갔던 양태사(楊泰師)가 송별연에서 지은 「한밤에 다듬이 소리를 듣고(夜聽擣衣聲)」라는 시에서는 다듬이 소리가 매개가 되어 향수를 일으키는 것으로 되어 있다. 이 시는 일본에서 편찬한 『경국집(經國集)』에 수록되어 전한다. 우리나라의 고등학교 국어 책에 번역문이 실린 적이 있는 만큼, 대부분의 독자들이 이 시를 잘 알고 있을 듯하다.

> 霜天月照夜河明(상천월조야하명)
> 客子思歸別有情(객자사귀별유정)
> 厭坐長宵愁欲死(염좌장소수욕사)
> 忽聞隣女擣衣聲(홀문린녀도의성)
> 聲來斷續因風至(성래단속인풍지)
> 夜久星低無暫止(야구성저무잠지)
> 自從別國不相聞(자종별국불상문)
> 今在他鄕聽相似(금재타향청상사)

> 가을 하늘에 달빛 비치고 은하수도 밝은 밤
> 나그네는 고향 생각에 감회가 새로워
> 긴 밤을 앉았노라니 수심에 애 타는데

홀연 들리는 이웃집 아낙의 다듬이 소리
끊어질 듯 이어지며 바람결에 실려와
별이 기울도록 잠깐도 쉬지 않는다
고국 떠난 뒤 듣지를 못했더니
타향에서 듣는 이 소리, 고향의 소리

그 시의 전반부를 보면 같다. 내가 『한시기행』이란 책에서 고증했
듯이, 이 시는 양태사가 758년 가을, 일본의 고쿠후(國府)의 하나였던
에치젠(越前)에서 지어 두었다가, 다음해 정월 27일에 후지와라노쥬마
로(藤原仲麻呂)가 베푼 송별연에서 읊은 것이다.

양태사는 에치젠의 도성에서 다듬이질 소리를 듣고 문득 발해의 상
경에서 자신을 위해 겨울옷을 매만질 부인을 떠올렸다. 군역에 나가거
나 이역으로 떠난 낭군을 위하여 고향 집에 외로이 남은 여인이 가을
밤에 낭군의 겨울옷을 다듬는다는 착상은 한시에 자주 등장하는 모티
브 가운데 하나이다. 그 모티브를 최초로 강렬하게 사용한 사람은 이
백이다. 곧 이백은 저 유명한 「자야오가(子夜吳歌)」 시에서

長安一片月(장안일편월) 萬戶搗衣聲(만호도의성)

장안에 한 조각 달 걸린 때
일만 호 집집마다 다듬이 소리

라고 노래했다. 가옥이 즐비한 장안의 가을밤에 홀로 남은 부인이 옷
을 다듬고 있는 형상이 선명하다.

남편을 군대에 내보내고 부인은 도성의 집에 남아 남편의 겨울옷을
지어 다듬이질한다. 그 다듬이질 소리에는 변방의 낭군이 추위에 떨지

않을까 염려하는 애절한 마음을 담고 있다. 변방에 있는 남편도 도성에 남아 자신의 옷을 다듬고 있을 부인을 생각하면서 향수에 젖는다. 양태사는 일본의 에치젠에서 다듬이질 소리를 듣고는 발해의 도성에서 옷을 다듬고 있을 부인을 연상했다.

그렇지만 과문인지 모르지만 한시에서는 과거의 청각 이미지를 다룬 예가 매우 드문 듯하다. 이것은 인간의 감각에 관한 실증과학의 연구에 기대어야 할 문제이리라. 어쩌면 이것은 나의 경험에서 비롯된 섣부른 결론일지 모른다. 나 자신도 엿장수의 가위 소리나 눈물이 날 만큼 웃었던 첫 사랑의 웃음소리는 지금도 기억하기 때문이다.

또한 이백은 자신이 과거에 들었던 자규의 소리를 회상하면서, 자규의 울음소리를 내었던 최초의 장본인이라고 하는 망제의 일을 연상했다. 시의 첫 머리에 촉국이란 말을 쓴 것에서 그 점을 알 수 있다. 이백은 실제 경물을 묘사하더라도 대개 그것이 늘 과거의 아득한 역사 공간과 환상공간으로 연결된다. 이 점이 그의 낭만성의 본질이라고 하겠다. 현재의 이 순간을 살면서 역사공간과 환상공간을 환기하는 그 넓이가 그의 시적 세계를 풍요롭게 한 것이며, 그만큼 서정의 깊이와 넓이가 남달랐다고 말할 수 있다.


4.


마당의 단풍나무를 쳐다보면서 귀를 다시 기울여본다. 나에게도 단풍나무 잎 소리가 들리는가? 문득 우전(雨田) 선생님 말씀이 떠올랐다.

너는 여름 한낮의 정적을 가장 잘 드러내는 시구가 어떤 것인지 아느냐? 그건 말이다, 느릅나무 위에서 시끄럽게 울어대는 매미 소리를 노래한 시구란다. 나중에 알았다, 우전 선생님께서 남조 양나라 왕적(王籍)이 지은 「약야계에 들어가서(入若耶溪)」라는 시에 나오는

蟬噪林逾靜(선조임유정) 鳥鳴山更幽(조명산갱유)

매미 시끄러우매 숲이 더욱 고요하고
새 울어대니 산이 더욱 그윽하여라

의 경지를 말씀하셨다는 것을.

이 여름, 나는 마당에서 매미의 시끄러운 울음소리를 들을 수 있을 것인가? 그리하여 그것이 지극히 평온한 침묵의 소리임을 깨닫고 마음 깊숙한 곳에서 열락의 기쁨을 느낄 수 있을 것인가?

# [참 고]

소식(蘇軾), 「설시(雪詩)」, 『소식시집(蘇軾詩集)』 권49, 北京: 中華書局, 1982.

김광균, 「설야(雪夜)」

정철(鄭澈), 「창계백석(蒼溪白石)」, 『송강집(松江集)』 권1 시 ○오언절구 식 영정잡영(息影亭雜詠) 10수, 한국문집총간 46, 1988.

한유(韓愈), 「맹동야를 전송하는 글(送孟東野序)」, 『주문공교창려선생집(朱文公校昌黎先生集)』 권19, 사부총간(四部叢刊)·정편 34, 台北: 商務印書館, 영인, 1981.

「학명(鶴鳴)」, 『시경』 소아(小雅), 『십삼경주소(十三經注疏)』, 台北: 藝文印書館, 1973.

장계(張繼), 「풍교에서의 일박(楓橋夜泊)」, 『전당시(全唐詩)』 권242, 北京: 中華書局, 1985.

이백(李白), 「선성에서 두견화를 보고(宣城見杜鵑花)」, 『분류보주이태백시(分類補註李太白詩)』 권25, 사부총간(四部叢刊)·정편 32, 台北: 商務印書館, 영인, 1981.

양태사(楊泰師), 「한밤에 다듬이 소리를 듣고(夜聽擣衣聲)」, 『懷風藻·凌雲集·文華秀麗集·經國集·本朝麗藻』, 日本古典全集, 東京: 日本古典全集刊行會, 1926.

이백(李白), 「자야오가(子夜吳歌)」, 『분류보주이태백시(分類補註李太白詩)』 권6, 사부총간(四部叢刊)·정편 32, 台北: 商務印書館, 영인, 1981.

왕적(王籍), 「약야계에 들어가서(入若耶溪)」, 『안씨가훈(顏氏家訓)』 권上, 사부총간(四部叢刊)·정편 22, 台北: 商務印書館, 영인, 1981.

심경호, 『한시기행』, 이가서, 2005.

# 어디서 술 생각 간절한가

1.

변영로의 『명정(酩酊) 40년』(서울신문사, 1953년)은 배꼽을 잡게도 하고 씁쓸한 웃음을 흘리게도 한다. 수록한 수필들이 1949와 1950년에 『신천지』에 연재한 『명정사십년 무류실태기』와 6·25전쟁 때 부산 피난시절 『민주신보』에 연재한 『남표』가 주된 글들이라고 하니, 이 희대의 대주가가 이런 글을 발표하려고 마음먹은 것이 과연 시대상 때문인지 그저 타고난 기욕 때문인지 아리송하기만 하다. 그렇기에 남들은 삼, 사십 년 동안 해외에서 독립운동을 했다고 대성질호(大聲疾呼)하는 판에 "호리건곤(壺裏乾坤)에 부침(浮沈)한 것을 생각할 때 자괴자탄(自愧自嘆)을 금할 수 없다"고 수주(樹州 : 변영로의 호)가 서문에서 밝힌 말도 사실로 받아들여야 할지 알레고리로 받아들여야 할지, 단언하기 어렵다.

십수 년 전만 해도 애주가의 기이한 행태는 행주(行酒)의 또 다른 술안주가 되었으나, 주당의 영웅담은 우리 사회에서 더 이상 유행하지 않는다. 대부분의 사람들이 과도한 사무나 노동, 가사에 지쳐 수작할 여유를 갖지 못하게 되었고, 가족 형태가 변화하면서 남정네들의 주호(酒戶) 역할극은 인기가 없어지고 말았기 때문이다. 대여섯 살 때 어머니가 주시는 한 바가지의 술을 시작으로 술에 쩌든 사십 년을 살았다는 수주의 기이하고도 호방한 술 이야기는, 아내 몰래 숨어서나 읽으면서 혼자 큭큭거릴 따름이다.

그렇다고 현대인에게 경쾌주탈(輕快酒脫)의 욕구가 없느냐 하면, 반드시 그런 것도 아닌 듯하다. 이 범죄를 저질러보고 싶은 욕구는 성별의 제한을 두지 않는 것으로 판명이 나서, 도수가 약한 소주며 핏빛의 외래산 과실주며 백색의 왜산 정종이란 것이 전례 없이 많이 팔린다고 하는 것이 아닌가!

변영로가 술에 취해서 살아갈 수밖에 없었던 사실에 대해 박종화는 "세상 됨됨이가 옥 같은 수주로 하야금 술을 마시지 아니치 못하게 한 것이 우리 겨레의 운명이었으며, 난초 같은 자질이 그릇 시대를 만났으니 주정하는 난초가 되지 않고는 못 배겨내었던 때문이라" 라고 말했다. '술 권하는 사회'란 말이 성립한다는 전제에서 한 말이다.

한시에는 술을 소재로 하거나 술자리에서 쓴 시가 매우 많다. 한시하면 술을 연상하여, 한시에 대한 글을 연재하는 내 얼굴을 찬찬이 들여다보면서 "그래 술은 몇 말이나 하우?" 묻는 분도 있다. 『명정 사십년』을 금서라도 되는 양 숨어 읽은 사람에게서 무슨 대답을 원하시는지? 그 대답은 오히려 저 죽림칠현의 도연명과 유령, 당나라 시인 이백, 조선 시인 김시습에게나 물어보시라고 권하고 싶다.

최근 어느 노시인은 요즘 젊은 시인들은 술을 마실 줄 몰라 시도 제대로 짓지 못한다고 일갈하셨다고 한다. 그런데 술은 꼭 많은 양을 마셔야 하는가? 슬그머니 반문하고 싶기도 하다. 오히려 간절히 마시

고 싶을 때 술 한 잔을 걸치는 것이야말로 진정한 주호가 아닐까? 그
래서 문득 백거이의 「하처난망주(何處難忘酒)」 일곱 수가 생각났다.

'하처난망주'란 "어느 곳, 어느 때에 술 잊기 어려운가?"라는 뜻이
니, 의역하면 "어디서 술 생각 간절한가?" 라는 말이다. 백거이는 이
연작시 때문에 후대의 시인들로 하여금 술 생각 간절할 때 시를 짓게
만드는 카논을 본의 아니게 제시했다.


## 2.


백거이라는 이 당나라 시인은 늘 낙천적으로 생각해서, 서른에도
만족이고 마흔에도 만족이고 쉰에도 만족이고 예순에도 만족이고 일흔
에도 만족이라고 했다. 성년의 이름인 자(字)가 낙천(樂天)이니, 그야
말로 낙천적인 삶을 누릴 만했다. 하지만 그는 그만큼 인간이 지닌 다
양한 감정에 대해 예민했다. 「하처난망주」의 첫 수는 이러하다.

何處難忘酒(하처난망주)
長安喜氣新(장안희기신)
初登高第日(초등고제일)
乍作好官人(사작호관인)
省壁明張牓(성벽명장방)
朝衣穩稱身(조의온칭신)
此時無一盞(차시무일잔)

爭奈帝城春(쟁나제성춘)


어디서 술 생각 간절한가
장안에서 희색이 오를 때로다
과거에 장원급제하고는
잠깐 새 좋은 관직을 얻었나니
중서성 벽에 합격 방문 붙었고
조복은 몸에 꼭 들어맞았다
이럴 때 한 잔 술이 없다면
서울의 봄을 어찌하리


　과거에 합격해서 득의양양한 기분일 때 한 잔 술이 없으면 안 된다는 내용이다. 백거이는 29세 때인 800년 2월에 진사에 급제했다. 중국의 진사는 우리나라와 격이 달라서, 진사에 합격하면 바로 벼슬을 받았다. 곧, 중국의 진사는 우리나라의 대과(문과)에 해당했으며 선발 인원도 아주 적었다. 백거이는 젊은 시절 급제했던 때를 회상하면서, 다른 사람도 진사시에 합격해서 행복감에 도취되어 있을 때는 반드시 술 생각이 간절하리라고 생각했다.
　그런데 둘째 수는 갑자기 장면과 시상이 바뀐다. 높은 이상을 이루지 못한 채 청년의 세월을 진작 흘려보내고 장년의 나이도 보내고 난 뒤, 서울이 아닌 외진 작은 고을에서 옛날 친구를 만난다면 그 기분이 어떨까? 해후의 즐거움보다는 그 동안 떠돌며 고생하느라 백발이 듬성듬성한 모습에 코끝이 먼저 찡해질 것이다. 그러한 때 한 잔 술이 없다면 그 착잡한 심경을 어이 풀겠는가!


何處難忘酒(하처난망주)

天涯話舊情(천애화구정)

靑雲俱不達(청운구부달)

白髮遞相驚(백발체상경)

二十年前別(이십년전별)

三千里外行(삼천리외행)

此時無一盞(차시무일잔)

何以敍平生(하이서평생)


어디서 술 생각 간절한가

하늘가에서 옛 정을 이야기할 때로다

우리 모두 청운의 꿈은 이루지 못하고

머리만 희었기에 깜짝 놀라나니

이십 년 전 이별하여

삼천 리 밖을 돌아다녔구나

이럴 때 한 잔 술이 없다면

무슨 수로 평소 마음을 풀어보나


백거이는 비록 진사시에 급제했고 벼슬살이도 그럭저럭 관운이 따랐지만, 47세 되던 818년에 강주사마(江州司馬)로 좌천되어 인생의 쓴맛을 보았다. 그렇기에 「구월 취음(九月醉吟)」이라는 시에서,


奈老應無計(내로응무계)

治愁或有方(치수혹유방)

無過學王勣(무과학왕적)

唯以醉爲鄕(유이취위향)

늙음을 어이하랴 아무 계책 없는 걸

그나마 수심 다스릴 방도는 혹 있도다

왕적(王勣)을 배움보다 나은 것 없기에

그저 취향을 고향 삼으리라

라고 했다.

백거이는 자신의 인생에서 날 듯 기뻤던 시기와 신산을 맛본 시기에 술 생각이 간절했던 사실을 새삼 환기했다. 그래서 당나라 초의 왕적이 「취향기」를 적어, 술에 취한 아련한 경지를 고향으로 삼겠다고 했다.

이것은 그보다 앞서 사람들이 술을 통해 의사—죽음을 경험한 것과는 상당히 다르다. 본래 술은 결함계 속의 삶을 죽게 만들고 그 대신 피안의 세계를 엿보게 함으로써 위풍당당한 본 모습을 환생케 하는 묘약이었다고 생각된다.

『수신기(搜神記)』라는 고전에는 천일주(千日酒) 이야기가 있다.

중산(中山) 사람 적희(狄希)는 한 번 마시면 천일 동안 취하는 천일주를 빚을 줄 알았다. 같은 마을 유현석(劉玄石)은 술을 좋아해서 적희를 찾아가 천일주를 달라고 졸라서 한 잔을 마셨다. 그리고 집에 돌아와 취하여 죽었다. 집안사람들은 그가 죽었다고 생각해서 장례를 지냈다. 삼 년 뒤 적희는 유현석이 이제 깨어났으려니 생각하고 집으로 찾아갔다. 집안사람들은 의아해 하면서 이제 막 삼년상을 마쳤다고 했다. 적희가 무덤을 파고 관을 열어보도록 하자, 유현석이 유쾌한 기분으로 깨어나 소리를 질렀다. 모였던 사람들이 모두 웃었다. 그런데 그때 유현석의 술기운이 사람들의 콧속으로 들어가 거기 모인 사람들이 각각 석 달 동안 취해서 잠을 잤다고 한다.

동진 때 죽림칠현의 한 사람인 유령(劉伶)은 「주덕송(酒德頌)」을 지어,

대인 선생은 천지를 하루아침으로 삼고, 광활한 천지 사방을 뜰과 길거
리로 삼아, 머물러 있을 때는 크고 작은 술잔을 손에 쥐고, 움직일 때는 술
통과 술병을 몸에 지녀서, 오직 술만을 일삼거니, 어찌 그 밖의 것을 알겠는
가!

　　라고 했다. 그는 어디서나 자신이 죽으면 바로 그 자리에 묻으라는 뜻
에서 항상 종자에게 삽을 지고 따르게 했다.

　　백거이가 언급한 왕적은 수나라 말기에 비서정자(秘書正字)를 지내
고 육합현(六合縣)의 현승으로 있다가, 술 때문에 해임되어 고향에 살
면서 기장을 심어 술 빚는 일로 소일했다. 당나라 초기에 문하성의 대
조(待詔)로 있으면서 날마다 석 되 술을 마셨다. 어떤 사람이 벼슬 살
면서 즐거움이 있느냐고 묻자 술이 그리울 따름이라고 대답했다. 시중
벼슬의 사람이 그 말을 듣고 날마다 그에게 한말 술을 주었으므로, 사
람들이 그를 두주학사(斗酒學士)라 불렀다. 당나라 현종 초에는 아예
벼슬을 버리고 은둔했다. 언젠가 그는 두강(杜康)·의적(儀狄) 등 술을
잘 만들고 잘 마셨던 사람들을 골라서 아예 계보를 만들었다. 또 유령
의 「주덕송」을 본떠 「취향기」를 지었고, 자신의 호방한 일생을 「오두
선생전」에서 개괄했다.

　　이들에 비해 백거이가 술을 사랑한 이유는 조금 다르다. 백거이는
왕적의 「오두선생전」을 이어, 67세 되던 838년에 「취음선생전(醉吟先生
傳)」을 지었다. 그 글에서 그는 자신이 왕적이 말한 '취향'에서 노니는
이유에 대해 다음과 같이 변명했다.

　　도대체 인간의 성질이란 것은 적당한 때에 그치는 법이란 결코 없고, 아
무래도 푹 빠져드는 법이야. 나도 중용을 지켜 멈출 수가 없소. 하지만 만일

불행히도 내가 돈을 좋아하고 이식을 하여 재산을 늘리고 집을 윤택하게 하다가, 화를 초래하고 몸을 위태롭게 했더라면 어쨌을까? 혹은 불행히도 도박을 좋아하여 수만 금의 돈을 걸어 재산을 기울게 하고 처자를 거리 밑에 헤매게 했더라면 어쨌을까? 혹은 불행히도 단약을 좋아하여 의식의 비용을 덜어서 연단을 만들거나 수은을 태운다거나 해서 아무것도 성취하지 못하고 몸을 망쳤더라면 어쨌을까? 지금 다행히 나는 그러한 것을 좋아하지 않고, 술과 시로 유유자적하고 있지. 방종이라고 한다면 방종이겠지만, 아무것도 손상 입히는 것이 없어. 저 세 가지를 좋아하는 것보다는 훨씬 낫지 않은가! 그렇기에 유령은 아내의 충고를 받아들이지 않았고, 왕적은 취향에서 노닐며 돌아오지 않은 게지!

인간이란 어차피 무언가에 탐닉할 수밖에 없는데, 기왕에 탐닉한다면 돈이나 도박이나 단약에 탐닉하는 것보다는 술로 유유자적하는 것이 훨씬 낫지 않느냐고 넉살맞게 반문한 것이다. 그런데 백거이는 술을 다른 여러 탐닉 대상과 같은 수준으로 끌어내렸으므로, 술의 가치를 상대화시켰다고 말할 수 있다. 다만 이러한 상대화도 이즈음에 이르러서는 애주가의 변명 거리로 통하지 않게 되었다.

가스통 바슐라르(G. Bachelard)는 술을 '조그마한 불꽃으로 타는 물'이라고 정의했다. 술은 타는 불꽃이 되어 이성을 당황하게 만들고 윤리에 의한 경직을 막아 주어 창조성을 지펴낸다는 뜻에서 그렇게 말한 듯하다. 이런 정도가 현대인에게는 적절할 듯하다.

**3.**

그렇다면 술을 마시지 않으면서 술 마신 기분을 내면 되지 않겠는
가?

그런 사람이 실은 있었다. 저 북송 때 신법을 만들어 정치제도를
개혁하려다가 실패한 왕안석(王安石, 1021-1086)이 그 인물이다.

스물하나에 진사가 된 왕안석은 지방관으로 있으면서 제방을 쌓고
수로를 터서 물자의 소통을 원활하게 하는 업적을 세웠다. 서른 살에
는 양심적인 재상 문언박(文彦博)의 추천으로 중앙으로 올라왔고 서른
일곱 살에는 인종에게 「만언서(萬言書)」를 올려 정치적 감각을 드러냈
다. 마침내 마흔 여덟 되던 1069년에 신종이 즉위하자 저 유명한 신법
을 실시하기 시작했다. 하지만 5년 뒤 가뭄이 들고 반대파의 공격이 거
센 데다가 아들마저 죽고 신법파의 내부 분열이 일어나 은거하게 된다.
1085년에 신종이 죽자 신법은 폐지되고 그 자신도 이듬해 사망했다.

왕안석은 평생 주색에 빠지지 않고, 백성의 고통을 직시하고 현실
주의 정신에서 시를 지었다. 그런 그가 「하처난망주」라는 제목으로 두
수의 시를 남겼다.

何處難忘酒(하처난망주)

英雄失志秋(영웅실지추)

廟堂生莽卓(묘당생망탁)

巖谷死伊周(암곡사이주)

賦斂中原困(부렴중원곤)

干戈四海愁(간과사해수)

此時無一盞(차시무일잔)
難遺壯圖休(난유장도휴)

어디서 술 생각 간절한가
영웅이 뜻을 잃은 때이리
조정에선 왕망과 동탁이 활개치고
산골에는 이윤과 주공이 죽어가며
가혹한 세금으로 중원이 빈곤해지고
전쟁으로 세상이 근심스러울 때
이럴 때 한 잔의 술이 없다면
장대한 뜻을 달래기 어려우리

왕망은 한나라 효원황후의 조카로, 평제를 죽이고 황제의 자리에 올라 신(新)나라를 세웠다가 재위 15년 만에 후한의 광무제에게 멸망당했다. 동탁은 후한 말에 황제를 꼭두각시로 삼아 권력을 휘두르다가 여포와 왕윤에게 살해되었다. 이에 비해 이윤은 은나라의 재상, 주공은 주나라의 재상으로서 군주를 도와 나라를 잘 다스렸다. 중원이 빈곤하고 세상이 근심스러울 때 한잔 술이 간절하다고 했으니, 과연 구국의 뜻이 장렬했다고 할 수 있다.

何處難忘酒(하처난망주)
君臣會合時(군신회합시)
深堂拱堯舜(심당공요순)
密席坐皐夔(밀석좌고기)
和氣襲萬物(화기습만물)
歡聲連四夷(환성련사이)

此時無一盞(차시무일잔)
眞負鹿鳴詩(진부녹명시)

어디서 술 생각 간절한가
임금과 신하가 회합할 때이리
깊은 전당에 요와 순은 팔짱을 끼고 있고
친밀한 자리에 고요와 기(夔)가 앉아 있어
온화한 기운이 만물에 끼치고
기쁨의 소리가 사방 오랑캐에 뻗어가는 때
이럴 때 한 잔 술이 없다면
정말로 「녹명」 시의 뜻을 저버리리

고요(皐陶)는 순임금 때 옥사를 관장하고 기(夔)는 음악을 관장했다. 두 사람은 순임금 때의 태평세월을 있게 한 실무 관료였다. 한편 「녹명」은 『시경』 소아의 편명으로, 군주가 신하를 위해 연회를 베푸는 내용이다.

왕안석은 신종이 자신을 높이 써 주자 감격해서 이 시를 지었다. 왕안석은 영웅이 뜻을 잃고 간웅들이 나라를 어지럽힐 때 술을 마시지 않을 수 없듯이, 성군과 현신이 화합하여 태평성대를 이룰 때 역시 술을 마시지 않을 수 없다고 했다. 뜻은 물론 두 번째 시에 있다. 자신이 의도한 정치 개혁을 실행할 수 있게 되었다는 득의와 안도의 감정을 술에 가탁해서 말한 것이라고도 할 수 있다.

그런데 술도 마시지 못하는 왕안석이 술에 가탁해서 득의와 안도의 감정을 표현한 것은 왠지 어색하다는 느낌이 든다. 왕안석의 신법 시행에 대해서는 역대로 그 평가가 엇갈렸다. 하지만 인간 왕안석에 대해서는 부정적인 평가를 하는 것이 대부분이다. 곧, 실정에 맞지 않는 일을 거침 없이 한다고 비판하는 일이 많다. 그가 궁중의 낚시 모임에서 쓸 낚싯밥을 전부 먹어치운 일은 특히 널리 알려진 일화이다.

인종 때 왕안석이 지제고라는 직책에 있었는데, 하루는 궁중의 상화조어연(賞花釣魚宴)에서 내시가 금 접시에 낚싯밥을 담아서 상 위에 두었다. 왕안석을 그것을 다 먹어 치웠다. 다음날 인종은 재상에게, "왕안석은 간사한 인간이다. 만일 잘못해서 낚싯밥을 한 알 잘못 먹었다면 그만이지만, 그것을 다 먹어 치웠다고 한다면 실정에 맞지 않는다" 라고 했다.

술을 멀리한 왕안석이 지은 「하처난망주」는 왠지 실감이 나지 않는다.


4.


고려 때 곽여(郭輿, 1058-1130)는 예종이 동궁으로 있을 때 보좌하는 위치에 있었다. 벼슬이 올라 예부원외랑에 이르렀는데 예종이 즉위하자 관직을 버리고 떠나가니 예종은 조서를 내려 도성 동쪽의 약두산(若頭山) 한 봉우리를 하사했다. 곽여는 그곳에 별장을 짓고 이름을 '동산재'라 했다. 검은 두건을 쓰고 학창의를 입고 궁전을 출입했으므로 당시 사람들이 그를 금문우객(金門羽客)이라 일컬었다. 예종이 한번은 북문으로 나가 내시 수십 명만 따르도록 한 다음 종실 사람인 척하고는 동산재를 찾았다. 이때 곽여는 마침 도성 안에 머물러 있느라 미처 돌아오지 못했다. 임금은 한동안 서성이다가 「하처난망주」 한 편을 지어 벽에 써 놓고 돌아왔다. 그 시는 이러하다.

何處難忘酒(하처난망주) 尋眞不遇廻(심진불우회)
書窓明返照(서창명반조) 玉篆掩殘灰(옥전엄잔회)
方丈無人守(방장무인수) 仙扉盡日開(선비진일개)
園鶯啼老樹(원앵제노수) 庭鶴睡蒼苔(정학수창태)
道味誰同話(도미수동화) 先生去不來(선생거불래)
深思生感慨(심사생감개) 回首重徘徊(회수중배회)
把筆留題壁(파필유제벽) 攀欄懶下臺(반란라하대)
助吟多態度(조음다태도) 觸處絶塵埃(촉처절진애)
暑氣钃林下(서기견임하) 薰風入殿隈(훈풍입전외)
此時無一盞(차시무일잔) 煩慮條何哉(번려척하재)


어디서 술 생각 간절한가
신선을 방문했다 못 만나고 돌아갈 때이리
서실 창에 석양이 비치고
옥전(향)에 재만 쌓여
방장에 지키는 이 없고
신선 집 문은 종일 열려 있구나
동산의 꾀꼬리는 고목에서 울고
정원의 학은 푸른 이끼 위에서 조는데
도의 참맛을 누구와 이야기할까
선생은 외출하여 돌아오질 않으니
생각할수록 감회가 일어나
자꾸 돌아보며 서성이다가
붓을 들어 벽 위에 글을 남기고
난간 붙잡고 마지못해 내려오는데

169

시상을 일으키는 정경 많아
시선 닿는 곳마다 속세 인연 끊기네
숲속이라 무더위 가시고
향긋한 바람이 전각으로 들어오는데
이럴 때 한잔을 나누지 못하다니
답답함을 무엇으로 씻어내리


뒤에 곽여는 화답하는 시를 지었다. 그런데 시상은 예종의 시가 더 깊은 듯하다. 제왕으로서 느껴야 할 고독감, 그것을 씻어버리려고 친구와 한잔 술을 하고 싶어 하는 마음, 그런 것들이 시 속에 절절하기 때문이다. 그에게 한잔 술을!

조선 중기의 남극관(南克寬, 1689-1714)은 28세로 요절했으나 저술에 뜻을 두어서, 생전에 자기의 시문을 정리하고 스스로 서문을 지었다. 또 1712년(숙종 38) 7월 한 달 동안 독후감을 작성해서 「단거일기(端居日記)」를 남겼다. 일기의 끝에다 남극관은


내가 눈병과 가슴앓이를 앓으면서도 생각하기를 그만두거나 서책을 버릴 수가 없어 마침내 날마다 일삼은 바를 기록한다.


고 했다. 병석에서 그는 「하처난망주」를 지었다.


何處難忘酒(하처난망주)
漳瀕卧病時(장빈와병시)
時花競藥蓴(시화경예약)
苦茗厭槍旗(고명염창기)
某局閑多廢(기국한다폐)

170 한시의 서정과 시인의 마음

琴徽黯自垂(금휘암자수)

此時無一盞(차시무일잔)

何以慰深思(하이위심사)

어디서 술 생각 간절한가

남강 가에 병들어 누워 있을 때이리

봄꽃은 다투어 꽃망울 터뜨리고

쓴 차의 나무는 새순이 가득하구나

한가하게 두던 바둑도 다 폐하고

거문고 소리 들으며 머리 숙이고 있나니

이럴 때 한 잔 술이 없다면

무엇으로 이 깊은 생각을 위로하랴

자기의 죽음을 예견한 것일까? 큰 뜻을 펴지 못하고 거친 숨을 몰아대고 있어야 하는 처지를 자조하는 것일까, 거문고 소리를 들으며 고개를 숙이고 있는 그의 모습이 선명하게 눈앞에 그려진다. 그에게 한잔 술을!

북송 과거 시험의 부정을 개탄해서「하처난망주」라는 시를 남긴 사람이 있다.

何處難忘酒(하처난망주)

南宮放榜時(남궁방방시)

有才如杜牧(유재여두목)

無勢似章持(무세사장지)

不取通經士(불취통경사)

先收執政兒(선수집정아)

此時無一盞(차시무일잔)

何以展愁眉(하이전수미)


어디서 술 생각 간절한가

남궁(상서성)에서 합격자 발표할 때이리

당나라 두목 같은 재주라도

장지 같은 세력이 없다니

경학에 통한 선비를 뽑지 않고

권력자의 자식을 먼저 뽑는 걸

이럴 때 술 한 잔 없다면

무엇으로 수심 찬 미간을 펴랴


　　장지는 북송 때 권력자인 장돈(章惇)의 아들이다. 장돈의 아들은 장지와 장원(張援)인데, 둘이 나란히 진사에 급제했다. 세간에서는 권세 때문에 합격했다고 수군댔다.

　　그런데 이에 대해서는 소동파에게 책임이 있다는 일화가 전한다. 당시 소동파가 지공거였는데, 이방숙(李方叔)을 장원으로 삼고 싶어서 이방숙을 잘 아는 사람에게 서간을 가져다 주라고 했다. 그런데 그가 밖에 나가자 종복이 책상 위에 둔 것을 우연히 장지 형제가 내방했다가 그것을 보고는 시험에 '유향이 양웅보다 우월하다'라는 주제로 나오리란 것을 알게 되었다. 그래서 두 형제는 소동파의 글을 모방해서 답안을 작성했는데, 소동파는 그 답안이 이방숙의 것인 줄 알고 합격시켰다는 것이다.

　　이런 이야기가 전한다는 것도 결국은 과거 시험이 공정하게 치러지지 않았음을 말해준다. 비단 과거 시험만 그러했던 것이 아니다. 또 현재의 각종 인사 문제도 반드시 공정한 것은 아니다. 그러니 정의롭지 못한 사회에서 근근이 자식의 지식을 팔아 살아나가야 하는 모든 이에게 한잔 술을!

백거이는 인간의 근원적인 슬픔을 「하처난망주」네 번째 수에서 노래했다.

何處難忘酒(하처난망주)
霜庭老病翁(상정노병옹)
闇聲啼蟋蟀(암성제실솔)
乾葉落梧桐(간엽락오동)
鬢爲愁先白(빈위수선백)
顔因醉暫紅(안인취잠홍)
此時無一盞(차시무일잔)
何計奈秋風(하계내추풍)


어디서 술 생각 간절한가
서리 내린 뜰에 늙은이 홀로 있을 때이리
희미한 소리로 귀뚜라미는 울음 울고
마른 잎은 오동나무에서 떨어지는데
귀밑 털은 수심으로 먼저 희어졌는데
얼굴은 취기에 잠깐 새 붉어지네
이럴 때 한 잔 술이 없다면
이 가을바람을 어찌하랴


무슨 말이 더 필요하랴. 이백이 말했듯, 천지는 만물이 머무는 여관이요 시간은 영원한 나그네인 것을.

이백의 「춘야연도리원서(春夜宴桃李園序)」와 소식의 「적벽부」를 짜

깁기하기는 했지만 다음의 평시조는 이 시의 기분과 묘하게 통한다.

천지(天地)는 만물지역려(萬物之逆旅)요 광음(光陰)은 백대지과객(百代
之過客)이라

인생을 헤아리니 묘창해지일속(渺滄海之一粟)이로다
두어라 약몽부생(若夢浮生)이니 아니 놀고 어쩌리

천지는 온갖 만물이 잠깐 머물다 가는 여관일 따름이고, 세월은 영
원한 나그네일 따름이다. 이 세상에 태어나 살아가는 인간 존재를 생
각해보면, 소동파가 「적벽부」에서 말했듯이 푸른 바다의 좁쌀 한 알같
이 자그마할 따름이다. 광활한 우주와 영원한 시간을 생각하면 인간
존재란 정말로 하잘것없다. 재물을 쫓아가고 명예를 추구하고, 그밖에
이러저러한 것들을 욕망하면서 그것들이 영원히 나의 소유가 되리라고
여기는 것은 얼마나 어리석은 일인가. 그렇다고 삶과 죽음이란 무엇인
가 심각하게 생각한다고 해서, 그것이 또 무슨 의미가 있겠는가. 그러
니 더 이상 말하지 말자. 인생이란 꿈속을 헤매는 것과도 같이 덧없을
따름이니, 지금 이 순간을 즐기지 않는다면 무슨 의미가 있으랴.

마치 알카이오스(Alcaeus)가 카르프 디엠(carpe diem, 그날의 열락
을 붙잡아라)이라는 테마를 음주를 연결시킨 것과 같다. 중국에서는
조조(曹操)의 「단가행(短歌行)」이 제왕의 위업을 달성함으로써 인생의
슬픔을 견뎌내려는 뜻을 드러냈다. 하지만 제왕의 지위에 이르지 못하
는 사람은 시의 전반부에서 토로되는 비애의 감정에 공감하지 않을 수
없다.

對酒當歌(대주당가) 人生幾何(인생기하)

譬如朝露(비여조로) 去日苦多(거일고다)
慨當以慷(개당이강) 憂思難忘(우사난망)
何以解憂(하이해우) 唯有杜康(유유두강)
靑靑子衿(청청자금) 悠悠我心(유유아심)
但爲君故(단위군고) 沈吟至今(침음지금)
呦呦鹿鳴(유유녹명) 食野之萍(식야지평)
我有嘉賓(아유가빈) 鼓瑟吹笙(고슬취생)
明明如月(명명여월) 何時可掇(하시가철)
憂從中來(우종중래) 不可斷絶(불가단절)
越陌度阡(월맥도천) 枉用相存(왕용상존)
契闊談讌(결활담연) 心念舊恩(심념구은)
月明星稀(월명성희) 烏鵲南飛(오작남비)
繞樹三匝(요수삼잡) 何枝可依(하지가의)
山不厭高(산불염고) 海不厭深(해불염심)
周公吐哺(주공토포) 天下歸心(천하귀심)


술을 마주하여선 마땅히 노래할 일
인생이 대체 얼마나 길랴
비유하면 아침 이슬과 같아
흘려보낸 날이 너무도 많도다
슬퍼하여 마땅히 북받쳐야 하리
근심스런 생각은 잊기 어려워라
무엇으로 근심을 해소하랴
오로지 두강주가 있을 뿐
푸릇푸릇한 그대의 옷깃이여
유유(悠悠)한 나의 마음이여

다만 그대 때문에

침음(沈吟)하여 지금에 이르도다.

우우 사슴은 울면서

들판의 쑥을 먹누나

나에게 훌륭한 손님이 계시니

거문고 타고 생황을 불리라

밝고밝아 달과도 같으니

어느 때에나 잡을 것이냐

근심은 내면에서 우러나오니

끊어버릴 수 없구나

두렁을 넘고 두렁길 건너

굽어 방문하여 안부를 묻네

근고하여 담소를 나누고 연회를 베풂은

마음으로 옛 은혜를 생각하는 것

달 밝고 별 성근데

오작은 남쪽으로 날아가나니

나무를 빙빙 돌기를 세 번

어느 가지에 의지하랴

산은 높기를 싫어하지 않고

바다는 깊기를 싫어하지 않네

주공이 머금은 밥 뱉고 어진 이를 만나니

천하의 인심이 귀의하였네


조조는 처음에는 짧은 인생을 한탄하고 그것에서 도망하기 위해 술을 찾고 노래한다고 하였지만, 나중에는 패자로서 인재를 자신의 휘하에 흡수하겠다고 하는 포부를 노래했다. 조조는 자기의 위세에 눌려 군웅이 그림자를 감추고 유비가 마치 까치처럼 남방으로 도망간 것을 두고 "달 밝고 별 성근데, 오작은 남쪽으로 날아가나니"라고 노래하기까지 했다. 하지만 우리 평범한 존재가 이러한 포부를 지닐 수 있을까. 지닌다고 해도 실현할 수 있을까. 오히려 영웅도 모두 사라지고 무진장의 보고인 자연만이 나와 너의 소유임을 확인한 소동파의 「적벽부」에 더 마음이 끌리지 않는가.

손님은 이렇게 대답했다. "'달빛이 밝게 비추자 별이 성글고, 까치는 남쪽으로 날아가네'라고 한 것은 조조의 노래가 아니었는가. 서쪽으로 하구(夏口)를 바라보고 동쪽으로 무창(武昌)을 바라보면, 산천이 서로 얽혀 하나로 되어, 검검하게 청흑색으로 보인다. 이 부근이야말로 조조의 백만 군이 패하여 오나라 주유(周瑜)에게 곤욕을 겪었던 곳이 아닌가? 조조가 형주의 유종(劉琮)을 항복시키고 강릉에서부터 내려와 물 흐름에 순류하여 동쪽으로 진격해 올 때에는, 뱃고물이 이어져 1천 리에 걸쳤으며, 온갖 깃발들이 하늘을 덮어 나부꼈다. 그는 배 안에서 술을 걸러 장강에 임하여, 창을 옆으로 뉘이고 시를 지었다고 한다. 정말로 그는 당시 가장 뛰어난 인물이었지만, 그러나 지금 그들은 어디에 있는가? 더구나 그대와 나처럼 장강 연안에서 고기잡이나 땔감줍기를 하여, 물고기나 새우와 벗을 하며 노루나 사슴과 함께 살면서, 일엽편주에 올라 표주박의 술을 들어 서로 권하고 있는 자들이야 더 말해 무엇 하겠는가? 아침에 태어나 저녁에 죽는 벌레 같은 몸을 광대한 천지에 붙이고, 청해에 떠 있는 그저 한 톨의 알갱이처럼 미세한 존재로서, 자신의 삶이 찰나에 불과함을 슬퍼하고, 장강이 무궁하게 흐르는 것을 부러워한다. 하늘을 나는 선인과 함께 마음대로 노닐고, 명월을 껴안아 장구하게 사는 일은, 갑작스레 할 수 있는 것이 아님을 잘 알고 있다. 그래서 퉁소의 여향을 슬픈 가을바람에 가탁하여 울려보는 것이다."

나는 이렇게 말했다. "그대는 물과 달에 관해 알고 있는가? 흘러가는 물은 밤낮없이 이 장강처럼 흘러가지만, 이 물이 전부 흘러가버리는 일은 없다. 차고 기우는 달은 저렇게 변화하지만 달의 본체는 대체 소멸하지도 성장하지도 않는 법이다. 생각건대, 그 변하는 것의 관점에서 보면, 천지는 어느 일순간도 그냥 그대로일 수는 없다. 변화하지 않는 것의 관점에서 보면, 외물도 나도 다하는 일이 없다. 그러니 무엇을 부러워하랴! 더구나 천지간의 모든 사물은 각각 주인이 있어, 혹 자기의 소유가 아니라면 터럭 하나 정도의 물건이라도 취하지 않지만, 이 장강 위의 서늘한 바람과 산간의 명월만은, 귀로 그 바람 소리를 들어 기쁘게 느끼고 눈으로 그 달을 마주쳐 아름다운 빛으로 여긴다. 아무리 취하여도 금지하는 사람이 없고, 아무리 이용하더라도 고갈되지를 않는다. 이것은 바로 조물주의 무진장이요, 그대와 내가 함께 마음에 들어 하는 것이다."

아아, 소동파가 이런 대화 끝에 손님과 함께 기뻐하여 웃고는, 술잔을 씻어 다시 권하였듯이, 안주가 다한 후 술잔이나 큰 그릇은 뒤죽박죽 흩어지고, 손님과 함께 취하여 서로 베개 삼고 포개져 잠들어서 동방이 훤히 밝아오는 것도 알지를 못하였듯이, 그런 환희를 맛보는 것만도 다행이 아니랴.

소동파의 호방한 사(詞)인 「대강동거(大江東去)」를 한 번 읊조리는 것으로 마음을 달랠 것인가.

「대강동거」는 염노교(念奴嬌)라는 사패(詞牌)에 맞추어 평측과 압운을 맞춘, 이를테면 악곡의 가사다. 본래 제목은 '적벽회고(赤壁懷古)'이지만, '대강동거사'라는 이름으로 더 알려져 있다. 중국 영화『적벽대전』2부 '최후의 결전'에서 이 노래를 개작한 곡이 주제가로 사용된 바 있다.

大江東去(대강동거)

浪淘盡(낭도진) 千古風流人物(천고풍류인물)

故壘西邊(고루서변)

人道是(인도시) 三國周郞赤壁(삼국주랑적벽)

亂石崩雲(난석붕운)

驚濤裂岸(경도열안)

捲起千堆雪(권기천퇴설)

江山如畫(강산여화)

一時多少豪傑(일시다소호걸)


遙想公瑾當年(요상공근당년)

小喬初嫁了(소교초가료)

雄姿英發(웅자영발)

羽扇綸巾(우선륜건)

談笑間(담소간) 强虜灰飛煙滅(강로회비연멸)

故國神遊(고국신유)

多情應笑我(다정응소아)

早生華髮(조생화발)

人間如夢(인간여몽)

一尊還酹江月(일준환뢰강월)


거대한 강은 동쪽으로 흘러

물결은 쓸어버렸구나, 천년의 풍류스런 인물들을

옛 보루의 서쪽 부근을

사람들은 말한다, 삼국시대 주유의 적벽이라고

울퉁불퉁한 바위들은 구름을 무너뜨리고

성난 파도는 강기슭을 찢어

퇴적한 눈덩이를 말아 올린다
강산은 그림같이 고요한데
당시 호걸들은 얼마나 많았던가

생각해보면 당시 공근(주유)은
소교를 갓 아내로 맞아
씩씩한 모습에 지략도 뛰어나
우선을 들고 윤건을 쓴 제갈공명과
담소하는 사이에 강적 위나라 수군은 재로 날아가고 연기처럼 없어졌지
적벽의 옛 땅을 마음이 노니나니
다정다감하다고 응당 나를 웃으리라
일찌감치 흰 머리칼이 자라나
인간세상은 꿈만 같나니
한 잔 술을 부어 강의 달에 기도하리라


오마르 하이얌(Omar Khayyām, 1048-1123)의 『루바이야트(Rubā'īyāt)』
가 인생은 모두가 헛되기에 술을 마셔 잊는 수밖에 없다고 반복해서
노래한 것은 수긍하지 않을 수 없으리라.




5.



강화학파의 문인 이영익(李令翊, 1738-1780)은 부친이 역모의 죄에

연루되었기 때문에 평생 과거도 보지 못하고 떠돌아다녔다. 가난한 생활을 하다가 마지막에는 술 때문에 죽었다. 평소 술을 많이 마시지 못해서 열 잔쯤 들면 벌써 취했지만, 술을 지극히 사랑했다. 중년 이후로 떠돌아다니게 되니, 우환을 술에 기탁하고는 했다. 그러나 가난하여 술을 구할 수가 없어서, 글을 써달라는 사람이 불쌍히 여겨 술병을 가져오면 그 사람이 자기와 어떤 관계인지 따지지도 않고 흔연히 술을 부어라 명하고는 했다. 도연명이 술자리에 가면 미련을 두어 돌아가지 못했다는 사실을 생각하며, 가난한 사람이 술에 누(累)를 입는 일은 고결한 분이라도 면하지 못했다는 사실에 홀로 웃고는 했다.

어느 날 이영익은 친구와 나란히 누워 나와 이야기하다가 술 이야기에 미쳤는데, 그 친구는 "술은 신성한 물건이니 누워서 말할 수 없다"고 하면서 홀연 일어나 앉았다고 한다. 또 언젠가는 두 술꾼과 이야기하다가, "이미 취하여 남의 집을 방문했을 때, 차라리 그 집에서 술을 내와서 내 쪽에서 한사코 거절해야 하지, 만약 취했다고 염려하여 술을 내지 않으면 마음에 서글픔이 있다"고 했다. 그러자 다른 한 사람은 "술에 취해 괴로워서 그만 가려 하다가도, 만약에 술병이 다비지 않았으면 쉽게 일어나 갈 결심을 못한다"고 했다. 또 한 사람은 "술이 있는 집에는 내 쪽에서 일을 만들어 자주 가게 되는데, 아무 생각 없이 발이 절로 이르러 가기도 한다"고 했다.

이영익은 이런 일들은 모두 술에 통달한 말로, 아는 사람만 알지 모르는 사람들에게는 말할 것이 못 된다고도 했다. 술의 진정한 즐거움을 아는가? 모르는 사람은 말을 말게나!

이영익은 도연명의 「음주(飮酒)」 20편과 소동파의 화편(和篇)을 읽고는 마음이 쇄락해져서 자신도 20편의 화운시를 지었다. 그 마지막 수는 그 자신의 술 예찬가 곧 「주덕송」이다.

萬物皆爽性(만물개상성) 惟酒葆天眞(유주보천진)
淸者愛其靈(청자애기령) 濁者愛其淳(탁자애기순)
調以六月麴(조이육월국) 合之秋稻新(합지추도신)
初香發瓦甕(초향발와옹) 氣欲平吳秦(기욕평오진)
都無白丁擾(도무백정요) 不着紅裙塵(불착홍군진)
山妻進山蔌(산처진산속) 未酌已慇懃(미작이은근)
獨飮殊不惡(독음수불악) 況遇平生親(황우평생친)
綺皓入漢殿(기호입한전) 釣屠辭棘津(조도사극진)
那復有此味(나부유차미) 世紛雜衣巾(세분잡의건)
笑矣勿更道(소의물갱도) 我非眞酒人(아비진주인)


만물은 대개 천성을 해치지만
술만은 천진을 보존케 하니
맑은 술은 그 신령함을 사랑하고
탁한 술은 그 순박함을 사랑한다
유월 누룩으로 조절하고
가을 햅쌀 잘 섞어
갓 빚은 술 향기가 항아리에 피어나면
기운은 오나라 초나라를 평정할 듯하다
백정에게 고기 잡으라 번거롭힐 것 없고
기녀의 붉은 치마를 펄렁거리게 할 것도 없어라
산집 마누라가 산나물을 내오면
술도 들기 전에 정이 벌써 은근하다
혼자 마셔도 나쁘지 않거늘
평생 친구를 만나면 그 기분이 어떠하랴
상산사로(商山四老)는 한나라 궁에 들어가고

여망(呂望)은 초 땅 나루를 떠났다만
이런 자미가 또 다시 있으랴
세태가 분분하고 의견이 검은 먼지로 덮이는 걸
우스워라! 다시 말하지도 말자
나는 진정한 술꾼이 아니로다


이영익은 자신이 진정한 술꾼이 아니라고 겸손해 했지만, 사실은
진정한 술꾼으로서 세속의 분분함을 잊고 천진한 본성을 지켜 나가고
자 한 것이다. 그 때문에 더욱 초지를 버리고 상산사호나 여망처럼 이
러저런 방도로 벼슬길에 나아가거나 유력자에게 들러붙는 사람들에 대
한 미움을 떨쳐버릴 수가 없었다.

나 자신은 술이 없어도 글 쓰고 책 읽고 이야기하는 것을 좋아해서
굳이 술을 찾지 않아도 되는 듯하다. 하지만 일단 한잔 술을 입에 대
면 술잔이 술잔을 부르는 일이 많다. '하처난망주'가 아니라 '하처난단
주(何處難斷酒)'라고 할까, 어느 곳인들 술을 이어 나가지 못하랴!

# [참 고]

백거이(白居易), 「하처난망주(何處難忘酒)」, 『백씨장경집(白氏長慶集)』 권27, 사부총간(四部叢刊)·정편 36, 台北: 商務印書館, 영인, 1981.

백거이(白居易), 「구월 취음(九月醉吟)」, 『백씨장경집(白氏長慶集)』 권17, 사부총간(四部叢刊)·정편 36, 台北: 商務印書館, 영인, 1981.

유령(劉伶), 「주덕송(酒德頌)」, 『진서(晉書)』 권49 유령전(劉伶傳), 北京: 中華書局, 1993.

백거이(白居易), 「취음선생전(醉吟先生傳)」, 『백씨장경집(白氏長慶集)』 권70, 사부총간(四部叢刊)·정편 36, 台北: 商務印書館, 영인, 1981.

왕안석(王安石), 「하처난망주(何處難忘酒)」, 『왕형공시주(王荊公詩注)』 권24, 台北: 商務印書館, 1975.

고려 예종(睿宗), 「하처난망주」, 이인로(李仁老), 『파한집(破閑集)』 중(中) 제9칙, 아세아문화사, 영인, 1972.

남극관(南克寬), 「하처난망주(何處難忘酒)」, 『몽예집(夢囈集)』 건(乾) 시(詩), 한국문집총간 209, 1998.

북송 때 무명인, 「하처난망주(何處難忘酒)」, 『송시기사(宋詩紀事)』 권96, 上海: 上海古籍出版社, 1983.

시조, '천지(天地)는 만물지역려(萬物之逆旅)요'

조조(曹操), 「단가행(短歌行)」, 『육신주문선(六臣註文選)』 권27, 사부총간(四部叢刊)·정편 92, 台北: 商務印書館, 영인, 1981.

소식(蘇軾), 「적벽부(赤壁賦)」, 『소식문집(蘇軾文集)』 권1 부(賦), 北京: 中華書局, 1986.

소식(蘇軾), 염노교(念奴嬌) 조(調) 「적벽회고(赤壁懷古)」(大江東去)

이영익(李令翊), 「화도음주(和陶飮酒)」, 『신재집(新齋集)』 冊一 古詩.

# 나는 누구인가

1.

16세기 말 에스파냐의 여성화가 소포니스바 앙귀솔라(Sofonisba Anguissola)가 남긴 자화상(Self portrait at the easel)은 흰 주름 깃을 두른 목덜미 아래로 검은 옷이 몸뚱이를 감싸고 있지만, 그 혼의 움직임은 복제품에서도 그대로 느낄 수 있는 것만 같다. 동그랗고 부드러운 얼굴과 날카롭고 이지적인 눈매가 묘하게 대조를 이루고, 단정한 검은 머리와 연붉은 입술이 역시 대조를 이룬다. 나이가 들어 눈이 멀기까지 그림을 그렸다고 하는 그녀의 손은 성모 마리아와 예수의 그림에 마지막 터치를 하고 있다. 이 자화상처럼 그녀의 젊은 시간은 그렇게 싱싱하고 그림에 대한 열정은 영원한 것이었을까? 폴란드 완츠트의 성 박물관에 소장된 그 그림을 실제로 가 볼 수 있는 기회가 내게 주어진다면, 나는 그 그림의 미세한 균열이 만들어내는 시간의 흐름을 보면서 "영원히 싱싱한 것은 없어요" 라고 그녀에게 말하고 싶다.

어떤 계기로 서른 살 무렵 사진들을 모두 없애버린 나는, 그 이후 지루한 지속의 시간만을 나의 얼굴에서 찾아볼 수 있으리라 생각해 왔다. 하지만 오십을 넘어선 지금 세면대 거울에 비친 나의 모습은 신분 증명서나 여권에 붙은 불과 십여 년 전 사진에서 읽을 수 있는 그 모습과도 너무 다르다. 머리숱은 성글어졌고 이마의 주름은 깊어졌으며 세모꼴 눈은 겁 많고 처량한 빛을 띠고 있다. 젊은이들이 많이 찾는 미용실에서 머리를 자른 뒤 젊은 생기가 얼굴에 돌리라고 기대했던 터라, 거울에 비친 모습은 나를 화나게 만든다.

근대 이전의 사람들은 전신 초상이나 상반신의 작은 초상을 남기고는 했다. 전신 초상을 사진(寫眞) 혹은 진영(眞影)이라 하고 작은 초상을 소조(小照)라고 한다. 17세기에 서양화법이 청나라에 수용된 이후의 변화인지, 18세기에는 우리나라에서도 소조가 많이 발달했다. 그리고 그 소조에는 대개 그림 속의 본인이나 다른 사람이 찬(贊)을 붙여서 그 정신세계를 특징적으로 제시하는 것이 관례였다. 이것을 시로 보아야 할지, 산문으로 보아야 할지 모르겠다.

조선 후기의 문인화가 강세황(姜世晃, 1712-1791)은 '새로운 감정'의 세계를 문학 속에 구현하고 자기 자신에 대한 응시를 자화상 속에 담은 것으로 유명하다. 그는 심지어 54세 때 자기 무덤에 쓸 글을 미리 작성해서, 삶에서 조우한 사건들의 연속 속에 자기 감정을 비교적 충실하게 짜 넣어 두었다. 그 「표옹이 스스로 쓴 묘지(豹翁自誌)」 속에서 그는 살아서 묘지를 쓰는 이유를 말하면서, 자기 초상화를 그리는 이유에 대해서도 이렇게 말했다.

옹이 일찍이 자화상을 그렸는데, 오로지 그 정신을 위주로 하여 그린 것이라서, 세속의 재주 있는 무리가 그린 초상화와는 아주 다르다. 이에 스스로 생각하기를 내가 죽어 남에게 묘지와 행장을 구하느니, 차라리 스스로 평소의 대략을 적어 놓으면 거의 사실과 비슷할 수 있을 것이라 여겼다.

초상화를 전신(傳神)이라고 한다. 자기의 정신을 전한다는 뜻이다. 강세황이 자화상을 그린 이유는 자기의 정신을 전하고 싶었기 때문이다. 스스로 묘지를 작성한 것은 자기 삶의 진실을 사실에 가깝게 전하고 싶었기 때문이다.

강세황은 여러 자화상들을 남겼다. 강렬한 자의식은 70세 때인 1782년에 만든 자화상에서 가장 잘 드러난다. 자찬(自讚)의 글에서 그는 자신의 학문과 예술의 역량을 자부했다. 각 구의 글자 수가 일정하지 않은데, 짝수 번째 구마다 [ㄱ]의 발음으로 끝나는 글자, 곧 입성의 글자를 규칙적으로 놓아서 각운을 밟았다.

彼何人斯(피하인사) 鬚眉晧白(수미호백)
頂烏帽(정오모) 披野服(피야복)
於以見(어이견) 心山林而名朝籍(심산림이명조적)
胸藏二酉(흉장이유) 筆搖五嶽(필요오악)
人那得知(인나득지) 我自爲樂(아자위락)
翁年七十(옹년칠십) 翁號露竹(옹호노죽)
其眞自寫(기진자사) 其贊自作(기찬자작)
歲在玄黓攝提格(세재현익섭제격)

저 사람은 어떤 사람인가
수염과 눈썹은 희고
머리에는 오사모
야인의 옷을 걸친 그
여기서 알겠네

187

마음은 산림에 두고 이름은 관리 명부에 올라 있음을

가슴에는 이유(二酉)의 서적들을 품고

필력은 오악(五嶽)을 흔든다만

세상 사람이 어찌 알리

나 스스로 즐길 뿐

늙은이 나이는 일흔

늙은이 호는 노죽(露竹)

화상을 스스로 그리고

찬도 스스로 지었도다

때는 현익 섭제격의 해(1782년)이다


　마음은 산림에 있는 야인을 지향하여 오사모를 쓰고 야인의 옷을 있었지만 이름이 관리 명부에 올라 있는 모순의 상태를 드러내고, 자신의 지향이 산야에 있음을 말한 내용이다. 원문의 오모는 관리의 오사모가 아니라 야인의 모자이다. 흔히 관리의 모자를 쓰고 야인의 옷을 입은 모순된 옷차림을 말한 것으로 풀이하는데, 잘못이다. 오모가 야인의 도복 차림을 말한다는 것은 두보나 이상은의 시를 읽은 사람이라면 금방 알 수가 있을 터이다. 나도 다른 책에서 잘못 풀이한 적이 있다. 이유(二酉)는 대유산과 소유산이다. 두 산의 동굴에 고서 한 권이 숨겨져 있었는데, 진(秦) 나라 사람이 이곳에 은거하여 공부했었다는 고사가 전한다. 여기에서 장서가 많음을 의미하는 말로 쓰이게 되었다.

　강세황은 자기 자신이 지향한 숭고한 정신세계를 이슬 맺힌 대나무에서 찾아, 호를 노죽이라고 했다. 하지만 그 숭고미를 추구하기 위해 그는 얼마나 많은 삶을 버려야 했을까? 마음속에 시시때때로 일어나는 번뇌를 딱딱한 껍질로 싸서 어딘가에 감추어두어야 하지 않았을까?

2.


나는 나 자신을 모른다. 밤에 이것을 생각하면 때때로 가슴이 답답해진다. 나는 착한 사람일까 악한 사람일까 재주 있는 사람일까 어리석은 사람일까.


『에고티즘의 회상(Souvenirs d'Égotisme)』에서 스탕달(Stendhal)은 자기 자신을 포착하기 어려움에 대해 이렇게 말했다. 그리고 당시로서는 생소한 에고티즘이란 말을 사용했다. 에고티즘(egotism)은 에고이즘(egoism)과 유사하면서도 뉘앙스가 다르다. 에고티즘은 작가가 자신의 정신적·육체적 개성을 정밀하게 묘사하는 것을 가리킨다. 영어와 독일어에서는 자기에 관해서 많이 말하는 성향을 말한다. 프랑스어에서는 자기완성의 탐구를 의미하기까지 한다.

포르 로얄(Port Royal)의 신사들은 자기의 학식과 자기비하를 통해서 프랑스의 어떤 누구보다도 탁월했지만, 그들은 일인칭 화법은 공허한 명예심에서부터 나오는 것이라 보아 배격하고 자기 자신들의 글 속에서 일인칭 화법을 추방했다. 그리고 일인칭 화법에 대한 자신들의 혐오감을 드러내기 위해 일인칭 화법의 글쓰기에 대해 에고이즘이라는 낙인을 찍었다. 그 뒤 프랑스 사교계에서는 일인칭 화법으로 말하면 품위가 낮다고 여겨왔는데, 스탕달은 그것을 뒤집어 에코티즘의 미학을 창조한 것이다.

스탕달은 『에고티즘의 회상』을 통해서 1821년 6월부터 1830년 11월까지 파리에 체재하던 시기에 일어났던 일화, 사건, 행위의 의미를 엄밀하게 파악하려고 했다. 하지만 그 자서전적 글쓰기는 완결되지 못했다. 그 이유에 대해 일본의 연구자는 이렇게 말한다.

　　어떤 연령에 도달한 시점에서부터 자기를 대상으로 자서전을 쓰기 시작
하면 그때 자신의 내부에는 이미 관찰하는 사람과 행위하는 사람의 분리가
일어나 있기 때문에, 그 둘이 분리하기 이전의 완전한 통일체를 파악하려면
그 둘이 일치하여 있었던 유년기로 소급되지 않는다. 스탕달은 그것을 자각
하고 있었다.

　　그럼에도 불구하고, '이 동물'(스탕달이 자기 자신을 가리킨 말)을
면밀하게 파악하려고 했던 그 기획은 매우 소중하다. 나는 내가 누구
인지 모른다는 사실을 깨닫는 순간, 우리는 내 삶에 대해 어떠한 기획
을 할 것인가?
　　흔히 자서전이라고 하면 산문만을 가리킨다고 생각하기 쉽다. 하지
만 한시에서는 자서(自敍)라는 제목으로 자기의 삶을 회고하고 자기
자신을 탐색한 양식이 있다. 자서의 시 가운데는 한 시점의 자기감정
과 의식을 드러내어 답답함을 풀어내는 양식으로 정착되었다. 하지만
어떤 시인들은 '자서'라는 제목의 시에서, 한 시점의 자기감정과 의식
을 드러내면서 그 원천이 되는 과거로까지 소급해서 자기 삶 전체를
조망하기도 했다.
　　중국에서는 자서전적인 시가 상당히 이른 시기에 나왔다. 어떤 중
국문학자는 세계에서 가장 빠른 자전시로 채염(蔡琰, 162?-239?)의 「비
분시(悲憤詩)」를 꼽는다. 채염은 후한 말 채옹(蔡邕)의 딸로, 동탁이
낙양을 불태우고 도읍을 장안으로 옮겼을 때 역시 장안으로 이주되었
고, 그곳에서 이민족 군대에 납치되어 이국에서 강제 결혼을 한 뒤 자
식까지 낳았다. 뒷날 조조의 덕으로 그녀만 송환되어 재혼했다고 한다.
「비분시」는 그녀가 장안으로 강제 이주되었다가 다시 이민족의 땅으로

납치된 일, 마음에 없는 결혼을 하고 출산을 한 일, 자식과 생이별하게 된 일을 서술한 뒤, 중국에 돌아와 재혼한 뒤 남편으로부터 버림받지 않을까 두려워한다는 사실을 말했다. '여인의 일생'을 채염의 삶에 포개어 보인 듯하다.

그 뒤 남조의 문인 유신(庾信, 513-581)은 양나라 사신으로서 서위에 갔다가 고국으로 돌아오지 못하게 되자 「애강남부(哀江南賦)」를 지어 자신의 일생을 돌아보았다. '부'란 운문과 산문의 병합 장르다. 유신은 조상들의 내력에 대해 적은 뒤 자신이 동궁학사로서 벼슬길에 나간 일, 후경(侯景)의 난으로 도성이 어지러워지자 강릉으로 도망하여 신산을 맛본 일, 강릉 땅에서 원제(元帝)에게 벼슬한 일 등을 서술한 뒤에 조국의 멸망과 자신의 운명을 탄식하고 망향의 생각에 젖었다.

『안씨가훈』이라는 교훈서의 저자로 잘 알려져 있는 안지추(顔之推, 529?-591?)는 서위에 이주 당했다가 그곳을 탈출해서 북제의 조정에서 갖가지 사건에 연루되었다가 북제가 멸망한 뒤 북주로 옮겼다. 그는 「관아생부(觀我生賦)」에서 세 번에 걸쳐 망국을 경험한 사실을 섬세하게 기록했다.

「비분시」·「애강남부」·「관아생부」는 자전시이기는 하지만, 자신의 불행을 시대라는 커다란 틀 속에서 그려내었지, 개인의 삶과 감정을 분석하지는 않았다.

하지만 두보의 자서전적 시들은 다르다. 두보의 시는 대개 그 자신의 생활과 경험을 반영하고 있다고 평가되지만, 「영회 오백자(詠懷五百字)」·「북정(北征)」·「추일기부영회 일백운(秋日夔府詠懷一百韻)」 등은 시대적 사건과 관련해서 자기에게 벌어진 일들을 회고한 장편으로서 저명하다. 또한 766년 이후 기주(夔州) 즉 현재의 중경시(重慶市) 봉절현(奉節縣)에 임시로 거처했던 시기에는 「기부서회 사십운(夔府書懷四十韻)」·「왕왕(往往)」·「석유(昔遊)」·「장유(壯遊)」 등의 장편을 연속

하여 지어, 순수하게 자기 자신의 삶을 회고했다. 이 가운데서도 「장유」는 의기양양하던 소년기를 거쳐 각지로 방랑하게 되고, 벼슬길에 나갔다가 좌절하고, 안녹산의 난으로 유랑하게 된 자초지종을 기록했다. 이 시에서 두보는 개인의 형성기를 이렇게 말했다.

往者十四五(왕자십사오)
出遊翰墨場(출유한묵장)
斯文崔魏徒(사문최위도)
以我擬班揚(이아의반양)
七齡思卽壯(칠령사즉장)
開口詠鳳凰(개구영봉황)
九齡書大字(구령서대자)
有作成一囊(유작성일낭)


지난날 열네다섯 나이에
문단에 나가 노닐었을 때
사문 최상(崔尙)과 위계심(魏啓心)은
나를 반고(班固)·양웅(揚雄)에 견주었지
일곱 살에 생각이 장대하여
입을 열면 봉황을 노래했고
아홉 살에는 큰 글자를 적어
지은 작품이 시 주머니에 가득했다


두보는 이 구절에 뒤이어, 시대의 물결에 휩쓸려 헛되이 나이를 먹고 결국 아무 것도 이루지 못한 채 유랑하게 된 신세를 112구에 걸쳐서 서술했다.

두보 다음 시기의 한유(韓愈)도 「이 날 참으로 애석하다 1수, 장적에게 주다(此日足可惜一首贈張籍)」, 「장철에게 답하다(答張徹)」, 「강릉으로 부임하는 도중 삼학사에게 부치다(赴江陵途中寄贈三學士)」, 「고을 관사에서 느낌이 있어(縣齋有懷)」라는 자서전적인 시를 남겼다. 「고을 관사에서 느낌이 있어」에서는 이부(吏部) 시험에 낙방하고 양산으로의 좌천되는 38세까지의 인생을 회상했다. 또 아들 한창(韓昶)에게 준 「부가 성남에서 독서한다기에(符讀書城南)」와 「아들에게 보여주다(示兒)」 등의 시에서는 헐벗은 시절부터 각고하여 지위를 쌓기까지의 자기 삶을 이야기했다.

백거이도 자전적인 긴 시들을 여럿 남겼다. 「서신을 대신하는 시 일백 운, 원미지에게 부치다(代書詩一百韻 寄微之)」라는 시는 대표적인 예이다. 백거이는 원화 5년(810)에 장안의 고위직에 있으면서, 강릉으로 좌천된 원진(元稹)에게 이 시를 보내어, 두 사람이 서로 사귀어 함께 과거에 합격했던 날을 추억했다.

중당 시기에는 이렇게 자기에 대해 이야기하는 시들이 대두했다. 서구의 근대에 이르러서야 주체가 확립되고 새로운 자기 인식이 일어났다고 본다면 그것은 인류문화사를 제대로 파악한 논점이 아니다.

한국의 한시도 중국의 한시 전통을 이으면서 자기 묘사의 시들을 상당히 많이 낳았다. 인간을 유형에 대입시켜 인식하는 것이 아니라 자기 자신의 남다른 삶을 묘사하고 자기 자신의 독특한 감정의 흐름을 드러내려는 행위는 과연 자기의 완성을 향한 고뇌와 관련이 있다.

조선 후기에 서얼출신의 문인으로서 많은 성과를 이룩한 신유한(申維翰, 1681-1752)의 경우도 60개의 운자를 사용하여 일생을 회고한 「자서」를 남겼다. 밀양의 손씨 양반 마을에 태어나 손가락질을 받으며 성장했던 그는, 당시의 양반들이 사용하던 문체와 다른 글쓰기를 하려고 기이한 서적들을 많이 읽었다.

儒服街童恠(유복가동괴)　詩囊俗客嗔(시낭속객진)
細諳窮到骨(세암궁도골)　稀得笑開脣(희득소개순)
憶昨癡腸肆(억작치장사)　當時濶語頻(당시활어빈)
十三通竹簡(십삼통죽간)　二八詠荟榛(이팔영영진)
文許秦灰上(문허진회상)　辭期楚水濱(사기초수빈)
匣琴調白雪(갑금조백설)　縱劍逗蒼旻(구검두창민)
國士繽傾盖(국사빈경개)　邦耄與結茵(방모여결인)
傲能踈禮節(오능소예절)　狂不服田畇(광불복전균)
霧隱毛方蔚(무은모방울)　山攻玉始彬(산공옥시빈)
鶴天聲響遠(학천성향원)　鴻陸羽儀繽(홍륙우의빈)


유학자 옷을 걸쳤으니 길가 아이들이 괴이하게 여기고

시 담는 주머니를 가지고 있으니 속객들이 꾸짖는다

곤궁함이 뼛속까지 사무침을 익히 알아

입술로라도 웃는 일이 드물다네

지난날을 생각하면 어리석은 마음에 제멋대로 굴고

현실에서 벗어난 굼뜬 말이 잦았다

열셋에는 고서에 통달했고

열여섯에는 성군의 도래를 갈망하는 시[「간혜(簡兮)」의 '산에는 개암 있

고 습지에는 감초 있네']를 읊었네

　문장은 진나라 분서(焚書) 이전 수준이라 인정받고

　사(辭)는 초나라 강가를 거닐던 굴원의 수준을 기약했으며

　갑 속에 보관한 거문고로는 우아한 백설곡을 연주하고

　구지산(緱氏山) 왕자 진(王子 晋)이 지녔던 검은

　무쌍의 국사들이 일산 기울일 정도로 많이 오고

나라의 어진 이는 모임 자리에 끼워주었네
오만하여 예절을 소홀히 할 수 있었고
광간(狂簡)해서 전균(田畇)에게 복종하지 않았네
안개 때문에 숨으니 표범 털이 한창 울창하고
산에서 옥을 다듬으매 비로소 조화로운 빛이 났으며
하늘에서 학이 울자 메아리 멀리 울리고
뭍에서 큰기러기 날갯짓하니 그 자태가 성대했다

'치기 어린 내장'은 치기 어린 생각, 치기 어린 정신을 말한다. 지나고 보면 유치한 일이었다. 하지만 그때는 정말 그럴 수밖에 없지 않은가? 따져보면, 유치한 생각을 늘어놓는 것은 그때뿐이 아니었다. 지금도 그렇다.

그는 정통 교학의 틀에 머물지 않고 불가와 도가까지 통섭했으며, 걸출한 시인 최성대(崔成大)나 골동서화 감정가 김광수(金光遂) 등과 교유하면서 18세기 문화의 주요한 축을 형성했다. 1713년 증광문과에 장원 급제하고 1718년 제술관으로서 일본에 다녀오기도 했다. 일본 여행의 기록인 『해유록』은 조선 후기의 중요한 읽을거리로 되었다. 하지만 그는 일생 지방관과 봉상시의 직을 전전했고, 만년에는 가야초수(伽倻樵叟)를 자처하면서 "내 몸은 초목이나 깨어진 기왓장과 같다"고 고독을 곱씹어야 했다. 그에 대한 평가도 엇갈렸다. 한미한 가정에서 태어났고 당색이 주류에 속하지 않았던 때문이었다.

수년 전, 밀양의 손씨 마을에서 신유한이 태어난 곳이라는 터에 잡초가 우거진 광경을 바라보면서 그의 삶을 애도한 적이 있다. 주류의 생각이 아닌 유치한 생각, 주류의 삶이 아닌 유치한 삶은 그의 업보였던가.

'자서'의 양식이 아니어도 한시의 시인은 갖가지 방식으로 자기 삶을 되돌아보는 기획을 시도했다. 앞서 말했듯이 김시습은 수락산 거처를 버리고 관동으로 떠나 동해 가에 머물던 1485년 무렵에 「동봉 여섯 노래」를 지어 지난날을 회고하고 모순에 찬 스스로의 삶을 애도했다.


### 3.


한시에는 자서전적이라고까지 말하기는 어려워도 한 시점에서 자신의 모습을 스스로 포착한 자화상(autoportray)의 시들이 아주 많다. 백거이가 초상화를 보고 지은 「사진(寫眞)」은 그 대표적인 예이다. '사진'의 행위를 통해서 백거이는 과거의 자신과 현재의 자신을 비교하는 시점을 갖추었다. 앞서 본 강세황의 '자찬' 시도 이 계보에 속한다.

1770년(영조 46년, 경인), 19세로 아직 세자의 위치에 있던 정조는 「화상 자찬(畵像自贊)」을 남겼다.

> 爾容何癯(이용하구) 爾身何瘠(이신하척)
> 骯然其骨(항연기골) 瞭然其目(요연기목)
> 若有所憂(약유소우) 憂在於學(우재어학)
> 若有所懼(약유소구) 懼在於德(구재어덕)
> 明窓淨几(명창정궤) 乃繹者經(내역자경)
> 程冠禮衣(정관예의) 攸攝者情(유섭자정)
> 瑟兮武毅(슬혜무의) 欲而未能(욕이미능)
> 顧影思形(고영사형) 唯日夕而戰兢(유일석이전긍)

네 얼굴 어찌 이렇게 야위었나, 네 몸은 어찌하여 수척한가.

꼿꼿하여라 그 골격, 해맑아라 그 눈빛.

근심하는 바 있다면 그 근심은 학문에 있고,

걱정하는 바 있다면 그 걱정은 덕(德)에 있도다.

밝은 창가 깨끗한 책상에서, 궁구하는 것은 경전이요,

예관과 예복을 정제하고서, 거두어 다스리는 것은 정(情)이로다.

엄숙하게 씩씩하고 굳세기를, 바라되 잘하지 못한다만

그림자 돌아보고 형모를 생각하며, 오직 아침저녁으로 전전긍긍하노라


정조(1752-1800)는 학자이기를 지향한 군주로서, 문치에 주력하여 여러 문화정책을 추진하였으며, 그 정책을 효과적으로 수행하기 위하여 규장각을 핵심기관으로 삼았다. 이미 즉위년의 교서에서, 주자학을 옹호하고 이단을 변정하려는 뜻을 분명히 했다. 그러한 국책의 기본 구도는 왕위에 오르기 전 자화상에 쓴 이 찬에서 분명히 드러난다. 정조는 도문학(道問學)과 존덕성(尊德性)을 통하여 스스로의 본래성을 추구하려는 구도자였다. 본래성을 추구하기 위해 감정을 다스리고 경전을 해석하는 방편을 택하였으며, 무의(武毅)의 태도로 다지려고 하였던 것이다.

윤동주의 「자화상」이 생각난다.


산모퉁이를 돌아 논가 외딴 우물을 홀로 찾아가선

가만이 들여다봅니다.

우물 속에는 달이 밝고 구름이 흐르고

하늘이 펼치고 파아란 바람이 불고 가을이 있습니다.

그리고 한 사나이가 있습니다.

어쩐지 그 사나이가 미워져 돌아갑니다

돌아가다 생각하니 그 사나이가 가엾어집니다.

도로 가 들여다보니 사나이는 그대로 있습니다.

다시 그 사나이가 미워져 돌아갑니다.

돌아가다 생각하니 그 사내가 그리워집니다.

우물 속에는 달이 밝고 구름이 흐르고 하늘이 펼치고

파아란 바람이 불고 가을이 있고 추억처럼 사나이가 있습니다.


내가 미워하고 또 내가 가엾어 하는 존재, 그는 나 자신이다.


4.


시인은 자기 자신을 돌아보기 위해, 시로서 자화상을 그려낸다. 이
때 일인칭의 시점을 취할 수도 있고 삼인칭의 관점을 취할 수도 있으
며 자기와 제삼자의 문답으로 자기 자신을 드러낼 수도 있다.

당나라의 맹교(孟郊)는 낙담한 자신을 자기가 차갑게 응시하는 시
나 시구를 많이 남겼다. 한유도 자기를 묘사한 「낙치(落齒)」·「농리(瀧
吏」 등의 시를 남겼다. 「낙치」에서는 이빨이 빠져 탄식하다가 익숙해
지자 이빨 없는 것이 이롭다고 딴청을 부렸다. 천재시인 이하(李賀)는
「창곡에서 독서하며 파동에게 보이다(昌谷讀書 示巴童)」·「파동이 답
한다(巴童答)」라는 문답체 시에서 하인이 이하를 바라보는 형식을 취
했다.

원나라와 명나라의 교체기에 생존했던 고계(高啓, 1336-1374)는 「청구자가(靑邱子歌)」라는 장시에서 자화상을 그려보였다. 세상을 깔아보는 완세(玩世)의 뜻이 너글너글하다.

青丘子(청구자)

臞而淸(구이청)

本是五雲閣下之仙卿(본시오운각하지선경)

何年降謫在世間(하년강적재세간)

向人不道姓與名(향인부도성여명)

躡屩厭遠遊(섭교염원유)

荷鉏懶躬耕(하서나궁경)

有劍任羞澀(유검임수삽)

有書任縱橫(유서임종횡)

不肯折腰爲五斗米(불긍절요위오두미)

不肯掉舌下七十城(불긍도설하칠십성)

但好覓詩句(단호멱시구)

自吟自酬賡(자음자수갱)

田間曳杖復帶索(전간예장부대삭)

旁人不識笑且輕(방인불식소차경)

謂是魯迂儒(위시노우유)

楚狂生(초광생)

青丘子聞之不介意(청구자문지불개의)

吟聲出吻咿咿不絶鳴(음성출문이이부절명)

朝吟忘其飢(조음망기기)

暮吟散不平(모음산불평)

청구자

마르고 맑은 모습

본시 오운각 아래 신선이더니

언제 속세에 귀양왔는가

남들에게 이름을 말하지 않네

짚신 신고 멀리 나가길 싫어하고

호미 메고 밭 매러 가지도 않네

검 있지만 녹슬도록 내버려두고

책 있어도 팽개쳐 두었군

다섯 말 쌀 때문에 허리를 굽히지 않고

혀 놀려 칠십 성을 항복시키려고도 하지 않는다

다만 시어를 찾기 좋아해서

스스로 읊고 스스로 화답할 뿐

밭에서 지팡이 끌고 다니고 새끼줄을 허리띠 삼으니

사람들은 그 뜻을 몰라 비웃고 조롱하며

노나라의 우활한 선비요

초나라 미치광이라고 한다만

청구자는 들어도 개의치 않고

시 읊는 소리가 입에서 나와 끊임없이 웅얼웅얼

아침에 시 읊으며 배고픈 걸 잊고

저녁에 시 읊으며 가슴속 불평을 털어내네


이 아래로 자족의 삶을 노래하는 긴 구절들이 이어지는데, 지면 관계상 생략한다.


나는 착한 사람일까 악한 사람일까 재주 있는 사람일까 어리석은 사람일까.

한시의 작가들은 늘 이러한 의문에 스스로 답하고자 기획을 했던 것이다.


4.


인간의 삶은 즐거움보다 괴로움이 많고 그래서 슬프다. 즐거움을 그 즐거움이 오래 가지 않으리란 것을 예상하면 서글퍼지지 않을 수 없다. 동진(東晉)의 명장 양호(羊祜)는 권력과 명예를 움켜쥐고 큰 기쁨을 누리고 있던 순간에 그 기쁨이 오래 가지 못하리란 것을 슬퍼하여 눈물을 떨어뜨렸다. 사람들은 그곳에 타루비(墮淚碑)를 세워, 일시적 즐거움에 빠져 인생의 참 진실을 깨닫지 못하는 일이 없도록 경계했다.

생사일여와 물아일체의 관점에서 죽음의 두려움을 극복할 수 있다고 말하기는 쉽다. 하지만 세상의 맛을 탐내어 명리의 관문을 꿰뚫지 못하는 우리 평범한 인간은 죽음이 목전에 닥쳐온 것을 느낄 때 두려워하지 않을 수 없다. 그 두려움을 어떻게 극복할 수 있을까?

조선 전기의 시인 남효온(南孝溫, 1454-1492)은 자기의 죽음을 애도하는 「자만(自挽)」 4장을 남겼다. 그는 이 만시를 지어 당시 사림파의 거두였던 김종직(金宗直)에게 보여주고 자신의 삶을 이해받고자 했다. 사실 만시를 지을 때만 해도 그는 자기에게 실제로 죽음이 급작스레 다가올 줄은 몰랐을 것이다. 그는 39세라는 이른 나이에 세상을 떴다.

분방한 삶을 살고자 했던 그에게 세상은 너무 짐스러웠다. 4수 가운데 제1수는 이러하다.

兩儀未判前(양의미판전)　道在無名朴(도재무명박)
太極旣動後(태극기동후)　萬事浩無極(만사호무극)
由玆好惡生(유자호오생)　以是機心蓄(이시기심축)
莫不惡貧賤(막불오빈천)　抵死營爵祿(저사영작록)
至於生死關(지어생사관)　達人免不得(달인면부득)
牛山嘆落暉(우산탄낙휘)　句漏求丹藥(구루구단약)
右軍悲彭殤(우군비팽상)　屈原傷逖逖(굴원상적적)
王嘉擲藥巵(왕가척약치)　鄒陽懼梁獄(추양구양옥)
貪生古來然(탐생고래연)　余亦諧世俗(여역해세속)
陰符經內事(음부경내사)　一一習鬼谷(일일습귀곡)
庶幾彫三光(서기조삼광)　與帝驅齊速(여제구제속)
佳城馬前至(가성마전지)　姓名墮鬼錄(성명타귀록)
螻蟻入我口(누의입아구)　蠅蚋嘬我肉(승예최아육)
新繩束我腰(신승속아요)　弊苫蓋我腹(폐점개아복)
五女索父啼(오녀색부제)　一男呼天哭(일남호천곡)
僮來奠薄酒(동래전박주)　僧來祝冥福(승래축명복)
經師斬草祭(경사참초제)　紙錢掛林薄(지전괘임박)
香徒瘞老骨(향도예로골)　十杵齊聲築(십저제성축)
是時余何心(시시여하심)　混沌七竅塞(혼돈칠규색)
在世欲生心(재세욕생심)　與化歸寂寞(여화귀적막)
孀姬悔來泣(이희회래읍)　弱喪歸故國(약상귀고국)
昭文不鼓琴(소문불고금)　師曠不技策(사광불기책)
生前開口笑(생전개구소)　孰能竝此樂(숙능병차락)

但恨爲人時(단한위인시) 慘慘有六厄(참참유육액)
貌醜色不近(모추색불근) 家貧酒不足(가빈주부족)
行穢招狂號(행예초광호) 腰直怒尊客(요직노존객)
履穿踵觸石(이천종촉석) 屋矮椽打額(옥왜연타액)


하늘과 땅이 나뉘기 전
도는 무명(無名)의 질박함에 있었으나
태극이 움직인 뒤로는
온갖 일이 끝없이 펼쳐져
이로부터 좋고 싫은 감정이 생겨나
기심(機心)이 쌓여가서
누구나 빈천을 싫어하여
죽도록 벼슬과 봉급 얻으려고 골몰한다만
생사의 관문으로 말하면
달인이라도 면할 수 없는 법
제나라 경공은 우산에서 낙조 보며 삶을 탄식했고
갈홍은 구루산에서 장생약을 빚었으며
왕희지는 인간의 수요장단을 슬퍼했고
굴원은 명리 좇는 세태를 슬퍼했으며
왕가(王嘉)는 죽음이 무서워 약사발 던졌고
추양(鄒陽)도 양효왕(梁孝王)의 감옥에서 죽음을 두려워했으니
삶을 탐내는 건 예로부터 그러하니
나 또한 세속과 같을 뿐
『음부경』의 술법들을
하나하나 귀곡자에게 배워
부디 해・달・별이 다하도록

203

상제와 나란히 살려 했거늘
가성(무덤)이 말 앞에 이르고
이름이 귀신명부에 떨어져서
개미들은 내 입에 들어오고
파리 모기는 내 살을 물어뜯으며
새로 꼰 새끼는 내 허리를 조르고
해진 거적은 내 배를 덮었다
다섯 딸은 애비 찾아 울부짖고
아들은 하늘 부르며 통곡하며
종 아이는 와서 막걸리를 올리고
승려는 와서 명복을 비네
독경하는 사람이 풀 베어 제 지내매
지전이 숲의 나무 끝에 걸렸는데
향도꾼들은 삭은 뼈를 묻고
달구질 가락 맞춰 봉토를 하는구나
이때 내 마음이 어떠하랴
일곱 구멍이 모두 막혔으니
살아선 그토록 살고 싶더니만
죽자마자 적막한 곳으로 돌아가누나
이희(孋姬)는 후회하여 울고
약상(弱喪)은 고국으로 돌아가며
소문(昭文)은 거문고 뜯지 않고
사광(師曠)도 장단을 맞추지 않네
생전에는 입 벌려 웃더니
죽은 뒤 누가 이 즐거움 아울러 지닐까
다만 한스럽기는 세상 살았을 적

끔찍하게 여섯 액운이 모였던 일
용모가 추해서 여색을 가까이 못 한 것
집이 가난해 술 충분히 못 마신 것
행실이 더러워 미친놈 소리 들은 것
허리 곧아서 높은 분을 화나게 한 것
신이 뚫어져 뒤꿈치가 돌에 닿은 것
집이 낮아 이마가 대들보에 부딪힌 것

죽음과 동시에 우리 몸뚱이는 변한다. 잠깐 근육이 이완되어 대변과 소변이 배설되고는 사후 강직이 시작되어, 체온은 주변 온도만큼 떨어지고 혈액은 신체의 아랫부분으로 몰려 푸르스름한 반점을 만든다. 48시간이 지나면 얼굴에서 고통이 사라진다고 하지만, 이것으로 끝이다. 새로 꼰 새끼는 내 허리를 조르고 해진 거적이 배를 덮고 있는 시신의 입으로 개미들은 들어오고 파리와 모기는 그 살을 물어뜯는다.

이런 주검의 모습을 상상하면서 시인은 거꾸로 자기의 삶을 되돌아보았다. 그리고 시인은 깨달았다. 살아서 겪은 액운이 여섯 가지나 되지 않았던가! 용모가 추해서 여색을 가까이 못한 것, 집이 가난해 술을 충분히 못 마신 것, 행실이 더러워 미친놈 소리를 들은 것, 허리가 곧아 높은 분을 화나게 한 것, 신발이 뚫어져 뒤꿈치가 돌에 닿은 것, 집이 낮아 이마를 대들보에 부딪힌 것 등이 그것이다.

죽음은 내 힘으로 어쩔 수 없는, 나의 가장 바깥에 있는 외부이다. 자각의 빛이 뚫고 들어가지 못하여, 죽은 뒤에 지금처럼 자기 자신을 돌아보는 지각이 있을지 어떨지 전혀 알지 못한다. 주검의 모습을 상상하고 지나간 삶을 반추하여 토해내는 이 시는 나의 가장 외부에 있는 그 낯선 것을 나의 안에서 확인하여 가장 친숙한 것으로 만들고자 하는 책략을 담고 있다.

남효온은 젊었을 때 김종직의 문하에 들어가 학문을 닦았다. 또한 김시습을 추종하여 수락산으로 자주 찾아갔다. 그런데 25세 되던 성종 8년, 그는 상소문을 올려 단종의 생모인 현덕왕후 권씨의 소릉을 복위시킬 것을 청했다. 소릉 복위는 세조의 즉위와 그 후사왕의 왕권을 부정하는 의미를 지닐 수 있어서, 정치적으로 매우 예민한 사안이었다. 그렇기에 세상 사람들은 그를 미치광이로 여겼다.

현실의 구속을 벗어나고자 꿈꾸었던 남효온은 애써 얻은 자유 속에서 거꾸로 비애를 느꼈다. 삶 자체를 어떻게 긍정할 수 있을까? 돌파구는 있는가? 자신의 주검을 응시하면서 죽음을 선언함으로써 오히려 죽음을 눈앞에 바라보는 명료한 삶의 의식을 회복할 수 있을 것인가? 그의 시는 이 의문에 답하고자 하는 하나의 기획이었다.

한시를 이야기하는 나의 글도 하나의 기획이어야 하리라. 거울에 비친 나의 모습에 화를 내지 않기 위한 하나의 기획이어야 하리라.

개미들은 내 입에 들어오고 파리 모기는 내 살을 물어뜯네!

시신이 썩어 들어가는 것만을 생각해도 오싹해진다. 이것이야말로 메멘토 모리(memento mori)의 강력한 어구가 아닌가!

# [참 고]

강세황(姜世晃), 「표옹자지(豹翁自誌)」, 『표암유고(豹翁遺稿)』, 한국학중앙
　　　연구원, 1979.

두보, 「장유(壯遊)」, 구조오(仇兆鰲) 주, 『두시상주(杜詩詳註)』 권16, 北京 :
　　　中華書局, 1979.

신유한(申維翰), 「야성에서 객이 되었는데 우수가 가슴에 맺혀 스스로 평생
　　　을 서술하다. 16운이다(野城作客 牛愁欑結 自叙平生 六十韻)」, 『청천
　　　집(靑泉集)』 권1 시, 한국문집총간 200, 1997.

정조(正祖), 「화상자찬(畵像自贊)」, 『홍재전서(弘齋全書)』 권4 춘저록(春邸
　　　錄) 4 찬(贊), 한국문집총간 262, 2001. ;『국역 홍재전서 1』, 한국고
　　　전번역원, 1998.

윤동주, 「자화상」

고계(高啓), 「청구자가(靑邱子歌)」, 『청구시집주(靑邱詩集注)』 권11 장단구
　　　(長短句), 臺灣中華書局印行 四部備要本.

남효온(南孝溫), 「자만(自挽)」, 『추강집(秋江集)』 권1 시, 한국문집총간 16,
　　　1988.

가와이 고조(川合康三) 저, 심경호 역, 『중국의 자전문학』, 소명출판, 2002.

심경호, 『내면기행』, 이가서, 2009.

─────, 『나는 어떤 사람인가』, 이가서, 2010.

# 게으름의 철학

1.

보름이 넘는 출장 끝에 연휴까지 맞아서 한껏 게으름을 피웠다. 밤새 논문을 작성하는 꿈을 꾸었지만, 몸을 뒤채며 일어나는 순간 그 테마가 무엇이었는지조차 잊어버리고 말았다. 마당에는 철쭉이 활짝 피어나 있고, 아침 늦은 시각을 알리려고 수목원의 새들이 날아와 지저귀고 있다. 아내는 "참 대단해!"라고 나의 게으름을 웃는다. 하지만 나의 늦은 기상이 싫지 않은 표정이다. 이제 아침을 해야지, 하면서 앞치마를 두른다. 이 나른함을 느낀 지 얼마 만인가.

문득 숙종 때 김창흡(金昌翕, 1653-1722)의 시가 생각났다. 김창흡은 59세 때인 1711년에 갈역(葛驛, 강원도 인제)에 살며, 자연과 인생에 대한 상념을 392수나 되는 연작의 잡영(雜詠), 즉 즉흥시에 담았다. 그 서시(序詩)는 지식인이라면 흔히 매 순간 느껴야 했던 윤리적 긴장에서 아예 자유로워 지극히 평온하고 안락한 삶을 즐기는 잔잔한 기쁨을 노래했다.

尋常飯後出荊扉(심상반후출형비)
輒有相隨紛蝶飛(첩유상수분접비)
穿過麻田迤麥壟(천과마전이맥롱)
草花芒刺易牽衣(초화망자이견의)


늘 그랬듯 밥 먹고 사립문 나서자
문득 따라오는 나풀나풀 범나비
삼밭 가로질러 보리밭 두둑을 가니
풀꽃이며 까끄라기가 옷을 잡아끄는군


사실, 이즈음 우리 삶은 너무 일 자체의 즐거움을 느끼지 못하고, 어떤 목적을 위해 부득이 해야만 하는 일에 중독되어 있는 것 같다. 고용의 상태에 있지 않은 사람도 다른 목적의 일 때문에 허덕이고 시간에 쫓기는 것은 마찬가지다. 거리나 일터에서나 웃는 사람을 찾아보기 어렵다. 많은 사람들이 월급이나 수당을 손에 쥘 목적으로 바쁘게 일을 하지만, 일 자체에서 행복을 느끼지는 못한다고 한다. 어떤 이들은 거래소의 의자에 앉아 종일 전광판을 쳐다보면서 노동보다도 더 심한 피로를 느낀다. 또 어떤 이는 한밤에 산을 종주하거나 머신 위에서 쳇바퀴를 돌며 이것저것 가려 먹는 데도 얼굴이 그늘져 있다. 이 삶을 꾸려나갈 권한을 나 아닌 다른 것에 넘겨주었기 때문이다. 차라리 그럴 바에야 간간이 게으름을 부려보는 것이 낫지 않겠는가?

2.


명나라 초에 전재(錢宰)라는 사람이 이런 시를 지은 것이 있다.

> 曉鼓鼕鼕起着衣(효고동동기착의)
> 午門朝見尙嫌遲(오문조견상혐지)
> 何時得遂田園樂(하시득수전원락)
> 睡到人間飯熟時(수도인간반숙시)


> 새벽 북 둥둥 울릴 때 일어나 옷을 입고
> 오문(대궐 남문)으로 조회에 맞춰 나가되 늦지 않나 혐의하네
> 어느 때에야 전원의 즐거움을 이루어
> 인간세계에서 밥 다 될 때까지 푹 잘 수 있을까


전재는 원나라 말의 유학자였는데, 명나라 태조 때 부름을 받아 『상서회선(尙書會選)』이며 『맹자절문(孟子節文)』이며 하는 책들을 엮고 있었다. 위의 시는 바쁜 일과를 끝내고 집으로 돌아와 읊은 것이다. 아침 출근이 얼마나 괴로웠기에 이런 시를 남겼을까!

그런데 검교(비밀경찰)가 몰래 듣고 그 시를 명 태조 주원장에게 바쳤다. 다음날 주원장은 "나는 결코 그대를 혐의한 적이 없다. 혐의할 혐(嫌)자를 근심할 우(憂)로 놓는 것이 어떤가?" 라고 하고는, 사직을 허락하여 전리로 돌아가게 했다.

이수광은 『지봉유설』에 시 이야기를 실어두었다. 그 자신도 전재의 심경에 깊이 공감했기 때문일 것이다. 또 조선 후기의 이름난 관료였

던 채제공도 1756년(영조 32, 병자) 이천부사로 있을 때 중앙의 고관에게 간찰을 보내면서 그 내용 중에서 이 시를 언급했다. 이 간찰에 대해서는 이미 나의 『간찰: 선비의 마음을 읽는다』에서 상세하게 분석한 바 있다.

저는 황량한 곳에 수령으로 와서 이미 석 달이 되었습니다만, 어르신에게는 혹은 감사하기도 하고 혹은 원망하기도 하여 감사와 원망이 마음속에 커져 갑니다. 그래도 은덕을 잊지 못해 한다는 것을 잘 아실 것입니다.

그간 두 해 동안 새벽부터 밤까지 일해야 하는 직역에 있으면서 푹 자고 싶은 갈망이 너무 깊어서, 대루원(待漏院)의 등불 아래서 번번이 옛사람의 "인간세계에서 밥이 익을 때까지 잠들고 싶다"는 시 구절을 외며 "어느 곳에 이런 극락세계가 있어서, 아득하게 인간세상 일을 이루랴"라고 탄식했습니다.

임지에 부임한 이래 산마을에는 장부도 없고 공문도 오지 않으므로 잠을 실컷 자서, 해가 삼간(三竿) 높이에 떴을 때 비로소 방문을 엽니다. 그러면 아전 십여 명이 오리처럼 열을 지어 현신하고는 뜰에서 절을 하고 물러나는데, 그 후로 종일토록 아무 발자국 소리도 들리지 않아서 책을 읽든 시를 읊든 못할 것이 없습니다. 그러다가 싫증나면 난간에 기대어 잠이 드는데, 물소리와 새소리가 때때로 이르러 와서 잠결을 흔듭니다. 이런 한가한 직책이 아니었다면 진희이(陳希夷)의 천일몽(千日夢)을 꾸기 어려웠을 것입니다. 게다가 아무도 나를 불러 깨우지 않습니다. 지난날 대루원에서 시각 알리는 물소리를 듣던 때와 비교하면 한가함과 분망함의 차이가 어떠하겠습니까?

이것은 어르신께서 내려주신 것이지요. 그래서 고마워하고 있습니다.

채제공은 대루원의 새벽 등불 아래서 잠을 푹 자 보았으면 하고 바랐던 일을 회상했다. 대루원은 이른 아침 대궐에 출근하는 사람들이 대궐문이 열리기를 기다리며 대기할 수 있도록 마련해 놓은 곳이다. 채제공이 떠올린 시구가 곧 전재(錢宰)의 시이다.

채제공은 지방 수령이 되어 급히 처리할 장부나 공문도 없이 마음껏 시나 읊고 잠이나 자는 것을 두고 진희이의 천일몽이라고 했다. 진희이는 도교의 수련법인 내단에 관해 『수공결(睡功訣)』을 지은 인물이다. 수공은 내단의 수련법을 말하지만 잠 수(睡)자가 들어 있으므로, 채제공은 진희이의 천일몽이라는 우스갯말을 지어낸 것이다.

유학에서는 게으름을 도대체 참지 못한다.

주나라 태공이 무왕에게 고한 글이라는 「단서(丹書)」에는 "공경이 게으름을 이긴 자는 길(吉)하고, 게으름이 공경을 이긴 자는 멸망(滅亡)하며, 의(義)가 욕심을 이긴 자는 순종하고 욕심이 의(義)를 이긴 자는 흉(凶)한 것이라"고 했다. 『예기』에서도 "견문이 넓고 기억력이 강하면서도 겸양하고 선행을 돈독하게 하되 게으름이 없으면 군자라고 할 수 있다" 라고 했다.

『논어』「양화」편에 보면, 공자는 "종일토록 배불리 먹기만 하고 마음을 쓰는 곳이 없는 사람은 곤란한 인간이다. 장기나 바둑이라도 있지 않은가. 그런 것이라도 하는 것이 가만히 있는 것보다는 나을 것이다" 라고 했다.

우리나라에서도 음력 정월 초하루에는 게으름을 파는 풍속이 있었다. 부지런히 일을 해야 한 해의 수확도 많아지고 벼슬도 올라가고 하니, 게으름을 좋아할 사람은 없을 것이다.

하지만 지나치게 한곳에 마음을 써서 자신의 생명을 손상하기보다는 차라리 아무 일도 하지 않는 것이 나은 경우도 있을 법하지 않을까? 다만 사람들 스스로가 그렇게 하지 못할 따름이다. 그렇기에 장유는 1635년(인조 3, 을해) 4월에 『계곡만필』을 집필하면서 이런 서문을 붙였다.

사람이 마음을 쓰는 곳이 없어서는 안 되겠지만, 한편 생각하면 마음 쓸 곳이 없을 수 없는 것이 또한 현실이다. "장기나 바둑을 두는 것이 그래도 가만히 있는 것보다는 낫다"고 하신 이 말씀은 부자(공자)께서 게으름을 피우며 놀고먹는 자를 경책하기 위한 목적에서 나온 것이다. 그러나 뭔가 하는 것보다는 차라리 아무 일도 하지 않는 것이 나은 경우도 있는 법인데, 다만 사람들 스스로가 그렇게 하지를 못할 따름이다.

나는 어려서부터 재주가 졸렬하여 다른 기량은 없이 그저 책이나 읽고 글이나 짓는 것을 본업으로 삼아 왔다. 그러니 평소에 이런 일이라도 하지 않으면 마음 쓸 곳이 없는 것이 당연하다. 그러다가 몇 년 전부터는 그만 우울병에 걸린 나머지 문을 닫아걸고 만사를 사양한 채 약을 달여 먹고 침과 뜸으로 치료하느라 온 정신을 쏟고 있었다. 그런 만큼 이러한 시점에 이르러서는 오직 담박한 경지에 마음을 깃들이고서 눈과 귀의 욕망을 봉쇄하고 빛을 안으로 수렴해야만 그런대로 본성을 기르고 건강을 증진시키는 도리에 어긋나지 않게끔 될 것이었다.

그럼에도 불구하고 습기(習氣)의 타성이 갑자기 없어지지 않은 나머지, 비록 심사숙고하여 지어낸 적은 없었다 하더라도 침상에 엎드려 신음하는 틈틈이 가끔씩 붓을 잡고는 하찮은 이야기와 잡스런 견문을 써 내려가곤 했다. 이 중에 설령 한두 가지 새로 밝혀 낸 것들이 있다 하더라도 대부분은 먹고 남은 찌꺼기나 쓸데없는 군더더기들로서 길에서 듣고는 곧장 누구에게나 말해 버린 이야기와 같을 뿐이니, 이 모두는 결과적으로 자신의 덕(德)을 해치는 행위라고나 해야 할 것이다. 이런 일들을 또한 그만둘 수가 없단 말인가. 마음을 잘못 썼다는 말을 들어도 할 말이 없다 하겠다. 그러나 일단 지어 놓은 이상 차마 버릴 수도 없기에 마침내 이를 한 통(通)에 수록한 다음 스스로 잘못된 점을 기록하는 바이다.

3.


『열자』「양주(楊朱)」편의 부훤(負暄) 고사는 문맥과 달리 게으름의 철학이란 관점에서 되읽어보고 싶다.

송나라의 한 농부가 있었다. 그는 베로 만든 옷을 입고 지냈으므로, 그런 옷으로는 가까스로 겨울을 날 수 있을 정도였다. 봄이 되자 들에 나가 밭을 갈기 시작하면서 몸에 햇볕을 쬐게 되자 몸이 아주 따뜻했다. 그는 이 세상에 커다란 집이나 따뜻한 방이 있는 줄도 몰랐고, 솜을 넣은 옷이나 모피로 만든 옷이 있는 줄도 몰랐다. 그렇기에 그는 아내에게 "햇볕을 등에 지면 따스하다는 사실을 아는 사람이 없을 것이야. 이 따스함을 우리 왕에게 바친다면 장차 큰 상이 내릴 게야."

농부가 그렇게 말했다는 사실을 들은 마을의 부호가 이렇게 충고했다. "지난날 어떤 사람이 콩이나 모시풀 줄기나 미나리를 맛있다고 여기고는 마을의 토호에게 그것들이 맛있다고 칭송한 적이 있었지. 그래서 토호가 맛을 보니, 입이 아리고 배가 아팠네. 사람들이 그것들을 맛있다고 한 사람을 비웃고 원망하게 되었다네."

이 말을 들은 송나라 농부는 크게 부끄러워했다.


이 고사에서부터 등에 받는 따스한 햇볕이란 뜻의 부훤(負暄), 미나리를 바친다는 뜻의 헌근(獻芹), 미나리와 햇볕이란 뜻의 근폭(芹曝)이라는 말이 모두 군주에 대한 자기의 정성을 겸손하게 표현하는 말로 쓰이게 되었다.

하지만 이 말의 의미가 애당초 그러한 것이었을까? 나는 늘 의문으로 여겨 왔다.

　본래 이 우언은, 교양 없는 시골 사람이 안락하게 여기는 바와 교양 없는 시골 사람이 맛있다고 여기는 바는 각각 이 세상에 그것보다 더 훌륭한 것이 없다고 여기는 것들이라는 말을 풀이하기 위해 끌어온 것이었다. 그리고 그 사실을 확인한 이유는, 이 세상의 사람들은 자기가 생각하는 명예와 부귀의 세계에 익숙해서 그것이 유일한 것이라고 여겨서는, 보다 좋은 세계가 있다는 사실을 잊어버리고 있다는 것을 각성시키기 위한 것이었다. 등을 쬐는 따스한 햇볕과 미나리 따위의 나물 등은 모두 왕의 권력과 부자의 진수성찬이나 마찬가지로 모두 스스로를 제약하고 있는 집착을 비유하는 말이었다.

　그렇다면 집착을 벗어나서 추구해야 할 진정한 좋은 세계는 무엇인가? 『열자』는 성명(性命)을 온전히 유지하는 세계라고 말한다. 다시 말해 자신의 생명을 있는 그대로 발양하여 활기찬 나의 삶을 꾸려 나가는 것이 진정한 세계라는 뜻이다.

　『열자』는 유학자들이 그토록 이단이라고 비판했던 양주(楊朱)의 입을 빌려 사람들이 휴식하지 못하는 이유는 네 가지라고 말했다. 그것은,

　　첫째, 오래 살고 싶어 하는 욕망이다.
　　둘째, 명예를 얻고자 하는 욕망이다.
　　셋째, 높은 지위를 얻고자 하는 욕망이다.
　　넷째, 돈을 바라는 욕망이다.

　이 네 가지 욕망을 지닌 사람은 귀신, 곧 죽은 사람을 두려워하고, 남을 두려워하며, 권력을 두려워하고, 형벌을 두려워한다. 이러한 사람을 도망쳐 숨는 사람이라고 한다. 도망치는 사람은 죽이든가 살리든가

운명을 제압하는 힘을 다른 사람 손에 맡겨둔다.

하지만 사람이 만일 자연의 운명을 거스르지 않는다면 남의 장생을 부러워할 일도 없고, 남의 지위를 부러워할 일도 없으며 남의 명예를 부러워할 일도 없다. 또 억지로 부자가 되려고 하지 않는다면 남이 가진 돈을 부러워할 일도 없다. 이러한 사람을 운명에 순응하는 사람이라고 한다.

도망쳐 숨는 사람을 한자로 둔인(遁人)이라 적는다. 운명에 순응하는 사람을 순인(順人)이라 적는다. 『열자』는 양주의 말을 빌려서, 도망쳐 숨는 사람이 되지 말고, 운명에 순응하는 사람이 되라고 말한 것이다. 운명에 순응하는 사람은 이 세상에 두려워할 것이 없다. 운명을 좌우하는 것은 바로 자기 자신이기 때문이다.

『열자』의 이야기에서는 송나라 농부도 도망쳐 숨는 사람을 비유한다. 하지만 나는 왠지, 송나라 농부가 등에 쬐는 따스한 햇볕과 입에 깔깔한 미나리를 좋아하는 것은 도망쳐 숨는 행위가 아니라 운명에 순응한 행위인 것처럼 여겨진다. 저 그리스 견유학파의 학자처럼 말이다. 시노페의 디오게네스는 옷 한 벌에 지팡이와 바랑을 걸치고 거리를 헤매며 나무통에서 살면서 "신들은 아무것도 필요로 하지 않으며 신들에 가까운 이는 아주 조금밖에 필요로 하지 않는다"고 말했다지 않은가!

게으름은 하나의 결단일 수가 있다. 분잡한 세계로부터 탈출하려는 기획일 수가 있다. 송나라 초기의 진단(陳摶)은 무당산(武當山)을 비롯하여 화산(華山)의 운대관(雲臺觀), 소화(少華)의 석실 등에서 은거했는데, 그는 한 번 잠을 자기만 하면 많게는 백여 일씩이나 일어나지 않고 계속 잤다고 한다. 그가 계속 잠을 잔 이유가 어디에 있겠는가?

도연명은 자서전적인 글인 「오류선생전」에서 이렇게 말했다.

閑靖少言(한정소언) 不慕榮利(불모영리). 好讀書(호독서), 不求甚解(불구

심해), 每有意會(매유의회), 便欣然忘食(변흔연망식).

　　고요하고 말수가 적으며, 명예나 이익을 구하는 마음이 없다. 서적을 읽는 것을 좋아했지만 깊숙한 데까지 파고들지는 않았다. 자신의 마음과 부합하면 기뻐하여 식사도 잊었다.

　　명예나 이익을 구하는 마음이 없기에 지각을 곤두세우지 않고 거친 독서를 하는 것에서 오히려 즐거움을 얻는다고 했다. 자기 자신이 즐거우면 그것으로 좋다고 하는 독서 태도가 곧 불구심해(不求甚解)다. 학문을 수단으로 삼아 세간에서의 명성과 이익을 얻으려고 하지 않는 쾌락의 독서를 말한다. 이 글은 독서 그 자체가 가져오는 즐거움을 말한 가장 이른 예라고 한다.

　　두보도 성도에 머물 때 지은 「만성(漫成)」이라는 제목의 두 수 가운데 둘째 수에서

　　讀書難字過(독서난자과) 對酒滿壺頻(대주만호빈)

　　글을 읽으면서 어려운 자는 지나치고
　　술을 대하면 술병에 가득 채우는 일이 자주 있다

고 했다. 도연명의 고사를 이용한 것이다. 완화 초당에 정착했던 시기의 두보의 심경은 조용한 일상을 즐기던 도연명의 그것과 가까웠다. 두보는 또 이 시에서

　　近訥峨眉老(근식아미로) 知予懶是眞(지여라시진)

근래에 아미산의 은자를 알게 되었는데
나의 게으름이 천진임을 알아주었네

라고 했다. 게으름은 천진이며, 천진을 지켜나가는 길일 수 있다.


4.


고려 때 이규보는 자기의 게으름을 풍자하여 「용풍(慵諷)」이라는
산문시를 지었다. 게으름을 풍자한다면서 아예 게으름을 예찬한 내용
이다.

글의 형식도 아주 기이하다. 운자의 있고 없음을 기준으로 따진다
면, 이 글은 압운을 했으므로 운문이다. 곧 시의 일종이다. 하지만 내
용으로 보면 산문이다. 각 구의 글자 수도 일정하지 않아 들쭉날쭉 너
울하다. 오페라의 이중창을 듣는 것과 같다. 그것을 현대어로 제대로
옮기지 못하는 것이 안타깝다. 내용만을 중심으로 하되, 운자를 조금
고려하여 단락을 나눈다면 다음과 같다.

　　居士有慵病(거사유용병) 語於客曰(어어객왈)
　　世倐忽而猶慵寓(세숙홀이유용우) 身微眇而猶慵持(신미묘이유용지)
　　有宅一區(유택일구) 草穢而慵莫理(초예이용막리)
　　有書千卷(유서천권) 蠹生而慵莫披(두생이용막피)
　　頭蓬慵掃(두봉용소) 體疥慵醫(체개용의)

慵與人嬉笑(용여인희소) 慵與人趨馳(용여인추치)

口慵語(구용어) 足慵步(족용보) 目慵顧(목용고)

踏地觸事(답지촉사) 無一不慵(무일불용)

若此之病(약차지병) 胡術而攻(호술이공)


客無以對(객무이대) 退而圖所以解其慵者(퇴이도소이해기용자)

歷旬日而復詣曰(역순일이부예왈) 間闊不面(간활불면)

不勝眷戀(불승권련) 願承英昤(원승영면)

居士復以慵之病(거사부이용지병) 不喜相見(불희상견)

固請而見之曰(고청이견지왈) 僕久不聞居士之軟笑微言(복구불문거사지연소미언)

今者暮春之辰(금자모춘지신) 鳥鳴于園(조명우원)

風日駘蕩(풍일태탕) 雜花綺繁(잡화기번)

僕有美酒(복유미주) 玉蛆浮動(옥저부동)

其香也滿室(기향야만실) 其氣也撲甕(기기야박옹)

獨酌不仁(독작불인) 非君誰共(비군수공)

家有侍兒(가유시아) 善爲鄭聲(선위정성)

旣工吹笙(즉공취생) 又擊胡箏(우격호쟁)

不忍獨聽(불인독청) 亦以待先生(역이대선생)

然恐先生之憚其枉駕也(연공선생지탄기왕가야) 其無意於暫行乎(기무의어잠행호)


居士欣然拂衣而起曰(거사흔연불의이기왈)

子以老夫(자이노부) 不謂耄且衰(불위모차쇠)

欲以甘口之藥(욕이감구지약) 希代之姿(희대지자)

慰其鬱鬱之思(위기울울지사) 老夫亦何敢固辭(노부역하감고사)

219

於是束腰以帶(어시속요이대) 猶恐其晩(유공기만) 納踵於履(납종어리) 猶恐其遲(유공기지) 汲汲然出而將歸矣(급급연출이장귀의)

客忽然有慵態(객홀연유용태) 口亦慵而似不能對(구역용이사불능대)
俄復翻然告曰(아부번연고왈)
子旣頷吾請(자기함오청) 似不可改(사부가개)
然先生昔言之慵也(연선생석언지용야) 今之言也緊(금지언야긴)
昔顧之慵也(석고지용야) 今之顧也謹(금지고야근)
昔步之慵也(석보지용야) 今之步也迅(금지보야신)
豈先生之慵病(개선생지용병) 從此而欲盡乎(종차이욕진호)
然伐性之斧色爲甚(연벌성지부색위심) 腐腸之藥酒之謂(부장지약주지위)
先生獨於此不覺慵之自弛(선생독어차불각용지자이) 其趨之也如歸市(기추지야여귀시)
吾恐先生由此而之焉(오공선생유차이지언) 至損性敗身而後已(지손성패신이후이) 僕慵見先生之如此(복용견선생지여차)
蹙然與先生慵話(축연여선생용화) 蹙然與先生慵坐(축연여선생용좌)
意者先生之慵病(의자선생지용병) 無奈移於我哉(무내이어아재)

居士椒然泚顙而謝曰(거사난연차상이사왈) 善矣子之諷吾慵也(선의자지풍오용야)
吾曩語子以病慵(오낭어자이병용) 今聞子之一言急於影從(금문자지일언급어영종) 不覺慵之去之無蹤也(불각용지거지무종야)
始知嗜欲之於人(시지기욕지어인) 其移心也迅(기이심야신) 其入耳也順(기입이야순)
繇此而之焉(요차이지언) 其禍人身也疾且敏(기화인신야질차민) 固不可不愼也(고불가불신야)

吾將移此之心(오장이차지심) 入於仁義之廬(입어인의지려) 去其慵而務其勤(거기용이무기근)

子謂何如(자위하여) 子其姑須無以嘲吾也(자기고수무이조오야)


거사에게 게으름의 병이 있어, 손님에게 말했지,

세상은 홀연 변하거늘 게으름을 붙여 두고, 몸은 하잘것없으면서 게으름을 지켜서

집 한 채가 있지만 풀 우거져도 게을러서 깎지 않고

책 일천 권이 있지만 좀이 생겨도 게을러서 펼쳐 보지 않으며

머리가 쑥대라도 게을러서 빗지 않고 몸에 옴이 덕지라도 게을러서 치료하지 않으며

게을러서 남과 웃고 놀지도 않고 게을러서 남을 따라다니며 오가지도 않아요

입은 말을 게을리 하고, 발은 걸음을 게을리 하며, 눈은 돌아보는 것을 게을리 하여

땅을 밟거나 일에 맞닥뜨리거나, 어느 하나 게으르지 않은 것 없으니

이런 병을, 무슨 방법으로 고치겠소


손님은 아무 대답 없이 물러가서 이 게으름을 낫게 할 방법을 도모해서

열흘이 지난 뒤에 다시 와서 말하기를, 요즘 한동안 대면하지 못했더니

몹시도 그립기에 그대를 한 번 보고 싶어 왔소

거사는 다시 게으른 병이 도져 상면하기를 꺼려했으나

한사코 청하여 상면하고는 말하길, 내가 오래 거사의 부드러운 웃음소리와 은미한 말을 듣지 못했는데

지금은 늦봄의 좋은 때라, 새는 동산에서 지저귀고

바람과 햇볕이 무르녹듯 온화하여, 온갖 꽃들이 비단같이 만발했소

내게 밥알 좋은 술이 있어, 옥 굼벵이 같은 술밥이 동동 떠서

그 향기는 방에 가득하고, 그 훈기가 술독에 넘치니

혼자서 마시는 것은 미안하니, 그대 아니면 누가 함께 하리오

집에 시아(侍兒)가 있어, 간드러진 소리 잘하고

생황도 잘 불며, 또 비파도 타는데

차마 혼자 듣기가 아까워, 역시 선생을 기다려 왔소

그러나 선생께서 왕림하길 꺼리지 않을까 염려되오, 잠깐 가실 생각이
없으신가


거사가 흔연히 옷을 떨쳐 입고 일어나며 말하길,

그대가 이 노인을, 노쇠했다 여기지 않고

맛 좋은 약[술]과 희대의 자색(姿色)으로

이 답답한 마음을 위로하려고 하시니, 이 노인이 어찌 사양하리오

이에 허리띠를 매며, 행여 늦을세라 서두르고, 신발을 신어, 행여 더딜세
라 재촉하고는, 급하게 냅다 집을 나서서 장차 가려 하는데

손님은 갑자기 게으른 태도를 짓더니, 입마저 게을러서 대답조차 못할
듯이 한다


이윽고 다시 태도를 고쳐 말하기를,

그대가 내 청을 승낙했으니 바꿀 수 없을 듯하오

그러나 선생이 전에는 말하길 게을리 하더니, 지금은 말하는 것이 급하고

전에는 돌아보길 게을리 하더니, 지금은 돌아보는 것이 근실하며

전에는 걷기를 게을리 하더니, 지금은 걷는 것이 빠르니

그대의 게으른 병이, 이제 다 낫지 않았겠소

그런데 성품을 해치는 도끼로는 여색이 가장 심하고, 창자를 썩게 하는
약이란 술을 말하나

선생은 유독 이 점에서 자신도 모르게 게으름이 절로 풀려, 그리로 쫓아
가길 저자에 가듯 하니

선생이 이대로 가다가는 성품을 손상 입히고 몸을 망가뜨린 후에야 그치
리라 염려하여, 나는 그대를 만나길 이렇게 게으리 해서

찡그리면서 선생과 말하길 게을리 하고, 찡그리면서 선생과 함께 앉길
게을리 했으니

아마도 선생의 게으른 병이, 나에게 옮겨온 것은 아니겠소


거사는 빨갛게 달아올라 이마에 땀을 흘리며 사과하길, 훌륭하오 그대가
나의 게으름을 풍자함이!

내가 종전에 그대에게 내게 게으른 병이 있다고 했는데, 지금 그대의 말
을 들으니 그림자가 형체를 따르는 것보다 더 빨라서, 게으름이 나도 모르
는 사이에 몸에서 종적을 감추어 버렸소

비로소 알았소, 기욕(嗜欲)이 사람에게 있어, 그 마음을 움직이게 하는
것이 신속하고, 사람의 귀에 들어오는 것이 순하다는 것을

이로써 나아간다면, 사람의 몸에 앙화를 입히는 것이 빠르고 민첩할 것
이니, 진실로 삼가지 않을 수 없구려.

내가 앞으로 이 마음을 옮겨서, 인의(仁義)의 집에 들여보내서, 게으름을
없애고 수고로움을 힘쓰고자 하나니

그대는 어떻게 생각하오? 그대는 잠시 모름지기 나를 조롱하지 말아주오


인간의 마음이 기욕(嗜慾)에 쉽게 흔들리는 것을 풍자한 글이다. 게
으름의 병은 기욕에 흔들리기 쉬우므로 마음을 인의(仁義)의 영역에
확고하게 두겠다고 다짐한 말이다.

하지만 어쩐지 게으름을 즐기려는 뜻이 더 농후한 것만 같다. 기욕
에 민첩하지 않은 게으름이라면 괜찮지 않은가, 자기 변명을 하는 것

만 같다.

　머리가 쑥대 같아도 빗지 않는다고 한 말이 이미 저 죽림칠현의 한 사람인 혜강(嵇康)이 "나는 게을러서 머리에 빗질도 아니 한다"고 한 삶의 태도를 따르고 있다는 선언이기도 하다. 혜강은 친구인 산도(山濤)가 일찍이 자기의 관직을 대신하도록 그를 천거한 데 대하여 거절하는 서찰을 적어, 자신은 성질이 거칠고 게을러서 보름 혹은 한 달씩이나 머리와 얼굴을 씻지도 않고, 잠자리에서는 아주 늦게 일어나곤 하여 몸에는 이가 항상 득실거리며, 방종한 생활이 이미 오래되어 예법에 관한 일을 다스리기에 합당치 못하다고 했다.

5.

　정약용은 「천용자가(天慵子歌)」에서, 민간의 화가였던 장천용의 자유로운 삶을 희화적으로 그려보였다. 정약용은 현실 참여의 책무의식으로 일생 성실하게 학문을 하였지만, 때로는 해학과 페이소스로 이완의 시간을 갖기도 했다. 참된 책무의식을 지녔기에 근본주의의 원리에 구애되지 않는 자유로운 삶을 꿈꾸었는지도 모른다. 근본주의에 내맡기고 타율적으로 살아가는 것은 오히려 편할 것이다. 자유로운 의식은 근본주의를 벗어던질 때 가능하지 않겠는가.

　　天慵子(천용자) 字天慵(자천용) 千人競指爲癡蠢(천인경지위치준)
　　生來不用巾網首(생래불용건망수) 對面蓬髮愁鞏鬆(대면봉발수봉송)

酒不經脣直入肚(주불경순직입두) 不省酰酸與醲醴(불성첨산여리농)

稻沈麥仰斯無擇(도침맥앙사무택) 淸如猫晴濁如膿(청여묘정탁여농)

肩荷伽倻琴一尾(견하가야금일미) 左手一笛右一節(좌수일적우일공)

春風妙香三十六洞府(춘풍묘향삼십육동부) 秋月金剛一萬二千峯(추월금강 일만이천봉)

彈絲吹竹劃長嘯(탄사취죽획장소) 雲游霞宿無停蹤(운유하숙무정종)

山行朴嗍搜林覓睡虎(산행박삭수림멱수호) 水行砰匌礴石駭湫龍(수행팽굉 연석해추룡)

去時綿裘施行丐(거시면구시행개) 換着敗衣襤褸無完縫(환착패의남루무완봉)

歸來入室妻詈詈(귀래입실처고리) 嘑嘑叩地呌天摽其胸(박박고지규천표기흉)

天慵子(천용자) 黙不答(묵부답) 俛首摧眉順且恭(부수최미순차공)

道拾一拳怪石至(도습일권괴석지) 方且解橐摩弄如璜琮(방차해탁마롱여황종)

飢來走隣屋(기래주린옥) 乞飮新醅一二三四鍾(걸음신배일이삼사종)

酒酣發高唱(주감발고창) 激者中夷則徐者中林鍾(격자중이칙서자중임종)


천용자여 자를 천용이라 하는 사람

사람들은 다투어 그를 어리석다 손가락질

평생에 갓 망건 쓴 적 없어

마주보면 쑥대머리가 풀풀 날릴 듯

술은 입술도 축이지 않고 곧바로 꿀꺽

달건 시건 묽건 진하건 따지지 않네

쌀 술이건 보리 술이건 가리지 않고

고양이 눈 같은 청주, 고름 같은 탁주도 마다 않지

어깨에는 가야금 하나 둘러메고

왼손에는 피리, 바른손엔 지팡이

봄바람에 묘향산 서른여섯 골짝 유람하고

가을 달 아래 금강산 일만 이천 봉을 구경하여

가야금 뜯다 피리 불다 휘파람도 불고

구름 따라 노닐고 노을 아래 묵어 걸음을 쉬지 않으며

산길에선 비틀거리며 숲을 뒤져 잠자는 범 찾아내고

물길에선 꽝하고 바위 굴려 못의 용을 놀라게 했다네

갈 때 입은 무명옷은 거지에게 벗어주고

바꿔 입은 남루한 옷 성한 곳이 없구나

돌아와 방에 들어가니 아내는 욕을 하여

박박대고 땅을 치고 하늘에 호소하고 가슴을 두들겨도

천용자는 묵묵부답

고개 숙이고 눈썹 찌푸려 순순하고 공손하다

길에서 주먹만한 괴석 하나 주워 와

자루를 끌러선 옥돌인 양 어루만지다가는

배고프자 이웃집으로 달려가

갓 빚은 술을 한 종지 두 종지 세 종지 네 종지 얻어 마시고

얼큰 취하자 목청 높여 노래 부르나니

높은 음은 이칙에 맞고 느린 곡은 임종에 맞누나


기이한 삶을 살았던 장천용은 묵화도 기이한 광태를 드러냈다. 그 부분을 정약용은 자세하게 묘사했으나 여기서는 생략한다.

묘향산, 금강산을 마음껏 탐방하다가 집에 돌아와 아내의 꾸지람을 듣자, 순순하고 공손한 태도를 짓는 모습이 연상되어 우습기만 하다. 그 뿐 아니다. 길에서 주워온 괴석 하나를 대단한 보물이라도 되는 듯이 어루만진다. 당시 사대부들의 기호를, 귓구멍 눈구멍은 뚫려 있다고 어디서 보고 들어서는 흉내내는 것이니, 그 또한 우스꽝스럽다. 배고프면 이웃집으로 달려가 한 종지 얻어 마시고, 또 한 종지, 또 한

종지, 또 한 종지 얻어먹는 것인데. 그러다가 얼큰 취하게 되면 목청을 높여 노래 부른다. 그 노래는 그러나 범상한 노래가 아니다. 높고 낮은 음, 느리고 빠른 곡의 음률을 지키는 것이다. 천용자, 이 사람은 대체 누구인가?

분잡한 세상과 결별하고 기욕을 버리려는 게으름의 기획을 통해서 우리는, 서경덕이 말한 저 외물을 진정한 외물로서 대할 수 있는 정신의 자유를 얻을 수가 있지 않겠는가?

서경덕은 유동하는 자연에 이목을 활짝 열어 마음의 청진함을 획득하고자 했다. 「무제(無題)」라는 시이다. 사사로운 욕망을 잊고 사물과 나와 어우러질 때 마음의 평화를 얻을 수 있다는 그 기획은 나를 잊는 게으름의 한 결과일 수 있으리라는 생각이 든다.

眼垂簾箔耳關門(안수렴박이관문)
松籟溪聲亦做喧(송뢰계성역주훤)
到得忘吾能物物(도득망오능물물)
靈臺隨處自淸溫(영대수처자청온)


눈앞에 발을 치고 귀엔 문 닫았거늘
솔숲 소리 시내 울음 여전히 시끄럽다
나를 잊고 물(物)을 물(物)로 대하매
영대[마음]는 어디고 절로 맑고 따스해라


이즈음 하는 일이 도무지 시들한 것은 한껏 게으르지 못하기 때문이다. 연휴 끝에 연재물의 글을 쓰는 일은 더욱 천진함을 손상 입히는 일인 것만 같다.

게으름에 과감하지 못한 사람들을 애처로워하면서 이 글을 맺는다.

227

# [참 고]

김창흡(金昌翕), 「갈역잡영(葛驛雜詠)」, 『삼연집(三淵集)』 권14 시, 한국문집
　　총간 165-166, 1996.

전재(錢宰), 무제 시, 이수광(李睟光), 『지봉유설(芝峯類說)』 권12 문장부(文
　　章部) 5 명시(明詩), 경인문화사, 영인, 1970.

장유(張維), 「만필자서(漫筆自敍)」, 『계곡집(谿谷集)』 권7 서(序), 한국문집
　　총간 92, 1988.

도연명(陶淵明), 「오류선생전(五柳先生傳)」, 『진서(晉書)』 권94 도연명전(陶
　　淵明傳), 北京: 中華書局, 1993.

두보(杜甫), 「만성(漫成)」, 구조오(仇兆鰲) 주, 『두시상주(杜詩詳註)』 권10,
　　北京: 中華書局, 1979.

이규보(李奎報), 「용풍(慵諷)」, 『동국이상국전집(東國李相國全集)』 권20 잡저
　　(雜著) 운어(韻語), 한국문집총간 1-2, 1988. ; 『동문선』 권107, 한국
　　고전번역원 영인 1998.

정약용(丁若鏞), 「천용자가(天慵子歌)」 『여유당전서(與猶堂全書)』 제1집 시
　　문집(詩文集) 권3 시, 한국문집총간 281-286, 2002.

서경덕(徐敬德), 「무제(無題)」, 『화담집(花潭集)』 권1 시, 한국문집총간 24,
　　1988.

# 제목 없음, 무제(無題)

## 1.

이 글은 제목이 없다. 제목을 정하고 글을 쓰려 했으나, 막상 글을 쓰려고 하니 쓸 거리가 너무 많고 서로 뒤얽혀서 특별히 제목을 달지 못했다. 한동안 놓아 두었다가 매미 소리가 하도 시끄럽기에 매미에 대해 써볼까 했다. 하지만 이미 『한시의 세계』에서 영물시를 말하면서 매미에 관한 시들은 일람한 적이 있으므로 중복될 것 같아, 그만두기로 했다. 마감 일이 지났으므로 무언가 써야 하겠다고 책상 앞에 앉았으나, 이번에는 무엇을 써야 할지 막막하다. 그래서 어떤 주제도 찾지 못했고, 그 때문에 제목을 붙일 수가 없다. 그래서 이 글은 제목이 없다.

서양화나 조각의 전시회에 가보면 유달리 무제가 많다. 소재나 주제가 너무 많아 제목을 달지 않은 것일까, 마땅한 제목이 떠오르지 않아 제목을 달지 않은 것일까? 무제라는 제목으로 전시된 서양화나 조각을 보면 대개 무어라 말로 표현할 수 없는 형태와 질감을 지니고 있다. 어릴 적에는 그런 전시물을 보면서 나도 이런 건 그릴 수 있어, 나도 이런 식으로 만들 수 있어, 생각하기도 했다. 하지만 동시에, 어떤 것으로도 유비(類比)할 수가 없는 그 그림과 조각은 어떤 제목으로 개념화할 수 없는 하나의 예술품임에는 틀림없다고 결론을 내리고는 했다.

한시는 제목을 알면 시의 내용을 반 이상 알 수 있다고 한다. 하지만 한시에도 제목이 없다는 뜻의 무제라는 이름이 붙어 있거나 제목이라고 할 수도 없는 이름이 달린 작품들이 많다. 그 가운데는 후대 사람이 문집이나 선집을 정리하면서 본래의 제목을 잃어버려 제목이 없다고 한 것도 있다.

돈황에서 발견된 당나라 시인 왕범지(王梵志)의 「무제시(無題詩)」는 애당초 제목이 없어서 후대 사람이 정리하면서 '무제'를 제목으로 삼은 듯하다. 왕범지의 시는 당나라와 송나라 때 크게 유행했으나, 중간에 전하지 않다가, 20세기 초 페리오가 돈황 천불동의 문서들을 수거했을 때 그 속에 들어 있던 것이 세상에 알려지게 되었다. 왕범지의 무제시는 흡사 임제가 짝짝이 신발을 신고도 태연해 했던 것을 연상시킨다.

梵志飜着襪(범지번착말)
人皆道足錯(인개도족착)
乍可刺你眼(사가자니안)
不可隱我脚(불가은아각)


버선을 뒤집어 신으니
잘못 신었다고 야단들이군
잠깐 그대 눈에 거슬릴지 몰라도
내 발을 가려주지야 못하겠나

남의 시선을 의식하지 않는 넉넉한 심경을 담아낸 시다.

돈황 문서들은 두루마리 형태로 전했고, 겉장의 부분이 떨어져 나가 있었기 때문에 문서의 제목을 알 수 없는 것들이 많았다. 아니면 왕범지의 시는 다른 기록 속에 나오는 것인지 모른다. 마치 같은 돈황에서 발견된 혜초의 『왕오천축국전』 속에 다섯 수의 시가 삽입되어 있고, 그것들은 모두 제목을 갖고 있지 않았듯이 말이다.

그런데 다른 사람들이 시의 주제나 내용에 주목하면서 본래 시가 창작된 배경과 관련되어 있던 제목이 전하지 않게 된 예도 있다.

김시습은 자신에게 젊은 시절 불교를 가르쳐 준 설준 스님에게 뒷날 20수의 연작시를 증정했는데, 그 가운데 몇몇 수가 제목이 전하지 않은 상태로 시선집에 전한다. 즉 「준상인에게 올린 시(贈峻上人)」 20수 가운데 제8수는 허균(許筠)이 엮은 『국조시산』에 '무제'로 실렸다.

終日芒鞋信脚行(종일망혜신각행)
一山行盡一山靑(일산행진일산청)
心非有想奚形役(심비유상해형역)
道本無名豈假成(도본무명기가성)
宿露未晞山鳥語(숙로미희산조어)
春風不盡野花明(춘풍부진야화명)
短筇歸去千峯靜(단공귀거천봉정)
翠壁亂烟生晩晴(취벽난연생만청)


종일 짚신 신고 발길 가는 대로 가니
산 하나 지나면 또 한 산이 푸르다
마음이 집착 없으니 어찌 육체에게 부림당하랴
도는 본래 이름 지을 수 없거늘 어찌 빌려 이루랴

밤이슬 마르기 전에 산새들 지저귀고
봄바람 끝없는 속에 들꽃이 환하다
단장 짚고 돌아가매 일천 묏부리 고요하고
푸른 벼랑에선 개인 하늘에 저녁 안개가 어지러이 일어나네

칠언율시이되 평성 청운(靑韻)의 청(靑)자와 경운(庚韻)의 행(行)·성(成)·명(明)·청(晴) 자를 통압(通押)했다. 자유롭게 써내려 간 것이다.

셋째 구에 나오는 '심비유상(心非有想)'은 불가의 말로, 복잡한 생각을 떨어내어 지니지 않는다는 뜻이다. 넷째 구에 나오는 '도본무명(道本無名)'은 도가에서 천지 생성 이전의 우주 자연을 무명이라 한 데서 끌어왔다. '어찌 빌려 이루랴'란 말은, 본래 자기 것이 아닌데 빌려와 오래 지니게 되면 마치 자기 것인 듯이 여기게 되지만 결코 그것은 자기 것일 수가 없다는 뜻이다.

세 번째, 네 번째 구는 시인 자신의 천진스러움과 자연의 무작위성을 개념어를 가지고 말하였다. 그런데 "밤이슬 마르기 전에 산새들 지저귀고, 봄바람 끝없는 속에 들꽃이 환하다"라는 묘사를 통해서 개념은 개념의 무게를 벗게 된다. 번뇌와 욕심을 벗어난 진여를 이 묘사에 실었기에, 허균은 이 시가 진여를 깨달은 경지[悟入眞如]를 잘 드러냈다고 평가했다.

이렇게 좋은 시라서, 어느 한 인물에게 바친 시라고 한정하기보다 개방된 의미를 지닌 시로서 감상되었던 듯하다. 『동문선』에 추가된 『속 동문선』에서도 이 시편은 준상인에게 올린 20수의 또 다른 두 수와 함께 역시 '무제'로 되어 있다. 어느 누구에게 바쳤다는 창작동기를 모른다고 해도 시편 자체가 의미의 완결성을 지니기 때문에 연작시 가운데 몇몇 시편은 독립되어 입에서 입으로 전했을 것이다.

가만히 보면 '무제'라는 제목 아닌 제목이 붙은 경우는 매우 다양하

다. 여기서는 시인 자신이 의도적으로 제목을 붙이지 못한 예들을 살펴보고자 한다. 그들이 무제라는 제목 아닌 제목을 붙일 때의 심경은 나와 같았으리라 여겨져서다.

2.

즉흥시를 '무제'라고 한 예도 많다.

고려 말의 문신으로서 문학에 뛰어났던 한수(韓脩, 1333-1384)는 즉흥시의 의미로 「무제」 2수를 남겼다. 그는 공민왕 정권에서 신돈과 대립해서 정치적으로 핍박을 받았고, 신돈의 사후에 정권을 잡아 우왕이 즉위한 이후에도 권력을 행사했다. 하지만 공민왕을 시해한 한안(韓安)의 친척이라는 이유로 유배되기도 했다. 이러한 정치적 부침은 자연히 문학적으로는 정치로부터의 일탈을 꿈꾸게 만들었을 것이다.

水流有本何時盡(수류유본하시진)
雲出無心旣雨歸(운출무심기우귀)
漢上平生行樂處(한상평생행락처)
復携童冠着春衣(부휴동관착춘의)

흐르는 물 근원 있거니 어느 때 다하랴
구름은 무심하여 비 온 뒤 돌아가네
한강 가 평소 행락하던 곳으로

233

다시 아동과 어른 서넛 이끌고 봄옷 입고 가노라


浩蕩白鷗千萬里(호탕백구천만리)
斯須蒼狗古今雲(사수창구고금운)
何妨卽墨不求譽(하방즉묵불구예)
無復張湯巧舞文(무부장탕교무문)


호탕한 흰 갈매기는 천만 리를 날고
잠깐 동안 푸른 개는 고금의 구름이 지은 모습
즉묵처럼 칭송을 구하지 않은들 무어 어떠랴
다시는 법조문 농간하는 장탕이 되진 않으련다


한수는 증점이 봄 날 가벼운 옷을 입고서 관 쓴 어른들과 동자들과
함께 기우제 지내는 터에 가서 바람이나 쐬고 싶다고 했던 기상을 닮
고자 했다. 두보는 구름을 소재로 시를 지으면서 세태를 풍자해서 '잠
깐 동안에 푸른 개 모양으로 변화한다'고 했고, 흰 물새를 소재로 지
으면서 선비의 절조를 노래하여

　　白鷗沒浩蕩(백구몰호탕) 萬里誰能馴(만리수능순)

흰 물새가 호탕한 하늘로 사라지니
만 리 나는 저 기세를 누가 길들이랴

라고 했다. 한수는 자신도 흰 물새처럼 세속을 멀리 떠나겠다고 말한
것이다.

한수는 또 즉묵의 대부가 그랬듯 자신도 명예를 구하려 하지 않겠으며, 무문농법(舞文弄法)했던 장탕처럼 왕의 의중을 헤아리는 도필리(刀筆吏)로 살아가지는 않겠다고 다짐했다. 전국시대 때 제나라 위왕(威王)은 즉묵의 대부를 비방하는 글이 날마다 이르러 오자 사람을 시켜 가서 보게 했는데, 그의 치적은 대단히 훌륭했다. 위왕은 즉묵의 대부가 왕의 측근에게 뇌물을 쓰지 않아서 그런 비방이 올라왔음을 알고, 즉묵 대부를 불러 표창했다. 한편 한나라 무제 때의 혹리인 장탕(張湯)은 법조문을 교묘하게 환롱하여 형벌을 가혹하게 다스렸다.

조선 인조 때 학자 장현광(張顯光, 1554-1637)의 「무제」도 역시 칠언절구로, 자신의 정신경계를 드러낸 시이다.


乾坤爲屋日星牕(건곤위옥일성창)
五嶽其牀四瀆缸(오악기상사독항)
中間大醉一男子(중간대취일남자)
欲寫醒懷用巨杠(욕사성회용거강)


건곤천지를 집으로 삼고 해와 별을 창문으로 삼으며
다섯 산악을 평상으로 삼고 네 강을 항아리로 삼아
중간에 크게 취한 한 남자
독성(獨醒)의 정신을 쏟아내려고 큰 붓을 잡노라


원문의 성회(醒懷)는 독성의 정신, 즉 홀로 깨어 있는 정신을 말한다. 온 세상이 모두 술에 취해 있지만 홀로 깨어 있을 수밖에 없다고 「어부가」에서 굴원이 말했던 의지를 이은 것이다.

장현광은 호가 여헌(旅軒)으로, 조선 후기의 영남에 여헌학파를 성립시킨 학자다. 23세 때인 1576년(선조 9) 각 도의 관찰사가 경명행수

(經明行修)의 선비로 뽑혀 벼슬에 천거되었다. 그 뒤 여러 차례 높은 벼슬이 내렸는데, 고사하거나 잠깐 벼슬에 나가거나 하기를 반복했다. 1623년 인조반정 후 여러 번 왕의 극진한 부름을 받았고, 높은 벼슬에 제수되었으나 번번이 사양했다. 만년에 경상도 영천 입암으로 들어가 은둔했다. 시조 작가로 유명한 박인로는 그에게서 학문을 배웠다.

장현광의 이 시에는 현실세계에 대한 우환의식을 지닌 처사의 기상이 잘 나타나 있다. 처사들은 '세간의 대우를 받느냐 안 받느냐' 하는 문제로부터 초연했다.

즉흥시 가운데는 응구첩대의 과정에서 이루어진 것도 있다. 응구첩대는 상대방이 운자나 시어를 불러주면 운서도 찾아보지 않고 즉석에서 그 운자나 시어를 이용해서 시를 짓는 일을 말한다. 이덕무(李德懋, 1741-1793)가 외사촌 동생 박상홍(朴相洪)이 운자를 불러주자 즉석에서 지은 「무제」는 그 한 예다.

憔悴豈全陋(초췌기전루) 繁華不獨高(번화불독고)
力非扛鼎羽(역비강정우) 才愧脫穎毛(재괴탈영모)
坐料人間事(좌료인간사) 笑他着處勞(소타착처로)
河南詩一首(하남시일수) 襟抱儘雄豪(금포진웅호)


초췌하다 하여 어찌 전적으로 누추하랴
번화하다 하여 홀로 높은 것만 아니라네
세발 솥을 들었던 항우의 힘도 없고
송곳 끝 삐져나온 모수(毛遂)에게 부끄럽다
앉아서 세상일을 돌이켜보며
가는 곳마다 애만 쓴 일 웃어나 본다
하남의 시 한 수야말로

회포가 진실로 웅혼하구나

여덟 척 신장의 항우는 구주(九州)의 쇠를 모아 만든 세발 솥을 들 정도로 힘이 세었다고 한다. 또 전국시대 조(趙)나라 평원군의 식객이 었던 모수는 스스로를 천거해서 초나라와의 협약을 성사시켰다. 이덕 무는 자기 자신에게는 항우의 근력도 모수의 지모도 없다고 탄식했다. 그렇기에 지난 날 가는 곳마다 용쓰기만 한 것을 자조했다. 하지만 북 송 때 하남 사람이었던 정호(程顥)를 닮아 마음가짐만은 웅혼하게 하 련다고 다짐했다. 정호는 「가을날 우연히 이루다(秋日偶成)」라는 시에 서,

富貴不淫貧賤樂(부귀불음빈천락) 男兒到此方豪雄(남아도차방호웅)

부귀하여도 정도를 벗어나지 않고 빈천하여도 즐기니
남아가 이 경지에 이르러야 바야흐로 호웅일세

라고 포부를 말한 바 있다.

신채호(申采浩, 1880-1936)가 1924년 상해에서 쓴 「무제」도 즉흥시 이다. 이 시에는 짧은 서문이 붙어 있어서 창작 동기를 알 수 있다. "갑자년(1924년) 5월 단오의 새벽에 일어나 부처님께 절하고 우연히 지난날 갑인년(1914년) 이 달 이 날 환인현에서 이탁과 윤세용 등 여 러 분과 함께 옛날 송나라 사람의 운자를 따서 같이 시 한 수씩 지었 던 일이 생각난다. 이제 회고해 보니 어느덧 십 년이라 창연한 생각에 다시 그 운자를 달아 이 시를 쓴다."

睡起朦朧不肯開(수첩몽롱불긍개) 淸晨强起拜如來(청신강기배여래)

子胥身世餘行乞(자서신세여행걸)　天亮風流廢擧盃(천량풍류폐거배)
白璧三朝終不遇(백벽삼조종불우)　黃河一去幾時回(황하일거기시회)
故園香草堪爲餠(고원향초감위병)　回憶斑衣膝下部(회억반의슬하부)

잠결이라 몽롱하여 눈뜨기 싫었지만
새벽에 억지로 일어나 여래에게 예배한다
오자서 신세로 구걸을 하고
풍류남아다만 술잔을 멈추었다
박옥을 바쳐도 세 왕이나 알아주지 않았지
황하가 한번 가면 어느 때나 돌아오랴
고향에선 쑥으로 떡을 빚으리니
색동옷 입고 양친 모시던 때가 그리워라

오자서는 자기 부친과 형의 원수를 갚기 위해 오나라의 힘을 빌려
조국 초나라로 침공해서 초나라 평왕의 무덤을 파서 그 시신을 채찍질
했던 인물이다. 초나라를 탈출하여 오나라로 향할 때 구걸 행각을 했
다. 신채호는 오자서와 같은 원한을 품고 상해 임정에서 활동하다가
실망하고 불교에 귀의하고 아나키스트로 기울었다.

3.

일본의 왕조시대에는 제영(題詠) 가운데 주로 영물이 아닌 작품을

무제라고 했다고 한다. 아예 『본조무제시(本朝無題詩)』라는 시집까지 나왔다. 우리나라의 고전문학에는 무제의 시만 묶은 시집은 남아 있지 않다. 하지만 신라나 고려 때 그런 시집이 없었으리라고 단정할 수는 없다. 일본에서 영물시가 아닌 제영들을 무제라고 한 것은 당시(唐詩)의 영향을 받은 결과라고 생각된다.

당나라 시인 가운데 '무제'라는 제목을 붙여 하나의 양식을 만든 인물이 이상은(李商隱, 812-858)이다. 그는 자(字)가 의산(義山)인데, 사회현실에 대한 견해를 적은 시도 남겼지만, 애정을 노래한 시에서 특히 일가를 이루었다. 그는 「무제」라는 제목으로 연애의 여러 양상을 취급했다.

相見時難別亦難(상견시난별역난) 東風無力百花殘(동풍무력백화잔)
春蠶到死絲方盡(춘잠도사사방진) 蠟炬成灰淚始乾(납거성회루시한)
曉鏡但愁雲鬢改(효경단수운빈개) 夜吟應覺月光寒(야음응각월광한)
蓬山此去無多路(봉산차거무다로) 靑鳥殷勤爲探看(청조은근위탐간)


만날 때도 어렵더니 이별 역시 어렵군요
동풍이 힘이 없자 꽃들이 시들었습니다
봄누에는 죽음에 이르러서야 실이 다하고
납촉은 재가 되어서야 눈물이 마른다지요
새벽 거울에 비추면 수심으로 귀밑 살짝 희었고
한밤에 읊조리노라면 달빛 차가움을 깨닫겠지요
봉래산은 여기서 그리 멀지 않으리니
파랑새야 날 위해 은근히 알아봐다오


실 絲(사)와 생각 思(사)는 해음(諧音)의 관계다. 봄누에는 죽음에 이르러서야 실이 다한다는 말은 나의 그리움은 죽도록 끝이 없으리라는 뜻으로, 지독한 사랑의 감정을 말한 것이다. 죽음에 임하도록 실을 뽑어내는 누에. 다 탈 때까지 눈물을 흘려 그치지 않는 납촉. 이 두 가지로 표현되는 면면한 그리움. 이것은 그의 많은 '무제' 시 속에서 여러 가지로 변형되어 노래되었다.

이 시를 두고, 작자와 궁녀 송씨와의 이룰 수 없는 사랑을 노래했다거나 당시의 정쟁 속에서 거취를 정하지 못한 심경을 표현했다고 풀이하기도 한다. 하지만 표면적으로는 분명히 남녀 애정의 심리적 음영을 그려 보였다. 오가와 다마키 선생은 『당시개설』에서, 이 시가 별도의 우의를 깊숙이 지니고 있다기보다는 오히려 정치적 환경이 그의 마음을 압박하는 배후의 힘으로 작용했다고 보아야 한다고 풀이했다. 그리고 또 이상은의 「무제」에 나타난 연애는 1930년경 중국에서 신시 운동을 전개한 신월파의 경우와 비슷하여, 대부분은 가공의 연애로, 어떤 특정한 사람에 대한 감정을 표출한 것이 아니라고 보았다.

고려 말의 이제현(李齊賢, 1287-1367)은 「무제」에서 항아의 처지를 노래하면서 여성의 심리를 담아냈는데, 이 또한 가공의 여성을 등장시켜 여성 심리를 노래한 이상은의 시를 모델로 삼은 것이다.

> 靑天碧海夜漫漫(청천벽해야만만)
> 愁殺姮娥桂樹間(수쇄항아계수간)
> 白兎長年空搗藥(백토장년공도약)
> 一廻圓缺減朱顔(일회원결감주안)
>
> 푸른 하늘 검푸른 바다 밤이 깊어만 가서
> 시름겨우리라 계수나무 아래 항아여
> 흰 토끼는 오랜 세월 부질없이 약을 찧다니

둥근 달 이지러지면 홍안이 감쇄하는 것을

이상은(李商隱)의 또 다른 「무제」에

豈知一夜秦樓客(기지일야진루객) 偸看吳王苑內花(투간오왕원내화)

어찌 알았으랴 하룻밤에 진루 나그네
오왕 동산의 꽃을 훔쳐 볼 줄을

이라 했다. '진루의 나그네'란 진(秦)나라 목공 때 퉁소를 잘 불던 소
사(蕭史)다. 그는 목공의 딸 농옥과 결혼하여 봉루에서 살다가 뒤에 함
께 봉황을 타고 신선이 되었다고 한다. 또 오왕 동산의 꽃은 귀족의
딸이나 희첩을 의미한다.
　　조선 중기의 이항복(李恒福, 1556-1618)은 「무제」에서 이상은의 이
시적 이미지들을 차용했다.

銀漢西傾碧月斜(은한서경벽월사)
靑燈寂寂撲飛蛾(청등적적박비아)
秦樓客子今頭白(진루객자금두백)
不分吳王內苑花(불분오왕내원화)

은하수 서쪽으로 기울고 흰 달 비낀 때
적적한 푸른 등불에 나방이 부딪히네
진루의 나그네는 이제 머리 희어서
오왕 동산의 꽃을 분수로 여기지 않노라

다만 이 시는 늙음을 탄식하는 속에, 권력의 무상함을 한탄하는 뜻을 가탁한 듯하다.

이상은의 「무제」에서 시작된 시 양식은 여성 심리나 섹슈얼한 분위기를 묘사하는 양식으로서 널리 이용되었다. 그 사실은 신흠(申欽, 1566-1628)이 「무제 체를 본떠 짓다(效無題體)」의 제목을 사용한 데서 잘 알 수가 있다. 신흠은 악부시를 비롯한 당시의 한, 위, 육조, 당의 여러 시 양식을 모방하면서 자기만의 시 세계를 구축하려고 노력한 시인이다. 신흠의 「무제 체를 본떠 짓다」는 모두 세 수로, 1594년 가을에 요동의 객관에서 무료함을 달래려고 지었다. 그 첫수만 보면 이러하다.

寶鴨香煙罨繡帷(보압향연엄수유) 月明孤館候鍾遲(월명고관후종지)
離鸞別鶴空幽怨(이란별학공유원) 暮雨朝雲只遠思(모우조운지원사)
試劈芳牋裁去信(시벽방전재거신) 漫從靈鵲占前期(만종령작점전기)
揚州一夢誰先覺(양주일몽수선각) 却羡南塘並蔕枝(각선남당병체지)


보압(향로)에서 피어나는 향연이 비단 휘장 감도는데
달 밝은 외론 객관에 후종 소리 더디다.
떠난 난새와 작별한 학에게 속절없이 원한 품고
저녁 비 아침 구름의 그리움만 멀기만 하다.
고운 종이 잘라서 서신 만들어 보내고
신령한 까치 통하여 돌아갈 날 점쳐본다.
양주의 한마당 꿈을 누가 먼저 깨어나랴
남쪽 못 가 꽃받침 한데 붙은 꽃가지가 부러워라.


조운모우는 전국시대 초나라 송옥(宋玉)의 「고당부(高唐賦)」에 나온 말로 초나라 회왕이 고당에서 신녀와 운우지정을 나눈 고사에서 나온

말로, 규중의 부인을 그리워하여 인용한 것이다. 한편 양주의 꿈이란 당나라 시인 두목(杜牧)이 양주의 지방관으로 나갔을 때 창루에 드나들며 풍류를 즐기다가 낙양으로 돌아와 지난 일을 회상하며 꿈처럼 화려했다고 말했다는 데서 나온 말로, 지난날의 화려한 생활이 그립다고 말한 것이다. 하지만 그 꿈만을 꿀 수는 없는 일이고 보니, 남쪽 연못가의 꽃받침 한데 붙은 꽃가지처럼 부부나 남녀가 함께 있는 사람들이 부럽다고 했다.

신흠이 이 시를 지을 무렵인 선조 말년, 광해군 초에는 여성 정감의 시가 크게 유행했다. 앞서 든 이항복의 '무제'도 이때 나왔다. 허균과 허난설헌에게 시를 가르쳐 주었던 이달은 당시를 혹애해서 그 나름의 경지를 열었다. 중국의 전겸익이 편찬한 『열조시집』에 수록된 그의 여러 시 가운데도 「무제」가 있다. 파경(破鏡) 뒤의 여성 심리를 중첩해서 제시했다.


瑤絃纖縷合懽床(요현섬루합환상)　暖壓紅錢小洞房(난압홍전소동방)
夢覺秦樓分翡翠(몽교진루분비취)　日沈湘浦斷鴛鴦(일침상포단원앙)
粎鈿寶月明珠綴(여전보월명주철)　腰帶盤雲瑞錦囊(요대반운서금낭)
十二斜行金鴈柱(십이사항금안주)　碧紗如霧掩秋香(벽사여무엄추향)


구슬 줄 늘어진 합환의 침상
따스함이 붉은 돈에 가득한 작은 통방
진루에서 꿈 깨자 비취는 쪼개졌고
상강에 해 지자 원앙새 오지 않네
비녀엔 달빛 밝아 진주구슬 반짝이고
허리띠엔 구름 서려 비단주머니 상서롭네
기러기발 열두 개는 비스듬히 놓였는데

푸른 깁은 안개 같아 가을 향기 어려 있네


　진루에서 꿈이 깬다는 말은 이상은의 「무제」에 나온 소사의 고사를 거꾸로 이용한 것이다. 상강에 해졌다는 말은 순임금의 두 비가 순임금이 죽은 후 상강에 빠져죽어 상비가 되었다는 고사를 끌어왔다. 두 구절은 파경이나 이별의 슬픔을 말하기 위해 고사를 활용한 예이다.

　허균(許筠, 1569~1618)도 29세 이전에 같은 경향의 '무제' 시를 남겼다. 곧, 허균은 칠언절구로 다섯 수의 연작 '무제'를 짓고, 29세, 혹은 30세 무렵에 칠언절구 한 수의 '무제'를 별도로 지었다.

　허균이 지은 다섯 수의 연작시 가운데 첫 수는 이러하다.


芳草凄凄人未歸(방초처처인미귀)
羅幃瘦盡雪膚肌(나위수진설부기)
梨花月黑三更雨(이화월흑삼경우)
唱斷陽關燭漸微(창단양관촉점미)


방초는 우거져도 왕손은 오질 않아
비단 휘장의 하얀 미인 야위어 가네
검은 달 아래 흰 배꽃에 삼경 비는 내리고
양관곡 끝난 후 촛불만 가물대네


　독수공방의 고독한 심리를 추리하여 묘사해낸 시이다.

　한편 허균은 별도의 「무제」에서 기방의 풍정을 그려내어, 섹슈얼한 분위기를 연출해냈다.


一樹垂楊接粉墻(일수수양접분장)

夜深攀過入西廂(야심반과입서상)

移燈侍女紅欄外(이등시녀홍란외)

小語低聲喚玉郎(소어저성환옥랑)


한 그루 수양버들이 꽃담에 이어져

한밤에 붙잡고는 사랑채로 넘어든다

몸종이 등불을 붉은 난간 밖으로 옮긴 뒤

소리 죽여 작은 소리로 옥랑을 부르네


허균과 절친했던 문인 권필(權韠, 1569-1612)도 칠언절구의 「무제」를 남겨, 궁궐의 버림받은 여성을 표면적인 소재로 삼았다.


宮中氣候風兼雨(궁중기후풍겸우)

妾似盈盈枝上花(첩사영영지상화)

昨日被催今被妬(작일피최금피투)

可憐零落委泥沙(가련영락위니사)


궁중 기후는 바람에 비

첩은 흐드러진 가지의 꽃

어제는 피라고 재촉하더니 오늘은 질투를 입어

가련해라 떨어져 진흙탕에 버려지다니


이 시는 여성 심리를 그려내거나 섹슈얼한 분위기를 만들어내는 데 그치지 않고, 권력에서 소외되어 낙탁(落魄)한 사람들을 애도하는 듯도 하다.

4.


중국의 한시에서 제목에 의식적으로 무제라고 붙이고, 그것도 연작의 시를 지은 것은 전기(錢起, 727-780?)의 「강행무제(江行無題)」에서 시작되었다.

전기는 당나라 대력 연간의 이른바 대력 십재자(十才子) 가운데 한 사람이다. 그 열 사람은 오언·칠언의 율시와 절구에 뛰어나 하나의 집단을 이루었다. 그 열 재자 가운데 가장 선배였다고 할 사람이 전기로, 그는 천보 10년(751)의 진사다. 왕유와 교유가 있었고, 왕유의 벗으로서 알려진 배적(裴迪)과도 교유했다. 그는 오언절구를 1백 수나 연작한 「강행무제」를 남겼는데, 연작에 대해 '무제'라는 이름을 붙인 예는 종전에는 없었던 일이다. 단, 이 1백 수는 전기가 아니라 그의 손자 전후(錢珝)가 지은 것이라는 설이 있다.

1764년 제11차 통신사행의 종사관으로 일본에 갔던 원중거(元重擧, 1719-1790)가 쓰시마의 사스마우라에서 「강행무제」의 시로부터 두 수를 골라 차운했다. 「좌수포(佐須浦)에서 전중문(錢仲文)의 강행무제(江行無題)를 차운하여 두 수를 차운하여 지음(佐須浦次錢仲文江行無題鈔二首)」이라는 제목이다.


　　　　雨徵看夕鳥(우징간석조)
　　　　風候占宵雲(풍후점소운)
　　　　餘外虔齋沐(여외건재목)
　　　　祈靈太一君(기령태일군)

비의 징조는 저녁 새를 보아 알고
바람 기후는 밤 구름을 점쳐 짐작한다
그밖의 일들은 목욕재계하고
태일군의 신령에 기도하누나


茆室穹如斧(묘실궁여부)
當潮啓竹門(당조계죽문)
生竝蛟蜃窟(생병교신굴)
不識有乾坤(불식유건곤)


초가집은 안이 둥글어 도끼 날 모양
밀물이 이르면 대나무 문을 열어 놓네
교룡과 조개의 굴에서 어울려 살며
천지가 있음을 알지 못하네


단형의 오언절구로 풍물을 묘사했다.

중국이나 우리나라에서는 많은 시인들이 여행지에서 「강행무제」의 형태로 연작시를 지었다. 다만 '강행무제'의 제목은 어떤 곳에서는 '강행백절(江行百絶)'로도 알려졌다. 양쯔강을 가면서 지은 백 수의 절구라는 뜻이다. 조선 후기의 중인 출신 시인 조수삼(趙秀三)은 1822년 3월부터 10월까지 2백여 일 동안 관북을 여행하고 이듬해 평안도 신안(정주)에 있으면서 관북 여행의 견문을 「북행백절(北行百絶)」로 엮었다. 전기(錢起)가 여행지에서 보고 들은 바와 느낀 바를 절구 1백 수로 지은 것을 본받되, 기쁘고 슬프고 놀랍고 혹은 우스운 일, 욕하고 통곡하고 눈물겹고 탄식할 만한 사실들을 소재로 삼았다. 그 시에 대해서는 내가 『한시기행』(이가서, 2005)에서 소개했으므로 여기서는 할애한다.

한편, 조선 전기에 서거정 등이 왕명으로 편찬한 『동문선』에 보면, 조선 전기 무명씨가 지은 오언고시의 '무제'가 있다. 오언고시만 모아둔 권에서 이 시는 강회백(姜淮伯)의 「유감(有感)」 다음에 위치하고 유사눌(柳思訥)의 「한중질 문학 죽소 제하다(題韓仲質文學竹所)」 앞에 위치한다. 이것을 보면 그 무명씨의 생몰년을 편찬자들은 대개 알고 있었던 듯하다. 그런데도 그의 이름을 밝히지 않고 무명씨로 처리했다. 그 무명씨의 제목 없는 오언고시는 이러하다.

重陽好時節(중양호시절) 山水江南絶(산수강남절)
萬里無纖雲(만리무섬운) 扁舟弄明月(편주농명월)
行尋群玉峯(행심군옥봉) 偶入蘆花雪(우입로화설)
夜深欲歸歟(야심욕귀여) 棹歌悲復咽(도가비부인)

중양은 좋은 시절
산수는 강남이 절경
만 리에 구름 한 점 없고
작은 배로 밝은 달을 희롱하며
군옥봉을 찾았다가
갈대 꽃 눈 속으로도 들어갔다
밤 깊어 돌아가려 하니
배따라기 노래 구슬퍼 목이 메네

이 시가 무명씨의 '무제'로 선집에 수록된 것은 정치적 이유가 아니고 다른 이유가 있을까? 궁금하다.

정치적인 목적성을 지닌 제목 없는 시들 가운데는 지식인의 저항의
식을 담은 것들이 적지 않다. 신라 진성여왕 때 대야주(합천)에 살던
은자 왕거인(王巨仁)이 지은 「분원시(憤怨詩)」도 본래 제목이 없었을
터인데, 역사서에 수록되면서 그런 제목이 부가되었을 가능성이 있다.
한명회(韓明澮)의 압구정에 쓴 최경지(崔敬止)의 신랄한 시가 그렇고,
1482년에 성균관 직방(直房) 벽에 성균관 교수들을 비방하기 위해 학
생들이 붙인 벽서시의 희작시도 그렇다.

『춘향전』에는 이도령이 남원부사 변학도의 생일잔치에 참여하여 시
를 쓰는 내용이 나온다. 시의 제목이 없기 때문에 '무제'시라고 할 수
있다.

> 金樽美酒千人血(금준미주천인혈)
> 玉盤佳肴萬姓膏(옥반가효만성고)
> 燭淚落時民淚落(촉루낙시민루락)
> 歌聲高處怨聲高(가성고처원성고)

> 금 술동이 속의 미주는 일천 사람의 피
> 옥 쟁반의 맛난 음식은 일만 백성의 기름
> 납촉 눈물 떨어질 때 백성 눈물도 떨어지고
> 환희 소리 높은 곳에 백성 원성 높도다

실은 이것은 『춘향전』의 작가 혹은 작가군이 창작한 것은 아니다.
본래 명나라 구준(丘濬)이라는 학자가 지은 희곡 『오륜전비기(五倫全
備記)』 제6단에 정장시(定場詩)로 삽입되어 있는 시의 함련과 경련이 7
언 4행으로 이용된 것이다. 이 시를 두고 광해군 때 현실을 풍자한 명
나라 사람의 작이라느니, 남원부사를 지낸 성이성의 작이라느니 하는

말이 있으나, 모두 부회에 불과하다. 『오륜전비기』는 이미 중종 연간 때도 두루 읽혔고 조선 후기에는 사역원의 한학 교재로 더욱 많이 읽혔으니, 그 정장시가 널리 회자되다가 『춘향전』 속에 삽입된 것이라고 보아야 한다. 하지만 『춘향전』에 그 시구가 차용된 것은 어사출도 대목을 장식하는 데 그치지 않고 탐관 혹은 지배계층에 대한 민중의 저항의식을 대변한 것으로서 큰 의미를 지닌다. 차용이지만 절묘한 차용이라고 할 수 있다.


5.


한시의 '무제'는 반드시 즉흥의 작만은 아니다. 여성 정감을 나타내는 특수한 양식을 '무제'라 하고, 지방의 풍물을 적는 연작의 단형시들도 '무제'라 한다. 또한 물론 '무제'의 즉흥시도 상당히 많다. 하지만 그러한 즉흥시도 결코 무료함을 잊기 위해 끼적인 작품들이 아니다. 오히려 치열한 의식을 담아낸 것들이다. 더구나 현실비판의 의도를 지닌 시로서 널리 회자된 시들은 '제목 없이' 전하는 것이 많다.

쓸 거리가 부족해서 제목 없이 시작한 글이었는데, 장편의 논문으로 밝혀내야 할 과제를 만들고 말았다. 여기서 그쳐야 하겠다.

# [참 고]

왕범지(王梵志), 「무제시(無題詩)」

김시습(金時習), 「준상인에게 올린 시(贈峻上人)」 20수, 『매월당집』 권3 시
　　○석로(釋老), 한국문집총간 13, 1988.

한수(韓脩), 「무제(無題)」, 『동문선(東文選)』 권21 칠언절구, 한국고전번역원
　　영인, 1999.

장현광(張顯光), 「무제(無題)」, 『여헌집(旅軒集)』 권1 시 ○칠언절구, 한국
　　문집총간 60, 1988.

이덕무(李德懋), 「무제(無題)」, 『청장관전서(靑莊館全書)』 권1 영처시고(嬰處
　　詩稿), 한국문집총간 257-259, 2000.

정호(程顥), 「가을날 우연히 이루다(秋日偶成)」, 『이정문집(二程文集)』, 台北 :
　　藝文印書館, 1965.

신채호(申采浩), 「무제」, 단재신채호전집편찬위원회 편, 『단재 신채호전집』
　　7, 천안: 독립기념관 한국독립운동사연구소, 2007-2008.

이상은(李商隱), 「무제(無題)」, 『전당시(全唐詩)』 권539, 北京: 中華書局, 1985.

이제현(李齊賢), 「무제(無題)」, 『익재난고(益齋亂稿)』 권3 시, 한국문집총간
　　2, 1988.

이항복(李恒福), 「무제(無題)」, 『백사집(白沙集)』 권1 시, 한국문집총간 62,
　　1988.

신흠(申欽). 「무제 체를 본떠 짓다(效無題體)」, 『상촌고(象村稿)』 권3 칠언
　　율시, 한국문집총간 72, 1988.

허균(許筠), 「무제(無題)」, 『성소부부고(惺所覆瓿藁)』 권2 교산억기시(蛟山
　　臆記詩), 한국문집총간 74, 1988.

허균(許筠), 「무제(無題)」, 『성소부부고(惺所覆瓿藁)』 권1 시부(詩部) 1 막
　　부잡록(幕府雜錄), 한국문집총간 74, 1988.

251

권필(權韠), 「무제(無題)」, 『석주집(石洲集)』 권7 칠언절구, 한국문집총간 75, 1988.

원중거(元重擧), 「좌수포(佐須浦)에서 전중문(錢仲文)의 강행무제(江行無題)를 차운하여 두 수를 차운하여 지음(佐須浦次錢仲文江行無題鈔 二首)」

무명씨, 「무제(無題)」, 『동문선』 권5 오언고시, 한국고전번역원, 영인, 1999.

『춘향전』 삽입 '무제'시

오가와 다마키 저, 심경호 역, 『당시개설』, 보고사, 2009년 개정판.

민영규(閔泳珪), 「춘향전 오칙(春香傳 五則)」, 『강화학파 최후의 광경』, 도서출판 우반(又半), 1994.

심경호, 「논(論) 『오륜전전(五倫全傳)』」, 『국문학연구와 문헌학』, 태학사, 2000.

# 꿈과 시

1.

　나이가 들면서, 젊은 시절의 그 달콤하고 애절하던 꿈은 꾸지 않게 되었다. 낭떠러지에서 떨어지는 꿈은 성장기의 아이들이나 꾼다고 하니, 그런 꿈을 꾸게 되지 않은 것은 그리 아쉬울 게 없다. 하지만 달콤하고 애절한 꿈은 너무 아쉽다. 이즈음은 돌아가신 부친이나 스승의 꿈을 꾸면서 눈물을 흘리고, 책을 쓰거나 논문을 발표하며 절절 매는 꿈을 꾸고는 한다. 공자는 그가 그토록 흠모하던 주공을 더 이상 꿈에서 뵙지 못하게 되자 기운이 쇠했다고 한탄했다. 그렇다면 나는 아직은 노쇠를 한탄할 필요는 없는 것인가. 그러나 남송의 철학자 주희는 밤마다 꿈속에서 글을 깨우쳤다고 하면서도, 아무리 좋은 일이라 해도 꿈속에 나타나는 것은 좋지 않다고 했다. 한쪽으로 집착한 나머지 꿈에 나타나게 된 것을 달갑게 여기지 않은 것이다. 그렇다면 나도 집착을 경계해야 할 것인가.

고려 문호 이규보가 꿈속에서 시를 짓는 신기한 체험을 한 것은 어떤가? 여유로운 정신경계를 반영한 것일까, 아니면 그것 역시 집착의 결과일까?

이규보는 어느 봄날, 바람이 화창하고 날씨도 따스하여 온갖 꽃이 다투어 핀 광경을 윤학록(尹學錄)과 함께 술을 마시고 구경하면서 수십 편의 시를 지었다. 흥이 무르익었을 때 취기가 돌아 깜빡 졸았는데, 윤학록이 운자를 부르며 이규보에게 시를 지으라고 권했다. 이규보는 보운(步韻)으로 다음과 같이 지었다. 『백운소설』에 나온다.

耳欲爲聾口欲瘖(이욕위롱구욕음)　窮途益復世情諳(궁도익부세정암)
不如意事有八九(불여의사유팔구)　可與語人無二三(가여어인무이삼)
事業皐夔期自比(사업고기기자비)　文章班馬擬同參(문장반마의동참)
年來點檢身名上(연래점검신명상)　不及前賢是我慙(불급전현시아참)

귀는 귀머거리, 입은 벙어리 되련다
곤궁한 뒤 더욱 세간 정리를 알겠기에
뜻대로 안 되는 일이 열에 여덟, 아홉
같이 말할 사람은 열에 한둘도 없다
사업은 고요(皐陶)・기(夔) 같고자 하고
문장은 사마천(司馬遷)・반고(班固) 같고자 하지만
근래 이 몸의 명성을 점검하니
선배에겐 미치지 못해 부끄러울 뿐

이 시는 팔구(八九)로 이삼(二三)을 대하여 평측이 고르지 않다. 평소 수백 운(韻)의 율시를 비 쏟아지고 바람 스쳐가듯 써내려가면서도 한 글자도 틀리지 않았건만, 작은 율시에 염(廉)을 어긴 것이다. 윤학록이 이유를 묻자 이규보는 이렇게 말했다.

지금은 꿈속에서 지은 것이므로 가리지 않고 내놓았기 때문이오. 팔구는
천만(千萬)으로 고치는 것도 좋소. 대갱(大羹)·현주(玄酒)는 초주(椒酒)·
미음만 못하지 않은 법이라오. 대가의 솜씨는 원래 이러한 것인데 그대가
어찌 이것을 알겠소?

말이 채 끝나기 전에 이규보는 꿈에서 깨어났다. 그는 꿈속에서 꿈
을 꾸어 그 꿈속의 꿈에서 시를 지었다.


## 2.


꿈은 수면 중에 일어나는 시각 심상의 활동이다. 프로이드의 이론
을 끌어들이지 않더라도, 꿈은 이중의 층위를 지니는 듯하다. 꿈은 일
상에서 재료를 취해 소망과 추억으로 구성하는 표층의 부분과 그것을
변형시켜 환상으로 꾸며내는 잠재층으로 구분되는 듯하다. 꿈은 현실
에서는 이루지 못한 것을 이루게도 하고, 현실의 일을 예견하기도 하
며, 현실의 고통을 그대로 반영하기도 한다. 잠재층의 꿈은 논리적인
사고로는 도무지 이해할 수가 없으므로, 그것이 과연 예지적인 기능을
가지는지 알 수가 없다.
현대인들이 그러하듯 과거의 사람들도 꿈을 꾸었다. 한문고전의 하
나인 『주례』는 꿈을 여섯 가지로 나누었다. 편안한 상태에서 저절로

꾸는 꿈을 정몽(正夢), 가위눌린 꿈을 악몽(噩夢), 낮에 생각한 것이 밤에 나타나는 꿈을 사몽(思夢), 백일몽을 오몽(寤夢), 기쁨 끝에 꾸는 꿈을 희몽(喜夢), 두려운 나머지 꾸는 꿈을 구몽(懼夢)이라 했다.

주희는 꿈에 친구나 친척을 볼 때마다 다음날 그 사람의 서찰을 접하거나 어떤 사람이 그 사람에 관해 언급하게 된다고 하고, 그런 꿈을 정몽이라 했다. 하지만 사람은 정몽보다도 정몽 아닌 꿈을 더 많이 꾼다. 그렇기에 고대 중국에서는 아주 오래 전부터 꿈에 대해 탐구해 왔다. 해몽의 교범으로는 주공이 만들었다는 『몽서(夢書)』를 활용했다. 이 책을 보면 꿈이란 신령한 존재가 경계의 뜻을 전하는 것이라고 정의했다.

꿈은 본뜨는 것이다. 정기가 움직이는 것이다. 혼백은 몸을 떠나고 신이 내려오는 것이다. 음양을 느껴 길흉을 경험하는 것이다. 꿈은 마치 현명한 자가 자신의 과실을 알고 스스로 고치는 것처럼 그 사람의 과실을 미리 말해준다. 꿈은 알려준다. 그 형상을 알려 준다. 눈이 있으나 볼 수 없고, 귀가 있으나 들을 수 없고, 코가 있으나 숨 쉴 수 없고, 입이 있으나 말할 수 없다. 영혼은 나가 노닐고, 몸은 홀로 존재한다. 마음이 생각하는 바가 있어 몸을 잊는다. 신에게 받은 경계해야 할 바를 돌려 인간에게 알려 주는 것이다. 경계를 받고 불경하게도 신을 잊으면, 신이 말하는 것이다. 그것을 오고부진(寤告符瑧)이라고 한다. 예부터 몽관이 있어 대대로 전해 내려온다.

『몽서』는 꿈이 지닌 예지적 기능에 주목했다. 허균도 이렇게 말했다. "천하의 꿈은 바람에 지나지 않는다. 꿈이 적으면 곧잘 맞는다고 말하는 것은, 마음이 맑고 정신이 밝으면서 혼이 밖으로 치달리지 않고, 맑고 밝기 때문에 반드시 인간의 일에 징험이 되는 것이다."

때때로 꿈은 너무도 생생하여, 장자의 호접몽처럼 꿈속의 일이 참인 것처럼 여기게도 만든다. 장자는 인간이 꿈을 꾸고 있는 동안 그것이 꿈인지 현실인지를 자각하지 못하는 현상에 대해 이렇게 말했다. "꿈에 술을 마시던 사람은 아침에 깨어나 울고, 꿈에서 울던 사람은 아침에 일어나 사냥을 한다. 그러나 막상 꿈을 꾸고 있을 때는 그것이 꿈인 줄 모른다. 꿈속에서도 또 다시 꿈을 꿀 수도 있는데, 깨고 난 뒤에야 그것이 꿈이었음을 깨닫는다."

조선 후기의 홍길주(洪吉周, 1786-1841)는 세상 사람들이 환몽 속에 있음을 개탄해서 꿈에서 깨어나 큰 도의 세계로 나아가야 한다고 촉구했다. 그가 말한 몽교(夢覺) 즉 '꿈에서 깨어난다는 것'은 영화 <매트릭스>에서 레오가 꿈에서 깨어나는 것과 같은 각성을 말한다.

장자는 "사람은 꿈을 꾸면서 그것이 꿈인지 모른다"고 말했다. 나는 늘 꿈을 많이 꾼다. 꿈이 사그라질 즈음 간혹 그것이 꿈이라는 것을 깨닫고서 깨어나기를 바라기도 하고, 벌떡 깨어서는 내가 깨어났다 여기고 기뻐하기도 한다. 그러다가 정말로 깨어나고 난 뒤에야 방금 깨어났던 것 역시 여전히 꿈에서였다는 사실을 알게 된다. 그러니 지금 정말로 깨어났다고 하는 것도 크게 깨어난 사람의 입장에서 보면 여전히 꿈이 아닐지 어찌 알겠는가? 아! 꿈을 꾸면서도 꿈인지 모르는 것은 온 세상 사람이 다 그렇다. 그러니 정신이 말똥말똥하여 스스로 깨어 있다고 여기는 사람들도, 사실은 여전히 꿈을 꾸면서 깨어났다 여기는 것이 아닐지 어찌 알겠는가! 하물며 스스로 깨어 있다고 여기며 진짜 깨어 있는 사람을 꿈꾸고 있다고 비웃는 자들이야 말해 무엇 하랴? 또 하물며 스스로 깨어 있다고 생각하면서 진짜로 깨어 있는 사람을 유혹하여 함께 꿈속으로 가게 하는 자야 말해 무엇 하랴? 『시경』대아(大雅)「억(抑)」에서 "저 뿔 없는 짐승에 뿔을 구하는 격이라. 실로 소자를 어지럽히느니라"라고 했으니, 이것이 바로 꿈이다. 또 대아「녹명(鹿鳴)」에서 "나를 좋아하는 사람은 나에게 대도(大道)를 보여 줄지어다"라고 했으니, 이것이 바로 깨어남이다.

　청나라 초기의 학자였던 왕부지(王夫之, 1619-1692)라고 하면, 16,
17세기의 중국 변혁기에 근대적 사상을 전개한 사람으로, 황종희(黃宗
羲)·고염무(顧炎武)와 함께 명말 청초의 3대 학자라 불린다. 그는
1642년에 24세로 진사 시험에 합격했으나 명나라 유신(遺臣)을 자처하
여 청나라의 벼슬길에 나가지 않았다. 호남성(湖南省) 형양(衡陽) 출생
으로, 1647년 청나라 군대가 호남을 점령하자 계림(桂林)으로 향했다
가, 어머니의 병 때문에 귀향하여 형양의 석선산(石船山)에 집을 짓고
독서와 저작에 몰두했다. 그래서 세상에서는 그를 왕선산 선생이라 불
렀다. 만주족이 중원을 점령하고 있는 현실을 악몽(噩夢)이라고 간주한
그는, 64세 되던 1682년에 '악몽'이란 제목의 책을 저술했다. 스스로 쓴
서문이 있다.

　　교화에는 근본이 있고 정치에는 종통이 있다. 나라를 세우는 데는 강령
　이 있고 사람을 다스리는 데는 도리가 있다. 천하를 한마음으로 운행시켜
　전례를 행하는 데 대해서는 그 궁극의 이치를 쉽게 말할 수가 없다. 말할 수
　있는 바라고는, 지금 현실의 폐단을 파악하여 보완하는 일 뿐이니, 이것은
　극치의 수준에 이르는 것은 아니다. 이를테면 저울대가 낮게 기울면 저울추
　를 옮겨서 저울대가 올라가서 평균을 취하게 할 뿐이다. 그렇지만 또한 저
　울대가 평평한 경우가 없는 것은 아니다.
　　생활주변의 천근한 것을 거론하고 추상적으로 높은 의론을 하지 않고 실
　행할 수 있는 바를 헤아린다면, 위에 큰 손해가 없게 하고 아래에 더할 수가
　있다. 정밀하고 미세한 것은 무리하게 추구하지 않고, 구차스럽기는 하지만
　세속의 당장의 일에 관해, 『주역』의 복괘(復卦)에서 말하듯 돌아갈 곳을 헷
　갈리게 하는 흉액을 없앤다면, 백성도 또한 따르기 쉽고, 위정자도 그 덕을

드러내기 쉽다. 한발의 때에 비가 내리면 잠시 밭의 흙덩이를 망가뜨리지만 뒤이어서 굵은 빗발이 촉촉이 적시는 것과 같이, 역시 순리에 따라 나아갈 따름이다.

한나라 초에 예악을 일으키려 하자 노나라의 두 서생은 '예악은 반드시 백년이 되어야 일어난다'고 하여 거절했다. 하지만 백년의 시작은 번잡함과 가혹함을 씻어 없애고, 다만 중화(中和, 중용과 조화)의 대단(大段, 근본정신)에 어긋나지 않으면 된다. 하늘이 사람을 소생시키고 사람들의 광기를 풀려고 한다면, 아침에 도리를 말하고 저녁에 도리를 실행하면 된다.

아아, 나는 이미 늙었다. 오직 나의 마음이 하늘과 땅 사이에 있거늘, 누구에게 이 마음을 주어 전하랴. 그렇기에 '악몽'이라고 하는 것이다.


현실은 악몽이다. 그러나 현실이 부조리함을 알리는 나의 저술도 일종의 악몽을 남에게 보이려는 행위이다. 누가 나와 같이 악몽을 보고, 그것이 악몽임을 깨달을 것인가?

왕부지는 노장사상과 불교 인식론을 통섭하고 그리스도교와 유럽 근대과학까지 받아들여 자연진화관의 역사관을 지녔지만, 현실을 어두운 꿈으로 보는 관점은 끝내 버릴 수가 없었다.

어쩌면 이 결함 많은 세상을 벗어나는 길은 세상을 저 멀리서 바라보는 꿈의 여행에서만 가능할지 모른다. 당나라 때 이하(李賀)는 기이한 시적 감각 때문에 귀재(鬼才)라고 불렸다. 자가 장길(長吉)이라, 이 장길이란 이름으로 더 알려져 있다. 젊은 나이에 숨을 거두면서, 옥황상제의 부름을 받아 백옥루에 상량문을 지으러 간다고 했다. 그가 남긴 환상적인 시 가운데 「몽천(夢天)」이 있다. 이 제목은 '하늘에 노니는 꿈을 꾸다'나 '하늘을 꿈꾸다'로도 번역할 수 있다.

老兎寒蟾泣天色(노토한섬읍천색) 雲樓半開壁斜白(운루반개벽사백)

玉輪軋露濕團光(옥륜알로습단광) 鸞珮相逢桂香陌(난패상봉계향맥)
黃塵淸水三山下(황진청수삼산하) 更變千年如走馬(갱변천년여주마)
遙望齊州九點煙(요망제주구점연) 一泓海水杯中寫(일홍해수배중사)


달 속 늙은 토끼와 한기에 떠는 두꺼비가 울어 빗기운 가득한 하늘
구름 속 누각이 반쯤 열리고 벽 사이로 흰 달빛이 비스듬히 비치는 때
옥바퀴[달]가 이슬에 구르자 물기 머금은 듯 달빛이 몽롱한데
난새 장식의 선녀를 계수나무 향내 피어나는 길에서 만난다
삼신산 아래 인간세상에서는 누런 먼지와 맑은 물 뿐이니
다시 천년이 바뀌는 것이 마치 달리는 말처럼 재빠르다
아득히 바라보이는 중국 땅은 아홉 점 부연 먼지
드넓은 바다라 해도 한 잔의 물이 쏟아진 것에 불과하네


하늘에서 인간 세상을 바라보면서 그 공간적 왜소함과 시간적 찰나
성을 실컷 웃어보는 시이다. 상투어가 많다고 여기겠지만, 사실은 거
꾸로다. 이 시 속의 여러 시어들은 이장길이 창안한 것인데, 그 말들
이 상투어로 되어 우리에게 친숙한 것이다.

달세계에서 보면 제주(齊州) 즉 중국이 아홉 점의 부연 먼지와 같다
고 했다. 齊라는 글자에 中의 뜻이 있어서, 제주라고 하면 중국을 말한
다. 또 이전의 지리 관념에서는 중국은 아홉 개의 주로 이루어져 있다
고 여겼으므로 중국 땅을 아홉 점의 부연 먼지라고 표현한 것이다.

일본의 화교 출신 저술가 진순신(陳舜臣, 1924-)은 중국 역사의 18
경(景)을 자유롭게 논한 수필집을 『구점연기(九點煙記)』라고 했다. 중
국은 비록 광대하지만 천상에서 부감하면 아홉 점의 부연 먼지에 불과
하듯이, 후세의 사람들은 중국사의 대강만 알 뿐 세부는 잘 보지 못한
다. 따라서 그는 원경(遠景)의 인물의 눈이 만들어내는 표정을 보고자

했다는 것이다. 중국역사를 논한 수필집에 참으로 멋진 제목을 붙였다.


**3.**


고전에는 꿈과 관련된 고사가 많다. 문학과 관련이 깊은 예로 얼른 생각나는 것으로는, 한나라 때 양웅(揚雄)이 꿈에 자신의 내장이 땅에 떨어져 있는 것을 본 고사가 있다. 곧, 한나라 성제가 양웅에게 부(賦)를 짓게 하자. 양웅은 글 짓는데 너무 정성을 들여서 끝마친 후 잠시 잠이 들었다. 꿈속에서 그는 내장이 땅에 떨어져 있는 것을 보고는 얼른 그것을 주워 몸 속에 집어넣었다. 꿈에서 깨어난 후 그는 큰 병을 얻었다고 한다.

또 오채필(五彩筆) 고사가 있다. 오색필(五色筆)이라고도 한다. 중국 남조 때 양나라의 문장가 강엄(江淹)의 꿈에 진(晉)나라 문장가 곽박(郭璞)이 나타나서 "그대에게 붓을 맡겨 놓은 지 오래되었으니 그만 돌려주게" 하기에, 강엄은 오색 붓을 돌려주었다. 그날 이후로 그의 문장력은 고갈되고 말았다고 한다. 정말 곽박이 나타나 일시나마 오색 붓을 빌려준다면 좋겠다. 그렇지 않고서야 생각을 글로 죄다 표현하기는 어려울 것만 같다.

어떤 이들은 산수 유람의 흥취를 잊지 못해 꿈속에서 산수를 다시 유람하고는 했다. 숙종 때 문학가 김창협(金昌協)은 21세 때 금강산을 유람하고 돌아온 후 8, 9년 동안 꿈속에서 비로봉과 만폭동 등을 수없이 밟아보았으며, 빼어난 풍경을 만나게 되면 이루 형언하지도 못했다고 한다.

옛 문인들은 시를 통해 심경과 사상을 정리하고 또 그것을 남에게 전달하기도 했으므로 시구를 찾으려고 고음(苦吟)하는 일이 많았다. 그러다보니 꿈에서도 시를 짓기까지 했다.

『지봉유설』의 저자로 유명한 이수광(李睟光, 1563-1628)은 몸이 수척하고 말이 적었으며 성품이 자상했다. 그래서 구설수에 오르지는 않았다. 젊었을 때는 문학에 정열을 쏟았으나 뒤에는 성현의 말씀에서 진리를 구하고자 했다. 한편으로 그는 시 짓기를 좋아해서, 꿈에서도 시를 지었다. 「꿈 일을 적는다(敍夢)」는 산문은 기운이 소진된 상태에서 시에 얽힌 환각을 체험한 이야기를 적었다.

천계(명나라 희종의 연호) 갑자년(1624) 4월 26일 야반에, 병이 들어 기운이 소진하여 꺼져갈 듯했는데, 꿈인지 아닌지 모르는 사이에, 시 지은 것이 종이에 가득한 것을 보았다. 그 가운데 한 구절에, "몸이 훨훨 위로 올라가 태청에 박두하려고 하는도다(身飄飄而上征迫太淸兮)"라고 있었다. 즉시로 일신이 붕 떠서 허공으로 올라가는 느낌이 들었다. 하늘빛은 마치 새벽달이 뜬 듯 희미했고, 몸을 숙여 바라보니 아래 세상이 어렴풋하여 끝이나 경계를 알 수가 없었다. 한참 지나 깨어났다.

그런데 새벽 이후로 또 기운이 다하고, 서너 사람이 합석해 있는 것이 보였다. 그들이 지은 너덧 편은 모두 『초사』 같았다. 반쯤 읽었더니, 그 구절에 "부요풍(회오리바람)을 치고 위로 올라가, 자색 봉황을 타고서 아래를 내려보아, 현포를 스쳐 지나 곤륜에 오르고, 옥청의 아홉 경계 만 리를 날아가 노라(搏扶搖以上征, 跨紫鳳而下視, 略玄圃而崐崙, 九玉淸之萬里)"라고 했다. 전체를 처음에는 또렷하게 기억할 수 있었으나, 잠깐 사이에 깨어나서는 이 두 구(연) 이외의 나머지는 알 수가 없었다. 아아! 기운이 소진해 있었을 때는 내 몸이 있는지조차 몰랐으니, 내 몸에 질병이 있는지를 어찌 알았겠는가! 그러다가 깨어나서는 비로소 통증이 내 몸에서 여태 떠나지 않은 것을 깨달아, 비록 그 우울함을 떨쳐 없애려고 하지만 그럴 수가 없다. 『소문 (素問)』에 보면, "형체가 있으면 질환이 있고, 생명이 없으면 질환이 없다" 고 했으니, 정말 그 말대로다.

성호라는 호로 유명한 학자 이익(李瀷, 1681-1763)은 71세 되던 1751 년(영조 27, 신미)의 10월 어느 날 밤에 꿈을 꾸어, "어느 때에나 이 추위가 다하랴, 올해의 밤은 유난히 길구나"라는 구절을 얻었다. 그 달 11일에 그는, 돈녕부 도정을 지낸 홍중인(洪重寅)에게 부친 간찰에 서 그 사실을 밝혔다. 그리고 그는 그 두 구를 이용하여 뒤에 「수(愁)」 라는 칠언율시를 완성했다.

愁病如滄海(수병여창해) 精魂墮渺茫(정혼타묘망)
幾時寒意盡(기시한의진) 今歲夜偏長(금세야편장)
塵厚書抛閣(진후서포각) 盃親酒沃腸(배친주옥장)
願言乘快馬(원언승쾌마) 白日走平岡(백일주평강)

수심은 푸른 바다처럼 깊고
정신은 그 아득한 물로 떨어지네
어느 때에나 이 추위가 다 가랴
올해의 밤은 유난히 길구나
시렁 위 책에는 먼지가 덮였고
술잔을 당겨 오장을 적실 뿐
원컨대 날랜 말에 올라
햇살 아래 언덕을 달려보고 싶어라

말을 타고 한낮의 태양 아래 언덕을 내달리고 싶다고 했다. 답답한 마음을 훌훌 털어버리고 싶은 욕구를 토로한 것이다.

　정조 연간의 문인 목만중(睦萬重, 1727-?)은 죽은 친구와 꿈속에서 시를 짓는 경험을 했다. 곧, 1775년 10월 7일 새벽, 목만중은 죽은 신광수(申光洙)가 꿈에 자기를 찾아와 오언시 「민환의 중구일 시에 차운함(次閔生鍰九日韻)」 1수를 보여주기에, 그 운자를 써서 먼저 아래 6구를 완성했다.

> 百年不知老(백년부지로) 九日每爲過(구일매위과)
> 艱難多賤疾(간난다천질) 聚散足悲歌(취산족비가)
> 騎馬酒中去(기마주중거) 前期在北阿(전기재북아)
>
> 인생 백년에 어느새 늙음이 찾아오고
> 중구일은 어김없이 지나가네
> 가난에 질병 또한 많으니
> 모이고 흩어지는 것을 슬퍼 노래할 일
> 술에 취해 말 타고 가나니
> 북쪽 언덕을 기약하여

　위의 두 구는 끝내 이루지 못했다.

　이 시에는 교유의 행복한 시절을 그리워하는 마음이 담겨 있다. 중양절이면 그랬듯이 신광수와 함께 다시 둥그재에 오르고, 예전에 초대되어 간 일이 있는 북동 한씨 집으로 가고픈 바람을, 그는 꿈으로 꾼 것이다. 꿈에서 깨어난 뒤. 그는 "당시의 일을 기억하노라니, 죽은 이를 어이하랴(尙憶當時事, 存亡奈若何)"라는 슬픈 시구를 여섯 구의 위에 씌우고, 이렇게 적었다.

아, 석북(신광수의 호)이 죽어 시를 같이 말할 사람이 없구나. 요점을 집어내어 가혹하게 공격해도 그것을 받아들이는데 거스름이 없었고, 반복해서 힐난해도 응대하며 피곤해 하지 않았다. 다른 사람의 한마디 말도 칭찬하고 한 글자에도 미간을 폈으니, 가르치고 비판함을 기뻐하는 것이 마치 자기에서 나온 것같이 했다. 흉금이 드넓고 평탄했으며 풍류는 넓고 유장했으니 세상에 다시 이런 사람이 없을 것이다.

1800년 4월 25일 새벽에 목만중은 다시 신광수를 꿈에서 만났다. 주위의 친구들을 모두 잃어버린 뒤, 망인을 절절하게 그리워해서 그런 꿈을 꾼 것이다. 그는 꿈에, 풍악으로 놀러가 큰절에 들러 경치를 구경하다가 신광수를 만나 만폭동문(萬瀑洞門)에 노닐며 운자를 골라 시를 지으면서 시어를 고르는 문제로 농담을 주고받았고, 꿈에서 깬 뒤 시를 완성했다고 했다.

목만중은 당색으로는 남인에 속하면서도 채제공과 대립하고, 1801년에는 영의정 심환지와 함께 천주교도와 남인을 박해하는 데 앞장섰다. 그의 내면은 살풍경했음에 틀림없다. 그것을 보상하려고, 고립을 자초하기 이전의 친구였던 고인을 꿈속에서 불러내어 함께 시를 짓는 즐거운 시간을 가진 것이다. 하지만 꿈속에서의 모임은 일찌감치 파국을 맞고는 했다.

꿈은 환상의 공간 속에서 욕망을 채워주지만 결함계의 현실을 결코 대체해주지 못한다. 욕망이 충족된 꿈이 끝난 뒤에 현실은 심연이 된다.

명나라의 명문장가 귀유광(歸有光, 1506-1571)은 54세 되는 1559년에 회시(會試)에서 일곱 번째 고배를 마신 뒤 집으로 돌아오는 길에, 이미 죽은 첫 번째 아내 위부인을 꿈속에서 만났다. 그래서 그 이야기를 「기미회시잡기(己未會試雜記)」라는 글에서 다음과 같이 적었다.

4월 5일 밤, 나는 호서에서 묵었다. 꿈속에서 아내 위부인은 다른 곳에서 따로 살고 있었다. 나는 그곳으로 아내를 보러 갔고, 아내 역시 내가 있는 곳으로 와서 한참을 있다가 다시 떠났다. 서로 만났을 때는 너무 기뻐서 이런 일은 세상에 한 번도 없던 일이라고 생각했다. 그래서 예전처럼 서로 맞아 부부가 될 것을 약속했고, 아내 역시 허락할 뜻이 있었다. 하지만 주저하는 사이에 언덕에서 북이 둥둥 울리며 꿈이 깨고 말았다. 아내가 죽고 거의 36년이 다 되도록 한 번도 꿈을 꾼 적이 없었다. 세속에선 '염할 때 눈물을 옷에 적시면 꿈을 꾸지 않는다'고 하기는 한다. 하지만 지금에야 비로소 처음으로 꿈을 꾸고 나니 새삼 서러움이 가슴속에 사무친다. 둘째 아내 왕부인 역시 꿈을 꾼 적이 없었다. 그런데 임자년(1552) 겨울에 서울로 올라가는 도중 눈 내리는 밤에 구곡 길가에서 묵었을 때 왕부인이 찾아오는 꿈을 꾸었다. 두 아내의 인자한 모습이 언제나 나의 눈 속에 남아 있는데 지금 수 천리 밖에서 돌아와 집에 더욱 가까워오니, 새삼 구슬퍼져서 격세지감을 느낀다.

귀유광은 첫 번째 아내가 세상 떠난 지 30여 년 만에 처음으로 꿈에 나타나자 그 이야기를 적으면서, 7년 전 회시를 상경할 때 두 번째 부인 왕부인을 꿈에서 만났던 일을 함께 떠올렸다. 그는 이미 세상을 떠난 아내를 꿈속에서 만나 다시 부부의 연을 맺자고 약속하지만 꿈은 허망하게 끝나고 말았다.

귀유광은 이 꿈 이야기를 시로 짓지는 않았다. 꿈 이야기의 산문성이 시 창작을 방해했는지 모른다.

한편, 조선 중기의 여류시인 이옥봉(李玉峰)은 현실의 결함상을 극복할 대안으로 꿈을 꾸었다. 그녀는 선조 때 옥천 군수를 지낸 이봉(李逢)의 서녀로, 조원(趙瑗)의 소실이 되었다. 정확한 생몰연도는 전해지지 않는다. 그가 운강(雲江)이란 사람에게 주었다는 시는 다음과 같다. 「몽혼(夢魂)」이라는 제목으로도 알려져 있다.

近來安否問如何(근래안부문여하)
月到紗窓妾恨多(월도사창첩한다)
若使夢魂行有跡(약사몽혼행유적)
門前石路便成沙(문전석로변성사)


안부를 묻사오니 근래 어떠하신지요
비단 창에 달빛 밝으매 저의 한이 큽니다
만일 꿈속의 넋이 발자취를 남긴다면
문앞 돌길은 곧 모래로 될 것이어요


꿈속의 발자취에도 흔적이 있다면 문앞의 돌길이 반쯤 모래가 되었
을 것이란 표현이 절묘하다. 그러나 몽혼은 발자취를 남기지 못한다.
저쪽 세상과 이쪽 세상은 그렇게 격리되어 있는 것이다.

　중인 출신의 시인 조수삼(趙秀三, 1762-1849)은 풍채가 아름다워 신
선의 기골이 있었다. 하지만 그는 일생 신분상의 좌절을 겪어야 했다.
아내를 잃고 지은 「도망(悼亡)」이라는 시가 그 외로움을 아프게 전해
준다. 시에서 '悼亡(도망)'이라고 하면 단순히 죽은 '사람'을 애도한다
는 뜻이 아니라 죽은 '아내'를 애도한다는 뜻이다.


幾度叩盆歌不成(기도고분가불성)　蒙莊非達薄於情(몽장비달박어정)
他年我亦同歸穴(타연아역동귀혈)　易地君何忍獨生(역지군하인독생)
明月影孤鸞鏡舞(명월영고난경무)　春風耦失鹿門耕(춘풍우실녹문경)
曉來偶得還家夢(효래우득환가몽)　依舊中畿倒屧迎(의구중기도사영)


몇 번이고 고분가 부르려다 목이 메이니

267

장자는 달인이 아니라 정에 박한 사람일세
뒷날 나도 같은 구멍으로 돌아가련만
처지를 바꾼다면 그대 또한 어찌 홀로 살리
달빛 아래 외로운 난새는 거울 보며 춤을 추고
봄바람에 녹문산에서 밭 갈 짝을 잃었구나
새벽에 문득 집으로 돌아가는 꿈을 꾸니
변함없이 안마당에서 신 거꾸로 신고 나를 반기더라만

조수삼은 그의 기구한 삶을 지켜보는 하늘을 향해 빈주먹을 휘둘러 볼 따름이었다. 죽은 아내가 신 거꾸로 신고 나와 반겨주는 모습을 꿈꾸고 난 후 그 고독은 더욱 치유할 수 없는 것임을 깨달았다.


4.


꿈 이야기는 때때로 정치적 목적 때문에 각색되기도 했다.
명나라 중엽의 왕수인(王守仁, 1472-1528)은 호가 양명(陽明)이어서, 왕양명이라고 더 알려져 있다. 그는 인간 내면의 양지(良知)를 중시하는 양명학을 개창했던 인물인데, 신호(宸濠)라는 자가 반란을 일으켰을 때 그를 진압하는 무공도 세웠다. 신호는 명나라 태조의 아들인 영왕(寧王) 권(權)의 후예로, 무종 때 남창(南昌)에서 반란을 일으켜 안경(安慶)을 공략하고 남경을 공략하려 했다. 하지만 왕양명에게 평정된 뒤 무종으로부터 자진(自盡)의 명을 받았으며 그 시체는 불태워졌다.

왕양명은 1520년 8월 28일 저녁에 작은 누각 안에서 잠이 들었다가, 꿈속에 진(晉)나라의 곽박(郭璞)이 나타나 시를 보여주면서, "세상 사람들은 왕돈(王敦)이 반역한 사실만 알 뿐, 실제로는 왕도(王導)가 암암리에 주도한 사실은 모르고 있다"고 했다. 곽박은 역적 왕돈의 기실(記室)로 있으면서 왕돈의 명으로 역모의 성패를 점치게 되었는데, 크게 흉할 것이라고 점괘를 말하여 왕돈에게 살해되고 말았다. 왕양명은 잠에서 깨어나 곽박이 보여 준 시를 벽에 써서 붙이고 스스로도 시 한 편을 지어, 꿈의 내용을 기록했다.

　　왕도는 본래 진(晉)나라 원제 때의 이름난 승상으로, 황제의 유조(遺詔)를 받들어 명제와 성제를 보좌해서 사직을 지킨 신하로서 이름이 났고, 『몽구』라는 교양 고사성어집에는 '왕도공충(王導公忠)'이라는 표제가 있을 정도다. 왕돈은 왕도의 사촌형으로, 진나라 무제의 딸에게 장가들어 정남대장군까지 올라갔으나 무창(武昌)에서 반란을 일으켰다가 병으로 죽었다.

　　왕도는 왕돈이 역모를 꾸미자 자제들을 거느리고 대궐에 나아가 왕돈을 위해 발상(發喪)을 했다. 이는 왕돈을 죽은 것으로 간주하여 임금에게 용서해 달라는 뜻에서였다. 이런 일도 있고 해서 왕돈은 반역죄를 저질렀지만 왕도는 충신이라고 평가해 왔다. 하지만 왕양명은 곽박이 꿈속에서 일러준 말과 시를 근거로, 왕도의 죄를 물은 것이다. 아마도 신호가 위세를 부릴 때, 조정의 대신 가운데 그 모의를 주도했다가 난이 평정된 후 요행히 모면한 자가 있었기 때문에, 왕양명이 꿈을 빌려 풍자의 뜻을 표현한 듯하다.

　　고려 말 최영(崔瑩, 1316-1388)은 처음에는 발흥하는 명나라에 호의를 품고 있었다. 그래서 그는 꿈에 명나라 황제를 알현하기까지 했다. 그 꿈에서 명나라 황제는 각색 의복을 하사하면서 운자를 불러 시를 지으라고 명했다. 그러자 최영은 그 운에 따라 시를 지었다. 뒤에 최영이 요동을 정벌하는 군사를 일으키지만 당초 명나라와 맞설 뜻은 없었다. 원천석(元天錫, 1330-?)은 최영의 시를 적고 자신도 차운시 2수를 지었다. 당시 최영이 지었다는 시는 이러했다.

色色羅衫着我肩(색색나삼착아견)
感恩狂興醉如顚(감은광흥취여전)
百千萬載爲民父(백천만재위민부)
四海民巢子子傳(사해민소자자전)

색색 비단 적삼이 내 어깨에 덮히니
황은에 감동하여 광흥이 일어 넘어질 듯 취한 기분
백만, 천만 사람이 황제를 백성의 아버지로 추대하니
사해의 백성들 만든 집이 자자손손 전하리

뒷날 최영은 요동을 공격하려다가 회군하게 되는데, 원천석은 그 소식을 듣고는 「병중에 들은 대로 기록함(病中記聞)」이란 장시를 지어, 최영의 행동에 대해 "처음과 끝이 한결같지 않으니, 부끄러워 볼 면목도 없도다(終始不如一, 覗然無面目)"고 했다. 하지만 최영이 처형되자 세 수를 지어 애도했다.

또한 원천석은 1390년 1월 25일에 한산군 이색(李穡, 1328-1396)이 참소를 당해 장단으로 유배되는 꿈을 꾸고서 「기몽(記夢)」 2수를 지었다. 이 시에는 서문이 있다.

요즘 한산군(韓山君)이 억울하게 참소를 당해 장단(長湍)으로 귀양을 갔다는 말을 듣고, 그곳을 바라보며 사모하는 뜻을 부친 지 오래되었다. 이 달 20일 이후 꿈에 그분을 뵌 것이 두 밤이나 된다. 또 어젯밤 꿈에는 손님과 함께 어떤 동구에서 놀다가 우연히 한 초막에 들어갔더니, 공이 마루 위에 서서, 세수하고 양치하는 모습이었다. 내가 두 번 절하고 그 앞에 나아가 섰다. 공은 아들 판서(判書)를 불러 말했다. "양언(揚彥)아! [이름인 듯했다.] 너는 저쪽에 가서 먼저 알려라. 내가 내일 새벽에 운암(雲巖)으로 갈 테니, 신씨(申氏) 댁에서 만나자고 해라. 만일 그렇지 않으면 저쪽에서 반드시 후회하고 탄식할 것이라고 해라." 판서는 즉시로 떠났다. 공은 방에 들어가 행장을 꾸리는 것 같았다. 내가 보니 기둥에 구멍이 뚫어진 곳이 있었는데, 그 속에 흰 종이가 한 장 있었다. 끄집어내어 펼쳐보니, 공이 손수 쓴 서찰이었다. 반쯤 읽다가, 미처 다 읽지 못하고 깨었는데, 무슨 말이 쓰여 있었는지 잊어버렸다. 장차 어떤 상서로운 일이 있을지 모르겠다. 정월 25일 밤 삼경이었다. 두 편의 시를 써서 기록한다.

이색은 본관이 한산(韓山)으로, 찬성사 이곡(李穀)의 아들이다. 1367년(공민왕 16)에 성균대사성이 되고, 정몽주, 김구용 등과 명륜당에서 학문을 강론했다. 1373년에 한산군에 봉해지고, 1377년에는 우왕의 사부가 되었다. 공양왕 때 판문하부사(判門下府事)가 되었으나 그 후 오사충(吳思忠)의 상소로 장단(長湍)에 귀양을 갔다가, 함안(咸安)에 이배되었다.

원천석이 지은 「기몽」 가운데 첫째 수는 이러하다.

至寶韜光政令苛(지보도광정령가)  有誰如琢復如磨(유수여탁부여마)
邇來夢謁連三夜(이래몽알련삼야)  記取魂遊作一歌(기취혼유작일가)
邦國經綸歸火澤(방국경륜귀화택)  江河舟楫困風波(강하주즙곤풍파)
天如未喪斯文也(천여미상사문야)  縱有匡人奈我何(종유광인내아하)

지극한 보물은 빛을 감추고 가혹한 정치 나왔는데

271

누구 있어 옥을 쪼고 다시 갈 듯할 것인가
그 동안 삼일 밤을 꿈속에서 만났는데
혼령으로 노닐면서 지어준 노래 생각나네
정치 상황은 화택[상리하태(上離下兌)] 규(睽)로 돌아가고
강물에 떠 있는 배 풍파에 시달리나
하늘이 사문을 없애려 않는다면
광 땅 사람 있다 한들 나를 어떻게 하겠는가

이색을 사문(斯文)의 담당자인 공자에 견주어 예찬하면서, 국가사회
의 혼란이 수습되길 기대한 내용이다.

이렇게 원천석은 고려 말의 정치적 현실을 직접적으로 언급한 시들
을 여럿 남겼다. 그래서 조선시대에 들어와 신흠(申欽)이나 이긍익(李
肯翊)을 비롯한 많은 지식인들이 그의 시를 '시사(詩史)'라고 평했다.
시로 쓴 역사라는 말이다. 신흠은 원천석의 시를 이렇게 평했다.

시어가 질박하여 제대로 표현되지 못한 곳이 많지만 일에 대해서만은 숨
김없이 곧이곧대로 썼으니 정인지의 『고려사』에 비교해 보면 해·별과 무
지개처럼 현격하게 차이가 날 뿐만이 아닌데, 읽다 보면 몇 줄기 눈물이 흘
러 떨어지곤 한다. 고려가 망하게 된 것은 무진년(1388, 우왕 14)에 임금을
폐위시킨 데에서 유래한다. 그런데 임금을 폐위시킨 뒤에도 목은(이색) 같
은 사람들이 아직 남아 있어 한 가닥 공의(公議)는 없어지지 않은 상태였다.
그때 정도전과 윤소종 등이 "임금이 왕씨가 아니라고 하는 자는 충신이고
왕씨라고 하는 자는 역적이다"는 주장을 내놓은 뒤 조정을 선동하고 인심을
현혹시켜 마침내 사류를 결딴내고 사람들의 입에 재갈을 물릴 수 있었던 것
인데, 이런 상황에서 가까스로 5년을 지탱하다가 나라가 망하고 말았다. 이
러한 때에 태어나서 바르고 올곧게 자신을 세우려는 사람들의 삶이야말로

얼마나 고달프고 낭패스러웠겠는가. 하지만 인심이 다 현혹되지는 않았고 사람의 입을 다 재갈 물릴 수는 없어 초야에서 이렇듯 동호(董狐)의 직필이 나왔으니, 이 어찌 바위가 짓누르는 사이로 죽순이 나온 것이 아니겠는가.

신흠은 운곡의 시를 동호의 직필과 같다고 했다. 동호는 춘추 시대 진(晉)나라 태사인데, 조돈(趙盾)이 그 임금 영공을 시해했다고 역사서에 기록했다. 실제로 임금을 시해한 자는 조천(趙穿)이었지만, 조돈이 정경(正卿)의 지위에 있으면서도 그를 토벌하지 않았으므로 죄를 그에게 돌린 것이다. 『춘추좌씨전』 선공 2년의 기록에 나온다.


5.


꿈속의 시는 흉사의 조짐을 드러낼 수 있다. 시가 미래의 흉사를 예견하는 것을 시참(詩讖)이라 한다. 옛 사람들은 꿈속에서 시참을 스스로 짓고는 했다.

북송 때 진관(秦觀)은 소동파의 천거로 태학박사가 되었으나, 소동파가 왕안석 일파에게 쫓겨날 때 그도 남쪽으로 유배되었다. 그는 유배지에서 꿈을 꾸어 사(詞)라는 서정 양식의 시를 한 수 지었다. 그 구절에

> 취와고등음하(醉臥古藤陰下)하니
> 묘부지남북(杳不知南北)이로다

라고 했다. "술에 취해 등나무 그늘 아래 누웠으니 아득하여 남과 북을 알지 못하겠네"라는 뜻이다. 뒷날 그는 유배에서 풀려나 북쪽으로 올라오다가, 등나무 고을이란 뜻을 지닌 등주(藤州)라는 곳에 머물게 되었다. 그런데 광화정(光華亭)에서 술에 취해서 옥 사발로 샘물을 길으려다가 웃으면서 샘물을 바라보다가 죽고 말았다.

조선 중기의 기준(奇遵, 1492-1521)은 옥당 즉 홍문관에 있으면서 꿈에 시를 얻었는데, 그 마지막 구에

> 창파만리(滄波萬里)에 무회도(無迴棹)하니
> 벽해망망(碧海茫茫)하여 신불통(信不通)이로다

라고 했다. "푸른 물결 만 리에 되돌아갈 노 없고, 푸른 바다 아득하여 서신도 통하지 않네" 라는 뜻이다. 그는 조광조의 문하에서 수학했고 1514년(중종 9) 별시문과에 급제한 후 벼슬길에 올라 1516년에 홍문관 수찬을 지낸 후, 시강관(侍講官) 등에 임명되었으며, 1519년 응교가 되었다. 기묘사화가 일어나자 온성에 유배되었다가 유배지에서 교살되었다. 그가 꿈에서 읊은 시는 곧 시참(詩讖)이었던 것이다.

때때로 사람은 꿈이 가진 예지의 힘을 잘 알고 있으면서고 그것을 왜곡하려고 한다.

정약용은 1800년에 장기로 귀양 갔다가 1801년에 신유사옥이 일어나 다시 서울로 끌려와 심문을 받고 감옥에 갇혀 있었다. 이때 그는 꿈속에서 점을 쳤다. 그 점은 준괘(屯卦)가 복괘(復卦)로 변하는 것이었다. 준괘는 운뢰(雲雷)의 상이다. 그 구오(九五)의 효가 음으로 변하면 복괘(復卦)가 된다. 정약용은 「꿈에 준괘가 복괘로 변하는 꿈을 꾸고 짐짓 시 한 편을 적는다(夢得屯之復, 聊題一詩)」는 제목의 시를 지었다.

鷄林北部此羈栖(계림북부차기서) 荷水苕山盡嶺西(하수초산진영서)

棗熟時風淅淅(영조숙시풍석석) 鷾鴯歸後日凄凄(의이귀후일처처)

書緣養疾唯流覽(서연양질유유람) 詩爲傷和亦懶題(시위상화역라제)

夢裏雲雷交九五(몽리운뢰교구오) 不逢詹尹可誰稽(불봉첨윤가수계)


계림 북부인 여기에 붙여 사니

내 고향 하수와 초산은 모두 조령 서쪽

대추 익을 때 바람소리 삭삭하고

제비 떠나자 날씨 제법 쌀랑하다

병에 해될까봐 책은 흘려 보고

화기 상할까봐 시도 자주 짓지 않는다

꿈속에 운뢰의 구오 효가 동했다만

옛 점술가 첨윤이 없으니 누구에게 물으랴


　정약용은 준괘가 복괘로 변화한 사실에 주목해서 앞날이 잘 풀리기를 기대했다. 하지만 다시 강진으로 오랜 귀양을 가야 했다.

　곧, 준괘는 괘체가 진하감상(震下坎上, 하괘가 진, 상괘가 감)이고 상(象)은 수뢰(水雷, 상괘가 물, 하괘가 우레)로, 그 괘사는 "준은 크게 형통하고 올곧음이 이로우니, 갈 바를 두지 말고 제후를 세움이 이롭다"이다. 그 구오(九五) 효가 변하면 진하곤상(震下坤上, 하괘가 진, 상괘가 곤) 즉 지뢰(地雷, 상괘가 땅, 하괘가 우레)인 복(復)괘로 된다. 복괘의 괘사는 "복은 형통하여 나가고 들어옴에 병이 없어서 벗이 와야 허물이 없으리라. 그 도를 반복하여 일 만에 와서 회복하니, 가는 바를 둠이 이롭다"이다.

　본괘에서 지괘로 변할 때 본괘의 효가 하나만 변했으면 그 효사가 점사가 된다. 준괘의 구호 효사는 "구오는 은택을 베풀기가 어려우니,

275

조금씩 바로잡으면 길하고 크게 바로잡으면 흉하리라" 이다. 이것은 신하가 권력을 남용하여 군주의 은택이 제대로 시행되지 못함을 말한 것이다. 이것은 매우 불길한 꿈이다.

정약용은 이 날 자기 꿈에서 나온 점괘가 불길하다는 것을 알았다. 그럼에도 불구하고 변괘가 복괘라는 점을 애써 강조해서 실낱 같은 희망을 가탁했던 것이다.

심지어 사람은 자신의 꿈에 개입해서 꿈을 조작하려고도 한다. 아마도 반의식의 상태에서 그렇게 하는 것인지도 모른다.


6.


내가 이즈음 자주 꾸는 꿈은 정몽일까, 악몽일까, 알지 못하겠다.

다만 나이가 들어가면서, 악몽을 물리치는 법을 익혀두지 않으면 안 될 것만 같은 생각이 든다. 저 긴긴 잠에 빠졌을 때 악몽을 꾼다면 너무 무섭지 않은가. 악몽을 꾸지 않는 연습이 내게는 절실하다. 옛 책에 보면, 꿈의 신을 지리(趾離)라 하는데, 그의 이름을 부르고 잠을 자면 꿈이 맑고 길하게 된다고 한다. 효과가 있을까?

명나라 진계유(陳繼儒)의 『진주선(珍珠船)』에는 이렇게 말했다.

악몽을 깨고 나서는 왼손으로 인중을 스물일곱 번 올려 쓰다듬고 이빨을 스물일곱 번 마주치면 흉이 길로 변한다. 그리고 좋은 꿈을 꾸고 나서는 마땅히 눈을 스물일곱 번 쓰다듬고 이를 스물일곱 번 맞추어야 한다.

이규경(李圭景, 1788-1853)의 『오주연문장전산고』에 악몽을 없애는 방법에 대해 여러 가지 초록해 둔 것이 있다. 그도 악몽을 많이 꾸어서 일부러 이런 비방을 초록한다고 했다.

『기거잡지(起居雜誌)』에 이러하다. "누워 잘 때 신발을 한 짝은 쳐든 채로 바로 놓고 한 짝은 엎어놓으면 악몽이 없고 염(魘, 꿈에 무서운 것을 보고 놀람)이 없다."

『물류상감지(物類相感志)』에는 이러하다. "사향을 베개 속에 넣고 자면 악몽을 없앨 수 있다."

『오두통서(鰲頭通書)』에는 이러하다. "악몽을 꾸고 나쁜 소식을 들었을 때는 얼굴을 동쪽으로 향하고서 물 한 주발을 준비한 다음 오른손으로 칼을 잡고는 '일출동방(日出東方) 만물토황(萬物吐黃) 악사화위니토(惡事化爲泥土) 호사변성금장(好事變成金章)'이라는 주문을 일곱 번 암송하면서 해를 향하여 공기를 한 입 취하고 물을 한 모금 머금는다. 암송이 끝난 다음엔 물 주발을 엎고 반대쪽으로 달려가되 뒤를 돌아보지 않고 곧바로 가면 크게 길하다."

『의방(醫方)』에는 이러하다. "악몽을 깨고 나서는 이를 남에게 말하지 말고 급히 이를 일곱 번 딱딱 마주치면서 '악몽착초목(惡夢着草木) 호몽성주옥(好夢成珠玉)'이라는 주문을 세 번 외면 길하다."

『의방』에서 악몽을 꾼 다음 외라는 주문이 꽤 운치가 있다.

나쁜 꿈은 초목에 들러붙고, 좋은 꿈은 주옥이 되어라!

하지만 긴긴 밤이 오면 어떤 주문을 외워야 하는가.

277

# [참 고]

이규보(李奎報), 「취중보운(醉中步韻)」, 『동국이상국전집(東國李相國全集)』
　　　　부록 백운소설(白雲小說), 한국문집총간 2, 1988.

홍이훤(洪頤煊) 집(輯), 『몽서(夢書)』, 台北: 藝文印書館, 1968.

홍길주(洪吉周) 저, 박무영·이현우 외 역주, 『항해병함(沆瀣丙函)』, 파주:
　　　　태학사, 2006.

왕부지(王夫之), 『악몽(噩夢)』, 『선산유서(船山遺書)』, 台北 自由出版社, 1972.

이하(李賀), 「몽천(夢天)」, 『전당시(全唐詩)』 권690, 北京: 中華書局, 1985.

이수광(李睟光), 「꿈 일을 적는다(敍夢)」, 『지봉집(芝峯集)』 권23 잡저, 한국문
　　　　집총간 66, 1988.

이익(李瀷), 「수(愁)」, 『성호전집(星湖全集)』 권5 시, 한국문집총간 198-200,
　　　　1997.

목만중(睦萬中), 「민환의 중구일 시에 차운함(次閔生鎮九日韻)」, 한국문집
　　　　총간 속90, 한국고전번역원, 2009.

귀유광(歸有光), 「기미회시잡기(己未會試雜記)」, 『진천집(震川集)』 별집 권6
　　　　기행(紀行), 台北 商務印書館, 1968.

이옥봉(李玉峰), 「몽혼(夢魂)」.

조수삼(趙秀三), 「도망(悼亡)」, 『추재집(秋齋集)』 권3 시, 한국문집총간 271,
　　　　2001.

최영(崔瑩), 「몽중작(夢中作)」, 원천석(元天錫), 『운곡행록(耘谷行錄)』 권3 시
　　　　수록, 한국문집총간 6, 1988.

원천석(元天錫), 「기몽(紀夢)」, 『운곡행록(耘谷行錄)』 권4 시, 한국문집총간
　　　　6, 1988.

신흠(申欽), 『청창연담(晴窓軟談)·하』 『상촌고(象村稿)』 권52 만고(漫稿)
　　　　하, 한국문집총간 72, 1988.

진관(秦觀), 『회해집(淮海集)』 장단구(長短句) 권하, 台北: 商務印書館, 1968.

기준(奇遵), 「기몽(記夢)」, 『덕양유고(德陽遺稿)』 권1 시, 한국문집총간 25, 1988.

정약용(丁若鏞), 「꿈에 준괘가 복괘로 변하는 꿈을 꾸고 짐짓 시 한 편을 적는다(夢得屯之復, 聊題一詩)」, 『여유당전서(與猶堂全書)』 제1집 시문집(詩文集) 권4 ○시집(詩集) 시, 한국문집총간 281-286, 2002.

이규경(李圭景), 「몽경에 대한 변증설(夢境辨證說)」, 『(국역분류)오주연문장전산고(五洲衍文長箋散稿)』 인사편(人事篇)1 인사류(人事類)1, 한국고전번역원, 1977-1989.

# 기교인가 형성인가 : 대(對)의 딜레마

### 1.

한어와 한문은 우리말과 근본적으로 다르다. 문자의 상징성과 구상성을 극대화한다는 점, 사물을 대(對)로 파악하여 묘사하거나 서술하는 점은 그 중요한 차이점이다. 대(對)의 발상은 특히 한문 문학의 양식적 특성에 깊은 영향을 끼쳤다. 대를 대구(對句), 대어(對語) 혹은 대장(對仗)이라고도 한다.

대란 참으로 기묘하다. 플러스와 마이너스의 대립항만 대가 아니다. 반의어도, 동의어도, 유사어도 대가 되며 상위범주와 하위범주의 관계도 대가 된다. 이를테면 山이란 글자에 대한 대는 川, 江, 海뿐만 아니라 嶽, 峰도 대가 된다. 人, 馬, 木, 花, 林도 대가 된다. 두 글자의 예를 든다면, 청산(靑山)의 대는 황엽(黃葉)이어도 좋고 백악(白岳)이어도 좋다. 따라서 대는 '관계'다. 친화적인 사물들만 대를 이루는 것이 아니라, 대립하는 것까지도 우주 전체의 운동 속에서 대를 이룬다. 따라서 서로 관계를 맺을 수 있는 사물들이라면 어떤 것이든 모두 대가 될 수 있다.

대는 사물들 사이의 자유로운 관계 맺음 속에서 이루어지지만, 언어적 표현에서는 일정한 규약이 있다. 곧 음운상이나 어법상 짝을 이루어야 한다. 이를테면 제시된 한자어가 수식어와 명사로 이루어져 있다면 대가 되는 한자어도 그런 짜임일 필요가 있다. '꽃을 보고 버드나무 가지를 꺾는다'는 뜻의 '간화(看花) 절류(折柳)'를 예로 들면, 보고 꺾는 행위가 앞에 오고 보이고 꺾이는 사물이 뒤에 온다. 불교적으로 말하면 앞의 한자어가 능(能)과 소능(所能)의 짜임이므로 뒤의 한자어도 그와 같은 짜임이다. 현대어법으로 말하면 둘 다 술어동사와 빈어로 이루어져 있다.

중국인들은 일상의 언어에서 대구를 즐겨 사용한다. '콩잎 먹는 자'란 뜻의 곽식자(藿食者)란 말은 무식한 농부를 뜻한다. 그런데 이 말은 단독으로 성립하기보다는 '고기 먹는 자'란 뜻의 육식자(肉食者)와 대비되어 존재한다. 『설원』이라는 고전에 보면, 옛날 조조(祖朝)라는 백성이 진(晉)나라 헌공(獻公)에게 글을 올려, 나라 다스리는 계책에 대해 말해달라고 요청하자, 헌공이 사자를 시켜 고하기를, "고기 먹는 자가 이미 다 염려하고 있는데 콩잎 먹는 자가 정치에 참견할 것이 무어 있느냐?"라고 다그쳤다고 한다. 곧 곽식자는 야인(野人)을 가리키고 육식자는 관리를 가리키며, 그 두 어휘는 짝을 이루어 활용되었다.

당나라의 공식문건인 조령(詔令)은 모두 대구로 되어 있다. 또 아동용 교양서라고 할 수 있는 『몽구(蒙求)』와 『사고운대(四庫韻對)』는 같은 종류의 고사끼리 대구가 되게 하여, 문자를 정돈시키고 운(韻)을 조화시켜 외우기에도 편리하게 했다. 또 중국의 주련(柱聯)에는 예외 없이 대구를 적어두었다.

서거정(徐居正)의 『필원잡기』에 이런 일화가 있다.

문종 원년인 1450년에 명나라 한림 시강으로 있는 예겸(倪謙)이 우리나라에 사신으로 왔었는데, 정인지(鄭麟趾)가 접대관이 되어 일을 주선하고 교제하여 체통을 지켰으며, 또 같이 고금을 의논하고 시를 서로 주고받았다. 작별할 적에 예겸이 "밤이 깊은데 어떨지오" 하니, 정인지가 "이금오가 두렵소(可怕李金吾)" 라고 했다. 예겸은 "왕옥여는 만나지 마시오(莫逢王玉汝)"라 하고는 웃으면서 말하기를, "천하에 대구 없는 것이 없구려" 했다고 한다.

이금오(李金吾)는 두보의 시에 나오는 인물이다. 두보가 이금오와 함께 술을 먹으며, "취하여 돌아갈 때 통행금지에 걸리지 않겠느냐?" 하자, 금오가 "두렵다"고 했다. 금오의 벼슬은 지금의 검찰청장 직이므로 이렇게 희롱한 것이다. 한편 왕옥여(王玉汝)는 한옥여(韓玉汝)의 잘못인 듯하다. 송나라 한진(韓縝)의 자가 옥여인데, 법을 엄하게 다스리므로 당시 사람들이 "차라리 호랑이를 만날지언정 한옥여를 만나지 말라" 라고 한 말이 있다.

갑작스럽고 짧은 시간의 대화에서도 대구를 사용했으니, 한자문화권에서 대구를 얼마나 즐겨 사용했는지 짐작할 수가 있다.

문학에서 보면, 대구의 표현법은 사륙변려문에서 가장 중시되었고, 산문에서도 활용되었다. 사륙변려문은 사륙문(四六文)이라고도 한다. 4자구와 6자구를 기본으로 하여 대구법을 쓴 글로 당나라 초까지 유행했다. 하지만 청나라 때, 이를테면 완원(阮元) 같은 학자는 사륙변려문이야말로 중국인의 사유를 가장 명확하게 드러낼 수 있는 문체라고 여겼다. 그만큼 대구를 사용하는 것이 중국인의 사유구조에 부합한다는 사실이 중국인 스스로에 의해 의식되어 있었던 것이다.

다만 대구법은 역시 시에서 특히 긴요하다. 한시의 근체시 가운데서도 율시(regulated poem)는 4개의 연 가운데 두 개의 연이 각각 대구를 이루므로 운율미와 형식미를 갖추고 있다. '율'이란 규율이다. 율시는 8구 4연으로 이루어져 있는데, 그 4개의 연을 각각 두련(頭聯)·함련(頷聯)·경련(頸聯)·미련(尾聯)이라 부른다. 그 가운데 함련과 경련은 반드시 대구법을 지켜야 하는데, 그것에서 정(情)과 경(景)을 어떻게 짜 넣는가 하는 것이 시의 골격에 중대한 영향을 미친다.

우리나라에서도 시문에서 대를 중시했으므로, 문인들은 늘 대구를 연마해야 했다. 그래서 시가 아닌 격문과 같은 데서도 대구를 활용하기도 했다. 이를테면 남구만(南九萬)이 1708년에 고종후(高從厚)를 위해 지은 「이조 판서에 추증된 고공(高公)의 시호를 청한 행장」에 따르면, 고종후는 의병을 일으켜 격문을 지었는데, 그의 격문을 본 사람들은 슬퍼하여 눈물을 흘리지 않는 이가 없었다고 한다. 제주도에서 말을 모집하는 격문에는

投袂而起者(투메이지자) 吾知海外有人(오지해외유인) 執策而臨之(집책이임지) 毋曰天下無馬(무왈천하무마)

소매를 떨치고 일어남은
바다 밖에 그럴 사람이 있음을 내가 아노니,
채찍을 잡고 임하면서
천하에 좋은 말이 없다고 말하지 말라

라는 구절이 있었다. 말뜻이 뛰어나고 대구가 자연적으로 이루어져 당시에 사람들이 전해 가며 외웠다고 한다.

투메이기자(投袂而起者)와 집책이임지(執策而臨之)가 대를 이루고, 오지해외유인(吾知海外有人)과 무왈천하무마(毋曰天下無馬)가 대를 이룬다. 한 문장 이상을 건너뛰어 두 문장이 대를 이루었다. 격구대(隔句對)라고 한다.

283

2.

    대(對)는 두 어구의 글자 수가 같고 문법적 구조도 같으며 의미내용도 개념이나 범주가 공통되어야 한다. 보통 대구라 불러왔다. 하지만 대구라는 말이 대를 이룬 두 구의 바깥짝을 가리키기도 하므로 최근에는 혼동을 피하여 대장법이라고 부르기도 한다. 또 그 표현법을 대구법(對句法)이라든가 대우법(對偶法)이라고도 한다.

    율시에서는 반드시 대장법을 사용해야 하지만, 산문에서도 대장법을 잘 사용한다.

    대에는 나란한 두 구가 대를 이루는 직대(直對), 한 구 건너씩 대를 이루는 격구대가 있다. 그리고 두 구의 중심개념들이 같은 범주에 속하는가 다소 어긋나는가에 따라서 정대(正對)와 관대(寬對) 등을 구별하기도 한다. 산문에서는 서너 개의 대구를 나열하고 맨 마지막에 전체를 결속하는 쌍관법(雙關法), 같은 글자 수, 같은 짜임, 같은 내용을 지닌 구절을 셋 이상 병렬하는 유구법(類句法), 대구를 이용하면서 앞의 끝말을 다음 문장의 처음에 두는 연쇄법 등 응용발전의 형태도 있다.

    대구의 기법은 한나라 때 부(賦)나 변문(騈文)에서 발달하기 시작했는데, 그 기법이 시에서 더욱 세련되어졌다. 그 결과 차츰 오언시에서 대구의 요소가 불가결한 것으로 되었다. 이 점에서 남조의 사령운(謝靈運)과 사조(謝朓)는 기여한 바가 크다. 두 시인은 서경시 방면에서 새로운 경지를 열면서 세련된 대구를 만들어냈다. 사조의 시에서 다음과 같은 구들은 묘사도 섬세하고 대구도 정밀하다.

      大江流日夜(대강류일야) 客心悲未央(객심비미앙)

큰 강물은 밤낮으로 흐르고,
길손 마음은 슬픔이 다하지 않아라

天際識歸舟(천제식귀주) 雲中辨江樹(운중변강수)

하늘가에 돌아가는 배를 알아보고,
구름 속에서 강가 나무를 변별한다

魚戱新荷動(어희신하동) 鳥散餘花落(조산여화락)

고기들 장난에 갓 돋은 연잎들 움직이고,
새들 흩어지매 남은 꽃들 떨어진다

花叢亂數蝶(화총난수접) 風簾入雙燕(풍렴입쌍연)

꽃덤불에 서너 나비들 어지럽고,
풍렴으로 한 쌍 제비 들어온다

　　마지막 연은, 나비 서너 마리가 꽃 덤불 속에 이리저리 날고 바람에 흔들리는 주렴 사이로 제비 한 쌍이 쏘옥 들어오는 광경을 마치 그림과도 같이 세밀하게 묘사했다.
　　대구에 관해서는, 유협(劉勰, 465-521)의 『문심조룡』에서 4종의 대를 언급했다.

언대(言對) : 고사를 사용하지 않는 대
사대(事對) : 고사를 사용하는 대

정대(正對) : 주지가 같은 방향인 대
반대(反對) : 주지가 반대 방향인 대


그 후 일본의 구카이(空海, 774-835)는 중국의 문학이론서를 편집한
『문경비부론』에서 29종의 대를 세세하게 분류했다. 『문경비부론』의 29
종 대 가운데서도 다음 여섯 가지가 중시된다.


평대(平對) : 평범한 대구
기대(奇對) : 기발한 대구
동대(同對) : 평대와 기대의 중간. 같은 부류의 어휘를 대우로 만드는 대
자대(字對) : 의미는 고려하지 않고 문자의 형태에 주목하여 만든 대
성대(聲對) : 의미는 고려하지 않고 문자의 음성에 주목하여 만든 대
측대(側對) : 자대의 변형으로, 문자의 일부 형태에 주목하여 만든 대


그러나 실제 대구를 만드는 방법, 즉 대장법은 결코 간단하지 않다.
당나라 태종 시대의 시풍을 대표하는 상관의(上官儀)는 대구를 치
밀하게 분석했다고 하는데, 자신의 시에서도 대구를 교묘하게 사용했
다. 그의 작품 가운데 「입조하여 달 아래 낙수의 둑을 거닐다(入朝洛
堤步月)」라는 제목의 시가 있다.


脈脈廣川流(맥맥광천류)
驅馬歷長洲(구마력장주)
鵲飛山月曙(작비산월서)
蟬噪野風秋(선조야풍추)


넓은 강물 흐름을 물끄러미 바라보며

말을 내몰아 긴 물섬을 넘어 가노라니

까치 나는데 산의 달은 새벽 맞아 기울고

매미 소리 시끄러운데 들의 바람은 가을 기운

마지막 두 구의 대가 정교하다. 鵲-蟬, 飛-噪, 山月-野風는 각각 같은 범주의 어휘를 사용하여 정확하게 대를 이루었다. 曙-秋는 얼핏 대가 아닌 듯하지만, 실은 대단히 교묘한 대다. 우선 두 글자는 모두 시간에 관계되는 같은 부류의 어휘들이다. 또한 山月曙는 산의 달이 새벽 맞아 기운다는 뜻을 포괄하고, 野風秋는 들의 바람은 가을 맞아 써늘하다는 뜻을 포괄하여, 시간부사이면서 동사적인 뉘앙스를 지녀 짝을 이루는 것이다.

단, 위에 든 상관의의 시는 전편이 아니라 시의 전반이나 후반일지 모른다고 한다.

이후 당나라 시인들은 대구의 형식을 점점 복잡하게 궁리했다. 현대의 관점에서 대장법을 정리한다면 대개 다음과 같은 형식에 주목할 필요가 있다.

공대(工對) : 동일한 부류에 속한 사물끼리 대를 맞춘 것을 말한다. 천문 대 천문, 지리(地理) 대 지리 등을 예로 들 수 있다.

인대(隣對) : 인접한 부류로 대를 이루는 것을 말한다. 천문 대 시령, 기물 대 의복 등을 예로 들 수 있다.

관대(寬對) : 동일한 부류나 인접한 부류로 대를 맞추지 않고 명사 대 명사, 서술어 대 서술어의 식으로 대를 맞추는 것을 말한다.

차대(借對) : 해당 글자의 다른 뜻을 빌려 교묘하게 대를 맞춘 것을 말한다.

착종대(錯綜對) : 대를 이루는 글자의 위치가 어긋나 있는 것을 말한다.

격구대(隔句對) : 한 연 내에서 대를 이루는 것이 아니라 두 연에 걸쳐

대를 이루는 것을 말한다.

구중대(句中對) : 한 구 내에서 대를 이루는 것을 말한다.

유수대(流水對) : 두 구의 관계가 대를 이루되, 그 둘이 대립적이 아니라 한 가지 의미로 일관되어 있는 것을 말한다. 주로 근체시의 미련에 사용한다.

여기서 당나라 시인 유장경(劉長卿, 725?~791?)의 「눈을 만나 부용산에 묵다(逢雪宿芙蓉山)」라는 제목의 시를 통해서 대구의 형식에 대해 다시 살펴보기로 한다. 이 시는 절구인 데도 전반 두 구를 대구로 했다. 대구는 절구에서도 사용되지만, 절구에서는 대구가 필수조건이 아니다.

日暮蒼山遠(일모창산원)

天寒白屋貧(천한백옥빈)

柴門聞犬吠(시문문견폐)

風雪夜歸人(풍설야귀인)

해 저물고 청산은 먼데

날씨 차갑고 흰 이엉집이 가난하다

사립문에 개 짖는 소리 들리고

한밤 풍설에 돌아오는 사람

저녁 나절의 산들은 검푸른 빛으로 멀리 희미하다. 한기 속에 이엉집은 초라하다. 섶나무로 얽어둔 문 어구에서 개 짖는 소리가 들린다. 이렇게 풍설 치는 밤길을 돌아오는 사람이 있는 것이리라.

제1구의 위에 두 자의 일모(日暮)는 제2구의 천한(天寒)과 대응하고, 아래 세 글자도 창산(蒼山)과 백옥(白屋)이 대응하고 원(遠)과 빈(貧)이 역시 대응한다. 문법적으로 보면 제1구 일모의 日이 실자, 暮는 허자인데, 제2구의 天은 실자, 寒은 허자로, 실자의 다음에 허자가 오는 순서가 동일하다. 아래의 세 글자도 마찬가지다. 창산과 백옥은 허자와 실자가 결합된 복합어인데, 蒼과 白은 아래의 山과 屋의 명사를 한정하는 수식어다. 그리고 창산과 백옥이 각각 하나의 명사로서 주어인 데 비해 뒤에 잇는 遠과 貧은 술어이다. 이렇게 문법적 기능이 같은 요소를 같은 순서로 배열하는 것이 대구의 제1 요건이다. 같은 위치에 있는 글자가 의미면에서 공통점을 지닌다는 것이 대구의 제2 요건이다. 일모의 日과 천한의 天은 모두 천상(天象)에 속하는 관념을 나타내고, 창산의 蒼과 백옥의 白은 색채어로서 공통성을 지닌다.

근대 이전의 우리나라에서는 한시 제작 능력은 사대부 및 중간 계층의 필수 교양이었다. 특히 사대부 계층은 진사시에서 부과되는 시나 과시(科詩)의 과목에 응하기 위해 어려서부터 한시 작법을 익혀야 했다. 그 방법은 대개 기왕의 명가들의 시 가운데서 2구 1연으로 이루어진 연구(聯句)를 익히는 것으로 시작했다. 이때 안짝 구와 바깥짝 구의 평측을 반대로 하고, 문장 성분이 같은 곳에 의미상 서로 관련이 있는 시어를 놓아 대가 되게 만드는 등 기본적인 형식을 익히게 되면 응구첩대(應口輒對)할 수 있게 된다. 응구첩대란 한 사람이 안짝의 구를 제시하면 그에 맞춰서 즉각 바깥짝의 대구를 짓는 것을 말한다.

시 학습에서 안짝과 바깥짝의 대를 가장 기본적인 작시 능력이라고 간주했으므로, 한시의 논평도 시 한편의 주제사상이나 골격에 대해 종합적으로 논하는 일보다 특정한 연(聯)의 잘 되고 못 됨에 초점을 맞추는 일이 많았다. 조선 중기의 시 비평가였던 허균(許筠)의 『성수시화』나 17세기의 비평가 김득신(金得臣)의 『종남총지』, 남용익(南龍翼)의 『호곡만필』 등은 대개 율시의 함련이나 경련, 혹은 절구의 한 연만 들어 논평을 했다.

조선 정종 2년에 상왕이었던 태조는 덕수궁에서 정종과 훗날의 세종인 세자 등과 함께 잔치를 하다가,

年雖七十心相應(연수칠십심상응)

나이는 칠십이 되었으나 마음이 서로 맞구나

라는 구를 읊었다. 그러자 정종은

夜已三更興不窮(야이삼경흥불궁)

밤은 벌써 삼경인데 흥이 다하지 않구려

이라는 대구를 지어 올렸다. 태조의 불편한 심기를 누그러뜨리기 위해 태조의 권세가 결코 다하지 않았음을 간접적으로 칭송한 것이다.

전근대 시기의 문인들은 어릴 때 지은 완전한 시를 한두 편 문집에 남겨 스스로의 조숙성을 과시하고는 했다. 그것을 동몽시(童蒙詩)라고 부른다. 고려의 정지상(鄭知常)도 세 살 때 흰 물새를 보고 오언절구를 지었다는 일화가 전한다. 하지만 아무리 천재라고 하여도 어린 나이에는 연구(聯句)를 짓는 정도가 보통이었다. 연구란 대구의 형태를 지닌 두 구를 말한다.

중국이나 우리나라에서는 아동이 연구를 잘 지으면 신동이라고 불렸다. 남이 제시한 구에 대를 맞추는 득대(得對)를 즉각 할 수 있으면 특히 총명하다고 평가되었다. 고려의 이규보는 열한 살 때, 직문하성 벼슬이던 숙부 이부(李富)의 부름을 받아 성랑(省郎)들이 서너 명 모이는 모임에 나아가 그들이 시키는 대로 지(紙)자를 이용한 연구를 즉석

에서 지어 기동(奇童)이라는 칭찬을 들었다. 그가 지은 연구는 붓을 비유한 모학사와 술을 비유한 국선생을 대비시킨 방식이 묘하다.

紙路長行毛學士(지로장행모학사) 盃心常在麴先生(배심상재국선생)

종이 길을 모학사(붓)는 늘 다니고,
술잔 가운데는 항상 국선생(술)이 계시네

명나라 이동양(李東陽)은 신동으로 소문이 나자 황제가 그를 궁궐에 불러들여 대구로 시험했는데, 황제가

螃蟹渾身甲冑(방해혼신갑주)

게는 온몸이 갑주로 덮여 있네

라고 하자, 이동양은

蜘蛛滿腹經綸(지주만복경륜)

거미는 뱃속에 경륜이 가득 찼네

라 했다고 한다.

조선 전기의 서거정은 대여섯 살 때 중국 사신들이 머무는 태평관에 들어가 창문을 뚫고 안을 엿보다가 중국 사신에게 붙잡혀 야단을 맞게 되었는데, 대구를 잘 지어 풀려났다고 한다. 중국 사신은

指觸紙窓成孔子(지촉지창성공자)

손가락으로 종이 창을 뚫으니 구멍[孔子]을 이루었네

라고 안짝 구를 말했는데, 어린 서거정은

手持明鏡對顏回(수지명경대안회)

손에 밝은 거울 쥐고 얼굴 돌려[顏回] 대한다

라고 바깥 구를 답하여, 공자에 안회로 짝을 맞추었다.
　조선 성종 때의 채수(蔡壽)는 그 손자 채무일(蔡無逸)에게 시를 가르칠 때,

孫子夜夜讀書不(손자야야독서불)

손자는 밤마다 글을 읽느냐 안 읽느냐

라는 구를 제시했다. 그러자 대여섯 살에 불과했던 채무일이

祖父朝朝飮酒猛(조부조조음주맹)

할아버지는 아침마다 술을 너무 자십니다

라고 바깥 구를 대었다.
　장유(張維)가 지은 이항복(李恒福)의 행장에 따르면, 이항복은 여덟

살 때 글공부를 시작하자마다 월등하게 총명한 자질을 보였다. 한번은
그 부친이 검(劍)과 금(琴) 두 글자를 내주며 대구를 지어 보라고 명했
는데, 이항복은 즉석에서 시를 지어,

劍有丈夫氣(검유장부기) 琴藏千古音(금장천고음)

칼에는 장부의 기상이 서려 있고
거문고엔 천고의 소리가 감춰져 있다

라고 했다. 이 이야기를 들은 사람들은 그가 대성할 그릇임을 감지했
다고 한다.

3.

대구의 방식을 철저하게 연마하여 독특한 미학을 형성한 시인이 두
보(杜甫)이다.
저 유명한 「춘망(春望)」은 그 대표적인 예이다. 46세 때 안녹산의
난이 일어난 뒤, 조정과 멀어지고 가족들과도 떨어져서 외롭게 반란군
의 진영에 구금되어 있었던 시기의 작품이라고 한다.

國破山河在(국파산하재)
城春草木深(성춘초목심)

感時花賤淚(감시화천루)

恨別鳥驚心(한별조경심)

烽火連三月(봉화연삼월)

家書抵萬金(가서저만금)

白頭搔更短(백두조갱단)

渾欲不勝簪(혼욕불승잠)


나라 깨어져도 산하는 그대로라

성에 봄 들어 초목이 깊다

시절에 느껴 꽃도 눈물을 쏟고

이별을 한탄하여 새도 섬뜩해 한다

봉화는 삼월에도 이어져

집 편지는 만금에 해당하는데

흰머리는 긁을수록 더욱 짧아져

도무지 비녀를 못 이길 지경


두 번째 연(함련)과 세 번째 연(경련)은 명백히 각각 대구이다. 두 번째 연은 "시절에 느껴 꽃도 눈물을 쏟고, 이별을 한탄하여 새도 섬뜩한다"로 풀이해도 좋고, "시절에 느껴서는 꽃을 보고도 눈물을 쏟고, 이별을 한탄하여서는 새 때문에도 마음을 섬뜩해 한다"로 풀이해도 좋다. 세 번째에서 '삼월'은 음력 삼월을 가리킨다고 볼 수도 있고 삼개월 간으로 해석해도 좋다. 어려운 시절을 살아가는 지식인의 심리적 불안감이 이 두 대구를 통해 잘 드러난다.

그런데 이 시는 첫째 연(두련)도 느슨한 대의 형식을 이용했다고 볼 수 있다.

國破山河在(국파산하재)
城春草木深(성춘초목심)

    여기서 國과 城이 대를 이루고, 山河와 草木이 대를 이룬다는 것은 금세 알 수가 있다. 문제는 破와 春은 하나는 동사, 하나는 명사이므로 품사로 보면 서로 대가 아니다. 在와 深도 하나는 동사, 하나는 형용사이므로 역시 품사로 보면 대가 아니다. 하지만 破가 인간의 구조물이 파괴된 상태를 말하는 데 비해 春은 자연의 사물들이 봄을 맞아 생명을 얻는 것을 말하여, 서로 의미상 교묘하게 대를 이룬다. 더구나 여기서의 春은 봄이 돌아왔다는 뜻으로, 동사로 품사 전성되었다. 在와 深의 경우는 의미상 서로 관련성이 깊다. 在는 굳건하고 장구하게 존재함을 뜻하고 深은 생명이 뿌리를 내리고 번성함을 뜻하므로 서로 공통의 범주를 형성한다. 곧, 破와 春, 在와 深은 서로 느슨한 대를 이루고 있으면서 인간의 구조물과 자연의 사물들을 교묘하게 대비시키고 있는 것이다.

    두보는 48세 되던 759년에 장안을 떠나 7월부터 10월까지 진주(秦州) 곧 지금의 감숙성 천수현(天水縣)에 몸을 맡겼다. 이 3개월 간 두보는 대구의 방식과 비유의 표현을 철저하게 연마했다. 특히 미시의 세계와 거시의 세계를 대비시켜 그것에 시상을 가탁하는 방법을 발달시켰다.

    두보의 「등고(登高)」는 그렇게 갈고닦은 대구의 방식을 절묘하게 구사한 명작이다. 명나라 비평가 호응린(胡應麟)은 이 시가 두보의 칠언율시로서 가장 뛰어날 뿐만 아니라 고금의 칠언율시 가운데 이것에 미칠 게 없다고 논평한 바 있다. 등고란 매년 음력 9월 9일에 가까운 산 위에 올라 술자리를 마련하는 일이다.

風急天高猿嘯哀(풍급천고원소애)

渚淸沙白鳥飛廻(저청사백조비회)

無邊落木蕭蕭下(무변낙목소소하)

不盡長江滾滾來(부진장강곤곤래)

萬里悲秋長作客(만리비추장작객)

百年多病獨登臺(백년다병독등대)

艱難苦恨繁霜鬢(간난고한번상빈)

潦倒新停濁酒盃(요도신정탁주배)


급한 바람 높은 하늘에 잔나비 울음 구슬프고

맑은 강가 흰 사장에 새 날아 돌아오는데

가없는 낙목은 소소하게 잎 지고

다함없는 긴 강은 유유히 흘러온다

만리 밖 슬픈 가을에 오래도록 길손 되어

인생 백년 병도 많아 홀로 누대에 올랐나니

간난에 서릿발 된 귀밑머리가 너무도 한스러워라

맥없이 그만 끊었다 탁주배 드는 일도


두보의 이 시는 만년에 기주(夔州)에서 지었으리라 추정된다. 전반의 4구는 만추의 세계를 부감하여 묘사한 것인데, 두련과 함련에 각각 대구를 사용하였다. 이에 비해 경련에서는, 타향 만리 슬픈 가을에 여태 길손 되어 평생 병에 찌든 몸 이끌고 홀로 누에 오른다고 말하여, 짙은 고독감을 드러냈다.

조선 초의 유방선(柳方善, 1388-1443)은 두보 시를 전공한 시인이다. 그의 「자영(自詠)」은 대구가 절묘하다.

杜門甘屛迹(두문감병적) 誰肯許同群(수긍허동군)
松月眠孤鶴(송월면고학) 溪風起薄雲(계풍기박운)
江山終日見(강산종일견) 世事隔年聞(세사격년문)
寂寞齋居靜(적막재거정) 淸香手自焚(청향수자분)

문 닫고 달갑게 홀로 지내니
뉘 선뜻 어울려 주랴
달 걸린 소나무에는 외론 학이 잠들고
바람 이는 시내에 엷은 구름 피어난다
강산을 종일토록 보고
세간일은 몇 해 만에 듣고
적막하다 할 만큼 고요한 서재에서
청향을 손수 사른다

함련의 두 구는 각각 복잡한 짜임이다. 즉 앞의 두 글자는 명사이
되 뒤의 명사가 앞의 명사를 수식한다. 세 번째 글자는 술어동사다.
그리고 형용사와 명사로 이루어진 넷째 다섯째 글자가 전체 구의 주어
다. 경련의 江山과 世事는 하나는 천지문(天地門)에 속하고 하나는 인
사문(人事門)에 속하여 관대(寬對)이되, 실은 같은 구 안에서 江과 山,
世와 事가 자체적으로 공대(工對)다. 또 함련은 경물을 묘사하고, 경련
은 시인의 일을 서술했다.

유방선은 자신의 적적한 심사를 표출하기 위하여 이런 식으로 구와
연을 단련했다.

조선 중기의 신광한(申光漢, 1484~1555)은 시어를 찾기 위해 고심한
인물로 유명하다. 그의 「병중에 산 집에서 즉흥시를 지어 조사수(趙士秀)
에게 부치고 화답을 구하다(病裏山齋卽事寄趙士秀求和)」라는 시는 「산재

즉사(山齋卽事)」라는 제목으로 알려져 있다.

自是嬰衰疾(자시영쇠질)　還如謝世紛(환여사세분)
夢凉荷瀉露(몽량하사로)　衣潤石生雲(의윤석생운)
作吏眞兼隱(작리진겸은)　栖山不負君(서산불부군)
淸芬誰可共(청분수가공)　持此欲相分(지차욕상분)

늙어 병 든 뒤로
도리어 분분한 세상을 버린 듯해라
꿈은 연잎에 쏟아진 이슬에 서늘하고
옷은 바위에서 생겨난 구름에 젖었구나
관리 되어 진정 은일을 겸했고
산에 살아도 임금을 저버리지 않았네
맑은 향기를 누구와 함께 하랴
이 향기를 그대와 나누고파라

　신광한은 기묘당인으로 몰려 삼척부사로 나갔다가 사직하고 여주에
15년간 은둔했고, 조정에 복귀한 뒤로도 관리로 있으면서 은둔한다고
했다. "관리 되어 진정 은일을 겸했고, 산에 살아도 임금을 저버리지
않았다네"라고 한 말은 자신의 삶을 스스로 평가한 말이다. 이것은
소동파가 「6월 27일 망호루에서 취하여 적다(六月二十七望湖樓醉書)」
다섯 절구 가운데 제5수에서,

　　　未成小隱聊中隱(미성소은료중은)　可得長閒勝暫閒(가득장한승잠한)
　　　아직 소은에는 익숙하지 않아 잠시 중은을 하고 있다만
　　　산림에서의 긴 여유는 공무 중의 잠깐 여유보다 나을 것인가

라고 하였던 뜻을 뒤집어, 자기 자신은 소은도 중은도 자유자재하다는 뜻을 밝힌 것이다. 소은이란 산림에 은둔하는 일, 중은은 관직에 있으면서 은둔하는 이은(吏隱)을 말한다. 실은 소동파의 시는 또 백거이가 「중은(中隱)」에서 관직에 있으면서 은둔하는 것을 이상적인 삶으로 제시한 것에 근거하고 있다.

신광한의 시는 두 연의 첫머리에 허자로 짝을 맞추어 돌연하게 일으키는 효과를 낳았다. 또한 함련에서는 공교한 대구를 사용해서, 주관적 심경을 자연물에 가탁해서 상징적으로 드러냈다. 실은 신광한은 함련의 안짝을 짓고 나서 몇 해 지나도록 바깥짝을 찾지 못하고 있었는데, 그때 박란(朴蘭)이 위의 바깥짝을 제시했다고 한다.

**4.**

대구는 과연 시적 언어의 형성력을 극대화한 것인가, 아니면 단순히 양식적으로 요구되는 기교인가? 물론 대가가 창조한 대구는 형성력을 극대화한 것이라고 할 수 있으리라. 시적 언어의 형성력에 대해 코울리지(Coleridge, Samuel Taylor)는 이렇게 말했다.

운율이 자연스럽게 스스로 기능을 발휘하는 한, 일반적 감정과 주의력은 더욱 더 활성화되고 예민해지게 된다. 운율은 놀라움의 감정을 지속적으로 자극함으로써, 또한 아직 더 만족시켜야 하고 여전히 새롭게 자극되어야 할 호기심에 재빠르게 반응함으로써, 그 효과를 생성해 낸다. 이러한 반응은 너무나 섬세하기 때문에 순간적으로는 명료하게 파악될 수 없지만, 집합적 영향력의 면에서 보면 상당하다.(정경렬, 『코울리지: 상상력과 언어』, 태학사, 2006, p.175)

그러나 시의 대구에 대해 형성력을 확인하기란 쉽지 않다. 때로는 양식적으로 요구되는 기교로서 대구를 활용하는 경우도 많았다. 앞서 대구의 형식을 발전시킨 인물로서 손꼽았던 사령운 집안의 사혜련(謝惠連)도 대구의 발전에 기여한 것으로 알려져 있으나, 그가 지은 「추회(秋懷)」를 보면 대구는 단순한 기교에 머문 느낌이 있다. 사혜련은 그 시에서

雖好相如達(수호상여달) 不同長卿慢(부동장경만)

상여의 방달함은 좋아하지만
장경의 오만함은 동의하지 못하겠네

라고 했다. 여기서 장경(長卿)과 상여(相如)는 모두 한나라 때의 문인 사마상여를 말하며, 장경은 그의 자(字)이다. 한 인물의 이름과 자를 가지고 대를 만들었다는 것은 아무래도 억지스럽다.

심지어 시인들은 원래의 명사나 고유명사 가운데 일부 글자를 고쳐서 음률을 맞추는 일도 서슴지 않았다. 왕유(王維)나 맹호연(孟浩然)이 글자를 고친 것이 그 대표적인 예들이다.

즉 왕유는 「송이태수상락(送李太守上洛)」시에서 서산상(西山爽)과 황기심(黃綺心)을 대(對)로 하였다.

若見西山爽(약견서산상) 應知黃綺心(응지황기심)

서산의 삽상한 기운을 만약 본다면
황기의 마음을 응당 알리라

'서산상'은 서산상기(西山爽氣)에서 기(氣)를 멋대로 생략한 말이다.
'황기심'은 '황기의 마음'이고, '황기'는 한나라 고조 때 은둔자들인 상
산사호(商山四皓) 가운데 하황공(夏黃公)과 기리계(綺里季)를 아울러
가리킨다. 그 두 사람의 복성 가운데 한 글자씩만 임의로 떼어내어 산
속의 은자를 가리키는 말로 사용했다.

또 맹호연(孟浩然)의 「본 사리를 위한 새 정자를 두고 짓다(本闍黎
新亭作)」라는 시를 보면, 급원(給苑)으로 선림(禪林)의 대구를 삼았다.

팔해탈[初禪, 二禪, 四禪, 空無邊處, 識無邊處, 無所有處, 非想非非想處,
滅盡定]을 이룬 선림의 수재
삼명[天眼明, 宿命明, 漏盡明]을 행한 급원의 재주

八解禪林秀(팔해선림수) 三明給苑才(삼명급원재)

급원은 기수급고독원(祇樹給孤獨園)의 원(園)을 원(苑)으로 고쳐서
성률에 맞게 한 것이다. 본래, 석가모니가 성도한 이후에 교살라국(憍
薩羅國)의 급고독장자(給孤獨長者)가 황금으로 사위성(舍衛城) 남쪽의
기타태자(祇陀太子) 원지(園地)를 사서 정사(精舍)를 짓고 석가모니를
청하여 설법을 하게 했고, 기타태자도 동산의 수목을 헌정했다. 그래
서 두 사람의 이름을 따서 기수급고독원이라고 했다. 줄여서 급고독원
이라고도 한다.

시인들은 이러한 예들을 원용할 만한 전범으로 보았다. 하지만 전적으로 옳다고는 할 수 없다. 이러한 예들은 고도한 지식을 갖지 않은 사람들에게는 시에 접근하는 것을 방해한다.

고려 말의 이제현(李齊賢)은 『역옹패설』에서 이미 이렇게 경계했다.

'유분(劉蕡)이 급제하지 못했는데 우리가 급제했다(劉蕡不第我輩登科)'는 글에 대하여 '옹치(雍齒)도 후(侯)에 봉하여졌으니 우리들은 걱정할 것이 없다(雍齒且侯吾屬無患)'는 글이 대구가 될 수 있고 '내가 보건대 위징(魏徵)이 매우 아름답다(我見魏徵殊嫵媚)'는 글에 대하여 '사람들이 노기(盧杞)는 간사하다고 말하더라(人言盧杞是姦邪)'는 글이 대구가 될 수 있다.

글이란 대가 없을 수 없다. 그러나 대구를 씀에 있어 내용이 부실하다면 어찌 숭상할 수 있겠는가. 임종비(林宗庇)가 학사 권적(權適)에게 준 글에, "배 타고 상국으로 가니, 북방의 학자들 가운데 그대보다 앞설 사람 없었지. 비단옷 입고 고국에 돌아오니, 동도 주인이 감탄하는구나(乘船歸上國, 北方學者莫之先. 衣錦還故鄉, 東都主人唱然嘆)"라고 했는데, 최문청(崔文淸)[최자(崔滋)]은 "송나라는 서쪽에 있는데 북방이라 한 것은 잘못이다"라고 했다.

임종비는 북방학자와 동도주인을 대로 맞춘 것인데, 서방학자라 하지 않고 북방학자라고 한 것은 '북학'이란 말을 의식해서 그런 것이다. 하지만 최자가 지적했듯이, 그러한 대구는 궁벽하기 짝이 없다. 다만, 조선 후기에는 청나라가 서쪽에 있는 데도, 청나라의 신문명을 배우는 것을 북학이라고 했으니, 그 기원은 실로 오랜 연원이 있다고 할 수 있다.

옛 문인들 가운데는 대구를 맞추기 어려울 때 가짜로 고사를 만들어 대를 맞추기도 했다.

조선시대 송진명(宋眞明)은 과부(科賦)를 전공하여 변려문의 대구에

정교하다는 칭송을 들었다. 언젠가 그는

同宋玉之悲秋(동송옥지비추)

송옥이 가을을 슬퍼하는 것과 같고

라는 구절을 얻었으나, 그 대구를 맞추기가 매우 어려웠다. 그러자 가짜로 고사를 만들어서

類越金之懷春(유월금지회춘)

월금이 춘정을 느끼는 것과 유사하다

라는 가짜 대를 만들었다. '월금'의 고사는 존재하지 않는다.

조선 후기에는 이러한 폐단이 매우 심했다고 한다.

그러나 시는 길이가 길어질수록 더욱 대구를 활용하는 것이 편하다. 율시를 확장한 형식인 배율은 엄격하게 대구의 규칙을 지켜야 했지만, 배율이 아닌 장편 고시에서도 느슨한 형태의 대구를 자주 활용했다.

이를테면 장유(張維, 1587-1638)의 「동작 나루에서 썰매를 타고 노량까지 왔는데, 장난기가 동하여 배어 10운을 이룬다(自銅雀津乘雪馬 至鷺梁 戲成俳語十韻)」는 장편은 그 한 예다. 배어는 해학의 말이란 뜻이다. 보통 열 개의 운을 사용하면서 대구를 엄격하게 지키면 십운배율이 된다. 십운배율은 곧 고려 말 과거 시험에서 부과된 형식이었다. 하지만 장유의 이 시는 십운배율은 아니다. 고시이되 대구를 많이 사용한 것이다.

非鬣曷稱馬(비렵갈칭마) 行氷何取雪(행빙하취설)
機便不費力(기편불비력) 勢激難緩節(세격난완절)
飆馭謝鑣銜(표어사비함) 飛輪絶軌轍(비륜절궤철)
走丸翻覺遲(주환번각지) 激矢須讓疾(격시수양질)
脚戰萬雷輘(각전만뇌전) 眼眩千電掣(안현천전체)
却怕駭潛虯(각파해잠규) 徑欲趁奔日(경욕진분일)
縱快奢或隨(종쾌치혹수) 履薄戒仍切(이박계잉절)
雖無風波憂(수무풍파우) 恐有顚沛失(공유전패실)
千金敢自輕(천금감자경) 萬事難可必(만사난가필)
不如卽坦途(불여즉탄도) 徐行安且吉(서행안차길)


갈기도 없거늘 어찌 말이라 칭하나
얼음 위를 달리기늘 설(雪)을 왜 붙였나
기계가 편리해서 힘은 안 들지만
기세가 격렬해서 조절하기 힘들다오
바람을 몰고 가니 고삐 재갈 필요 없고
떠서 굴러가니 바퀴 자국 남지 않네
탄환을 굴려도 되려 느릴 것이고
화살을 놓아도 이보다는 빠르지 못하리
다리를 달달 떪은 천둥이 울리듯 해서요
눈앞이 어질거림은 번개가 내려치듯 해서라네
되려 물속의 규룡을 놀라게 하고
곧바로 태양을 향해 달려갈 듯하여라
상쾌하긴 하다만 재앙은 혹 뒤따르지 않을지
여리박빙(如履薄氷)의 경계가 절실하여라
풍파 일어날 걱정은 없다 해도

엎어지고 자빠질 두려움은 있도다
천금 몸뚱이를 감히 경솔히 내맡기랴
만사는 어찌 될지 알 수 없는 일
차라리 즉시 평탄한 길을 택해
서행하여 안전하고 길함만 못하리라


썰매는 근세의 아동들이 이용하던 것과는 달리, 대나무 등으로 엮은 큰 신발이다. 장유는 썰매의 기구와 놀이방식을 세세하게 서술하고서, "군자탄탕탕(君子坦蕩蕩)하고 소인장척척(小人長戚戚)하니라"라고 했던 『논어』 「술이」 편의 가르침을 되새겼다. 공자는 "군자는 마음이 평탄하여 넓디넓고 소인은 길이 근심만 한다"고 했다. 장유는 썰매의 놀이를 보면서, 군자의 탄탕탕(坦蕩蕩)은 심연에 임하고 박빙을 밟는 듯이 계신공구(戒愼恐懼)하는 자세에서 우러나온다고 말한 것이되, 그렇다고 정색을 하고 이 교훈을 강조한 것은 아니다. 어디까지나 시의 중심은 썰매 놀이의 즐거움을 묘사하는 데 있고, 경구 인용은 제한적인 의미만 지닌다.


5.


나는 당나라 유종원(柳宗元, 773-819)의 「강설(江雪)」의 기구와 승구가 우연히 짝을 이루어 풍경 묘사의 형성력을 발휘한 것을 사랑한다.

305

千山鳥飛絶(천산조비절)

萬徑人蹤滅(만경인종멸)

孤舟簑笠翁(고주사립옹)

獨釣寒江雪(독조한강설)


일천 산에 새의 날갯짓 끊기고

일만 길에 사람 발자취 감췄는데

외론 배에 도롱이 삿갓 쓴 노인

홀로 낚고 있다, 추운 강에 눈 내리는 때


당나라 때 나온 오언절구 가운데 이 작품보다 뛰어난 것이 없다는 논평이 있다. 絶과 滅이라는 시어가 절대적 고요와 절대적 평화를 절묘하게 상징하고 있지 않은가.

언어가 정신의 활동을 온전하게 드러낼 수 있을 때 그때 비로소 언어는 형성력을 가졌다고 말할 수 있다. 한시 가운데 많은 작품들은 대구를 기교로서 차용했을 뿐, 언어의 형성력을 갖추지 못한 것도 많다. 그렇기에 한시를 공부하거나 감상하면서 낙담하는 경우가 적지 않다. 좋은 시만 읽고 싶다.

# [참 고]

서거정(徐居正), 『필원잡기(筆苑雜記)』 권1, 靜嘉堂本大東稗林 29, 國學資料
　　　院, 1991.

남구만(南九萬), 「이조판서에 추증된 고공(高公)의 시호를 청한 행장(贈吏
　　　曹判書高公請諡行狀)」, 『약천집(藥泉集)』 권23 행장, 한국문집총간
　　　131-132, 1994.

사조(謝朓), 「잠시 하도로 해서 밤에 신림을 떠나 경읍에 이르러 서부의 동
　　　료에게 증정한다(暫使下都夜發新林至京邑贈西府同僚)」, 「선성군으로
　　　가서 신림포를 떠나 판교로 향하다(之宣城出新林浦向版橋)」, 「동전
　　　에 노닐다(遊東田)」, 「주부 왕계철의 원정시에 화운하다(和王主簿
　　　怨情)」, 『육신주문선(六臣註文選)』, 사부총간(四部叢刊)·정편 92,
　　　台北: 商務印書館, 영인, 1981.

상관의(上官儀), 「입조하여 달 아래 낙수의 둑을 거닐다(入朝洛堤步月)」, 『전
　　　당시(全唐詩)』 권40, 北京: 中華書局, 1985.

유장경(劉長卿), 「눈을 만나 부용산에 묵다(逢雪宿芙蓉山)」, 『전당시(全唐
　　　詩)』 권147, 北京: 中華書局, 1985.

이규경(李圭景), 「태조(太祖)의 어제(御製)와 어용 후서(御容後書)에 대한
　　　변증설(太祖御製御容後書辨證說)」, 『(국역분류)오주연문장전산고(五
　　　洲衍文長箋散稿) 경사편5 논사류1, 한국고전번역원, 1977-1989.

이규보(李奎報), 「동국이상국문집연보(東國李相國文集年譜)」, 『동국이상국
　　　전집(東國李相國全集) 연보, 한국문집총간 2, 1988.

윤증(尹拯), 「정자(正字) 이강중(李剛仲) 이 보내 준 시에 차운하다(次李正字剛
　　　仲見贈韻)」, 『명재유고(明齋遺稿)』 권3 시, 한국문집총간 135-136, 1994.

이긍익(李肯翊), 「성종조의 명신(成宗朝名臣)」, 『(국역)연려실기술(燃藜室記
　　　述)』 권6, 한국고전번역원, 1966-1977.

이정귀(李廷龜), 「영의정 오성부원군 증시문충이공 묘지명(領議政鼇城府院

君贈諡文忠李公墓誌銘)」, 『월사집(月沙集)』 권49 묘지명 하, 한국문집총간 69-70, 1988.

두보(杜甫), 「춘망(春望)」 구조오(仇兆鰲) 주, 『두시상주(杜詩詳註)』 권4, 北京: 中華書局, 1979.

두보, 「등고(登高)」, 구조오 주, 『두시상주』 권20, 北京: 中華書局, 1979.

유방선(柳方善), 「자영(自詠)」, 『태재집(泰齋集)』 권1 시, 한국문집총간 8, 1988.

신광한(申光漢), 「병중에 산 집에서 즉흥시를 지어 조사수(趙士秀)에게 부치고 화답을 구하다(病裏山齋卽事寄趙士秀求和)」[산재즉사(山齋卽事)], 『기재집(企齋集)』 권3 시, 한국문집총간 22, 1988.

소식(蘇軾), 「6월 27일 망호루에서 취하여 적다(六月二十七望湖樓醉書)」, 『소식시집(蘇軾詩集)』 권6, 北京: 中華書局, 1982.

사혜련(謝惠連), 「추회(秋懷)」, 『육신주문선(六臣註文選)』 권23, 사부총간(四部叢刊)·정편 92, 台北: 商務印書館, 1981 영인.

왕유(王維), 「송이태수상락(送李太守上洛)」, 『전당시(全唐詩)』 권127, 北京: 中華書局, 1985.

맹호연(孟浩然), 「본 사리를 위한 새 정자를 두고 짓다(本闍黎新亭作)」, 『전당시(全唐詩)』 권160, 北京: 中華書局, 1985.

이제현(李齊賢), 『역옹패설(櫟翁稗說)』 후집2, 『(국역)익재집(益齋集)』, 한국고전번역원, 1979.

안정복(安鼎福), 「상헌수필(橡軒隨筆)」 하, 『순암집(順菴集)』 권13 잡저, 한국문집총간 229-230, 1999.

장유(張維), 「동작 나루에서 썰매를 타고 노량까지 왔는데, 장난기가 동하여 배어 10운을 이룬다(自銅雀津乘雪馬至鷺梁 戱成俳語十韻)」, 『계곡집(谿谷集)』 권25 오언고시, 한국문집총간 92, 1988.

유종원(柳宗元), 「강설(江雪)」, 『전당시(全唐詩)』 권352, 北京: 中華書局, 1985.

정경렬, 『코울리지 : 상상력과 언어』, 태학사, 2006.

요시다 게이이치(吉田敬一), 『중국문학에 있어서의 대구와 대구론(中国文学における対句と対句論)』, 東京: 風間書房, 1982.

# 연상의 저주

## 1.

1983년에 일본 교토대학으로 공부하러 갔을 때다. 일본어도 익혀야 하고 중국어도 해야 했기 때문에, 학부 2학년의 당시(唐詩) 수업을 청강했다. 지도교관의 한 분이기도 했던 담당 교수님은 당시의 흐름과 형식에 대해 설명을 하고는 학생들에게 기말까지 한시를 한 수씩 지어서 제출하라고 했다. 나는 과시하고 싶은 생각도 있고 해서 곧바로 시를 한 수 지어 그분을 연구실로 찾아갔다. 미혼의 40대 중반이던 그분은 금석문 자료로부터 한·당의 문헌에 이르기까지 해박한 분인 데다가 중국의 신화와 소설에 관한 연구저서로 중국학 학자들로부터 크게 인정을 받고 있었다. 과묵한 분이었으므로 입술만의 칭찬은 기대하지 않았지만, 내 시를 읽어나가는 그분의 표정은 정말 실망스러웠다. 손가락을 꼽으며 평측을 살피고 운자를 따져보고는 더 말이 없다. 앉아 있기도 난처하고 일어서 나오기도 난감했다. 서투른 일본어로 작별

인사는 어떻게 해야 할지, 머릿속이 아파왔다. 남을 대하여 그토록 어색했던 적은 또 없었을 정도였다.

그때 내가 지은 한시는 기억이 나지 않는다. 다만 마지막 구에 달빛의 의미를 강조하고 운자를 맞추기 위해 월량(月亮)이란 단어를 사용했다. 그분은 이 단어를 문제 삼았다. 그 단어가 『패문운부(佩文韻府)』에 들어 있는지 알아보아야 한다는 것이다.

월량이란 말은 달 가운데서도 특히 밝은 부분을 가리키는 말인데, 현대 중국에서는 달의 구면체를 일반적으로 가리키는 말로 사용한다. 이 말은 이미 당나라 때 이익(李益)이란 사람의 시에도 사용되었지만, 널리 사용되기에 이른 것은 청나라 때로, 그것도 소설류에서 주로 사용되었다. 나의 시를 감정한 일본 교수가 석연치 않게 여긴 것은 그 단어가 현대중국어라서 고전 한시의 용법에 나오는지 검색해 보아야 한다고 생각했던 것 같다.

그런데 한시를 지을 때 어휘가 적절한지 『패문운부』를 찾아보아야 한다고 한 그분 말씀은 고전 한시의 창작과 관련해서 매우 중요한 문제를 내게 가르쳐 준 셈이다. 그것은 한시의 모든 용어는 과거의 용례를 중시한다는 사실이다.

『패문운부』란 청나라 강희 43년(1704)에 장옥서(張玉書) 등 76명이 칙명을 받아 편찬한 고전 어휘집이다. 패문(佩文)은 강희제의 서재 이름이다. 정집 106권, 습유 106권이었는데, 이후 444권으로 분책했다. 숙어 말미의 글자가 속한 운(韻)에 따라 분류·배열하고 출전을 밝힘으로써 글을 지을 때 어휘를 고르기 쉽도록 했다. 따라서 시의 전고(典故)를 조사할 때 매우 유용하다. 전고란 근거가 되는 고사를 말하는데, 이야기 구성을 갖춘 고사만이 아니라 앞사람의 시문에서 활용된 의미까지 모두 포괄한다.

나의 유학 시절은 영인본의 『패문운부』를 뒤적여 출전을 조사하고 다시 원전에서 그 어휘를 확인해야 하는 고된 일을 일과로 삼아야 했다. 잘고 흐린 글씨를 읽어내느라 눈이 더 나빠졌다. 지금은 이 책을 활용하는 사람이 거의 없다. 『사고전서』의 CD를 '돌려서' 해당 어휘가 어느 책에 들어 있는지 손쉽게 조사할 수 있기 때문이다.


2.


한시는 완전히 새로운 감각과 견해를 새로운 언어로 짓는 예가 없는 것은 아니지만, 대개는 앞사람의 어휘와 앞시대의 고사를 바탕으로 창작된다. 특히 한자나 한자어는 역사적 맥락 속에서 독특한 의미를 부여받아 계승되어 왔기 때문에 어느 어휘든 과거의 의미와 고사가 연상되기 마련이다. 본인은 그것을 연상하지 못하더라도 읽는 사람은 그것을 연상하고, 시를 호평하거나 시를 비판한다.

사실 한시나 한문은 그 속에 사용된 한자나 한자어가 사용되어 온 맥락과 한자나 한자어에 얽힌 고사를 알아야 제대로 이해할 수 있다. '하늘 천, 따 지, 검을 현, 누를 황'식으로 한자의 본의(本義)와 음을 연결시켜 외우는 공부만 해서는 한시와 한문을 제대로 알 수가 없는 것이다. 특히 한자나 한자어에 얽힌 고사인 전고를 많이 알아야 한다. 백화운동의 선구자였던 호적(胡適, 1891-1962)은 문장에 전고를 사용하지 말라고 했는데, 그것은 그만큼 전근대 시기의 문인들이 전고를 많이 사용했다는 사실을 거꾸로 말해준다.

물론 한자 문화권에서는 일찍부터 역사를 중시했으므로 한시는 역

311

사를 직접 시적 소재로 삼기도 하고 역사를 끌어다가 자기 현실에 대해 발언하는 예가 많다. 그 가운데 역사를 곧바로 서술하기만 하고 새로운 뜻이 없다면 금방 싫증이 나므로, 상당히 굴곡이 있는 사색의 결과를 시로 표현하는 예가 많았다. 그러한 시를 흔히 영사시라고 한다.

영사시 분야에서 가장 이채를 띤 사람은 당나라 말기의 두목(杜牧, 803-853)이다. 그는 적벽대전을 소재로 한 「적벽(赤壁)」 시에서 이렇게 노래했다.

折戟沈沙鐵未銷(절극침사철미소)
自將磨洗認前朝(자장마세인전조)
東風不與周郞便(동풍불여주랑편)
銅雀春深銷二喬(동작춘심소이교)

모래에 묻힌 부러진 창, 쇠끝이 삭지도 않았구나
나는 진흙을 씻고 닦아내어 앞시대의 것임을 확인한다
동풍이 주랑을 편들지 않았더라면
봄 깊은 동작대에 두 교씨를 가두었으리라

두목은 죽기 전해에 원고의 대부분을 스스로 태워 없앴으나, 그의 죽음 뒤에 『번천문집(樊川文集)』 20권이 편찬되었다. 하도 미남자여서, 선망하는 여성들이 많았다고 한다. 심지어 우리나라의 허난설헌이 호를 경번당이라고 한 것은 자신의 남편이 하도 못나서 대신 번천(곧 두목)을 흠모하는 뜻을 가탁한 것이라는 설마저 있었다.

적벽은 지금의 호북성 가어현(嘉魚縣) 동북에 양쯔강에 임해 있는 산 이름이다. 후한 말인 208년에 손권과 유비의 연합군이 조조의 대군을 분쇄한 옛 전장이다. 이때 손권 군대의 사령관이었던 주랑 즉 주유

(周瑜)는 양쯔강 서쪽에 진을 치고 있던 조조의 선단을 화공으로 섬멸했다. 조조는 지금의 하남성 임장현(臨漳縣)에 해당하는 업(鄴)이란 곳에 동작대를 쌓고 많은 궁녀와 기녀를 모아두었다. 만일 동풍이 불지 않아서 조조가 패하지 않았다면 조조는 손권의 형 손책(孫策)에게 시집간 대교와 주유의 아내인 소교를 모두 동작대로 끌고 갈 수 있었을지 모른다. 이렇게 이 시는 역사적 사실을 소재로 하되, 실제로는 일어나지 않았던 사건을, 만일 그런 일이 있었더라면, 이라고 상상해서 지어냈다. 두목은 이 수법을 즐겨 사용했다.

우리나라 숙종, 영조 때 강박(姜樸, 1690~1742)은 당나라보다 소급하여 한나라 위나라 때의 강건한 시풍을 공부해서 이름이 높았다. 한번은 조하망(曹夏望)과 함께 조명교(曹命敎)의 집에 모여, 그 집에 걸려 있던 「양귀비목욕도(楊貴妃沐浴圖)」를 보고 시를 지었다. 이때 강박이 지은 시는 이러했다.

華淸日暖水如油(화청일난수여유)
蓮葉靑靑蓮子稠(연엽청청연자조)
可憐第一傾城色(가련제일경성색)
留與他時李郭憂(유여타시이곽우)

화청지에 날 따뜻하고 물은 기름진데
연잎은 푸르고 연밥은 촘촘하다
가련타 경국의 제일 미인이
뒷날 이광필과 곽자의의 근심을 끼쳤다니

화청지는 현재 중국 서안에 있는 온천이다. 당나라 현종은 이곳에 화청궁을 세우고 양귀비와 함께 즐거움을 누렸다. 이광필(李光弼)과 곽자의(郭子儀)는 당나라 현종 때 안녹산의 난을 평정한 공신들이다. 강박의 시를 보고 다른 사람들은 모두 붓을 놓아 버렸다고 한다.

역사를 소재로 하는 시라면 현대시에도 많이 있으므로, 그런 시를 앞에 두고 역사를 모르기 때문에 이해할 수 없다고 한다면 본인의 무지를 떠벌리는 것밖에 되지 않는다.

그런데 한시는 역사를 소재로 하지 않는 데도 빈번하게 역사속의 이야기를 끌어다가 시어를 구성하기 때문에 현대인으로서는 이해하기 어려울 때가 아주 많다. 따라서 한시를 제대로 이해하려면 역사를 충분히 알아야 한다.

물론 일부러 어렵게 쓴 시일수록 역사의 이야기를 많이 끌어들일 수가 있다. 일부러 어렵게 쓴 글을 찰달홍휴(札闥洪休)라고 한다. 찰달홍휴는 제문대길(題門大吉)이란 말을 어려운 한자로 바꾸어 쓴 말이다. 북송의 송기(宋祁)는 구양수와 함께 『신당서』를 편찬하면서 난삽한 구절을 사용하는 것을 유달리 좋아했다. 그래서 구양수가 그를 풍자해주려고, 어느 날 벽에다 크게

소매비정(宵寐非貞) 찰당홍휴(札闥洪休)

라고 써놓았다. "밤의 잠자리가 길하지 않으니, 문에다 큰 복이 들라는 종이를 붙인다"는 뜻이다. 송기가 이 글귀를 보고는

야몽불상(夜夢不祥) 제문대길(題門大吉)이라 쓰면 되지 어찌 구태여 기이함을 추구해서 이같이 쓴단 말인가!

라고 했다고 한다.

찰달홍휴의 예는 글자만 어렵게 쓴 예이지만, 궁벽한 고사를 가져

다가 한시를 지으면 정말로 무슨 말인지 알 수가 없다. 찰당홍휴는 아니라 해도, 시인들은 묘사나 진술에서 옛 시문의 어구나 고전의 어구를 즐겨 따다가 썼다. 그래서 일정한 교양이 없다면 한시를 읽어나가는 일 자체가 대단히 어려울 수밖에 없다.

명나라 말의 원굉도(袁宏道)는 인간의 개성을 중시하고 시문에서 신기축을 이루어서 유명하고, 또 우리나라 후기의 지식인들에게 큰 영향을 끼치기도 했다. 그의 시는 쉬운 것은 지나치게 평이해서 속되기까지 하다는 비판을 듣는다. 하지만 그는 풀어 쓸 내용들을 한두 마디로 압축하길 좋아하고, 원관념과 보조관념의 연결에 의외성을 도입한 비유 형식을 곳곳에 끼워 넣으며, 단어를 쪼개어 수수께끼같이 만든 헐렁어를 많이 사용했다. 그뿐 아니라 하나의 시구 속에서 시상을 꺾어 새로운 시상으로 발전시키거나 비틀린 대장(對杖)을 즐겨 사용했으므로, 번역을 해놓고 보면 무미한 서술문으로 될 수밖에 없는 것도 상당히 많다. 그런데 무엇보다도 시를 이해하기 어렵게 만드는 것은 인물고사를 전고로 많이 사용하는 데다가 앞시대의 시문들을 불쑥불쑥 틀어서 끌어다 쓰고는 하기 때문이다.

원굉도가 19세에 지은 시에 「병중에 지은 짧은 노래(病中短歌)」가 있다.

吁嗟我生年十九(우차아생년십구) 頭髮未長顚已朽(두발미장전이후)
病寒三月苦沈吟(병한삼월고침음) 面貌如烟戟露肘(면모여연극로주)
嬴枯博得妻兒憐(이고박득처아련) 七尺浪爲鬼神有(칠척낭위귀신유)
篋裏殘書別故人(협리잔서별고인) 几上龍鍾鬪老叟(궤상룡종투노수)
無情莫問囊中錢(무정막문낭중전) 有秫還充床下酒(유출환충상하주)
蟲臂鼠肝彼何人(충비서간피하인) 嗟來子桑眞吾友(차래자상진오우)

315

아아, 내 나이 열아홉

머리카락 다 자라지도 않았는데 이마 벌써 벗겨졌네

병들어 오한에 떨며 석 달 간 신음했더니

얼굴은 그을고 뼈만 남은 팔꿈치는 창같이 굽었다

파리하게 말라서 아내의 동정이나 받다니

일곱 자 몸이 하릴없이 귀신(역신)의 소유가 되었구나

상자 속 읽다만 책은 이별한 고인들이요

책상 앞에 볼품없기는 놀림 당한 늙은이 꼴

무정하니 주머니 속 돈일랑 묻지 말자꾸나

누룩 있어 침상 밑 술병을 채울 수 있는 걸

벌레의 팔과 쥐의 간은 누가 환생한 것인가

아아, 자상호여, 진실로 내 벗이로다


이 시는 역병으로 고생하면서 지은 시로, 참담한 심경을 솔직하게 드러냈다고 할 수 있다. 하지만 묘사에서도, 생각의 표출에서도, 전고를 많이 이용했다.

"책상 앞에 볼품없기는 놀림 당한 늙은이 꼴"이란 말은 당나라 강병(康騈)의 『극담록(劇談錄)』에 나오는 배도(裴度)의 고사를 사용했다. 배도가 아직 벼슬길에 오르지 않았을 때 낙양에 살고 있었는데, 노새를 타고 장안으로 가려다가 천진교에 올랐을 때 두 노인이 다리 기둥 곁에 서서 이야기하는 것을 보았다. 당시 회서(淮西)의 이민족이 당나라와의 조공 관계를 끊은 지 오래였다. 두 노인은 배도를 보더니 놀라 뒷걸음질 쳤다. 배도의 종복이 책 상자를 메고 뒤에 오다가 노인의 말하는 것을 들으니, "채주(蔡州)가 평정되지 않아 소란한데, 이 사람을 장군으로 삼아야겠다"고 했다. 종복이 그 말을 전하자, 배도는 "내가 볼품없음을 보고 나를 놀린 것이지(見我龍鐘, 相戲爾)"라고 했다고 한다.

주머니 속 돈이란 뜻의 낭중전(囊中錢)이란 말은 술값을 말한다. 하지장(賀知章)의 「원씨의 별업에 쓰다(題袁氏別業)」에,

主人不相識(주인불상식) 偶坐爲林泉(우좌위임천)
莫謾愁沽酒(막만수고주) 囊中自有錢(낭중자유전)

주인은 아는 사이 아니지만
우연히 앉아 임천의 즐거움을 누리네
술 살 일을 걱정하지 말자꾸나
주머니 속에 본디 돈이 있거늘

이라고 했다.

"벌레의 팔과 쥐의 간은 누가 환생한 것인가"라는 말은 그 아래 구절에 나오는 자상호(子桑戶) 고사에서 따온 것이다. 즉, 『장자』 「대종사」편에 보면, 자래(自來)가 병이 나서 죽게 되었을 때 친구 자리(子犂)가 문안하러 가서

위대하여라, 조화의 힘은! 그대를 이 세상에 낳고 이번에는 또 그대를 무엇으로 변화시키려 하는 것인가. 쥐의 간으로 만들려는 것인가, 그렇지 않으면 벌레의 팔로 만들려는 것인가?

라고 했다.

'아아! 자상호여'는 역시 『장자』 「대종사」편의 다른 곳에서, 자상호가 죽을 때 친구 맹자반(孟子反)과 자금장(子琴張)이 시체의 곁에서 합창하면서 불렀다는 노래를 인용한 것이다. 맹자반과 자금장은

아아, 자상호여, 아아 자상호여! 그대는 이미 참[眞]으로 돌아가거늘, 나는 아직도 사람이라니, 아아!

라고 노래했다고 한다.

원굉도가 이종사촌인 왕회(王回)를 두고 지은 「왕호경에게 느낀 바가 있어(感王顥庚)」라는 시를 하나 더 보기로 한다. 왕회는 술을 좋아하고 기생을 좋아하고 도박을 좋아하여 가산을 다 털어 향리의 혐오를 받았지만, 원굉도는 그 사람의 천진함과 진지함을 사랑하여 이런 시를 지었다.

翩翩衣馬興何殊(편편의마홍하수)　醉擁易昌舊酒墟(취옹양창구주로)
傲骨終然遭白眼(오골종연조백안)　窮途無計覓靑蚨(궁도무계멱청부)
牀頭氣沮金平脫(상두기저금평탈)　袖裏顔摧玉唾壺(수리안최옥타호)
安得再逢龍準叟(안득재봉용준수)　爲君輟洗溺諸儒(위군철세익제유)


펄럭이는 옷차림에 말 탄 모습이 흥취 높아서
한껏 취해 양창의 옛 주로를 끼고 있더니
오만한 기골 때문에 끝내 남에게 백안시되고
곤궁하여 돈 몇 푼도 주머니에서 찾을 길 없구나
책상 맡에는 금박 벗겨진 도기 때문에 풀이 죽고
소매 속에는 옥 타호 넣고 다녀 얼굴이 붉어진다.
어찌하면 다시 용준(龍準) 노인을 만나
그대 위해 술잔 멈추고 유관(儒冠)에 오줌 누게 하랴?


"양창의 옛 주로"란 말은 한나라 사마상여의 고사에서 가져왔다.

사마상여가 부호의 젊은 과부 탁문군을 꾀어 달아났다가 성도로 돌아와서는 살림이 궁하여, 양창의 주로로 가서 입고 있던 가죽옷을 술로 바꾸어 먹은 일이 있다. 『서경잡기』라는 책에 나온다.

"오만한 기골 때문에 끝내 남에게 백안시되고"에서 백안시는 죽림칠현의 한 사람 완적(阮籍)이 청안으로 보거나 백안으로 볼 수 있어서, 세속의 사람을 보면 백안으로 대하고 마음에 드는 혜강에 대해서는 청안으로 대했다는 데서 온 말. 백안시한다는 것은 사람을 무시하고 깔본다는 뜻으로, 전고를 사용했다고 하기보다는 상투어를 사용했다고 보는 편이 옳다.

그런데 "소매 속에는 옥 타호 넣고 다녀 얼굴이 붉어진다"는 말은 타호심(唾壺心)은 없고 가래나 뱉는 쇠약한 몸이 되었음을 한탄하는 뜻을 지닌다. 타호심은 동진의 왕돈(王敦) 고사에 나온다. 왕돈은 정권을 손아귀에 넣으려는 야심을 품고 있어서, 술을 마시면 타호를 두들기면서 위(魏)나라 무제 즉 조조의 「단가행」을 노래했다. 『진서』 「왕돈전」에 나온다.

"용준 노인"에서 용준은 융준(隆準)이라고도 하며, 한나라 고조 유방의 관상을 말한다. 아래에서 "유관에 오줌 누게 하랴"는 바로 유방의 고사와 관계가 있다. 패공(沛公) 즉 유방은 유학자를 좋아하지 않아서, 유학자들이 유관을 쓰고 오는 것을 보면 그 유관을 벗겨서 거기에 오줌을 누었다는 말이 있다. 『사기』 「역생육가열전(酈生陸賈列傳)」에 나온다.

물론 원굉도의 당대에는 이 정도 전고는 모두 교양으로 잘 알고 있었을 테지만 지금의 관점에서 그의 시를 다시 읽으려면 주석을 참고로 하지 않으면 안 된다.

원굉도는 중반 이후에 시풍을 크게 바꾸어 대단히 고심해서 지었다. 일상에서 그리 쓰지 않는 시어들을 창조하기 위해 뼈가 삭을 정도로 괴롭게 읊는 것이 가을 매미와 같았다. 고전의 어휘들에 들러붙은 연상의 의미들을 거부하고 언어에 새로운 의미를 부여하기 위해 고투하지 않으면 안 되었던 것이다. 그렇기에 그의 시문에 나타난 많은 어휘들이 『한어대사전(漢語大詞典)』 12책(중국 한어대사전편집위원회 한어대사전편찬처 간행, 1991)의 표제항에서 유일하거나 극소수의 용례로 등재되어 있다.

3.

원굉도는 중반 이후 새로운 시어와 표현을 만들어내기 위해 각고의 노력을 했지만, 한시의 작가들은 대개 점화(點化)한다고 하면서 옛날 시어를 끌어다 쓰는 예들도 많았다. 점화란 앞사람의 시문을 고쳐 신기축(新機軸)을 내놓는 것을 말한다.

월암장로(月菴長老) 산립(山立)의 다음 시는 왕안석(王安石)의 시어를 차용한 예다.

南來水谷還思母(남래수곡환사모)
北到松京更憶君(북도송경갱억군)
七驛兩江驢子小(칠역양강려자소)
却嫌行李不如雲(각혐행리불여운)

남쪽으로 수곡에 오니 도리어 어머니가 그립고

북쪽으로 송경에 이르니 다시 그대가 생각나네

일곱 역 두 강에 노새마저 작으니

행장이 구름처럼 가볍지 않나 혐의스럽네

본래 왕안석의 시는 제목이 「장모(將母)」다. 제목은 아무 뜻이 없고, 다만 시의 첫 구의 두 글자를 따서 훗날 제목으로 붙인 것이다. 시는 이렇다.

將母邢溝上(장모천구상)

留家白苧陰(유가백저음)

月明聞杜宇(월명문두우)

南北兩關心(남북양관심)

어머니는 천구 가에 모셔두고

자식들 백저산 남쪽에 남겨 두었더니

달 밝은 밤 두견새 울음 들으면

남쪽이나 북쪽이나 모두 켕기네

왕안석의 시는 5언, 산립의 시는 7언이고, 왕안석이 그리워한 사람은 어머니와 자식들, 산립이 그리워한 사람은 어머니와 '그대'이다. 왕안석의 시에 나타난 지명은 천구와 백저산, 산립의 시에 나타난 지명은 수곡과 송경(개성)이다. 또한 마지막 두 구(전구와 결구)의 시상은 상당히 다르다. 왕안석은 남북으로 그리움의 마음이 갈라져 주체하기 어려운 상태를 말했고, 산립은 세속을 떠난다면서 세속에 연연해하는 갈등의 상태를 말했다. 하지만 조선 후기의 강준흠(姜浚欽, 1768-1833)은 『삼명시화』에서 산립의 시가 왕안석의 시를 점화했다고 논평했다.

당나라 시인 노동(盧仝)은 마이(馬異)와 교제를 맺으면서 지은 장편 고시 「여마이결교(與馬異結交)」의 일부에서 이렇게 말했다.

昨日仝不同異自異(작일동부동이자이)
是謂大同而小異(시위대동이소이)
今日仝自同異自異(금일동자동이자이)
是謂仝不往兮異不至(시위동불왕혜이불지)

어제는 나 동이 동이 아니요 이는 별도로 이였으니
이것은 대동소이라 일컬을 것이고
오늘은 동은 동이요 이도 이이니
이것은 동이 떠나질 않고 이는 오지 않는다고 일컬으리라

조선 후기에 당론이 일어나면서부터 당쟁이 극심해졌다. 사람들은 단지 이쪽만 옳고 저쪽은 그르다고 볼 뿐, 저쪽의 생각 역시 마찬가지임을 알지 못하여, 붕당 속의 사람으로 살아가게 되었다. 그러자 숙종 때 이무(李堥)란 사람이 남을 전송하는 시에서 노동의 시를 인용해서 이렇게 말했다.

試看千萬峯面背(시간천만봉면배) 異同同異異同同(이동동이이동동)

천만 봉우리의 앞면과 등쪽을 한번 보시게
다른 듯 같고 같은 듯 달라, 다르고 같은 게 같다네

다르면서도 같기도 하고 같으면서 다르기도 하되 필경 다른 자나 같은 자나 마찬가지로 당(黨)의 구렁텅이로 돌아가고 만다는 뜻을 말

했다. 이익(李瀷)은 『성호사설』에서 이무의 시를 소개하면서, 쇠퇴한 세속을 경계할 만하다고 했다.

한시에는 사물을 소재로 하여 그 특성을 섬세하게 묘사하고 그 사물에 가탁하여 시인의 심정과 사변을 드러내는 양식으로 영물시가 있다. 그런데 영물의 경우도, 앞사람의 시와의 관계가 주목된다.

매미를 노래한 이상은(李商隱)의 오언율시 「선(蟬)」은 이슬만 먹고 산다고 간주되었던 매미에 가탁해서 자신의 고결함을 노래하고, 고향에 돌아가고 싶으나 돌아갈 수 없는 비애를 토로했다. 문제가 되는 것은 이 매미를 노래한 이 시가 건안시대부터 하나의 계보를 형성하기 시작한 매미 시의 끝에 있다는 점이다. 그렇기에 매미에 부여된 의미를 사용하는 방식이 이미 고정되어 있어서 그것을 계승한 면이 있다. 다만, 이상은은 적막한 심상을 드러내는 '한선(寒蟬)'의 계보를 취하지 않고 매미에게 시인 자신을 투영하는 계보를 취하여 이쪽 계보에서 최고의 수준에 도달했다고 평가된다. 이에 대해서는 『한시의 세계』에서 이미 언급한 바 있다.

그렇다면 조선 전기의 김수온(金守溫, 1410-1481)이 파리를 소재로 지은 「승(蠅)」은 어떠한가.

嘴非蚊蚋尾非蜂(자비문예미비봉)
但得營營几案中(단득영영궤안중)
何事辛公生暴怒(하사신공생폭노)
罵妻歸去與人同(매처귀거여인동)

주둥이는 모기와 다르고 꽁지는 벌 같지 않은데
그저 안석과 책상 부근에서 앵앵 거리는구나
무슨 일로 신공은 벌컥 화를 내어

아내에게 파리와 같이 살라 꾸짖었던가.

이 시에 나오는 신공은 신인손(辛引孫)이란 사람이다. 그는 과거에 발탁되어 관직이 영조판서에 이르렀으나 성질이 급했다. 언젠가 낮잠을 자는데 파리가 얼굴에 모여들었다. 이러기를 네댓 번 하자 신공이 칼을 빼어 이리저리 휘둘렀다. 부인이 보다 못해, 파리가 무슨 지각이 있다고 이렇게 하느냐고 하자, 신공이 부인을 꾸짖으면서, 너나 파리에게 시집가서 같이 살라고 했다. 김수온이 이런 사연을 적어 둔 것을 보면 이 시는 신인손을 풍자한 것 같다.

하지만 첫 구(기구)와 둘째 구(승구)는 구양수가 「증창승부(憎蒼蠅賦)」에서 파리를 묘사한 표현을 차용한 면이 있다. 구양수는 「증창승부」의 첫머리에서 이렇게 노래한 바 있다.

창승아, 창승아, 나는 너의 살아감을 서글퍼 하노라! 벌과 전갈처럼 독한 꼬리도 없고 모기나 등에처럼 날카로운 부리도 없어 다행히 사람들이 두려워하는 존재가 되지 않았거늘, 어찌하여 사람들이 좋아하는 존재가 되지 못했느냐? 네 형체가 지극히 작아 네 욕심이 채워지기 쉬워, 잔에 남은 찌꺼기와 도마에 남은 비린 것으로 바라는 바가 매우 적으며 지나치면 감당하기 어렵거늘, 괴롭게 무엇을 구하여 만족하지 못하고 끝내 종일토록 영영(營營)하는가? 냄새를 쫓고 향기를 찾아 이르지 않는 곳이 없어서 삽시간에 모여드니, 누가 일러주고 보고한단 말인가? 그 생물이 형체는 비록 작으나 해로움은 지극히 중하도다.

이후 구양수는 파리의 폐해를 구체적으로 묘사해 나간 뒤, 마지막에서 『시경』의 시를 언급해서, 파리를 참소하는 사람으로 비유해 온 문학적 전통을 이용해서, 당대의 소인배들을 비판했다.

아아, 지극(止棘)의 시가 육경에 전하고 있으니, 이에 시인의 사물에 대한 박식함과 비흥(比興)의 정밀함을 볼 수 있다. 마땅히 너를 들어, 참소하는 사람이 국가를 혼란시킴을 풍자할 만하니, 진실로 미워할 만하고 가증스럽도다.

지극의 시란 『시경』소아 「청승(靑蠅)」에 나오는 표현으로, 참소하는 사람들을 파리로 비유하여 "윙윙대는 파리 떼 가시나무에 앉아 있네(營營靑蠅, 止于棘)"라 한 데서 비롯된다.

김수온은 신인손이란 인물이 파리 때문에 상식을 벗어나 비이성적인 행동을 하게 된 사실을 소재로 삼았다. 그것은 따지고 보면 구양수가 『시경』을 근거로 참소하는 무리를 비판하는 보조 관념으로 파리 떼를 이용한 것과 크게 다르지 않다. 파리 떼는 인간을 광기로 몰아넣는 소인배의 비유로서 활용한 것은 같다.

고려 때 정지상(鄭知常)의 「송우인(送友人)」이란 시는 평양의 대동강변을 배경으로 이별의 슬픔을 노래한 만고절창으로 손꼽히지만, 그 시도 다른 시를 점화한 것이라는 설이 이미 고려 때부터 있었다. 문제가 되는 구절은 그 시의 전구(轉句) 즉 제3구(전구)와 결구(結句) 즉 제4구다.

大同江水何時盡(대동강수하시진) 別淚年年添作波(별루연년첨작파)

대동강 이 물이 어느 때나 다하랴
이별 눈물이 해마다 물결을 이루니

'첨작파(添作波)'에 대해 이제현은, 첨(添)과 뜻이 중복되는 작(作)을

록(綠)으로 고쳐야 한다고 했다. 실은 이별의 눈물이 푸른 물결에 더한다는 표현은 두보의 「상시 벼슬 고 아무개에게 바치는 시(奉奇高常侍)」에서 "먼 하늘가 봄빛은 저녁을 재촉하고, 이별의 눈물은 멀리 비단 물결에 더하네(天涯春色催遲暮, 別淚遙添錦水波)"라는 구절에서 왔다.

만고절창이라고 하여도 거인들의 어깨를 빌려 자기 시상을 조금 더 전개한 것이라 하지 않을 수 없다.

한시에는 아예 고인의 시구를 모아 새로운 시를 만드는 방법이 있다. 백가의체(百家衣體)라고 한다. 북송 때 왕서왕(王舒王)이 제창하고 황정견이 화작(和作)함으로써 그 체가 성립하였다. 그 체를 보면, 옛 사람의 시에서 한 구절씩을 따와서 새로운 시를 만들었는데, 말과 뜻이 어울려서 완전히 새로 지은 것과 같은 특징을 지닌다.

이를테면 황정견의 「적거검남(謫居黔南)」 10수는 백거이의 대편(大篇)을 잘라서 절구로 만든 것이다. 황정견은 검남에 유배되어 있을 때 백거이가 강주(江州)나 충주(忠州)의 유배지에서 지은 시들을 열람하다가 마음에 부합하는 것이 있으면 그 서너 어구를 따두었는데 다른 사람을 위해 그것을 써 준 것이 세상에 전하게 되어 황정견의 자작시로 알려지게 되었다고 한다.

고려시대에는 강일용(康日用)과 임유정(林惟正)이 백가의체에 뛰어났다고 한다. 강일용의 작품은 전하지 않지만 임유정의 『백가의집』은 현전한다. 조선시대에 들어와서는 김시습이 「산거집구(山居集句)」 1백 수를 남겼다.

또 집구시 가운데서도 두보의 시만 대상으로 한 것을 집두시(集杜詩)라고 한다. 백가의체도 제작하기 어렵지만, 집두(集杜)는 대상 시인이 한정되어 있으므로 더욱 어렵다. 집두(集杜)로 유명한 인물은 송나라 문천상(文天祥)이다. 그는 『문신국집두시(文信國集杜詩)』를 남겼다.

우리나라의 국악시가들 가운데도 아예 다른 사람의 시구를 그대로

다 사용하는 예도 많다. 잡가 「양산도(楊山道)」는 연강 학술도서 한국
고전문학전집』 권31(정재호·이창희 역주, 고려대학교 민족문화연구원,
2003, 63쪽)에 따르면 그 가사가 이러하다.

엘화 놓아라 못 놓겠구나
능지(陵遲)를 하여도 못 놓겠구나
에헤이에
차문주가하처재(借問酒家何處在)요
목동이 요지 살구나무촌이라

엘화 놓아라 못 놓겠구나
능지를 하여도 못 놓겠구나
창포 밭에 금잉어 논다
금실금실 생선국이로다

엘화 놓아라 못 놓겠구나
능지를 하여도 못 놓겠구나
당명황(唐明皇)의 양귀비라도
죽어지면 허사로구나

엘화 놓아라 못 놓겠구나
고쟁이 빠져도 못 놓겠다
양덕(陽德) 맹산(孟山) 흐르는 물은
부벽루(浮碧樓)로만 감돌아든다

엘화 놓아라 못 놓겠구나

눈알이 빠져도 나 못 놓겠다
동원도리편시춘(東園桃李片時春)하니
여자 사람을 애원이로다

엘화 놓아라 못 놓겠구나
능지를 하여도 못 놓겠다
객사청청류색신(客舍靑靑柳色新)은
나귀 매던 버들이라

엘화 놓아라 못 놓겠구나
능지를 하여도 못 놓겠다
네가 잘나서 일색(一色)이란 말이냐
내 눈이 어두워 환장이로다

엘화 놓아라 못 놓겠구나
열두 번 죽어도 나는 못 놓겠다


"차문주가하처재(借問酒家何處在)"는 두목(杜牧)의 「청명(淸明)」에 나
오는 구절로, "술집이 어디 있느냐고 물으니" 라는 뜻이다. 그 아래의
"목동이 요지 살구나무촌이라"도 두목의 「청명」에 나오는 "목동요지행
화촌(牧童遙指杏花村)"을 적당히 풀어 말한 것이다. "목동이 손을 들어
살구꽃 핀 마을을 가리키네" 는 뜻이다.
　"동원도리편시춘(東園桃李片時春)"은 왕발(王勃)의 「임고대(臨高臺)」
에 나오는 구절로, "동산의 복사꽃과 오얏꽃도 짧은 봄 한때뿐이네"
라는 뜻이다. "객사청청류색신(客舍靑靑柳色新)"은 왕유(王維)의 「송원
이사안서(送元二使安西)」의 한 구절로, "여관에 서 있는 버드나무는 더

욱 푸르러 싱싱하다"는 뜻이다.

이렇게 「양산가」는 한시의 구절을 그대로 인용하면서 청춘이 쉬이 지나감을 서글퍼하는 감정과 지금 이 시각을 즐기자는 카르프 디 엠의 정서를 잘 드러냈다.

4.

그렇다면 역사적인 고사나 앞사람의 시문을 밟지 않고서 독자적인 시세계를 열어낼 수는 없었던 것일까. 언어가 지닌 연상의 주술로부터 빠져나와 자기만의 시어를 만들 수는 없었던 것일까.

언어가 지닌 의미망을 이용하기는 하지만, 적어도 역사상의 특정한 고사나 앞사람의 시어를 연상의 도구로 활용하지 않았을 때, 그러한 시들은 충분히 새로운 의경(意境)을 만들어냈다고 할 수 있을 듯하다.

조선 중기의 임제(林悌, 1549~1587)는 시에 빼어나고 노래도 잘 불렀으며 풍류가 호방하기로 유명했다. 그가 젊어서 북도평사로 부임했을 때 그곳 사람들이 그의 풍류를 사랑했다. 후일 그가 병이 위중하자 황찬(黃燦)이라는 친구가 경성 판관으로 부임하면서 작별 인사를 하러 찾아와 "자네의 시를 얻어 북도 기생들에게 부르게 하려 했는데, 자네가 병들었으니 할 수 없군" 이라고 말했다. 그러자 임제는 자기를 부축해 일으켜 달라 하고는 시 한 수를 불렀다. 그의 문집에 「황경윤이 경성 판관으로 나가기에 전송하면서(送黃景潤爲鏡城判官)」라는 제목으로 실려 있는 시이다.

元帥臺前海接天(원수대전해접천)
曾將書劍醉戎氈(증장서검취융전)
陰山八月恒飛雪(음산팔월항비설)
時逐長風落舞筵(시축장풍락무연)

원수대 앞바다는 하늘과 맞닿아 있어
나도 글하는 유자로서 무사의 융단에서 취한 적 있었네.
음산은 팔월에도 눈이 항상 날려
때때로 긴 바람에 날려 춤추는 연석에 떨어지더라.


   둘째 구의 '증장서검(曾將書劍)'은 '일찍이 서검을 지니고'란 말인데,
서검은 유학자의 상징이었으니, 검 자체에 큰 의미가 있는 것은 아니
다. 이 시의 묘미는 원수대와 음산이라는 지명에 있다. 원수대는 함경
도 경성 남쪽 8리에 있는 누대같이 생긴 바위이다. 그런데 음산은 흉
노족의 땅에 있던 산으로, 사철 눈과 얼음으로 덮여 있다 한다. 현재
내몽고 자치구 남쪽으로부터 동북쪽으로 내흥안령(內興安嶺)까지 뻗어
있는 산맥을 말한다. 곧 하투(河套) 이북과 대막(大漠) 이남에 있는 여
러 산들을 통칭하는데, 흔히 중국 북방의 산들을 가리키며 연중 눈이
내리는 척박한 땅으로 상상되어 왔다. 이 시는 바로 음산이란 지명을
이용함으로써 늠름하고 호방한 기상을 살릴 수가 있었던 것이다.
   이것은 여전히 언어가 지닌 의미망을 이용하고는 있지만, 적어도
역사상의 특정한 고사나 앞사람의 시어를 연상의 도구로 활용한 것은
아니다.
   이상은(李商隱)의 「낙화(落花)」는 그런 시의 한 예다.

高閣客竟去(고각객경거)

小園花亂飛(소원화란비)

參差連曲陌(참치연곡맥)

迢遞送斜暉(초체송사휘)

腸斷未忍掃(장단미인소)

眼穿仍欲歸(안천잉욕귀)

芳心向春盡(방심향춘진)

所得是沾衣(소득시첨의)


높은 누각의 객이 떠난 후

작은 동산의 꽃은 어지럽게 날리고

들쑥날쑥 꽃은 굽은 길에 줄지어 있다가

아득하게 저물녘 햇살을 전송하네

애가 끊어질 것 같아 차마 쓸어버리지 못하고

응시하는 것은 곧바로 가지로 돌아가지 않을까 해서라네

꽃다운 마음이 이 봄에 다 가버렸으니

얻은 것이라고는 옷을 적신 눈물뿐


  불우한 삶을 살았던 이상은은 곧잘 허무한 심경을 노래하고는 했다. 이 시는 특히 이별의 슬픔을 노래하기보다도 이별 후의 허탈감을 노래하여 매우 특이하다. 경련(제3련)에서는 이미 떨어진 꽃이 다시 가지로 돌아가기를 바라는 마음을 말했는데, 이것은 자신의 이상이 다시 실현되기를 바라는 마음을 말한 것이다. 하지만 그 바람이 실현될 수 없다는 것도 너무 잘 알기 때문에 슬픔은 갑으로 증폭된다.

  한시에서는 전고를 만든 사람들이 거인이다. 『역옹패설』에서 이제현은 "옛사람의 시는 눈앞의 경물을 묘사했지만 의미는 말 밖에 있으

331

므로, 말은 끝이 났지만 맛은 끝이 없다"고 말하고, 그 예로 다음 두 시를 예로 들었는데, 이 시구들은 그 자체가 천연으로 이루어진 것으로서 후대의 시들에 전고가 되었다.

采菊東籬下(채국동리하) 悠然見南山(유연견남산)

동쪽 울타리에서 국화를 꺾다가
유연히 남산을 본다

— 도연명(陶淵明), 「잡시(雜詩)」

開門知有雨(개문지유우) 老樹半身濕(노수반신습)

문 여니 비 온 줄 알겠나니
늙은 나무 반나마 젖어 있네

— 진여의(陳與義), 「쉬는 날 일찍 일어나서(休日早起)」

영조 연간에 양명학을 공부한 강화학파의 이광사(李匡師, 1705-1777)는 1755년의 을해옥사 때 부령으로 귀양갔다가 뒷날 전라도의 신지도로 이배되어 그곳에서 죽었다. 그가 부령에 있을 때 지은 「고요히 앉아(靜坐)」라는 시는 고향을 그리는 심경이 절절하고 순수하게 드러나 있다.

無事無言守一床(무사무언수일상)
寧山高下對籬長(영산고하대리장)
明知山外千山隔(명지산외천산격)
猶意登山一望鄕(유의등산일망향)

일 없이 말도 없이 침상 하나 지키고 있자니
부령의 산들은 울쑥불쑥 울타리 마주해서 이어졌구나
저 산 밖으로 온 산이 가로막은 줄 분명히 알지만
그래도 산에 올라 한번 고향을 바라보고 싶어라


靜坐不窺牆(정좌불규유)
豈知籬外情(기지이외정)
水碓何如狀(수대하여상)
時傳瀉水聲(시전사수성)

고요히 앉아 담장 너머 엿보지 않거늘
울타리 밖 사정을 어찌 알랴
물방아는 어떤 모습이기에
때때로 물 쏟는 소리를 전해 오나


이광사는 인간의 마음을 이(理)라는 외적이고 권위적인 절대 윤리
에 의해 질곡을 받도록 하지 않고 정감의 자연스런 발로를 중시했다.
그렇기에 시는 정말로 꾸밈이 없고, 전고의 구속도 적다. 다만, 정치적
으로 근신을 강요당했기에, 스스로의 내면을 응시하는 쪽으로 시선을
돌려야 했으므로, 시선은 깊고 어둡다.
이광사의 「새벽에 그리움이 일어(曉思)」라는 시는 이러하다.

曉夢醒多思(효몽성다사)
推窓耿候明(추창경후명)

遠天微月色(원천미월색)

深樹杜鵑聲(심수두견성)

새벽에 꿈을 깨니 생각이 하 많아
창문 밀치고 동천이 밝기를 기다리나
먼데 하늘에는 희미한 달빛
깊은 나무에는 두견이 소리


『삼명시화』에서 이 시를 소개한 강준흠은 "시상이 고고(高古)하여
정말로 원망 품은 선비와 시름에 젖은 사람의 뜻이 담겼으니, 글자 하
나마다 눈물 한 방울이라 하겠다" 라고 했다. 과연 그 말대로다.



## 5.


진정한 시들은 연상의 주술에 홀리지 않고, 그 스스로 시상을 자연
스레 전개하고 있는 것들이라고 생각한다. 그런 의미에서 나는 도연명
의 「잡시(雜詩)」 가운데 '인생무근체(人生無根蔕)'로 시작하는 첫 수와
유종원의 「강설(江雪)」이란 시를 좋아한다. 두 시는 서로 시상이 다르
다. 전자는 인생의 무상함을 인정하고 바로 지금의 삶을 충실하게 살
것을 말하고, 후자는 엄정한 현실 속에서 자신의 내면을 응시하여 내
적 자유를 찾을 것을 말한다. 하긴 그 두 시가 모두 슬픔의 그릇인 인
간에게 슬픔을 이겨낼 각기 다른 방향을 제시하고 있다는 점도, 내가

이 시들을 좋아하는 이유이기도 하다.

도연명의 「잡시」 제1수는 이렇다.

人生無根蔕(인생무근체)

飄如陌上塵(표여맥상진)

分散逐風轉(분산축풍전)

此已非常身(차이비상신)

落地爲兄弟(낙지위형제)

何必骨肉親(하필골육친)

得歡當作樂(득환당작락)

斗酒聚比隣(두주취비린)

盛年不重來(성년부중래)

一日難再晨(일일난재신)

及時當勉勵(급시당면려)

歲月不待人(세월부대인)


사람은 나서 뿌리도 꼭지도 없어

표연하기 길 위의 먼지와 같아

흩어져선 바람 따라 구르나니

이것이 이미 무상한 몸

땅에 떨어져 태어나면 모두가 형제

하필 골육만을 가까이 하랴

기쁜 일은 마땅히 즐겨야 하기에

한 말 술로 이웃을 모은다

젊은 시절은 거듭 오지 않고

하루는 두 번 새지 않나니

때 놓치지 말고 부지런히 힘써라
세월은 사람을 기다리지 않는다


유종원의 「강설」은 앞서 제14장에서 살펴보았지만, 다시 원문을 되
읽어보기로 한다.


　　千山鳥飛絶(천산조비절)
　　萬逕人蹤滅(만경인종멸)
　　孤舟簑笠翁(고주사립옹)
　　獨釣寒江雪(독조한강설)


　　온 산에 나는 새 끊기고
　　일만 길에 발자취 사라진 때
　　외론 배에 사립 걸친 늙은이
　　홀로 낚는 추운 강의 눈.


이 시는 남화(南畵)의 화제(畵題)로 즐겨 골라지는 구도를 스케치해
냈다. 사람의 발자취가 사라졌다고 했으니, 눈 온 뒤의 경치를 그려냈
다. 이 시는 시선이 미치는 곳은 그리 멀지 않지만, 시야의 바깥에 여
운이 있다. 양쪽 기슭의 산이 닿을 듯이 옥죄고 있는 추운 강이므로
오슬오슬하고 삼엄하되, 강태공을 점묘하여 서글프지가 않다. 더구나
강태공의 고사를 사용했지만 강태공 고사를 연상해야 한다는 강요는
그리 크지 않다.

유종원은 33세에 정쟁(政爭) 때문에 지금의 호남성에 속하는 영주
(永州)로 유배되어, 14년 동안 수도로 돌아가지 못하고, 마침내 유주
(柳州)라는 외떨어진 시골에서 일생을 마쳤다. 현실정치에 참여하여 개

혁을 꿈꾸었으나 실패하고 사상적 순결성을 지키고자 했던 강매한 그의 일생이 이 한 수에 녹아들어 있다.

이러한 시들은 연상의 저주를 풀고 스스로 시어를 만들어냈다고 할 수 있으리라. 하지만 어떤가, 이 한시를 읽으면서 모든 글자와 시어에 대해 다른 시문의 예를 연상하고 있는 논평가야말로 연상의 저주를 풀지 못하고 그 저주에 몸을 내맡기고 있는 가련한 존재가 아니랴.

# [참 고]

두목(杜牧), 「적벽(赤壁)」, 『전당시(全唐詩)』 권523, 北京: 中華書局, 1985.

강박(姜樸), 「양귀비목욕도(楊貴妃沐浴圖)」.

이덕무(李德懋), 「쇄아(瑣雅)」, 『청장관전서(靑莊館全書)』 영처잡고(嬰處雜
稿) 1, 한국문집총간 257-259, 2000.

원굉도(袁宏道), 「병중에 지은 짧은 노래(病中短歌)」, 전백성(錢伯城) 전교
(箋校), 『원굉도집전교(袁宏道集箋校)』 권1 폐협집(敝篋集) 1 시,
上海 : 上海古籍出版社, 1981.

원굉도(袁宏道), 「왕호경에게 느낀 바가 있어(感王鬍庚)」, 전백성(錢伯城)
전교(箋校), 『원굉도집전교(袁宏道集箋校)』 권1 폐협집(敝篋集) 1
시, 上海 : 上海古籍出版社, 1981.

하지장(賀知章), 「원씨의 별업에 쓰다(題袁氏別業)」, 『전당시(全唐詩)』 권
112, 北京: 中華書局, 1985.

월암장로(月菴長老) 산립(山立), 무제시, 강준흠(姜浚欽), 『삼명시화(三溟詩
話)』, 민족문학사연구소 한문분과 옮김, 소명출판, 2006.

왕안석(王安石), 「장모(將母)」, 『왕형공시주(王荊公詩注)』, 台北: 商務印書
館, 1975.

노동(盧仝), 「여마이결교(與馬異結交)」, 『전당시(全唐詩)』 권388, 北京: 中華
書局, 1985.

이익(李瀷), 「이동동(異同同)」, 『성호사설(星湖僿說)』 권28, 한국문집총간
198-200, 1997.

김수온(金守溫), 「승(蠅)」, 『식우집(拭尤集)』 권4 시, 한국문집총간 9, 1988.

구양수(歐陽脩), 「증창승부(憎蒼蠅賦)」, 『당송팔대가문초(唐宋八大家文鈔)』
권60, 台北: 藝文印書館, 1965.

정지상(鄭知常), 「송인(送人)」, 『동문선』 권19 칠언절구, 한국고전번역원 영

인, 1999.

잡가 「양산도(楊山道)」, 정재호·이창희 역주, 『연강 학술도서 한국고전문
　　　학전집』 권31, 고려대학교 민족문화연구원, 2003.

임제(林悌), 「황경윤이 경성 판관으로 나가기에 전송하면서(送黃景潤爲鏡城
　　　判官)」, 『임백호집(林白湖集)』 권3 칠언절구, 한국문집총간 58, 1988.

이상은(李商隱), 「낙화(落花)」, 『전당시(全唐詩)』 권539, 北京: 中華書局, 1985.

도연명(陶淵明), 「잡시(雜詩)」, 『전주도연명집(箋注陶淵明集)』 권4, 사부총간
　　　(四部叢刊)·정편 30, 台北: 商務印書館, 1981 영인.

진여의(陳與義), 「쉬는 날 일찍 일어나서(休日早起)」, 『간재집(簡齋集)』 권3,
　　　北京: 中華書局, 1985.

이광사(李匡師), 「고요히 앉아(靜坐)」, 『원교집(圓嶠集)』 권2 시, 한국문집총
　　　간 221, 1999.

이광사(李匡師), 「새벽에 그리움이 일어(曉思)」, 『원교집(圓嶠集)』 권2 시, 한
　　　국문집총간 221, 1999.

유종원(柳宗元), 「강설(江雪)」, 『전당시(全唐詩)』 권352, 北京: 中華書局, 1985.

심경호 외 역, 『역주 원중랑전집』 10책, 소명출판, 2004.

심경호 외 편, 『신편 원교이광사전집』, 시간의 물레, 2005.

# 밤이 얼마나 되었나(夜如何)

夜如何其夜未央(야여하기야미앙)

繁星粲爛生光芒(번성찬란생광망)

深山幽邃杳冥冥(심산유수묘명명)

嗟君何以留此鄕(차군하이유차향)

前有虎豹後豺狼(전유호표후시랑)

況乃鵩鳥飛上傍(황내복조비상방)

人生百世貴適意(인생백세귀적의)

君胡爲乎獨遑遑(군호위호독황황)

我欲爲君彈古琴(아욕위군탄고금)

古琴疏越徒悲傷(고금소월도비상)

我欲爲君舞長劍(아욕위군무장검)

劍歌慷慨令斷腸(검가강개영단장)

嗟嗟先生何以慰(차차선생하이위)
奈此三冬更漏長(내차삼동경루장)

밤이 얼마나 되었나, 밤이 아직 다하지 않아
숱한 별 찬란하여 빛발을 쏟누나
깊은 산 깊고 으슥해 가물가물 어두운데
아아 그대는 어찌 이런 산골에 머무는가
앞에는 범과 표범 뒤에는 늑대와 이리
게다가 산 올빼미 날아와 곁에 앉는 곳
인생살이 백년이란 뜻 맞음이 귀한 법
그대는 어이해서 홀로 허둥대는가
나 그대 위해 오래된 거문고를 타려 하지만
거문고 박자 느려 한갓 슬픔만 자아내리
나 그대 위해 긴 칼로 검무를 추려 하지만
칼 노래 강개하여 애간장만 끊으리
아아 슬프다 선생이여 무엇으로 위로하나
이 긴긴 삼동의 밤을 어이한다 말인가


　나는 베개만 머리에 닿으면 잠이 든다고 할 정도로, 빨리 잠들고
또 깊이 자는 편이다. 그래서 여행지에서 뒤척이는 분들은 대개 나를
부러워한다. 스스로도, 종일 지치지 않는 이유가 거기에 있다고 생각
하여 왔다. 그렇거늘 2007년 7월 10일의 장맛날 밤 두시에 눈이 떠서
는 도무지 잠을 이루지 못했다. 우크라이나 키예프에서의 학회에 참석
하고 모스크바를 돌아보고 온 다음날이다. 시차에 적응하지 못해서 그
런 것은 아니다. 자정 지나 잠자리에 들었으니, 일찍 잠을 청한 것도
아니다.

기이하게도 김시습이 1485년 동지 무렵에 쓴 위의 시가 머릿속에 떠올랐다. 이 시는 김시습이 중년에 거처하던 수락산을 떠나 서울과 완전히 결별할 심산으로 관동으로 재차 향하여서 동해 가에 살던 때에 지은 것이다.

『문학사상』 편집부에서 「한여름에 읽는 한시」를 소개하여 달라고 청한 것은 여름 더위를 식혀 주고 멋과 여유를 느끼게 하는 시를 골라 주길 바란 것이리라. 하지만 지금 나의 마음이 이렇게 불편하고 보니 그런 시를 도무지 떠올리지 못하겠다. 또 사람들은 한시라고 하면 멋과 여유를 운위하지만 한시의 모든 작품이 멋과 여유만 담고 있는 것은 아니라는 점을 독자들에게 알려드리고도 싶다. 그래서 김시습의 이 시에 대해 간략히 적어보기로 했다.

51세 되던 1485년 겨울 밤, 가위에 눌려서인지 홀연 깨어난 김시습은 「밤이 얼마나 되었나」라는 세목으로 두 수의 시를 지었다. 『매월당전집』 권14는 강릉에서 지은 시들을 모아 「명주일록」이라 했는데, 그 가운데 이 시가 들어 있다. 칠언고시의 형식인데, 압운이 매우 독특하다. 『속동문선』에도 수록되어 있다. 단, 번역본은 그 두 수를 잘못해서 하나의 시로 보았다. 하지만 권별의 『해동잡록』은 이 시를 두 수로 보았고, 시의 압운이나 시상의 전개로 보아 두 수로 보는 것이 옳다.

이 시는 밝음이 손상 입은 세상에서 고독한 자유인이 뿜어내는 광기의 외침이다. 고통스런 삶을 살았던 김시습의 심경이 잘 드러나 있어, 시를 외울수록 마음이 아프다.

'밤이 얼마나 되었나'라는 시어는 『시경』 소아 「정료(庭燎)」편에서

夜如何其(야여하기) 夜未央(야미앙) 庭燎之光(정료지광)

밤이 얼마나 되었나? 밤이 반도 아니 되었으나, 정료가 환히 빛나도다

라고 한 데서 따온 말이다. 정료는 옛날 입궐하는 신하들을 위하여 대궐 마당에 세우던 햇불을 가리킨다. 이 「정료」편은 주나라 선왕이 두려워하며 행실을 닦아 난을 평정하고서 나라를 중흥한 사실을 칭송한 시라고 전한다. 그 옛 해석에 따른다면 '밤이 얼마나 되었나' 라는 것은 시적 화자가 주나라 선왕이 아직 깜깜한 이른 아침부터 정무를 보는 것을 찬미하여 말한 셈이 된다. 하지만 김시습은 고독한 마음을 달래지 못하고 새벽까지 잠 못 이루고 있는 자신의 처지를 말하기 위해 그 구절을 전혀 다른 뜻으로 사용했다.

김시습은 자신의 마음을 무엇으로 달랠 수 있는지 생각해 보았다.

"나 그대 위하여 오래된 거문고를 타면 어떨까?" 하지만 거문고의 옛 곡조는 박자가 느려서 한갓 슬픔을 자아낼 뿐이리라.

거문고의 옛 곡조는 천하에 도가 행하고 정치가 제대로 이루어지는 세상이라면 아무도 위화감을 느끼지 않을 것이다. 『예기』「악기(樂記)」편에 보면,

예(禮)로써 인심을 유도하고 악(樂)으로써 사람의 소리를 조화시키고 정(政)으로써 사람들의 행동을 통일시키고 형(刑)으로써 사회의 부정을 방지한다. 예악형정의 궁극 목적은 모두 같으니, 인심을 한곳에 모아 천하를 다스리는 이상을 실현하는 것이기 때문이다.

라고 했고, 같은 책에

청묘(淸廟)의 악장을 연주할 때 쓰는 비파는 그 줄이 붉은색 실을 꼬은 것으로 박자가 드물어 중후한 소리가 난다.

고도 했다. 그러나 천하에 도가 행하지 않아 정치가 제대로 이루어지지 않을 때 옛 곡조를 탄다면, 그것은 슬픔을 자아낼 뿐이다.

"나 그대 위하여 긴 칼로 검무를 추면 어떨까?" 하지만 칼을 치면서 부르는 옛 노래는 강개하기만 하여 애간장을 끊을 뿐이리라.

당나라 때 교방(敎坊)의 기녀였던 공손대랑(公孫大娘)은 특히 칼춤을 잘 추기로 유명했다. 당나라 때 사람으로 장욱(張旭)은 초서를 잘 써서 초성이라는 칭호를 얻었는데, 기실은 공손대랑의 칼춤 추는 것을 보고서 예술이 일취월장되었다 전한다. 하지만 그보다 앞서 전국시대 검객 형가(荊軻)는 뜻을 얻지 못하고 연(燕)나라 성읍의 저자에서 지낼 때 개 도살하는 이들과 어울려 술을 마시면서 칼춤을 추고 노래했을 뿐이다.

결국 김시습은 자신을 위로할 것이 아무것도 없음을 깨닫고 절망했다. 백년밖에 살지 못하는 인생이고 보면, 제 뜻대로 제 삶을 즐기면서 유유자적하는 것이 가장 좋으리라. 누구나 머리로는 그렇게 하려고 생각한다. 하지만 마음은 그러한 생각과 배치되기 일쑤다. "그대는 어이해서 홀로 허둥대는가?"

김시습은 일생 자신을 기만하지 않았고 동시에 세상의 허위를 미워했다. 현실의 부조리를 목도하고 그는 우울해 하고, 그 우울한 마음을 그대로 토로했지, 달관을 가장하지 않았다. 방랑과 은둔을 반복하면서 조바심을 그대로 드러냈고, 벼슬을 살려는 욕구도 그대로 쏟아냈다. 중년 이후로는

早歲功名浪自期(조세공명낭자기) 此身端合曳沙龜(차신단합예사구)

젊었을 적에는 공명을 이루리라 기약했건만
이제는 모래밭에 꼬리 끄는 거북이 신세

라고 자조하였다.

마음을 평온하게 갖지 못한 것은 어째서인가? 그것은 세상일을 잊고 마음만 고요하게 유지하면 된다는 식의 적정주의(寂靜主義)에 빠지지 않았기 때문이다. 『논어』에 나오는 은둔자 하소장인(荷篠丈人)과는 달리, 세상일을 과감하게 잊어버릴 수가 없었기 때문이다. 결함 가득한 세상을 응시하고 그 끝에 애처로움을 느꼈기 때문이다.

나는 『김시습평전』(돌베개, 2003)에서, 김시습이 자유를 추구했기에 고독했고 고독했기에 자유로웠다는 사실을 말했다. 김시습은 정치 현실을 직접 언급하지 않으려고 했지만, 현실의 모순을 경험하고 고뇌하는 자신의 심경은 솔직하게 드러냈다. 친근하고 따스한 세상을 꿈꾸고 자연의 아름다움에서 경이감을 느꼈지만, 열등감·고독감·좌절감에서 벗어나지 못했다. 그렇기에 그의 시는 자연의 아름다움을 선험적으로 믿고 그것을 밝게 노래하는 것과는 거리가 멀었다.

내가 그려낸 김시습의 형상은 나의 자화상이다. 그의 평전을 집필하면서 나는 바로 내 자신이 한평생 열등감·고독감·좌절감을 느끼면서 살아가리라는 것을, 결함 가득한 세상 속에서 애처로움을 느끼면서 살아가리라는 것을 알았다. 이 무더운 여름밤에, 겨울밤을 뒤척이며 지새는 김시습을 떠올린 것은 바로 그 증좌가 아니고 무엇이겠는가.

지금의 내 나이는 김시습이 위의 시를 지은 때보다 두 살 많다. 하지만 심경은 통하는 면이 있다. 이렇게 말하는 것은 지적 오만에서 그러는 것이 결코 아니다. 그렇지만 그의 조숙한 천재성과 자유에의 의지가 내게 없다는 사실은 나를 더 깊은 열등감과 좌절감에 빠지게 만든다.

오전 네시 반, 장마로 하늘이 어두워서인가, 동틀 기미가 전혀 없다.

## [참 고]

김시습(金時習), 「밤이 얼마나 되었나(夜如何)」, 『매월당집(梅月堂集)』 권14
　　시 ○명주일록(溟州日錄), 한국문집총간 13, 1988.

「정료(庭燎)」, 『시경』 소아, 『십삼경주소(十三經注疏)』, 台北: 藝文印書館,
　　1973.

『예기』 「악기(樂記)」, 『십삼경주소』, 台北: 藝文印書館, 1973.

김시습, 「만성(漫成)」, 『매월당집』 권1 시 ○술회(述懷), 한국문집총간 13,
　　1988.

심경호, 『김시습평전』, 돌베개, 2003.

# 후 기

이 책에 실은 연재의 글이 수록된 지면은 아래와 같다.

1. 「시인의 슬픔」, 『서정시학』 제16권 4호, 통권 제32호, 2006.12.1. 222-233쪽.
2. 「빗속의 눈물처럼」, 『서정시학』 제17권 1호, 통권 제33호, 2007.3.1. 240-250쪽.
3. 「단풍나무 잎의 소리」, 『서정시학』 제17권 2호, 통권 제34호, 2007.6.1. 299-310쪽.
4. 「시인의 그날 그 시각」, 『서정시학』 제17권 3호, 통권 제35호, 2007.9.28.
5. 「뿌리 없는 장승」, 『서정시학』 제17권 4호, 통권 제36호, 2007.12.1. 202-213쪽.
6. 「어머니」, 『서정시학』 제18권 1호, 통권 제37호, 서정시학, 2008.3.1. 198-211쪽.
7. 「꽃말」, 『서정시학』 제18권 2호, 통권 제38호, 2008.6.1. 259-270쪽.
8. 「하고 싶은 말」, 『서정시학』 제18권 3호, 통권 제39호, 2008.9.1. 158-170쪽.
9. 「어디서 술 생각 간절한가」, 『서정시학』 제18권 4호, 통권 제40호, 2008.12.1. 226-240쪽.
10. 「나는 누구인가」, 『서정시학』 제19권 1호, 통권 제41호, 2009.3.2. 213-228

쪽.

11. 「게으름의 철학」, 『서정시학』 제19권 2호, 통권 42호, 2009. 6.1. 280-293쪽.

12. 「제목 없음, 무제(無題)」, 『서정시학』 제19권 3호, 통권 제43호, 2009.9.1. 214-228쪽.

13. 「꿈과 시」, 『서정시학』 제19권 4호, 통권 제44호, 서정시학, 2009.12.1. 174-194쪽.

14. 「기교인가 형성인가: 대(對)의 딜레마」, 『서정시학』 제20권 1호, 통권 45호, 2010.3.2. 206-221쪽.

15. 「연상의 저주」, 『서정시학』 제20권 2호, 통권 46호, 2010.6.1. 272-293쪽.

16. 장맛날 한 밤에 읽어보는 김시습(金時習)의 「밤이 얼마나 되었나(夜如何)」, 『문학사상』 2007년 8월호, 통권 418호, 특집 '古典의 향기-한여름에 읽는 漢詩', 67-72쪽

## [관련 문학작품]

신달자, 「어머니」
윤동주, 「자화상」

## <참고문헌>

심경호, 『한시기행』, 이가서, 2005.

───, 『간찰, 선비의 마음을 읽다』, 한얼미디어, 2006.

───, 『산문기행』, 이가서, 2007.

───, 『내면기행』, 이가서, 2009.

───, 『나는 어떤 사람인가』, 이가서, 2010.

───, 『김시습평전』, 돌베개, 2003.

심경호 외 역, 『역주 원중랑전집』 10책, 소명출판, 2004.

심경호 외 편, 『신편 원교이광사전집』, 시간의 물레, 2005.

정경렬, 『코울리지 : 상상력과 언어』, 태학사, 2006.

가와이 고조(川合康三) 저, 심경호 역, 『중국의 자전문학』, 소명출판, 2002.

요시다 게이이치(吉田敬一), 『중국문학에 있어서의 대구와 대구론(中国文学
    における対句と対句論)』, 東京: 風間書房, 1982.

홍이훤(洪頤煊) 집(輯), 『몽서(夢書)』, 台北: 藝文印書館, 1968.

## [수록 한시]

## 1. 한국

강박(姜樸), 「양귀비목욕도(楊貴妃沐浴圖)」

강세황(姜世晃), 「표옹자지(豹翁自誌)」, 『표암유고(豹翁遺稿)』, 한국학중앙연
　　　구원, 1979.

고려 예종(睿宗), 「하처난망주」, 이인로(李仁老), 『파한집(破閑集)』 중(中)
　　　제9칙, 아세아문화사, 영인, 1972.

권필(權鞸), 「무제(無題)」, 『석주집(石洲集)』 권7 칠언절구, 한국문집총간 75,
　　　1988.

기준(奇遵), 「기몽(記夢)」, 『덕양유고(德陽遺稿)』 권1 시, 한국문집총간 25,
　　　1988.

김만중(金萬重), 「남해 유배처에 고목과 죽림이 있어서 마음에 느끼는 바가
　　　있기에 시를 짓는다(南海謫舍有古木竹林 有感于心 作詩)」

김상헌(金尙憲), 「서산 유람기(遊西山記)」, 『청음선생집(淸陰先生集)』 권38 기
　　　(記), 한국문집총간 77, 1988.

김수온(金守溫), 「승(蠅)」, 『식우집(拭疣集)』 권4 시, 한국문집총간 9, 1988.

김시습(金時習), 「동봉 여섯 노래(東峰六歌)」, 『매월당집(梅月堂集)』 권14 시
　　　○명주일록(溟州日錄), 한국문집총간 13, 1988.

──, 「방언」, 『매월당집(梅月堂集)』 권1 시 ○술회(述懷), 한국문집총간
　　　13, 1988.

──, 「가죽나무 숯 노래(椵炭行)」, 『매월당집(梅月堂集)』 권14 시 ○명주
　　　일록(溟州日錄), 한국문집총간 13, 1988.

──, 「준상인에게 올린 시(贈峻上人)」 20수, 『매월당집』 권3 시 ○석로(釋
　　　老), 한국문집총간 13, 1988.

──, 「밤이 얼마나 되었나(夜如何)」, 『매월당집(梅月堂集)』 권14 시 ○명
　　주일록(溟州日錄), 한국문집총간 13, 1988.

──, 「만성(漫成)」, 『매월당집』 권1 시 ○술회(述懷), 한국문집총간 13, 1988.

김창흡(金昌翕), 「갈역잡영(葛驛雜詠)」, 『삼연집(三淵集)』 권14 시, 한국문집
　　총간 165-166, 1996.

남효온(南孝溫), 「자만(自挽)」, 『추강집(秋江集)』 권1 시, 한국문집총간 16, 1988.

김춘택(金春澤), 「산지칠가(山池七歌)」, 『북헌거사집(北軒居士集)』 권2 수해록
　　(囚海錄) 시, 한국문집총간 740, 1993.

목만중(睦萬中), 「민환의 중구일 시에 차운함(次閔生鎤九日韻)」, 한국문집총
　　간 속90, 韓國古典飜譯院, 2009.

박장원(朴長遠), 「반포오(反哺烏)」, 『조야기문(朝野記聞)』, 국학진흥연구사업
　　추진위원회 영인, 2000.

변중량(卞仲良), 「유자음(遊子吟)」, 『동문선』 권5 오언고시, 한국고전번역원
　　영인, 1999.

서거정(徐居正), 「사계화(四季花)」, 『사가집(四佳集)』 권4 ○제4 시류(詩類)
　　영물(詠物), 한국문집총간 10-11, 1988.

서경덕(徐敬德), 「무제(無題)」, 『화담집(花潭集)』 권1 시, 한국문집총간 24, 1988.

신광한(申光漢), 「병중에 산 집에서 즉흥시를 지어 조사수(趙士秀)에게 부치
　　고 화답을 구하다(病裏山齋卽事寄趙士秀求和)[산재즉사(山齋卽事)],
　　『기재집(企齋集)』 권3 시, 한국문집총간 22, 1988.

신유한(申維翰), 「야성에서 객이 되었는데 우수가 가슴에 맺혀 스스로 평생
　　을 서술하다. 16운이다(野城作客 牢愁欝結 自叙平生 六十韻)」, 『청
　　천집(靑泉集)』 권1 시, 한국문집총간 200, 1997.

신채호(申采浩), 「무제」, 단재신채호전집편찬위원회 편, 『단재 신채호전집』 7,
　　천안: 독립기념관 한국독립운동사연구소, 2007-2008.

신흠(申欽), 「후십구수(後十九首)」, 『상촌고(象村稿)』 권6 오언고시, 한국문집
　　총간 72, 1988.

──. 「무제 체를 본떠 짓다(效無題體)」, 『상촌고(象村稿)』 권3 칠언율시,

한국문집총간 72, 1988.

――――, 『청창연담(晴窓軟談)·하)』『상촌고(象村稿)』권52 만고(漫稿) 하, 한
　　국문집총간 72, 1988.

양태사(楊泰師), 「한밤에 다듬이 소리를 듣고(夜聽擣衣聲)」, 『懷風藻·凌雲集·
　　文華秀麗集·經國集·本朝麗藻』, 日本古典全集, 東京: 日本古典全集刊
　　行會, 1926.

원천석(元天錫), 「기몽(紀夢)」, 『운곡행록(耘谷行錄)』권4 시, 한국문집총간 6,
　　1988.

월암장로(月菴長老) 산립(山立), 무제시, 강준흠(姜浚欽), 『삼명시화(三溟詩
　　話)』, 민족문학사연구소 한문분과 옮김, 소명출판, 2006.

유몽인(柳夢寅), 「보개산 절의 벽에 적다(題寶盖山寺璧)」, 『어우집(於于集)』
　　권2 시 ○금강록(金剛錄), 한국문집총간 63, 1988.

유방선(柳方善), 「자영(自詠)」, 『태재집(泰齋集)』권1 시, 한국문집총간 8, 1988.

유희(柳僖), 「비옹칠가(否翁七歌)」, 장서각 고문서연구실 편, 『진주유씨 서파
　　유희 전서』I-II, 한국학중앙연구원, 2007-2008.

윤증(尹拯), 「정자(正字) 이강중(李剛仲) 이 보내 준 시에 차운하다(次李正字
　　剛仲見贈韻)」, 『명재유고(明齋遺稿)』권3 시, 한국문집총간 135-136,
　　1994.

이광사(李匡師), 「고요히 앉아(靜坐)」, 『원교집(圓嶠集)』권2 시, 한국문집총
　　간 221, 1999.

――――, 「새벽에 그리움이 일어(曉思)」, 『원교집(圓嶠集)』권2 시, 한국문집
　　총간 221, 1999.

이규보(李奎報), 「병중(病中)에 지어서 벗에게 보인다(病中作, 示友人)」, 『동
　　국이상국전집(東國李相國全集)』권16 고율시, 한국문집총간 2, 1988.

――――, 「용풍(慵諷)」, 『동국이상국전집(東國李相國全集)』권20 잡저(雜著) 운
　　어(韻語), 한국문집총간 1-2, 1988. ; 『동문선』권107, 한국고전번역원
　　영인 1998.

――――, 「취중보운(醉中步韻)」, 『동국이상국전집(東國李相國全集)』부록 백운

소설(白雲小說), 한국문집총간 2, 1988.

이덕무(李德懋), 「무제(無題)」, 『청장관전서(靑莊館全書)』 권1 영처시고(嬰處詩稿), 한국문집총간 257-259, 2000.

─────, 「쇄아(瑣雅)」, 『청장관전서(靑莊館全書)』 영처잡고(嬰處雜稿) 1, 한국문집총간 257-259, 2000.

이별(李鼈), 「방언(放言)」, 권별(權鼈), 『해동잡록(海東雜錄)』 5 본조(本朝), 태학사 영인, 1986.

이수광(李睟光), 「꿈 일을 적는다(敍夢)」, 『지봉집(芝峯集)』 권23 잡저, 한국문집총간 66, 1988.

이옥봉(李玉峰), 「몽혼(夢魂)」.

이익(李瀷), 「수(愁)」, 『성호전집(星湖全集)』 권5 시, 한국문집총간 198-200, 1997.

이제현(李齊賢), 「민지(澠池)」, 『익재난고(益齋亂稿)』 권1 시(詩), 한국문집총간 2, 1988.

─────, 「무제(無題)」, 『익재난고(益齋亂稿)』 권3 시, 한국문집총간 2, 1988.

이학규(李學逵), 「후인탄(嗅人歎)」, 『낙하생집(洛下生集)』 책19 ○낙하생고(洛下生藁) 각시재집(卻是齋集), 한국문집총간 290, 2002.

이항복(李恒福), 「한식에 선묘를 생각하면서 두자미(두보)의 칠가에 차운하다(寒食思先墓 次子美七歌)」, 『백사선생집(白沙先生集)』 권1 시(詩), 한국문집총간 62, 1988.

─────, 「무제(無題)」, 『백사집(白沙集)』 권1 시, 한국문집총간 62, 1988.

임제(林悌), 「황경윤이 경성 판관으로 나가기에 전송하면서(送黃景潤爲鏡城判官)」, 『임백호집(林白湖集)』 권3 칠언절구, 한국문집총간 58, 1988.

장유(張維), 「방언」 4편, 『계곡집(谿谷集)』 권3 잡저(雜著), 한국문집총간 92, 1988.

─────, 「동작 나루에서 썰매를 타고 노량까지 왔는데, 장난기가 동하여 배어 10운을 이룬다(自銅雀津乘雪馬至鷺梁 戲成俳語十韻)」, 『계곡집(谿谷集)』 권25 오언고시, 한국문집총간 92, 1988.

장현광(張顯光), 「무제(無題)」, 『여헌집(旅軒集)』 권1 시 ○칠언절구, 한국문
　　　집총간 60, 1988.

정약용(丁若鏞), 「6월에는 꽃이 없는데 무궁화 꽃만 독무대를 이루어 사람으
　　　로 하여금 생각을 느끼게 하므로 갑자기 시를 지어, 소동파의 〈정
　　　혜원 해당〉 시에 차운하여 송옹[윤영희(尹永僖)]에게 올린다(六月
　　　無花 唯木槿擅場 使人感念 率爾有作 遂次東坡定惠院海棠韻 奉示淞
　　　翁)」, 『여유당전서(與猶堂全書)』 제1집 시문집(詩文集) 권6 ○시집
　　　(詩集) 송파수초(松坡酬酢), 한국문집총간 281-286, 2002.

──, 「천용자가(天慵子歌)」 『여유당전서(與猶堂全書)』 제1집 시문집(詩文
　　　集) 권3 시, 한국문집총간 281-286, 2002.

──, 「꿈에 준괘가 복괘로 변하는 꿈을 꾸고 짐짓 시 한 편을 적는다(夢
　　　得屯之復 聊題一詩)」, 『여유당전서(與猶堂全書)』 제1집 시문집(詩文
　　　集) 권4 ○시집(詩集) 시, 한국문집총간 281-286, 2002.

정조(正祖), 「화상자찬(畫像自贊)」, 『홍재전서(弘齋全書)』 권4 춘저록(春邸錄)
　　　4 찬(贊), 한국문집총간 262, 2001. ;『국역 홍재전서 1』, 한국고전번
　　　역원, 1998.

정지상(鄭知常), 「송인(送人)」, 『동문선』 권19 칠언절구, 한국고전번역원 영
　　　인, 1999.

정철(鄭澈), 「창계백석(蒼溪白石)」, 『송강집(松江集)』 권1 시 ○오언절구 식영
　　　정잡영(息影亭雜詠) 10수, 한국문집총간 46, 1988.

조수삼(趙秀三), 「도망(悼亡)」, 『추재집(秋齋集)』 권3 시, 한국문집총간 271,
　　　2001.

최영(崔瑩), 「몽중작(夢中作)」, 원천석(元天錫), 『운곡행록(耘谷行錄)』 권3 시
　　　수록, 한국문집총간 6, 1988.

한수(韓脩), 「무제(無題)」, 『동문선(東文選)』 권21 칠언절구, 한국고전번역원
　　　영인, 1999.

허균(許筠), 「무제(無題)」, 『성소부부고(惺所覆瓿藁)』 권2 교산억기시(蛟山臆
　　　記詩), 한국문집총간 74, 1988.

──────, 「무제(無題)」, 『성소부부고(惺所覆瓿藁)』 권1 시부(詩部) 1 막부잡록
(幕府雜錄), 한국문집총간 74, 1988.

홍우원(洪宇遠), 「봉성에 더부살이하면서 지은 일곱 노래. 두공부 시체를 본
받아 짓다(寓居鳳城七歌, 效杜工部體)」, 『남파선생문집(南坡先生文
集)』 권3 시 ○칠언고시, 한국문집총간 106, 1988.

무명씨, 「무제(無題)」, 『동문선』 권5 오언고시, 한국고전번역원 영인, 1999.

『춘향전』 삽입 '무제' 시.


## 2. 중국

「도요(桃夭)」, 『시경』 주남(周南), 『십삼경주소(十三經注疏)』, 台北: 藝文印書
館, 1973.

「장중자(將仲子)」, 『시경』 정풍(鄭風), 『십삼경주소(十三經注疏)』, 台北: 藝文
印書館, 1973.

「무장대거(無將大車)」, 『시경』 소아(小雅), 『십삼경주소(十三經注疏)』, 台北:
藝文印書館, 1973.

「학명(鶴鳴)」, 『시경』 소아(小雅), 『십삼경주소(十三經注疏)』, 台北: 藝文印書
館, 1973.

「정료(庭燎)」, 『시경』 소아, 『십삼경주소(十三經注疏)』, 台北: 藝文印書館, 1973.

고계(高啓), 「청구자가(靑邱子歌)」, 『청구시집주(靑邱詩集注)』 권11 장단구
(長短句), 臺灣中華書局印行 四部備要本.

구양수(歐陽脩), 「증창승부(憎蒼蠅賦)」, 『당송팔대가문초(唐宋八大家文鈔)』 권60,
台北: 藝文印書館, 1965.

굴원(屈原), 「어부가(漁父歌)」, 왕일(王逸) 장구(章句); 홍흥조(洪興祖) 보주
(補注), 『초사보주(楚辭補注)』, 台北: 商務印書館, 1981.

귀유광(歸有光), 「기미회시잡기(己未會試雜記)」, 『진천집(震川集)』 별집 권6
기행(紀行), 台北: 商務印書館, 1968.

노동(盧仝), 「여마이결교(與馬異結交)」, 『전당시(全唐詩)』 권388, 北京: 中華
書局, 1985.

도연명(陶淵明),「잡시(雜詩)」,『전주도연명집(箋注陶淵明集)』 권4, 사부총간
　　　(四部叢刊)·정편 30, 台北: 商務印書館, 1981 영인.

──,「잡시(雜詩)」,『전주도연명집(箋注陶淵明集)』 권4, 사부총간(四部叢
　　　刊)·정편 30, 台北: 商務印書館, 1981 영인.

두보(杜甫),「절구(絕句)」, 구조오(仇兆鰲) 주,『두시상주(杜詩詳註)』 권10, 北
　　　京: 中華書局, 1979.

──,「장유(壯遊)」, 구조오(仇兆鰲) 주,『두시상주(杜詩詳註)』 권16, 北京:
　　　中華書局, 1979.

──,「만성(漫成)」, 구조오(仇兆鰲) 주,『두시상주(杜詩詳註)』 권10, 北京:
　　　中華書局, 1979.

──,「춘망(春望)」 구조오(仇兆鰲) 주,『두시상주(杜詩詳註)』 권4, 北京:
　　　中華書局, 1979.

──,「등고(登高)」, 구조오 주,『두시상주』 권20, 北京: 中華書局, 1979.맹
　　　교(孟郊),「유순을 전송하면서(送柳淳)」,『맹동야시집(孟東野詩集)』
　　　권8, 台北: 商務印書館, 1968.

두목(杜牧),「적벽(赤壁)」,『전당시(全唐詩)』 권523, 北京: 中華書局, 1985.

맹교(孟郊),「유자음(遊子吟)」.『맹동야시집(孟東野詩集)』 권1, 사부총간(四部
　　　叢刊)·정편 35, 台北: 商務印書館, 영인, 1981.

맹호연(孟浩然),「본 사리를 위한 새 정자를 두고 짓다(本闍黎新亭作)」,『전
　　　당시(全唐詩)』 권160, 北京: 中華書局, 1985.

백거이(白居易),「청원사에 묵다(宿淸源寺)」,『백씨장경집(白氏長慶集)』 권8,
　　　사부총간(四部叢刊)·정편 36, 台北: 商務印書館, 영인, 1981.

──,「방언(放言)」,『백씨장경집(白氏長慶集)』 권15, 사부총간(四部叢刊)·
　　　정편 36, 台北: 商務印書館, 영인, 1981.

──,「취음선생전(醉吟先生傳)」,『백씨장경집(白氏長慶集)』 권70, 사부총간
　　　(四部叢刊)·정편 36, 台北: 商務印書館, 영인, 1981.

──,「낙양에 어리석은 늙은이 있어(洛陽有愚叟)」,『백씨장경집(白氏長慶
　　　集)』 권15, 사부총간(四部叢刊)·정편 36, 台北: 商務印書館, 영인,

1981.

———, 「하처난망주(何處難忘酒)」, 『백씨장경집(白氏長慶集)』 권27, 사부총간
(四部叢刊)·정편 36, 台北: 商務印書館, 영인, 1981.

———, 「구월 취음(九月醉吟)」, 『백씨장경집(白氏長慶集)』 권17, 사부총간(四
部叢刊)·정편 36, 台北: 商務印書館, 영인, 1981.

———, 「취음선생전(醉吟先生傳)」, 『백씨장경집(白氏長慶集)』 권70, 사부총간
(四部叢刊)·정편 36, 台北: 商務印書館, 영인, 1981.

사조(謝朓), 「잠시 하도로 하서 밤에 신림을 떠나 경읍에 이르러 서부의 동료에
게 증정한다(暫使下都夜發新林至京邑贈西府同僚)」, 『육신주문선(六臣註
文選)』, 사부총간(四部叢刊)·정편 92, 台北: 商務印書館, 영인, 1981.

———, 「선성군으로 가서 신림포를 떠나 판교로 향하다(之宣城出新林浦向版
橋)」, 『육신주문선(六臣註文選)』, 사부총간(四部叢刊)·정편 92, 台北:
商務印書館, 영인, 1981.

———, 「동전에 노닐다(遊東田)」, 『육신주문선(六臣註文選)』, 사부총간(四部
叢刊)·정편 92, 台北: 商務印書館, 영인, 1981.

———, 「주부 왕계철의 원정시에 화운하다(和王主簿怨情)」, 『육신주문선(六
臣註文選)』, 사부총간(四部叢刊)·정편 92, 台北: 商務印書館, 영인,
1981.

사혜련(謝惠連), 「추회(秋懷)」, 『육신주문선(六臣註文選)』 권23, 사부총간(四
部叢刊)·정편 92, 台北: 商務印書館, 영인, 1981.

상관의(上官儀), 「입조하여 달 아래 낙수의 둑을 거닐다(入朝洛堤步月)」, 『전
당시(全唐詩)』 권40, 北京: 中華書局, 1985.

소식(蘇軾), 「병진년 중추, 즐겁게 마셔서 아침까지 이르러, 대취하여 이 시
편을 짓고, 아울러 아우 자유를 생각한다(丙辰中秋歡飲達旦大醉作此
篇兼懷子由)」, 『동파사(東坡詞)』 수조가두조(水調歌頭調)

———, 「아우 자유의 <민지에서의 일을 추억하여>시에 화운한 시(和子由澠
池懷舊)」, 왕문고(王文誥) 집주, 『소식시집(蘇軾詩集)』 권3, 北京: 中
華書局, 1982.

──, 「설시(雪詩)」, 『소식시집(蘇軾詩集)』 권49, 北京: 中華書局, 1982.

──, 「6월 27일 망호루에서 취하여 적다(六月二十七望湖樓醉書)」, 『소식시집(蘇軾詩集)』 권6, 北京: 中華書局, 1982.

소철(蘇轍), 「민지에서의 일을 추억하여 자첨 형에게 부치다(懷澠池寄子瞻兄)」, 『소철집(蘇轍集)』, 北京: 中華書局, 1999.

왕범지(王梵志), 「무제시(無題詩)」.

왕부지(王夫之), 『악몽(噩夢)』, 『선산유서(船山遺書)』, 台北: 自由出版社, 1972.

왕안석(王安石), 「하처난망주(何處難忘酒)」, 『왕형공시주(王荊公詩注)』 권24, 台北: 商務印書館, 1975.

──, 「장모(將母)」, 『왕형공시주(王荊公詩注)』, 台北: 商務印書館, 1975.

왕유(王維), 「송이태수상락(送李太守上洛)」, 『전당시(全唐詩)』 권127, 北京: 中華書局, 1985.

왕적(王籍), 「약야계에 들어가서(入若耶溪)」, 『안씨가훈(顔氏家訓)』 권上, 사부총간(四部叢刊)·정편 22, 台北: 商務印書館, 영인, 1981.

원굉도(袁宏道), 「이굉보 선생의 서신을 받고(得李宏甫先生書)」, 전백성(錢伯城) 전교(箋校), 『원굉도집전교(袁宏道集箋校)』 권1, 上海: 上海古籍出版社, 1981.

──, 『병사(瓶史)』, 전백성(錢伯城) 전교(箋校), 『원굉도집전교(袁宏道集箋校)』 부록1 집일(輯佚), 上海: 上海古籍出版社, 1981.

──, 「병중에 지은 짧은 노래(病中短歌)」, 전백성(錢伯城) 전교(箋校), 『원굉도집전교(袁宏道集箋校)』 권1 폐협집(敝篋集) 1 시, 上: 上海古籍出版社, 1981.

──, 「왕호경에게 느낀 바가 있어(感王胡虜庚)」, 전백성(錢伯城) 전교(箋校), 『원굉도집전교(袁宏道集箋校)』 권1 폐협집(敝篋集) 1 시, 上海: 上海古籍出版社, 1981.

원중거(元重擧), 「좌수포(佐須浦)에서 전중문(錢仲文)의 강행무제(江行無題)를 차운하여 두 수를 차운하여 지음(佐須浦次錢仲文江行無題鈔 二首)」

원진(元稹), 「방언(放言)」, 『원씨장경집(元氏長慶集)』 권18, 사부총간(四部叢刊)

· 정편 36, 台北 商務印書館, 영인, 1981.

유령(劉伶), 「주덕송(酒德頌)」, 『진서(晉書)』 권49 유령전(劉伶傳), 北京: 中華
    書局, 1993.

유장경(劉長卿), 「눈을 만나 부용산에 묵다(逢雪宿芙蓉山)」, 『전당시(全唐詩)』
    권147, 北京: 中華書局, 1985.

유종원(柳宗元), 「강설(江雪)」, 『전당시(全唐詩)』 권352, 北京: 中華書局, 1985.

이백(李白), 「잔 잡아 달에게 묻는다(把酒問月)」, 『분류보주이태백시(分類補
    註李太白詩)』 권20, 사부총간(四部叢刊)·정편 32, 台北 商務印書館,
    영인, 1981.

───, 「채련곡(採蓮曲)」, 『분류보주이태백시(分類補註李太白詩)』 권4, 사부
    총간(四部叢刊)·정편 32, 台北 商務印書館, 1981 영인.

───, 「선성에서 두견화를 보고(宣城見杜鵑花)」, 『분류보주이태백시(分類補
    註李太白詩)』 권25, 사부총간(四部叢刊)·정편 32, 台北 商務印書館,
    1981 영인.

───, 「자야오가(子夜吳歌)」, 『분류보주이태백시(分類補註李太白詩)』 권6, 사
    부총간(四部叢刊)·정편 32, 台北 商務印書館, 영인, 1981.

이상은(李商隱), 「무제(無題)」, 『전당시(全唐詩)』 권539, 北京: 中華書局, 1985.

───, 「낙화(落花)」, 『전당시(全唐詩)』 권539, 北京: 中華書局, 1985.

이하(李賀), 「몽천(夢天)」, 『전당시(全唐詩)』 권690, 北京: 中華書局, 1985.

장계(張繼), 「풍교에서의 일박(楓橋夜泊)」, 『전당시(全唐詩)』 권242, 北京: 中
    華書局, 1985.

전재(錢宰), 무제 시, 이수광(李睟光), 『지봉유설(芝峯類說)』 권12 문장부(文
    章部) 5 명시(明詩), 경인문화사, 영인, 1970.

정호(程顥), 「가을날 우연히 이루다(秋日偶成)」, 『이정문집(二程文集)』, 台北
    藝文印書館, 1965. 한유(韓愈), 「맹동야를 전송하는 글(送孟東野序)」,
    『주문공교창려선생집(朱文公校昌黎先生集)』 권19, 사부총간(四部叢
    刊)·정편 34, 台北 商務印書館, 영인, 1981.

진관(秦觀), 『회해집(淮海集)』 장단구(長短句) 권하, 台北 商務印書館, 1968.

진여의(陳與義), 「쉬는 날 일찍 일어나서(休日早起)」, 『간재집(簡齋集)』 권3,
　　北京: 中華書局, 1985.

하지장(賀知章), 「원씨의 별업에 쓰다(題袁氏別業)」, 『전당시(全唐詩)』 권112,
　　北京: 中華書局, 1985.

황정견(黃庭堅), 「방언(放言)」, 『산곡집(山谷集)』 외집 권14, 台北: 藝文印書
　　館, 1965.

──, 「수선화(水仙花)」, 『산곡집(山谷集)』 권7, 台北: 藝文印書館, 1965.